EL JUICIO DE MIRACLE CREEK

MOTUS

Nos gusta la adrenalina y la tensión que vivimos al leer un thriller. Ese hilito de sangre, ese tictac que hará detonar lo imposible, no saber quién es el culpable y también intentar deducir el final.

Nos intriga saber que la muerte pudo ser solo una coartada, la vuelta de tuerca, el reto que nos ponen al contarnos cada historia.

En el cine, la ansiedad nos lleva al borde de la butaca, y con los libros nos hundimos en el sofá, sudamos en la cama, devoramos cada párrafo a la velocidad de nuestras emociones.

Sentimos que los personajes nos cautivan, nos revelan nuevas realidades y experiencias de vida al límite.

Nuestro compromiso es poner ante tus ojos solo autores que te provoquen todo eso que los buenos thrillers y las novelas negras tienen.

Queremos que te sumes a esta comunidad a la que guía una gran sed de buen entretenimiento. Porque lo tendrás en cada uno de nuestros libros.

¡Te damos la bienvenida!

Kim, Angie
Miracle Creek: A Novel / Angie Kim. - 1a ed. -
Ciudad Autónoma de Buenos Aires : Trini Vergara Ediciones, 2021.
458 p. ; 23 x 15 cm. -

Traducción de: Constanza Fantín de Bellocq.
ISBN 978-987-47898-2-2

1. Narrativa Coreana. 2. Novelas de Misterio. 3. Juicios. I. Fantín de Bellocq,
Constanza, trad. II. Título.
CDD 895.73

Título original: *Miracle Creek: A Novel*
Edición original: Sarah Crichton Books

Traducción: Constanza Fantin Bellocq
Diseño de colección y cubierta: Raquel Cané
Diseño interior: Flor Couto

© 2019 Angela Suyeon Kim
© 2021 Trini Vergara Ediciones
www.trinivergaraediciones.com
© 2021 Motus Thriller
www.motus-thriller.com

España · México · Argentina

ISBN: 978-987-47898-2-2

Primera Edición en México: marzo 2021
Impreso en Litográfica Ingramex, S.A. de C.V.
Printed in Mexico · Impreso en México

EL JUICIO DE MIRACLE CREEK

ANGIE KIM

Traducción: Constanza Fantin Bellocq

MOTUS

Para Jim, siempre
y para Um-ma y Ap-bah,
por todos sus sacrificios y su amor.

Oxigenación hiperbárica: también llamada oxigenoterapia hiperbárica; es la administración de oxígeno a una presión atmosférica mayor de la normal. El procedimiento se realiza en cámaras especialmente diseñadas que permiten respirar oxígeno puro en condiciones hiperbáricas, es decir, a presión barométrica o atmosférica tres veces más alta que la normal... Algunos factores que limitan la utilidad de la oxigenación hiperbárica incluyen los riesgos de incendio y descompresión explosiva...

Diccionario de Medicina Mosby, 2013 (9ª edición).

Elenco de personajes

Propietarios de Miracle Submarine SRL
La familia Yoo

Pak Yoo, inmigrante coreano; técnico hiperbárico certificado y propietario de Miracle Submarine SRL, centro de Oxigenoterapia Hiperbárica (OHB) ubicado en Miracle Creek, Virginia.

Young Yoo, esposa de Pak y copropietaria de Miracle Submarine.

Mary, su única hija.

Pacientes de Miracle Submarine
La familia Thompson / Cho

Matt Thompson, médico radiólogo y primer paciente de Miracle Submarine, en tratamiento por infertilidad.

Janine Cho, esposa de Matt, consultora médica de Miracle Submarine .

Sr. y Sra. Cho, padres de Janine y suegros de Matt, inmigrantes coreanos, amigos de la familia Yoo.

La familia Ward

Elizabeth, madre divorciada, ama de casa.

Henry, el único hijo de Elizabeth, en tratamiento por autismo.

Víctor, exmarido de Elizabeth y padre de Henry.

La familia Santiago

Teresa, madre divorciada, ama de casa.

Rosa, la hija adolescente de Teresa, en tratamiento por parálisis cerebral.

Carlos, hijo menor de Teresa, hermano de Rosa.

La familia Kozlowski

Kitt, madre casada, ama de casa, con cinco hijos.

TJ, su hijo menor y único hijo, en tratamiento por autismo.

Participantes en el juicio

Frederick Carleton III, el juez.

Abraham Patterley (Abe), el fiscal.

Shannon Haug, abogada defensora principal de Elizabeth Ward.

Anna y Andrew, abogados del equipo de Shannon Haug.

Steve Pierson, detective jefe de la investigación y especialista en incendios intencionados.

Morgan Heights, detective de la policía y enlace de investigación con los Servicios de Protección del Niño.

EL INCIDENTE

Miracle Creek, Estado de Virginia
Martes 26 de agosto de 2008

MI ESPOSO ME PIDIÓ QUE mintiera. No era una gran mentira. Tal vez él ni siquiera la consideró una mentira; y yo tampoco, al principio. Era algo tan pequeño lo que él quería. La policía acababa de liberar a las manifestantes y él me pidió que, mientras salía a cerciorarse de que no volvieran, me sentara en su silla y lo cubriera, como hacen habitualmente los compañeros de trabajo, como solíamos hacer nosotros también en la tienda de comestibles, mientras yo comía o él fumaba. Pero cuando tomé su lugar, golpeé sin darme cuenta el escritorio, y el certificado que colgaba de la pared se torció un poco, como para recordarme que este no era un negocio habitual, que existía una razón por la que nunca antes me había dejado a cargo.

Pak extendió el brazo por encima de mí para enderezar el marco, con los ojos sobre las palabras en inglés: *Pak Yoo, Miracle Submarine SRL, Técnico Hiperbárico Certificado*. Y dijo, sin apartar la mirada, como si le hablara al certificado y no a mí:

—Está todo en marcha. Los pacientes están dentro y el oxígeno está abierto. Solo tienes que quedarte sentada aquí. —Me miró—: Nada más.

13

Observé los controles, perillas e interruptores misteriosos de la cámara que el mes pasado habíamos pintado de color celeste claro e instalado en el granero.

—¿Y si los pacientes hacen sonar el timbre? —pregunté—. Les diré que vuelves enseguida, pero si…

—No, no pueden enterarse de que me fui. Si alguien pregunta, estoy aquí, y estuve aquí todo el tiempo.

—Pero si hay algún problema…

—¿Qué problema podría haber? —exclamó Pak, con tono imperioso—. Regresaré enseguida y no van a accionar el intercomunicador. No sucederá nada. —Se alejó, como poniéndole fin al asunto. Pero en la puerta se volvió para mirarme—. No sucederá nada —repitió, con voz suave. Sonó como una súplica.

En cuanto se cerró la puerta del granero, sentí deseos de gritar que estaba loco si creía que no iba a haber ningún problema ese día, justamente ese día, en el que ya había sucedido de todo: las manifestantes y su plan de sabotaje, el apagón resultante, la policía. ¿Acaso pensaba que como ya habían ocurrido tantos problemas no podía haber más? La vida no funciona así. Las tragedias no inoculan contra más tragedias y la mala suerte no se reparte en proporciones justas; los problemas nos caen encima en tandas y lotes, inmanejables y caóticos. ¿Cómo podía Pak no saberlo, después de todo lo que habíamos pasado?

Desde las 20:02 hasta las 20:14 me quedé sentada en silencio, sin hacer nada, como él me había pedido. Tenía la cara húmeda de sudor; y al pensar en los seis pacientes encerrados herméticamente adentro sin aire acondicionado (el generador manejaba solamente los sistemas de presurización, oxígeno e intercomunicación) agradecí que tuviéramos el reproductor portátil de DVD para mantener tranquilos a los niños. Me dije una y otra vez que tenía que confiar en mi esposo y esperé, mirando el reloj, la puerta, el reloj de nuevo, rogando que volviera (¡*tenía* que volver!) antes de que el DVD del dinosaurio Barney terminara y los pacientes tocaran el timbre del intercomunicador para pedir otro. Justo cuando comenzaba la canción final del programa sonó mi teléfono. Era Pak.

—Están aquí —susurró—. Tengo que quedarme a vigilar que no vuelvan a intentar nada. Cuando termine la sesión, tienes que cerrar el oxígeno. ¿Ves la perilla?

—Sí, pero…

—Gírala en dirección contraria a las agujas del reloj, hasta el final. Ponte la alarma para no olvidarte. A las 20:20 en punto del reloj grande. —Cortó.

Toqué la perilla que decía oxígeno, de un color bronce desteñido similar al del grifo chirriante de nuestro antiguo apartamento en Seúl. Me sorprendió lo fría que estaba. Sincronicé mi reloj con el grande, puse la alarma a las 20:20 y justo cuando estaba por oprimir el botón para activarla, el reproductor se quedó sin baterías y dejé caer las manos, sobresaltada.

Pienso mucho en ese momento. Las muertes, la parálisis, el juicio… ¿Podría haberse evitado todo eso si hubiera oprimido el botón para fijar la alarma? Sé que es extraño cómo mi mente vuelve una y otra vez a ese instante en particular, cuando aquella noche fui culpable de errores mucho más serios. Tal vez sea precisamente su pequeñez, su aparente insignificancia, lo que le da tanto poder y alimenta las dudas y las preguntas. ¿Y si no me hubiera distraído con el reproductor de DVD? ¿Y si hubiera movido el dedo un microsegundo antes, fijando la alarma ANTES de que se apagara el reproductor, justo en la mitad de la canción? *Te quiero yo, y tú a mí, somos una familia…*

El vacío de ese momento, la categórica ausencia de sonido, densa y opresiva, me comprimió desde todos los ángulos, aplastándome. Cuando finalmente llegó un sonido —el golpeteo de nudillos contra el ojo de buey desde el interior de la cámara— casi sentí alivio. Pero el golpeteo se intensificó hasta convertirse en golpes de puño en secuencias de cuatro, como gritando: *¡Quie-ro sa-lir!* en código, luego en golpes potentes. Comprendí que tenía que ser TJ golpeándose la cabeza. TJ, el niño autista que adora a Barney el dinosaurio violeta, el niño que corrió hacia mí la primera vez que nos vimos y me abrazó con fuerza. Su madre se sorprendió, dijo que nunca abrazaba a nadie (detesta tocar a la gente); tal vez fue por mi camiseta, del mismo color violeta que Barney. Desde aquel día la usé siempre: la lavo a mano por las noches, me la pongo para las sesiones de TJ y él me abraza todos los días. Todos piensan que lo hago para ser amable, pero en realidad lo hago por mí, porque adoro la manera en que me rodea con los brazos y me aprieta, como solía hacer mi hija, antes de comenzar a dejar los brazos inmóviles y apartarse de mí cuando la abrazo. Me encanta besarle la cabeza a TJ y que su cepillo de pelo rojizo me haga cosquillas en los labios. Y ahora, el niño cuyos abrazos saboreo a diario se estaba golpeando la cabeza contra una pared de acero.

No estaba loco. Su madre me había explicado que TJ sufría de dolor crónico causado por inflamación intestinal, pero no podía hablar, de modo que cuando el dolor se tornaba demasiado intenso, hacía lo único que podía hacer para obtener alivio: se golpeaba la cabeza y utilizaba ese dolor nuevo e intenso para desalojar al otro. Era como sentir una picazón insoportable y rascarse hasta sangrar; qué bien se siente ese dolor, excepto que es mil veces peor que el anterior. Me contó que una vez TJ rompió el cristal de una ventana con la cara. La idea de que este niño de ocho años tuviera tanto dolor que necesitaba estrellar la cabeza contra una pared de acero me atormentaba.

Y el ruido de ese dolor… Los golpes, una y otra vez. La persistencia, el aumento de intensidad. Cada golpe desataba vibraciones que reverberaban y se convertían en algo corpóreo, con forma y masa, que viajaba a través de mí. Lo sentía resonar contra mi piel, sacudirme las entrañas y exigir que mi corazón latiera a su ritmo, más rápido, más fuerte.

Tenía que detenerlo. Esa es mi excusa por haber salido corriendo del granero y haber dejado a seis personas atrapadas en una cámara sellada. Quería despresurizarla y abrirla para sacar de allí a TJ, pero no sabía cómo hacerlo. Además, cuando sonó el intercomunicador, la madre de TJ me suplicó (o mejor dicho, a Pak) que no detuviera la sesión, que ella lo calmaría, pero que por favor, por el amor de Dios, le cambiara las baterías al reproductor y continuara con el DVD de *Barney... ¡ya mismo!* En algún lugar de nuestra casa, al lado del granero, a veinte segundos de carrera, había baterías de repuesto y todavía me quedaban cinco minutos antes de apagar el oxígeno. Así que me fui. Me cubrí la boca para distorsionar la voz y dije con la voz grave y el acento marcado de Pak: "Las cambiaremos. Aguarde unos instantes". Y salí corriendo.

La puerta de casa estaba entreabierta y tuve la esperanza de que Mary estuviera allí, limpiando como le había pedido y de que algo, por fin, saliera bien en ese día. Pero entré y ella no estaba. No había nadie, no tenía idea de dónde estaban las baterías y nadie me iba a ayudar. Era lo que había supuesto desde el principio, pero esos segundos de esperanza me habían impulsado la ilusión hasta el cielo para después dejarla estrellarse. Mantén la calma, me dije y comencé la búsqueda en el armario de acero que utilizábamos para guardar cosas. Abrigos. Manuales. Cables. No había baterías. Cerré la puerta con fuerza y el armario se sacudió; el temblor metálico me pareció un eco de los golpes de TJ. Imaginé su cabeza martillando el acero, abriéndose como una sandía madura.

Sacudí la cabeza para expulsar ese pensamiento.

—¡Mei-ya! —grité el nombre coreano de Mary, que ella detestaba. Silencio. Sabía que no obtendría respuesta, pero me fastidié igual—. ¡Mei-ya! —volví a gritar más fuerte, estirando las sílabas para que me rasparan la garganta. Necesitaba sentir dolor para poder acallar los ecos tétricos de los golpes de TJ que retumbaban en mis oídos.

Busqué por toda la casa, caja por caja. Cada segundo que pasaba sin que encontrara las baterías, me enojaba más. Pensé en nuestra pelea de esa mañana, cuando le había dicho que tenía que ayudar más en la casa —¡tenía diecisiete años!— y ella se había marchado sin pronunciar palabra. Pensé en cómo Pak se había puesto de su lado, como siempre. ("No renunciamos a todo y vinimos a los Estados Unidos solo para que cocine y limpie", dice siempre. "No, ese es mi trabajo", quiero responder. Pero nunca lo hago). Pensé en cómo Mary revolea los ojos con gesto irritado, cómo se tapa las orejas con los auriculares y finge no escucharme. Todo me servía para mantener la indignación activada, ocupar la mente y alejar los golpes de cabeza de TJ. La rabia contra mi hija me resultaba conocida y cómoda, como una vieja manta. Calmaba el pánico y lo convertía en un temor sin filo.

Cuando llegué a la caja que estaba en el rincón donde dormía Mary, abrí la tapa y arrojé todo al suelo. Basura adolescente: boletos rotos de películas que yo nunca había visto, fotografías de amigas a las que yo no conocía, notas manuscritas. La que estaba encima de todo decía: *Te estuve esperando. ¿Mañana, quizá?*

Sentí deseos de gritar. ¿Dónde estaban las baterías? (Y en algún sitio de mi mente: ¿Quién había escrito esa nota? ¿Un chico? ¿Esperándola para qué?) En ese instante sonó el teléfono —era Pak, de nuevo— y vi 20:22 en la pantalla y recordé: la alarma que no había activado. El oxígeno.

Al responder, quise explicar que no había apagado el oxígeno pero que lo haría en unos minutos, que no era un problema porque él a veces lo dejaba correr más de una hora, ¿no? Pero mis palabras salieron de un modo diferente, como una catarata de vómito incontrolable:

—Mary no está —me quejé—. Hacemos todo esto por ella y nunca está. La necesito para que me ayude a encontrar baterías nuevas para el DVD antes de que TJ se haga estallar la cabeza a golpes.

—Siempre te imaginas lo peor de ella. Está aquí, ayudándome —respondió Pak—. Y las baterías están debajo del fregadero de la cocina, pero no dejes solos a los pacientes. Enviaré a Mary a buscarlas. Mary, ve ahora mismo, lleva cuatro baterías al granero. Yo iré en un minu…

Corté. A veces es mejor no decir nada.

Corrí al fregadero de la cocina. Las baterías estaban allí como él había dicho, en una bolsa que yo había confundido con residuos, debajo de guantes de trabajo sucios de tierra y hollín. Ayer mismo estaban limpios. ¿Qué había estado haciendo Pak?

Sacudí la cabeza. Tenía que regresar rápido con TJ.

Cuando corrí afuera, un olor desconocido en el aire —como madera húmeda quemada— me invadió la nariz. Oscurecía y no se veía bien, pero a la distancia reconocí a Pak, corriendo hacia el galpón.

Mary iba delante de él, a toda velocidad.

—¡Mary, ya está, encontré las baterías! —grité, pero ella siguió corriendo, no en dirección a la casa, sino hacia el granero—. ¡Mary, detente! —volví a gritar, pero ella siguió corriendo y pasó delante de la puerta del granero en dirección a la parte trasera. No sé por qué, pero me asustó verla ahí, y grité de nuevo, esta vez su nombre en coreano, más suave—: ¡Mei-ya! —Corrí hacia ella. Mary se volvió. Algo en su rostro me detuvo; parecía brillar, de algún modo. Una luz anaranjada le iluminaba la piel y resplandecía, como si estuviera delante del sol poniente. Sentí deseos de acariciarle el rostro y decirle: "Eres hermosa".

Oí un ruido desde la dirección en que iba ella. Como un crujido, pero más apagado, como si una bandada de gansos levantara vuelo de pronto, cientos de aleteos al mismo tiempo para elevarse al cielo. Me pareció verlos, una cortina gris recortando el viento y elevándose cada vez más hacia el cielo violáceo, pero parpadeé, y el cielo estaba vacío. Corrí hacia el sonido y entonces lo vi. Vi lo que había visto Mary, lo que la había hecho correr hacia allí a toda velocidad.

Llamas.

Fuego.

La pared trasera del granero… en llamas.

No sé por qué no corrí ni grité. Mary tampoco lo hizo. Yo quise correr, pero solo pude caminar despacio, con cuidado, de a un paso por vez en esa dirección, con los ojos fijos en las llamas anaranjadas y rojas que revoloteaban, saltaban y cambiaban de lugar como compañeros de baile en plena danza.

Cuando sonó la explosión, se me doblaron las rodillas y caí. Pero en ningún momento le quité los ojos de encima a mi hija. Todas las noches, cuando apago la luz y cierro los ojos para dormir, la veo, veo a mi Mei en ese momento. Su cuerpo se eleva y se arquea por el aire como el de una muñeca de trapo. Con gracia. Con delicadeza. Justo antes de que aterrice en el suelo con un golpe suave, veo cómo le rebota la cola de caballo. Como lo hacía cuando era niñita y saltaba a la cuerda.

UN AÑO DESPUÉS
EL JUICIO: PRIMER DÍA

Lunes 17 de agosto de 2009

YOUNG YOO

Mientras entraba en la sala del tribunal, se sintió como una novia. Por cierto, su boda había sido la última vez —y la única— en que toda la gente de un lugar hacía silencio y volteaba para mirarla mientras caminaba por el pasillo. De no haber sido por la variedad de colores de cabello y los susurros en inglés ("Mira, los dueños"; "La hija estuvo en coma durante meses, pobrecita"; "Él quedó paralítico, qué tremendo"), podría haber pensado que seguía estando en Corea.

La sala del tribunal era pequeña y se parecía a una iglesia antigua, con bancos de madera que crujía a ambos lados del pasillo. Mantuvo la cabeza gacha, al igual que había hecho veinte años antes en su boda; no solía ser el centro de atención, le resultaba desagradable. Ser modesta, no sobresalir, ser invisible: esas eran las virtudes de las esposas, no la notoriedad ni la estridencia. ¿No era acaso ese el motivo por el que las novias llevaban velo, para protegerse de las miradas, para atenuar el rubor de sus mejillas? Miró hacia los lados. A la derecha, detrás del fiscal, vio rostros conocidos, los familiares de los pacientes.

Los pacientes se habían reunido solamente una vez: en julio del 2008, para la sesión informativa afuera del granero.

Su esposo había abierto las puertas para mostrarles la cámara azul recién pintada.

—Esto —había dicho Pak, con expresión orgullosa—, es Miracle Submarine. Oxígeno puro. Alta presión. ¡A recuperarse, juntos! —Todos aplaudieron. Las madres lloraron.

Y ahora, aquí estaban las mismas personas, serias, sombrías. La esperanza del milagro se había evaporado de sus rostros y fue reemplazada por la curiosidad de los que compran publicaciones sensacionalistas en el supermercado. Y también por lástima... si era por ella o por sí mismos, no lo sabía. Había esperado ver ira, pero sonrieron al verla pasar y tuvo que recordarse que aquí ella era la víctima. No era la acusada, a la que culpaban por la explosión que había matado a dos pacientes. Se repitió lo que Pak le decía todos los días —que la ausencia de ambos en el galpón aquella noche no había causado el fuego y que él no habría podido evitar la explosión ni siquiera si se hubiera quedado con los pacientes— y trató de devolverles la sonrisa. Sabía que era bueno que la apoyaran. Pero sentía que no lo merecía, que estaba mal, que era como un premio ganado haciendo trampa, y en lugar de levantarle el ánimo, la cargaba con el peso de que Dios vería la injusticia y la corregiría, le haría pagar por las mentiras de alguna otra manera.

Cuando Young llegó a la barandilla de madera, reprimió el impulso de saltarla y sentarse en la mesa de la acusada. Se ubicó con su familia detrás del fiscal, junto a Matt y a Teresa, dos de los que habían quedado atrapados dentro de la cámara aquella noche. Hacía mucho que no los veía, desde el hospital. Ninguno la saludó; mantuvieron la mirada baja. Ellos eran las víctimas.

*

El tribunal estaba en Pineburg, la ciudad vecina a Miracle Creek. Cosa extraña, los nombres; todo lo contrario de lo que uno esperaría. Miracle Creek no parecía ser un sitio donde ocurrieran milagros, a menos que se considerara un milagro que la gente viviese ahí durante años sin enloquecer de aburrimiento. El nombre "Miracle" y sus posibilidades de marketing (además del precio bajo de las propiedades) los había atraído allí a pesar de que no había una comunidad asiática; inmigrantes tampoco, en realidad. Quedaba a una hora de la ciudad de Washington, y era fácil llegar en coche desde concentraciones densas de modernidad como el aeropuerto de Dulles, pero daba la sensación de ser un pueblo aislado de la civilización, en un mundo completamente diferente. Había senderos de tierra en lugar de aceras de hormigón. Vacas en lugar de automóviles. Graneros de madera decrépitos, no rascacielos de acero y vidrio. Era como entrar en una película en blanco y negro. El pueblo daba la impresión de haber sido utilizado y descartado; la primera vez que Young lo vio, sintió el impulso de tomar toda la basura que tenía en los bolsillos y arrojarla bien lejos.

Pineburg, a pesar del nombre insípido y la proximidad con Miracle Creek, era encantadora; sobre las calles angostas y empedradas había tiendas de estilo chalet, pintadas de colores brillantes. Las de la calle principal le recordaban su mercado favorito en Seúl, con las famosas hileras de productos frescos: espinaca verde, pimientos rojos, cebollas moradas, caquis anaranjados. Por la descripción, podía parecer estridente, pero era lo opuesto, como si colocar los colores fuertes uno al lado de otro los apagara, dejando una impresión de belleza y elegancia.

El tribunal estaba en la base de una colina, rodeado de viñas plantadas en hileras rectas sobre las laderas. La precisión geométrica brindaba una calma mesurada; resultaba apropiado que el edificio de la justicia estuviera en el medio de hileras ordenadas de viñas.

Esa mañana, mientras contemplaba el tribunal, con sus columnas blancas altas, Young pensó que era lo que más se acercaba a los Estados Unidos que había imaginado. En Corea, después de que Pak decidió que ella debía mudarse a Baltimore con Mary, había ido a librerías y buscado imágenes de Estados Unidos: el Capitolio, los rascacielos de Manhattan, el centro turístico de Inner Harbor en Maryland. En los cinco años que llevaba en el país, no había visto ninguna de esas cosas. Los primeros cuatro años había trabajado en una tienda de almacén a cinco kilómetros de Inner Harbor, pero en un vecindario al que llamaban el "gueto", lleno de casas cerradas con tablones de madera y botellas rotas por todos lados. Una pequeña bóveda de vidrio blindado: eso había sido Estados Unidos para ella.

Era curioso lo desesperada que había estado por escapar de ese mundo descarnado y, sin embargo, ahora lo echaba de menos. Miracle Creek era insular, con residentes de muchos años, que según decían ellos mismos, estaban allí desde hacía generaciones. Pensó que tal vez fueran lentos para abrirse, de modo que se concentró en entablar amistad con una familia vecina que le había parecido especialmente agradable. Pero con el tiempo comprendió que no eran agradables, sino amablemente antipáticos. Young los conocía muy bien. Su propia madre había pertenecido a esa clase de gente que utiliza los buenos modales para tapar su antipatía, igual que otros usan perfume para disimular el mal olor: cuanto peor huelen, más perfume se ponen. Esos buenos modales tan tiesos —la perpetua sonrisita de labios cerrados de la esposa, el "señora" que colocaba el esposo al comienzo o al final de cada oración— mantenían a Young a distancia y reforzaban su condición de desconocida. Si bien sus clientes más frecuentes en Baltimore habían sido malhumorados, groseros y protestones, y se quejaban de todo, desde los precios demasiado altos a los refrescos calientes y las rebanadas de fiambres demasiado finas, había sinceridad en su ordinariez, una especie de intimidad cómoda en sus gritos. Como sucede entre hermanos. Nada que disimular.

Cuando Pak se reunió con ellas en Estados Unidos el año anterior, se pusieron a buscar vivienda en Annandale, la zona coreana de la ciudad de Washington, a una distancia lógica en coche de Miracle Creek. El incendio había terminado con todo eso y seguían en su alojamiento "temporario". Una casucha desvencijada en un pueblo desvencijado, lejos de todo lo que había visto en los libros. Hasta el día de hoy, el lugar más elegante de Estados Unidos donde había estado Young había sido el hospital en el que Pak y Mary estuvieron internados durante meses después de la explosión.

*

Había mucho ruido en la sala del tribunal. No era la gente —víctimas, abogados, periodistas y vaya uno a saber quién más— la que lo causaba, sino dos antiguos aparatos de aire acondicionado en las ventanas detrás del juez. Chisporroteaban como cortadoras de césped cada vez que se encendían y apagaban, y como no estaban sincronizados, esto sucedía de manera intercalada: primero uno, luego el otro, luego el primero otra vez; como un llamado de apareamiento de extrañas bestias mecánicas. Cuando enfriaban, zumbaban y traqueteaban en tonos diferentes, lo que hacía que a Young le picaran los oídos. Sentía el deseo de introducirse el dedo meñique en el oído, llegar al cerebro y rascarlo.

La placa del vestíbulo decía que el tribunal era un sitio histórico de 250 años de antigüedad y solicitaba donaciones para la Sociedad de Preservación del Tribunal de Pineburg. Young no podía creer que existiera un grupo cuyo único propósito era evitar que este edificio se tornara moderno. Los estadounidenses se enorgullecían tanto de que las cosas tuvieran una antigüedad de doscientos años, como si ser antiguo fuera un valor en sí mismo. (Desde luego, esta filosofía no se aplicaba a las personas). No parecían darse cuenta de que el mundo valoraba a Estados Unidos justamente porque no era un país antiguo, sino moderno y nuevo. Los coreanos eran todo lo contrario. En Seúl existiría una Sociedad de Modernización dedicada a reemplazar los pisos y las mesas de madera "antiguos" de este tribunal por la elegancia del mármol y el acero.

—Todos de pie. Entra en sesión el Tribunal Penal del Condado de Skyline, presidido por el honorable juez Frederick Carleton III —anunció el oficial, y todos se pusieron de pie.

Menos Pak. Sus manos aferraron los apoyabrazos de la silla de ruedas; las venas verdosas de las manos y las muñecas sobresalían, como ordenándoles a los brazos que cargaran con el peso de su cuerpo. Young se movió para ayudarlo, pero se contuvo, sabiendo que para él sería peor necesitar ayuda para algo tan básico como ponerse de pie que directamente no hacerlo. Pak se preocupaba demasiado por las apariencias, y por cumplir con las normas y las reglas… las prototípicas cosas coreanas que a ella nunca le habían importado (porque el patrimonio de su familia le permitía el lujo de poder ser inmune a ellas, diría Pak). De todos modos, Young comprendía la frustración que sentía él por ser la única persona sentada en la multitud. Eso lo hacía vulnerable, como un niño, y ella tuvo que contener el impulso de protegerle el cuerpo con las manos y ocultar su vergüenza.

—Orden en la sala, por favor. Caso número 49621, el Estado de Virginia contra Elizabeth Ward —dijo el juez, y golpeó el martillo. Como si fuera parte del plan, los dos aires acondicionados estaban apagados, por lo que el ruido del martillo contra la madera resonó en el techo a dos aguas y permaneció en el silencio.

Ya era oficial: la acusada era Elizabeth. Young sintió un estremecimiento dentro del pecho, como si una célula inactiva de alivio y esperanza hubiera estallado y estuviera esparciendo chispas de electricidad por su cuerpo, destruyendo el miedo que se había apoderado de su vida. Aunque había pasado casi un año desde que Pak quedó libre de sospechas y arrestaron a Elizabeth, Young se había negado a creerlo del todo, y se había preguntado todo el tiempo si no sería un truco, una trampa; si hoy, en el comienzo del juicio, no anunciarían que ella y Pak eran los verdaderos acusados. Pero ahora la espera había terminado, y después de varios días en los que se presentarían pruebas —"pruebas contundentes", dijo el fiscal— Elizabeth sería declarada culpable y ellos podrían cobrar el dinero del seguro y reconstruir sus vidas. Basta de vivir en suspenso.

Los miembros del jurado entraron en hilera. Young miró a esas doce personas —siete hombres y cinco mujeres— partidarios de la pena de muerte, que habían jurado estar dispuestos a votar por la inyección letal. Ella se había enterado de eso la semana anterior. El fiscal había estado de muy buen humor, y cuando ella preguntó por qué, le explicó que los posibles jurados que más probabilidades tenían de mostrarse compasivos con Elizabeth habían sido desechados porque estaban en contra de la pena de muerte.

—¿Pena de muerte? ¿Como la horca, por ejemplo? —preguntó ella.

Su preocupación y espanto debieron de ser visibles, porque a Abe se le borró la sonrisa:

—No, por inyección; drogas endovenosas. Es indolora.

Él le explicó que no necesariamente la condenarían a muerte, que era solo una posibilidad; pero de todos modos Young temía ver a Elizabeth, seguramente con expresión aterrada, enfrentando a las personas que tenían el poder de poner fin a su vida.

Hizo un esfuerzo y miró a Elizabeth sentada en la mesa de la defensa. Parecía una abogada, con el cabello rubio retorcido en un rodete, traje verde oscuro, collar de perlas y tacones altos. Young casi no la había reconocido, estaba tan distinta de antes, cuando usaba cola de caballo, equipo deportivo arrugado y calcetines de pares diferentes.

Qué ironía: de todos los padres de los pacientes, Elizabeth había sido la más desaliñada, pero la que tenía al hijo más manejable. Henry, su único hijo, había sido un niño bien educado que, a diferencia de muchos otros pacientes, podía caminar, hablar, controlaba esfínteres y no hacía berrinches. Durante la sesión informativa, cuando la madre de los mellizos con autismo y epilepsia le había preguntado a Elizabeth: "Perdón, pero ¿por qué traes a Henry? Se lo ve tan normal", ella había fruncido el entrecejo, como ofendida. Recitó una lista: trastornos obsesivo-compulsivos, déficit de atención con hiperactividad, trastornos de procesamiento sensorial y autismo, trastornos de ansiedad; y luego comentó lo difícil que era pasarse los días investigando sobre tratamientos experimentales. Parecía no darse cuenta de lo quejosa que sonaba rodeada de niños en sillas de rueda y con sondas alimenticias.

El juez Carleton le indicó a Elizabeth que se pusiera de pie. Young supuso que ella se echaría a llorar mientras él leía las acusaciones, o al menos se ruborizaría y bajaría la vista. Pero Elizabeth miró al jurado de frente, pálida, sin parpadear. Young estudió su rostro impávido, vacío de expresión y se preguntó si estaría aturdida o en estado de shock. Pero Elizabeth no parecía desconectada, sino serena. Casi feliz. Tal vez Young estaba tan acostumbrada a verla con el ceño fruncido y expresión preocupada, que la ausencia de eso hacía que pareciera contenta.

O quizás los periódicos tuvieran razón. Tal vez Elizabeth había estado tan desesperada para deshacerse de su hijo, y ahora que estaba muerto, finalmente tenía un poco de paz. Quizás había sido un monstruo desde el principio.

MATT THOMPSON

HABRÍA DADO CUALQUIER COSA POR no estar allí hoy. Tal vez no el brazo derecho entero, pero sí uno de los tres dedos que le quedaban. Ya era un monstruo al que le faltaban dedos, ¿qué diferencia hacía uno más? No quería ver reporteros ni relampagueos de flashes cuando cometiera el error de cubrirse la cara con las manos —sentía vergüenza al imaginar cómo la luz del flash se reflejaría sobre la cicatriz brillosa que cubría el muñón deforme de su mano derecha. No quería oír a gente susurrando: "Mira, es el médico estéril", ni enfrentar a Abe, el fiscal, que en una oportunidad lo había mirado ladeando la cabeza, como si analizara un rompecabezas y le había preguntado: "¿Han pensado en adoptar, Janine y tú? Tengo entendido que en Corea hay muchos bebés con cincuenta por ciento de sangre blanca". No quería conversar con sus suegros, los Cho, que chasqueaban la lengua y bajaban la vista al ver sus heridas, ni escuchar a Janine regañándolos por cómo se avergonzaban ante cualquier defecto, cosa que ella diagnosticaría como otro más de los prejuicios e intolerancias "típicamente coreanos". Y lo que menos quería era ver a alguien de Miracle Submarine: ni a los otros pacientes, ni a Elizabeth, y decididamente, tampoco a Mary Yoo.

Abe se puso de pie y al pasar delante de Young, cubrió con su mano la de ella, que estaba apoyada sobre la barandilla. Se la palmeó con suavidad y ella sonrió. Pak apretó los dientes y cuando Abe le sonrió, estiró los labios como para devolverle el gesto, pero no lo logró. Matt pensó que a Pak, al igual que a su propio suegro coreano, no le gustaba la gente de color y pensaba que uno de los mayores defectos de Estados Unidos era que tenía un presidente afroamericano.

Cuando Pak conoció a Abe, se sorprendió. Miracle Creek y Pineburg eran sumamente provinciales y blancos. Los miembros del jurado eran todos blancos. El juez era blanco. La policía, los bomberos, todos blancos. No era el sitio donde uno imaginaría que habría un fiscal negro. Bueno, tampoco era el sitio donde uno esperaría tener a un inmigrante coreano manejando un minisubmarino que brindaba una supuesta terapia médica, pero allí estaba.

—Damas y caballeros del jurado, me llamo Abraham Patterley y soy el fiscal. Represento al Estado de Virginia contra la acusada, Elizabeth Ward —dijo Abe y señaló a Elizabeth con el índice. Ella se sobresaltó, como si no hubiera sabido que era la acusada.

Matt miró el dedo índice de Abe y se preguntó qué haría el fiscal si lo perdiera, como le había sucedido a él. Justo antes de amputárselo, el cirujano le había dicho:

—Gracias a Dios que esto no afecta demasiado tu carrera. Imagínate si hubieras sido pianista o cirujano.

Matt había pensado mucho en eso. ¿Qué trabajo existía que no se viera demasiado afectado por la amputación del índice y dedo medio derechos? Hubiera puesto al de abogado en la lista, pero ahora, viendo cómo Elizabeth se marchitaba ante ese único ademán de Abe y el poder que le daba ese dedo, ya no estaba seguro.

—¿Por qué está Elizabeth Ward aquí hoy? Ya han escuchado los cargos de los que se la acusa: incendio premeditado, agresión, intento de homicidio —continuó Abe, y se quedó mirando a Elizabeth antes de volverse hacia el jurado—: Homicidio.

"Las víctimas están aquí, dispuestas a contarles lo que les sucedió... —hizo un ademán hacia la primera hilera de asientos—, a ellos y a las otras dos víctimas: Kitt Kozlowski, amiga de Elizabeth Ward desde hace muchos años, y Henry Ward, el hijo de ocho años de la acusada, que no pueden contárselo en persona, porque están muertos.

"El tanque de oxígeno de Miracle Submarine explotó alrededor de las 20:25 del 6 de agosto de 2008, lo que provocó un incendio incontrolable. Había seis personas adentro, y tres en los alrededores. Dos de ellas murieron. Cuatro sufrieron heridas graves y estuvieron internadas durante meses, paralizadas o con miembros amputados.

"La acusada debía estar dentro del submarino con su hijo. Pero no lo estaba. Les dijo a todos que se sentía mal. Dolor de cabeza, congestión, etcétera. Le pidió a Kitt, la madre de otro paciente, que vigilara a Henry mientras ella descansaba. Llevó vino que había traído de su casa al arroyo cercano. Fumó un cigarrillo de la misma marca que dio origen al incendio y utilizó fósforos iguales a los que desataron el incendio.

Abe miró al jurado.

—Todo lo que les acabo de decir está comprobado. —Cerró la boca y se quedó en silencio, para enfatizar lo dicho—. Com-pro-ba-do —repitió, separando las sílabas como si fueran cuatro palabras distintas—. La acusada —volvió a señalarla con el dedo— lo admite. Admite que de manera intencional se quedó afuera, fingiendo estar enferma y que, mientras su hijo y su amiga se incineraban, ella estaba bebiendo vino y fumando, usando los mismos fósforos y cigarrillo que causaron la explosión y escuchando música de Beyoncé en su iPod.

*

Matt sabía por qué él sería el primer testigo. Abe le había explicado la necesidad de un resumen general:

—Oxígeno hiperbárico, bla, bla, es complicado. Eres médico, puedes ayudar a que todo el mundo entienda. Además, estabas allí, eres la persona ideal.

Ideal o no, Matt detestaba la idea de ser el primero en hablar, de ser el que proveería el contexto. Sabía lo que opinaba Abe, que este asunto de la terapia curativa con oxígeno era un cuento y que quería decir: "Miren, aquí tienen a un estadounidense normal, un médico de verdad de una facultad de medicina de verdad, y él se sometía al tratamiento, por lo que tan disparatado no puede ser".

—Coloque la mano izquierda sobre la Biblia y levante la mano derecha —indicó el oficial. Matt puso la mano derecha sobre la Biblia y levantó la izquierda, mirando de lleno al oficial del tribunal. Que pensara que era un imbécil que no distinguía la derecha de la izquierda. Era mejor eso que mostrar su mano deforme y que todos hicieran una mueca y movieran los ojos hacia todas partes, como pájaros que revolotean sobre una pila de basura y no saben dónde posarse.

Abe comenzó con lo fácil: de dónde era Matt (Bethesda, en el Estado de Maryland), a qué universidad había ido (Tufts), dónde había estudiado Medicina (Georgetown), dónde había hecho la residencia (también en Georgetown), las becas (mismo lugar), qué certificación había obtenido (Radiología), en qué hospital había trabajado (Fairfax).

—Ahora bien, tengo que hacerle la primera pregunta que me vino a la mente cuando me enteré de la explosión. ¿Qué es Miracle Submarine y por qué se necesita un submarino en medio de Virginia, que ni siquiera está cerca del mar? —Varios miembros del jurado sonrieron, como aliviados por el hecho de que alguien más se hubiera preguntado lo mismo que ellos.

Matt esbozó una sonrisa forzada.

—No es un submarino de verdad. Solamente está diseñado como uno, con ojos de buey, una escotilla y paredes de acero. En realidad es un equipamiento médico, una cámara para oxigenoterapia hiperbárica. La llamamos O-T-H-B, pronunciado O-Te-Hache-Be, para abreviar.

—Explíquenos cómo funciona, doctor Thompson.

—El paciente se introduce en la cámara sellada y el aire se presuriza entre 1.5 y 3 veces por encima de la presión atmosférica normal. Respira oxígeno puro al cien por ciento. La alta presión hace que el oxígeno se disuelva a mayores niveles en la sangre, fluidos y tejidos. Las células dañadas, para sanarse, necesitan oxígeno, así que esta penetración profunda de oxígeno adicional puede favorecer la recuperación y la regeneración. Muchos hospitales brindan OTHB.

—Miracle Submarine no es una cámara hospitalaria. ¿Cuál es la diferencia?

Matt pensó en las cámaras hospitalarias estériles, manejadas por técnicos uniformados, y en la cámara oxidada de los Yoo, instalada en diagonal dentro de un antiguo granero.

—No demasiada. Los hospitales en general usan tubos transparentes para una sola persona. Miracle Submarine es una cámara más grande, para que cuatro pacientes y sus cuidadores puedan ingresar juntos, lo que la vuelve mucho más accesible económicamente. Además, los centros privados están dispuestos a tratar afecciones que los hospitales no atienden.

—¿Qué tipo de afecciones?

—Una gran variedad: autismo, parálisis cerebral, infertilidad, enfermedad de Crohn, neuropatías. —Matt creyó escuchar risitas al nombrar la afección que había tratado de ocultar en medio de la lista: infertilidad. O tal vez fue el recuerdo de su propia risa la primera vez que Janine sugirió OTHB después del análisis de semen.

—Gracias, doctor Thompson. Bien, usted fue el primer paciente de Miracle Submarine. ¿Puede contarnos su experiencia?

Vaya si podía. Podía extenderse sobre cómo Janine le armó la trampa perfecta y lo invitó a cenar a casa de sus padres sin decir una palabra sobre los Yoo ni la OTHB ni —peor aún— sobre la "contribución" que se esperaba de él. Una maldita emboscada.

—Conocí a Pak en casa de mis suegros el año pasado —comenzó Matt, dirigiéndose a Abe—. Son amigos de la familia; mi suegro y Pak provienen del mismo pueblo en Corea. Me enteré de que Pak estaba por comenzar con una cámara hiperbárica y mi suegro iba a invertir en el proyecto.

—Habían estado sentados alrededor de la mesa y los Yoo se habían puesto de pie de inmediato cuando entró Matt, como si fuera un miembro de la realeza. Pak parecía nervioso: la sonrisa tensa acentuaba su cara angulosa y cuando estrechó la mano de Matt, los nudillos parecían cumbres rocosas. Young, su esposa, se había inclinado ligeramente, con la mirada baja. Mary, la hija de dieciséis años era una copia de la madre, con ojos demasiado grandes para su rostro delicado, pero había sonreído con facilidad y aire travieso, como si conociera un secreto y no viera la hora de ver su reacción al enterarse que, por supuesto, era lo que estaba por suceder.

En cuando Matt se sentó, Pak dijo:

—¿Conoces la OTHB? —Las palabras parecieron dar el pie para una actuación bien ensayada. Todos convergieron alrededor de Matt, inclinándose hacia él de modo conspiratorio y hablaron por turnos, sin pausa. El suegro de Matt contó lo popular que era la terapia entre sus clientes asiáticos de acupuntura; Japón y Corea tenían centros de bienestar con saunas infrarrojos y OTHB. La suegra de Matt dijo que Pak tenía años de experiencia en oxigenoterapia en Seúl. Janine comentó que investigaciones recientes demostraban que la

OTHB constituía un tratamiento promisorio para muchas afecciones crónicas.

—¿Y cuál fue su reacción ante esto? —quiso saber Abe.

Matt vio cómo Janine se llevaba el pulgar a la boca y se mordía el pellejo alrededor de la uña. Era algo que hacía cuando estaba nerviosa, lo mismo que había hecho durante aquella cena, sin duda porque sabía perfectamente lo que él iba a pensar. Lo que iban a pensar todos sus amigos del hospital. Que era una idiotez. Otra de las terapias alternativas de su padre, terapias holísticas en las que caían los pacientes desesperados, locos o estúpidos. Matt nunca decía esto, por supuesto. Bastante lo desaprobaba ya su suegro, el señor Cho, solamente por no ser coreano. Si descubría que Matt consideraba que su profesión —en realidad, toda la "medicina" oriental— era un engaño… No. No sería bueno. Razón por la cual Janine había estado brillante en anunciar eso delante de sus padres y sus amigos.

—Todos estaban entusiasmados —dijo Matt a Abe—. Mi suegro, acupunturista con treinta años de experiencia, apoyaba el tratamiento y mi esposa, que es médica clínica, reconocía su potencial. Eso era lo único que yo necesitaba saber. —Janine había dejado de morderse la cutícula—. Hay que tener en cuenta —añadió Matt— que ella se graduó de la carrera de Medicina con calificaciones mucho mejores que las mías.

Janine y los miembros del jurado rieron.

—De manera que usted decidió hacer el tratamiento. Cuéntenos acerca de eso.

Matt se mordió el labio y apartó la vista. Sabía que llegaría esa pregunta y había practicado cómo responderla: con sencillez. Del mismo modo en que Pak había dicho aquella noche que el suegro de Matt iba a invertir, que Janine había sido "designada" —como si se tratara de una comisión presidencial o algo por el estilo— consultora médica y todos habían estado de acuerdo. "Usted, doctor Thompson, tiene que ser nuestro primer paciente". Matt creyó haber escuchado mal. Pak hablaba inglés bien, pero tenía acento marcado y cometía errores de sintaxis. Tal vez había querido decir "director" o "presidente" y había traducido mal. Pero luego Pak añadió: "Muchos pacientes serán niños, pero es bueno tener un paciente adulto".

Matt bebió vino, sin decir nada, mientras se preguntaba qué demonios podía haberle hecho pensar a Pak que un hombre saludable como él podía necesitar OTHB. De pronto, se le ocurrió una posibilidad. ¿Y si Janine había dicho algo del problema que tenían... que tenía él, mejor dicho? Trató de no pensar en eso y de concentrarse en la cena, pero le temblaban las manos y no podía tomar los *galbi,* los trozos resbalosos de costillas marinadas que se le deslizaban entre los delgados palillos plateados. Mary lo notó y acudió en su ayuda.

—Yo tampoco sé usar palillos de acero —dijo, y le ofreció unos de madera, como los que proveen en las casas de comida china para llevar—. Con estos es más fácil. Pruébalos. Mi mamá dice que tuvimos que irnos de Corea por eso: nadie se iba a casar con una chica que no supiera usar palillos, ¿no es cierto, ma? —Todos parecían fastidiados y guardaron silencio, pero Matt rio. Mary hizo lo mismo, y los dos rieron entre las caras serias de los demás, como niños comportándose mal en una habitación llena de adultos.

Fue en ese momento, mientras Matt y Mary reían, que Pak dijo:

—La OTHB ha dado grandes resultados en el tratamiento de la infertilidad, especialmente en casos como el suyo, de baja movilidad de espermatozoides.

Allí mismo, al confirmar que su esposa había revelado detalles médicos y personales no solamente a sus padres sino a estos desconocidos, Matt sintió una explosión caliente en el pecho, como si un globo lleno de lava se hubiera inflado y hubiera estallado en sus pulmones, desplazando el oxígeno.

Miró a Pak y trató de respirar con normalidad. Curiosamente, a la que no había podido mirar no había sido Janine, sino a Mary. No quería ver cómo esas palabras —*infertilidad, baja movilidad de espermatozoides*— cambiarían el modo en que lo miraba. Si su mirada curiosa (¿interesada, quizá?) cambiaría a una de desagrado, o peor aún, de lástima.

Matt se dirigió a Abe:

—Mi esposa y yo teníamos problemas para concebir y la OTHB era un tratamiento experimental para hombres en esta situación, por lo que tenía sentido aprovechar el nuevo emprendimiento. —No mencionó que al principio no había estado de acuerdo, que no había querido ni tocar el tema durante el resto de la cena. Janine había dicho lo que evidentemente había practicado: que el hecho de que Matt accediera en forma voluntaria a ser paciente ayudaría a lanzar el proyecto, que la presencia de un "médico de verdad" (palabras de Janine) convencería a potenciales clientes de la seguridad y efectividad de la OTHB. No parecía notar que él no respondía, que mantenía la mirada fija en el plato. Pero Mary sí lo notó. Se dio cuenta de lo que sucedía y acudió al rescate una y otra vez, bromeando sobre la técnica de Matt con los palillos y sobre el sabor a ajo mezclado con vino.

Durante los días siguientes, Janine se había puesto muy pesada; no cesaba de hablar de lo segura que era la oxigenoterapia, de la utilidad que tenía, bla, bla. Al ver que él no cedía, trató de hacerlo sentir culpable y dijo que su rechazo confirmaría la sospecha de su padre en cuanto a que Matt no creía en su negocio.

—Es que realmente *no* creo en eso. No me parece que lo que él hace sea medicina, lo sabes desde el primer día —respondió Matt, lo que llevó al comentario hiriente de ella.

—La verdad es que te opones a todo lo asiático, no lo tienes en cuenta.

Antes de que pudiera enfadarse con ella por acusarlo de racista y señalarle que se había casado con una asiática, por el amor de Dios (y además, ¿no era ella la que siempre comentaba lo racistas que eran los coreanos anticuados como sus padres?), Janine dijo en tono suplicante:

—Solo un mes. Si funciona, no hay que hacer fertilización in vitro. No tendrás que masturbarte dentro de un envase. ¿No crees que vale la pena probar?

Él nunca dijo que sí. Simplemente, Janine decretó que el que calla, otorga, y él se lo permitió. Ella tenía razón, o al menos, no estaba equivocada en lo que decía. Además, tal vez serviría para que su suegro comenzara a perdonarlo por no ser coreano.

—¿Cuándo comenzó a someterse a la OTHB? —preguntó Abe.

—El primer día que abrieron, el 4 de agosto. Quería hacerme las cuarenta sesiones durante ese mes porque el tránsito es más liviano, de modo que me inscribí para dos inmersiones por día, la primera a las 9:00 y la última a las 18:45. Había seis sesiones por día y a los pacientes de "doble inmersión" nos reservaban ese horario.

—¿Quién más estaba en el grupo de doble inmersión? —preguntó Abe.

—Había otros tres pacientes: Henry, TJ y Rosa. Y sus madres. A no ser cuando alguno no asistía por enfermedad o por quedarse atascado en el tránsito o lo que fuera, estábamos todos allí, dos veces por día.

—Cuéntenos sobre ellos.

—De acuerdo: Rosa es la mayor. Dieciséis años, creo. Tiene parálisis cerebral. Está en silla de ruedas y se alimenta por sonda. Su madre es Teresa Santiago —dijo y la señaló—. La llamamos Madre Teresa porque es muy buena y muy paciente —agregó, y Teresa se sonrojó, como lo hacía cada vez que la llamaban así—. Después está TJ, de ocho años. Padece autismo. No habla. Su madre, Kitt...

—¿Se refiere a Kitt Kozlowski, que murió el año pasado?

—Sí.

—¿Reconoce esta fotografía? —Abe la colocó sobre un atril. Estaba armada con el rostro de Kitt en el centro, rodeado por los de su familia, como si fueran pétalos. El esposo de Kitt arriba (de pie detrás de ella), TJ debajo (en su regazo), dos niñas a la derecha, dos a la izquierda. Los cinco hijos con el mismo pelo rojizo y rizado de ella. Un cuadro de felicidad. Pero ahora la madre ya no estaba, dejando un girasol sin disco central que sostuviera los pétalos.

Matt tragó saliva y carraspeó.

—Esa es Kitt, con su familia, con TJ.

Abe colocó otra fotografía junto a la de Kitt. Henry. No era una fotografía profesional, sino una algo borroneada del niño riendo en un día soleado con cielo azul y hojas verdes detrás de él. Tenía el pelo rubio peinado ligeramente hacia arriba, la cabeza hacia atrás y los ojos casi cerrados por la risa. Le faltaba un diente en el medio, y parecía orgulloso del hueco. Matt volvió a tragar saliva.

—Ese es Henry. Henry Ward. El hijo de Elizabeth.

—¿La acusada acompañaba a Henry durante las inmersiones, como las otras madres?

—Sí —respondió Matt—. Siempre se quedaba con Henry, menos en la última inmersión.

—¿Asistió a todas las inmersiones y la única vez que no estuvo allí fue cuando todo el resto sufrió heridas graves o murió?

—Sí, fue la única vez que no vino —dijo y miró a Abe, esforzándose por no posar la vista sobre Elizabeth, pero podía verla igual de soslayo. Ella miraba las fotografías, se mordía los labios; el lápiz labial se le había borrado. Su rostro se veía mal, con maquillaje alrededor de los ojos azules, rubor en las mejillas, la nariz sombreada para acentuarla, luego nada debajo de la nariz, solo blanco. Parecía un payaso que ha olvidado dibujarse los labios.

Abe colocó un afiche sobre un segundo atril.

—¿Doctor Thompson, le parece que esto ayuda a comprender cómo era el terreno donde operaba Miracle Submarine?

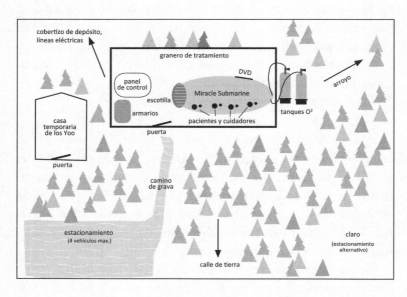

—Sí, mucho —respondió Matt—. Es el dibujo que hice del lugar. Es en el pueblo de Miracle Creek, a veinte kilómetros al oeste de aquí. El arroyo Miracle es un arroyo real que corre por el pueblo: de allí el nombre. También pasa por el bosque junto al granero de tratamiento.

—Disculpe, ¿dijo "granero de tratamiento"? —Abe parecía perplejo, como si no hubiera visto el granero miles de veces.

—Sí, hay un antiguo granero de madera en el medio del terreno y la cámara hiperbárica está dentro. Cuando se ingresa, a la izquierda está el panel de control donde se sentaba Pak. Y un armario con casilleros para que dejemos todo lo que no se puede ingresar en la cámara, como alhajas, artículos electrónicos, papel, ropa sintética, cualquier cosa que pudiera causar una chispa. Pak tenía reglas de seguridad muy estrictas.

—¿Y qué hay afuera del granero?

—Adelante, hay un estacionamiento de grava con lugar para cuatro coches. A la derecha, el bosque y el arroyo. A la izquierda, una casita donde vive la familia de Pak, y hacia atrás, un cobertizo de depósito y las líneas de electricidad.

—Gracias —dijo Abe—. Ahora cuéntenos cómo es una típica inmersión. ¿Qué sucede durante la sesión?

—Nos introducimos en la cámara por la escotilla. Por lo general, yo entraba último y me sentaba cerca de la salida. Allí estaban los auriculares del intercomunicador, para comunicarse con Pak.

Era un motivo bastante creíble, pero la realidad era que Matt prefería estar en la periferia del grupo. A las mamás les gustaba conversar, intercambiar protocolos de tratamientos experimentales y contar sobre sus vidas. Estaba muy bien para ellas, pero él era diferente. Era médico y para empezar, no creía en terapias alternativas. Además, no tenía hijos, mucho menos niños con necesidades especiales. Deseaba haber podido ingresar con una revista o papeles para leer, cualquier cosa para protegerse de sus preguntas constantes. Era irónico que estuviera allí para tratar de tener hijos, cuando a cada momento se preguntaba: *¿Por Dios, de verdad quiero niños? ¡Es tanto lo que puede salir mal!*

—Entonces —prosiguió Matt—, comienza la presurización. Simula lo que se sentiría en una inmersión real.

—¿Cómo es eso? Explíquenos a los que no hemos paseado nunca en submarino —dijo Abe, e hizo sonreír a varios de los miembros del jurado.

—Es como cuando aterriza un avión. Se sienten los oídos tapados, como que van a estallar. Pak presurizaba muy lentamente, para minimizar la incomodidad, por lo que el proceso llevaba unos cinco minutos. Una vez que estábamos en 1.5 ATM, eso es como dieciocho metros bajo el nivel del mar, nos colocábamos los cascos de oxígeno.

Uno de los asistentes de Abe le alcanzó un casco de plástico transparente.

—¿Como este?

Matt lo tomó.

—Sí.

—¿Cómo funciona?

Matt se volvió hacia el jurado y señaló el anillo de latex azul de la parte inferior:

—Esto se coloca alrededor del cuello y toda la cabeza va adentro —dijo, y estiró la abertura como si fuera el cuello alto de un suéter y metió la cabeza dentro de la burbuja transparente—. Después, el tubo —agregó, y Abe le alcanzó un rollo de plástico transparente. Parecía una viborita interminable, de esas que cuando se desenrollan miden tres metros.

—¿Para qué es eso, doctor?

Matt colocó el tubo dentro de una abertura en el casco, a la altura de la mandíbula.

—Conecta el casco con la válvula de oxígeno dentro de la cámara. Detrás del granero hay tanques de oxígeno, que se conectan por los tubos a las válvulas. Cuando Pak abría el oxígeno, este viajaba por los tubos hasta nuestros cascos. El oxígeno inflaba el casco, como si fuera una pelota.

—Lo que le da el aspecto de tener la cabeza dentro de una pecera —comentóAbe, sonriendo, y los miembros del jurado rieron. Matt se dio cuenta de que Abe les caía bien: un tipo sencillo que decía las cosas sin vueltas y no se comportaba como si fuera más inteligente que ellos—. ¿Y después, qué?

—Muy simple. Los cuatro respiramos normalmente, e inspiramos oxígeno puro al cien por ciento durante sesenta minutos. Al final de la hora, Pak cerraba el paso de oxígeno, nos quitábamos los cascos, se despresurizaba la cámara y salíamos —concluyó Matt y se quitó el casco.

—Gracias, doctor Thompson. Su explicación ha sido muy útil. Ahora me gustaría detenerme en la razón por la que estamos aquí, en lo que sucedió el 26 de agosto del año pasado. ¿Recuerda ese día?

Matt asintió.

—Disculpe, es necesario que responda de manera verbal. Para el taquígrafo del tribunal.

—Sí —carraspeó y se aclaró la voz—. Sí.

Abe entornó los ojos ligeramente, luego los abrió grandes, como si no supiera si disculparse o mostrarse entusiasmado por lo que venía.

—Cuéntenos, en sus propias palabras, lo que sucedió aquel día.

La sala se movió; casi de manera imperceptible, todos los cuerpos que estaban en el estrado del jurado y en el salón se inclinaron un centímetro hacia adelante. Para esto habían venido: no solo para enterarse de los detalles morbosos —las fotografías ampliadas y los restos chamuscados del equipo—, aunque eso también contaba, sino por el drama mismo de la tragedia. Matt lo veía a diario en el hospital: huesos fracturados, accidentes automovilísticos, sustos con el cáncer. La gente lloraba, desde luego —por el dolor, la injusticia, los problemas resultantes— pero siempre había uno o dos miembros de cada familia que se energizaban por estar en la periferia del sufrimiento. Cada célula del cuerpo les vibraba a una frecuencia un poco más alta, como si se hubieran despertado de la mundana latencia de sus vidas cotidianas.

Matt se miró la mano arruinada, el pulgar, el anular y el meñique que sobresalían de la masa rojiza. Volvió a carraspear. Había relatado la historia muchas veces. A la policía y a los médicos, a los investigadores de la compañía de seguros, a Abe. Una vez más, la última, se dijo. Un último recorrido por la explosión, por el ardor del fuego, por la destrucción de la cabecita de Henry. Después nunca más iba a tener que hablar de ello.

TERESA SANTIAGO

HABÍA SIDO UN DÍA TÓRRIDO. De esos en los que uno empieza a sudar a las siete de la mañana. Sol pleno después de una lluvia torrencial de tres días; el aire estaba denso y pesado, como el interior de una secadora llena de ropa húmeda. Había estado esperando con agrado la inmersión de la mañana: iba a ser un alivio estar encerrada en una cámara con aire acondicionado.

Al ingresar en el predio, Teresa estuvo a punto de atropellar a una persona. Un grupo de seis mujeres con letreros caminaba en círculo, como en un piquete. Teresa había aminorado y estaba tratando de leer los letreros, cuando una persona se le cruzó por adelante. Frenó en seco y logró esquivarla.

—¡Por Dios! —exclamó, mientras bajaba del coche. La mujer siguió caminando, sin mirarla, ni gritarle, ni hacerle un gesto obsceno—. Perdón, pero ¿qué está pasando? Necesitamos entrar —dijo Teresa al grupo. Eran todas mujeres con letreros que decían "SOY UN NIÑO, NO UN RATÓN DE LABORATORIO"; "ÁMAME, ACÉPTAME, NO ME ENVENENES" y "MEDICINA DE MATASANOS = MALTRATO INFANTIL", todo escrito con letras mayúsculas en colores primarios.

Una mujer alta, de cabello corto canoso, se le acercó:

—La calle es terreno público. Tenemos derecho de estar aquí para impedirles el paso. La OTHB es peligrosa, no funciona y lo único que están haciendo ustedes es mostrarles a sus hijos que no los aman como son.

Un automóvil hizo sonar el claxon detrás de ella. Era Kitt.

—Estamos aquí a unos metros. No les prestes atención a estas locas —dijo, y señaló calle abajo. Teresa cerró la puerta de la camioneta y la siguió. Kitt no anduvo demasiado, solamente hasta la siguiente zona de detención, un claro en el bosque. Por entre el follaje espeso se veía correr el arroyo Miracle, hinchado, oscuro y perezoso después de la tormenta.

Matt y Elizabeth ya estaban allí.

—¿Quién diablos es esa gente? —preguntó Matt.

Kitt se dirigió a Elizabeth.

—Sé que estuvieron diciendo cosas horribles sobre ti y amenazando con locuras, pero nunca se me ocurrió que harían algo al respecto.

—¿Las conoces? —preguntó Teresa.

—Solo de sitios online —respondió Elizabeth—. Son fanáticas. Todos sus hijos padecen autismo y ellas van por ahí declarando que así es como tiene que ser y que todos los tratamientos son un engaño, que son crueles y matan a los niños.

—Pero la oxigenoterapia no es así en absoluto —objetó Teresa—. Matt, tú puedes explicarles.

Elizabeth sacudió la cabeza.

—No hay modo de razonar con ellas. No podemos dejar que nos afecte. Vamos, llegaremos tarde.

Entraron por el bosque para evitar a las manifestantes, pero no dio resultado. Ellas los vieron y corrieron hacia allí para bloquearles el camino. La mujer de pelo canoso blandía un folleto con la imagen de una cámara hiperbárica rodeada de llamas y el número 43 impreso arriba.

—Se sabe que hubo cuarenta y tres incendios en cámaras

de OTHB, y también explosiones. ¿Por qué someterían a sus hijos a algo tan peligroso? ¿Con qué fin? ¿Para que hagan más contacto visual? ¿Para que agiten menos las manos? Acéptenlos como son. Dios los hizo así, nacieron así y…

—No, Rosa no nació así —objetó Teresa, dando un paso hacia adelante—. No nació con parálisis cerebral. Nació perfecta. Caminaba, hablaba, amaba colgarse de los pasamanos en los juegos. Pero se enfermó, y no la llevamos al hospital lo suficientemente pronto. —Sintió que una mano le apretaba el hombro: Kitt—. No debería estar en silla de ruedas. ¿Acaso me están criticando, condenando, por tratar de sanarla?

—Lamento todo eso —dijo la mujer de cabello canoso—. Pero nuestro objetivo es interpelar a padres de hijos autistas, que es diferente.

—¿Qué tiene de diferente? —quiso saber Teresa—. ¿Que nacieron así? ¿Y los que nacen con tumores y labio leporino? Dios evidentemente los creó así, pero ¿eso significa que los padres no deberían operarlos ni hacerles rayos o lo que sea necesario para que estén sanos y enteros?

—Nuestros hijos ya son sanos y están enteros —replicó la mujer—. El autismo no es un defecto, es una forma diferente de ser y cualquier tratamiento para el autismo es pura charlatanería.

—¿Estás segura? —preguntó Kitt y se adelantó para quedar junto a Teresa—. Yo también pensaba eso y después leí que muchos niños con autismo padecen problemas digestivos y que por eso caminan en puntillas, porque la tensión muscular ayuda con el dolor. TJ siempre caminó en puntillas, así que lo hice revisar. Resultó que sufre de inflamación severa y no podía comunicárnoslo.

—Lo mismo le sucede a ella —dijo Teresa y señaló a Elizabeth—. Estuvo probando muchísimos tratamientos y su hijo ha mejorado tanto que los médicos dicen que ya no padece autismo.

—Sí, conocemos muy bien sus tratamientos. Su hijo tiene suerte de haber sobrevivido a ellos. No todos los niños lo hacen —replicó la mujer y agitó el folleto sobre los incendios contra el rostro de Elizabeth.

Elizabeth resopló y sacudió la cabeza. Atrajo a Henry contra su cuerpo y se alejó. La mujer la tomó del brazo y tironeó con fuerza. Elizabeth gritó y trató de soltarse, pero la mujer se lo impidió.

—No voy a dejar que sigas ignorándome —le espetó—. Si no dejas de hacerlo, algo terrible sucederá, te lo garantizo.

—¡Eh, suéltala ya mismo! —gritó Teresa, interponiéndose entre ambas y golpeando la mano de la mujer para alejarla. La mujer giró hacia ella y cerró el puño, como para golpearla. Teresa sintió que le corría un escalofrío por la espalda. No seas tonta, no hay nada que temer, es solo una madre fanática, se dijo—. Vamos, déjennos pasar de una vez —le ordenó.

Después de unos segundos, las manifestantes retrocedieron. Acto seguido, levantaron los letreros y, en silencio, reanudaron la caminata en una ronda ovalada.

*

Era extraño estar sentada en el tribunal escuchando a Matt contar esos mismos acontecimientos de la mañana de la explosión. Teresa no había esperado que los recuerdos de él fueran idénticos a los suyos —miraba por televisión el programa *La ley y el orden*, no era *tan* ingenua— pero de todos modos, lo distintos que eran le resultaba perturbador. Matt redujo el encuentro con las manifestantes a una frase: "Un debate sobre la eficacia y la seguridad de los tratamientos experimentales para el autismo"; y no mencionó lo que Teresa había dicho sobre otros problemas de salud; tal vez él no había registrado la importancia de ese argumento o quizá simplemente le resultaba irrelevante. La jerarquía de las discapacidades… para

Teresa eso era central, algo que la torturaba; y para Matt no era nada. Si él tuviera un hijo discapacitado, sería distinto, desde luego. Tener un hijo con necesidades especiales no solo te cambiaba: te transmutaba, te transportaba a un mundo paralelo con un eje de gravedad alterado.

—Y mientras sucedía todo esto —dijo Abe—, ¿qué estaba haciendo la acusada?

—Elizabeth no se involucró en absoluto —respondió Matt—, lo que me llamó la atención, porque por lo general siempre habla sobre tratamientos para el autismo. Se limitó a contemplar el folleto. En la parte inferior había un texto y ella entornaba los ojos, como queriendo leer lo que decía.

Abe entregó a Matt un documento.

—¿Es este el folleto al que se refiere?

—Sí.

—Por favor, lea el texto en la parte inferior.

—"Evitar las chispas en la cámara no es suficiente. Hubo un caso en que se produjo un incendio afuera de la cámara, debajo de los tubos de oxígeno y eso llevó a una explosión fatal".

—*Se produjo un incendio afuera de la cámara, debajo de los tubos de oxígeno* —repitió Abe—. ¿No es exactamente eso lo que sucedió en Miracle Submarine ese mismo día?

Matt miró a Elizabeth y apretó la mandíbula, como rechinando las muelas.

—Sí —respondió—. Y sé que ella lo tenía en mente porque después de eso, fue directamente a ver a Pak y le contó lo qué decía el folleto. Pak dijo que eso no nos podía suceder, no permitiría que ninguna de esas mujeres se acercara al granero, pero Elizabeth siguió diciendo que eran peligrosas y le hizo prometer que llamaría a la policía e informaría que estaban amenazándonos, para que quedara registrado.

—¿Y durante la inmersión? ¿Habló ella de este tema?

—No, permaneció en silencio. Parecía ausente. Como si estuviera muy concentrada en algo.

—¿Como si planeara algo, quizá? —sugirió Abe.

—¡Objeción! —protestó la abogada de Elizabeth.

—Aceptada. El jurado no tendrá en cuenta la pregunta —dijo el juez con desgano. Una versión judicial de "Sí, claro, claro". De todos modos, no importaba. Los miembros del jurado ya lo estaban pensando: el folleto le había dado a Elizabeth la idea de provocar el incendio y echarles la culpa a las manifestantes.

—Doctor Thompson, después de que el submarino Miracle explotó exactamente del mismo modo que mencionó la acusada, ¿intentó ella adjudicarles la culpa a las manifestantes?

—Sí —respondió Matt—. Esa tarde, oí que le dijo al detective que estaba segura de que habían sido ellas las que habían encendido fuego debajo de los tubos de oxígeno de afuera.

Teresa había escuchado lo mismo. Al principio —igual que el resto—, sospechó de las manifestantes y, aun después de que arrestaron a Elizabeth, siguió pensando lo mismo. Esta mañana, cuando la abogada de Elizabeth se reservó el alegato inicial para después de que la fiscalía presentara el caso, se había sentido desilusionada, pues todavía creía que la defensa alegaría que las manifestantes eran las homicidas.

—Doctor Thompson —prosiguió Abe—, ¿qué más sucedió esa mañana después del episodio con las manifestantes?

—Después de la inmersión, Elizabeth y Kitt se fueron primeras y yo ayudé a Teresa a cruzar el bosque con la silla de ruedas de Rosa. Cuando llegamos a donde habíamos estacionado, Henry y TJ ya estaban en el coche y Elizabeth y Kitt estaban junto al bosque, del otro lado de donde estábamos nosotros. Estaban discutiendo —explicó Matt. Teresa lo recordaba bien: se estaban gritando, pero en los susurros furiosos que utiliza la gente cuando discute en público por algo privado.

—¿Qué decían?

—Era difícil entender, pero escuché que Elizabeth le decía a Kitt "perra celosa" y algo como: "Cómo me gustaría echarme a comer bombones todo el día en vez de cuidar a Henry".

Teresa había escuchado la palabra "bombones", pero no el resto. Matt había estado más cerca que ella; en cuanto llegaron al lugar, él descubrió que tenía algo sobre el parabrisas y había corrido a buscarlo.

—Disculpe —dijo Abe—. ¿La acusada llamó a Kitt "perra celosa" y dijo que le encantaría pasárselo comiendo bombones en lugar de cuidar a su hijo Henry… justo unas horas antes de que Kitt y Henry murieran en la explosión? ¿Entendí bien?

—Sí.

Abe contempló las fotografías de Kitt y Henry y sacudió la cabeza. Cerró los ojos un instante, como para tomar fuerzas y prosiguió:

—¿La acusada discutió con Kitt alguna otra vez en que usted haya estado presente?

—Sí —respondió Matt, mirando a Elizabeth—. En una oportunidad, le gritó a Kitt delante de nosotros y la empujó.

—¿La empujó? ¿La empujó físicamente? —preguntó Abe y dejó que su boca se abriera de asombro—. Háblenos de eso, por favor.

Teresa conocía la historia que Matt iba a relatar. Elizabeth y Kitt eran amigas, pero en su relación había una corriente de tensión que cada tanto salía a la superficie y las hacía discutir. Peleítas, nada del otro mundo, salvo una vez. Fue después de una inmersión. Cuando todos se marchaban, Kitt le dio a TJ lo que parecía ser un envase de pasta dentífrica decorado con la imagen del dinosaurio Barney.

—¡Ay, no me digas que es el nuevo yogurt! —exclamó Elizabeth.

Kitt suspiró.

—Sí, es YoFun. Y ya sé que no es LGLC —respondió,

luego se dirigió a Teresa y Matt—. LGLC es libre de gluten, libre de caseína. Es una dieta para el autismo.

—¿TJ ya no sigue esa dieta? —quiso saber Elizabeth.

—Sí, la sigue para todo lo demás. Pero este es su yogur favorito y es la única forma en que acepta incorporar los suplementos. Se lo doy solamente una vez por día.

—¿Una vez por *día*? ¡Pero está hecho con *leche*! —exclamó Elizabeth, e hizo que "leche" sonara como "excremento"—. El ingrediente principal es la *caseína*. ¿Cómo puedes decir que sigue una dieta libre de caseína si toma caseína todos los días? Ni qué hablar de que contiene *colorantes*. ¡Y que ni siquiera es orgánico!

Kitt parecía a punto de echarse a llorar.

Elizabeth apretó los labios.

—Tal vez la dieta no funciona porque no la haces bien. *Libre de* significa que *no lo incorporas* en absoluto. Yo uso platos diferentes para la comida de Henry. Hasta tengo una esponja especial para lavar sus platos.

Kitt se puso de pie.

—Pues yo eso no lo puedo hacer. Tengo que cocinar y lavar para cuatro hijos más. Solamente intentar hacer las cosas bien es un esfuerzo tremendo. Todos dicen que hay que hacerlo lo mejor que se pueda; además, quitarle casi todos esos ingredientes es mejor que nada. Lamento no poder ser perfecta al cien por ciento como tú.

Elizabeth arqueó las cejas.

—No te disculpes conmigo, hazlo con TJ. El gluten y la caseína son toxinas neurológicas para nuestros hijos. Hasta una dosis mínima interfiere con el funcionamiento cerebral. Con razón TJ sigue sin hablar —dijo y se puso de pie para marcharse—. Vamos, Henry.

Kitt se le puso delante.

—Oye, no puedes…

Elizabeth la apartó de un empujón. No fue fuerte y de ninguna manera lastimó a Kitt, pero la asustó. Asustó a todos, en realidad. Elizabeth siguió su camino hacia la salida y luego se volvió.

—¿Y ya que estamos, puedes por favor dejar de decir que la dieta no produce resultados? No la estás siguiendo, y estás desanimando al resto porque sí. —Cerró la puerta con violencia.

Cuando Matt terminó con la anécdota, Abe dijo:

—¿Doctor Thompson, vio a la acusada enfadarse así en alguna otra oportunidad?

Matt asintió.

—El día de la explosión, cuando discutió con Kitt.

—¿Cuándo la llamó "perra celosa" y dijo que le encantaría pasárselo comiendo bombones en lugar de cuidar a su hijo?

—Así es. No la agredió de ninguna manera física, pero se fue muy ofuscada y cerró la puerta del coche de un golpe violento. Retrocedió de modo tan abrupto que casi impacta contra mi automóvil. Kitt le gritó que se calmara y esperara, pero… —Matt sacudió la cabeza—. Recuerdo que me preocupé por Henry, cuando Elizabeth aceleró de ese modo tan violento. Los neumáticos chirriaron.

—¿Qué sucedió después? —prosiguió Abe.

—Le pregunté a Kitt qué había sucedido y si se encontraba bien.

—¿Y?

—Se la veía muy alterada, como al borde del llanto y respondió que no, que no estaba bien, que Elizabeth estaba realmente furiosa con ella. Después agregó que había hecho algo y que tenía que encontrar la manera de repararlo antes de que Elizabeth se enterara, porque si se enteraba… —Matt miró a la acusada.

—¿Si se enteraba… qué?

—Dijo: "Si Elizabeth se entera de lo que hice, me mata".

PAK YOO

EL JUEZ LLAMÓ A RECESO al mediodía. Lo que menos deseaba Pak era que llegara la hora del almuerzo porque sabía que el doctor Cho —el padre de Janine, que se hacía llamar "doctor Cho" aunque era acupunturista, no médico— insistiría en pagarles la comida. Caridad forzada. No era que no le resultara tentadora la idea, pues no habían comido otra cosa que ramen, arroz y kimchi desde que habían comenzado a llegar los gastos del hospital; pero el doctor Cho ya les había dado demasiado: préstamos mensuales para gastos corrientes, se había hecho cargo de la hipoteca, les había dado una buena suma por el coche de Mary y les estaba pagando también los gastos de la luz. Pak no podía hacer otra cosa que aceptar todo, hasta la última idea del doctor Cho: un sitio web en inglés y en coreano para recolectar fondos. La proclamación internacional de Pak Yoo como un inválido indigente que pedía contribuciones. No. Basta. Pak le informó al padre de Janine que tenían otros planes y rogó que no los viera comiendo en el coche.

En camino hacia el automóvil, vio que una docena de gansos caminaban bamboleándose de lado a lado, directamente hacia ellos. Pensó que Young o Mary los espantarían, pero ellas siguieron caminando y empujando la silla de ruedas cada vez más cerca, como si fuera una bola apuntada directamente hacia los bolos. Los gansos no se daban por enterados, o quizás eran demasiado perezosos como para apartarse. No fue hasta que la silla de ruedas estuvo a centímetros de impactar contra uno de ellos y Pak de lanzar un grito, que toda la bandada levantó vuelo ruidosamente. Young y Mary siguieron avanzando al mismo ritmo, como si no hubiera sucedido nada. Pak sintió deseos de gritar ante su falta de sensibilidad.

Cerró los ojos y respiró hondo. Inspiración. Exhalación. Se estaba comportando de modo absurdo: enfadándose con su mujer y su hija porque no se habían percatado de unos gansos. Si esa hipersensibilidad hacia los gansos —por haber estado esos cuatro años solo— no fuera tan patética resultaría cómica.

Gui-ra-gui ap-ba. *Padre ganso-silvestre.* Así llamaban los coreanos al hombre que se quedaba trabajando en Corea mientras su mujer y sus hijos se mudaban al extranjero en busca de una mejor educación, y él volaba (o "migraba") anualmente a visitarlos. (El año anterior, cuando los índices de alcoholismo y suicidios alcanzaron niveles alarmantes entre los cien mil padres-gansos de Seúl, la gente comenzó a llamar a los hombres como Pak, que no podían afrontar el gasto de visitar a sus familias —por lo que nunca volaban— *padres pingüinos*, pero a esa altura él ya se sentía completamente identificado con los gansos, y los pingüinos nunca lo afectaron del mismo modo.) Pak no había querido convertirse en padre-ganso; el plan había sido mudarse a Estados Unidos todos juntos. Pero mientras aguardaban la visa familiar, Pak oyó de una familia alojadora de Baltimore que estaba dispuesta a patrocinar a un hijo con la madre o el padre; ofrecían alojarlos sin costo y anotar al hijo en la escuela más cercana, a cambio de que el padre o la madre trabajara en su tienda de comestibles. Pak envió a Young y a Mary a Baltimore y les prometió que pronto se reuniría con ellas.

Al final, le tomó cuatro años conseguir la visa familiar. Cuatro años de ser un padre sin familia. Cuatro años de vivir solo en un apartamentito del tamaño de un armario en un edificio decrépito y triste, lleno de padres-ganso decrépitos y tristes. Cuatro años de trabajar en dos empleos, siete días por semana para ahorrar cada centavo. Tantos sacrificios para la educación de Mary, para su futuro y ahora aquí estaba ella, marcada para toda la vida y sin rumbo, sin una universidad en el horizonte, asistiendo a un juicio por homicidio y a terapia en lugar de a conferencias y fiestas.

—Mary —dijo Young en coreano—, tienes que comer. —Mary negó con la cabeza y miró por la ventanilla del coche, pero Young le puso el cuenco con arroz sobre el regazo—. Unos bocados, aunque sea.

Ella se mordió el labio y tomó los palillos con desconfianza, como si no se atreviera a probar una comida exótica. Levantó un grano de arroz y se lo puso apenas dentro de los labios. Pak recordó cuando Young le había enseñado a comer así en Corea.

—Cuando yo tenía tu edad —le había dicho Young—, tu abuela me hacía practicar comer el arroz grano por grano. Decía que de este modo, siempre tienes comida en la boca, así que nadie esperará que hables y tampoco parecerás un cerdo. Ningún hombre quiere una mujer que coma o hable demasiado.

Mary, riendo, se había dirigido a Pak:

—Apba, dime, ¿Umma comía así cuando ustedes estaban saliendo?

—Claro que no —respondió él—. Por suerte, a mí me gustan los cerdos.

Los tres habían reído y habían terminado el resto de la cena de la forma más ruidosa y desordenada posible, turnándose para gruñir como cerdos. ¿Tanto tiempo había pasado desde aquel momento?

Pak observó cómo su hija masticaba un grano de arroz después de otro; su esposa la miraba con arrugas de preocupación alrededor de los ojos. Se sirvió kimchi para obligarse a comer, pero el vaho del ajo fermentado en el calor del coche le formó como una máscara sobre el rostro y le resultó nauseabundo. Abrió la ventanilla y sacó la cabeza. En el cielo, a la distancia, los gansos se alejaban en una majestuosa formación en V. Pensó en lo injusto que era llamar a los padres como él "gansos silvestres". Los gansos machos se apareaban de por vida, las familias de gansos se mantenían juntas. Buscaban comida, anidaban y migraban juntos.

De pronto, tuvo una visión: una viñeta con muchos gansos machos en una sala de tribunal, haciéndole juicio a los periódicos coreanos por difamación y exigiéndoles que se retractaran de todas sus referencias a los padres-ganso. Emitió una risita; Young y Mary lo miraron, confundidas y preocupadas. Pensó en explicarles, pero ¿qué iba a decir? *Imaginen esto, unos gansos hacen juicio contra...*

—Me vino a la mente algo cómico —explicó. No le preguntaron qué era. Mary siguió comiendo arroz bajo la mirada de su madre. Pak observó por la ventanilla cómo la cuña de gansos se alejaba cada vez más.

*

Cuando ingresaron de nuevo en el tribunal, al terminar el receso de mediodía, Pak reconoció a una mujer de cabello canoso en una de las últimas hileras de asientos. Una de las manifestantes, la que lo había amenazado aquella mañana, diciendo que no descansaría hasta exponerlo como el farsante que era y lograr que su emprendimiento cerrara para siempre. "Si no deja de operar ahora mismo, se *arrepentirá*, se lo prometo", le había dicho. Y ahora que su promesa se había cumplido, aquí estaba ella, observando la sala como un director de teatro orgulloso en la noche de estreno. Pak se imaginó enfrentándola y diciéndole que revelaría todas sus mentiras de aquella noche, que le contaría a la policía lo que había visto. Qué bien se sentiría ver cómo la expresión arrogante desaparecía de sus ojos para dar lugar al temor. Pero no. Nadie podía enterarse de que él había estado afuera esa noche. Tenía que guardar silencio a cualquier costo.

Abe se puso de pie y algo cayó al suelo: el folleto que decía ¡43! En grandes letras rojas. Pak se quedó mirando ese papel que había iniciado todo. Si Elizabeth no lo hubiera visto ni se hubiera obsesionado con la idea de sabotaje, de encender fuego debajo del tubo de oxígeno, ahora mismo Pak estaría llevando a Mary a la universidad. Una oleada de intenso calor lo recorrió y le hizo temblar los músculos. Sintió deseos de recoger el folleto, hacer un bollo con él y arrojárselo a Elizabeth y a la manifestante, las dos mujeres que le habían arruinado la vida.

—Doctor Thompson —decía Abe—. Retomemos donde dejamos. Háblenos de la última inmersión, cuando se produjo la explosión.

—Comenzamos tarde —dijo Matt—. La inmersión anterior a la nuestra por lo general termina cerca de las seis y cuarto, pero estaban atrasados. Yo no lo sabía, de manera que llegué puntual, y el estacionamiento principal ya estaba lleno. Todos nosotros, los que hacemos inmersión doble, tuvimos que estacionar en el sitio alternativo que se encuentra calle abajo, igual que esa mañana. No empezamos hasta las siete y diez de la tarde.

—¿Por qué tanto retraso? ¿Las manifestantes seguían allí?

—No. La policía ya se las había llevado. Aparentemente, intentaron impedir las inmersiones soltando globos metalizados cerca de las líneas de electricidad, lo que causó un corte de luz —explicó Matt. Pak estuvo a punto de soltar una carcajada ante lo sucinto y eficiente de su descripción. Seis horas de caos (manifestantes enfrentadas con los pacientes, la policía diciendo que no podían impedir "protestas pacíficas", el corte de luz y de aire acondicionado durante la inmersión de la tarde, el subsiguiente pánico entre los pacientes; la llegada de la policía, por fin; los gritos de: *"¿Cuáles cables de luz?"* y *"¿Qué tienen que ver los globos con el corte de energía eléctrica?"* de las manifestantes) reducidas a un resumen de diez segundos.

—¿Cómo pudieron seguir con las inmersiones si no había energía eléctrica? —quiso saber Abe.

—Hay un generador, es uno de los requisitos de seguridad. La presurización, el oxígeno, las comunicaciones… todo eso siguió funcionando. Lo secundario, como el aire acondicionado, las luces y el reproductor de DVD, se cortaron.

—¿Reproductor de DVD? El aire acondicionado lo comprendo, pero ¿por qué un DVD?

—Para los niños, para ayudarlos a estarse quietos. Pak instaló una pantalla por fuera de uno de los ojos de buey y puso un sistema de parlantes. A los niños les encantaba, se lo aseguro, y los adultos también lo valorábamos.

Abe rio por lo bajo.

—Sí, en mi casa, al menos, los niños se quedan mucho más tranquilos delante de un televisor.

—Así es —sonrió Matt—. En fin, Pak logró instalar un reproductor portátil de DVD afuera del ojo de buey posterior. Dijo que todo eso había causado retrasos. Ni qué hablar de varios pacientes del turno anterior que cancelaron la inmersión, lo que llevó más tiempo.

—¿Y la luz? ¿Usted mencionó que se cortó?

—Sí, en el granero. Comenzamos después de las siete, así que ya estaba oscureciendo, pero como era verano había suficiente luz.

—Bien, entonces no hay energía eléctrica y la inmersión se atrasa. ¿Hubo alguna otra cosa extraña esa tarde?

Matt asintió.

—Sí. Elizabeth.

Abe elevó las cejas.

—¿Qué sucedió con Elizabeth?

—No olvide que más temprano ese mismo día la vi marcharse ofuscada después de la discusión con Kitt, por lo que esperaba que siguiera enfadada. Pero cuando llegó, estaba de excelente humor. Inusualmente simpática, hasta con Kitt.

—¿Tal vez había hablado con Kitt y habían hecho las paces?

—No —negó Matt con la cabeza—. Antes de que Elizabeth llegara, Kitt dijo que había intentado hablar con ella pero que seguía muy enfadada. De todos modos, lo más extraño fue que Elizabeth dijo que se sentía mal. Recuerdo que pensé: *qué extraño que esté tan animada si está a punto de caer con algo* —agregó y tragó saliva—. En fin, dijo que quería quedarse afuera, o descansar en el coche durante la inmersión. Y después… —Los ojos de Matt se posaron sobre Elizabeth; se lo veía dolido, decepcionado, traicionado; era la mirada que le dirige un niño a su madre cuando descubre que Santa Claus no existe.

—¿Y después? —Abe puso una mano sobre el brazo de Matt, como para consolarlo.

—Le pidió a Kitt que se sentara junto a Henry y lo vigilara durante la inmersión, y a mí me pidió que me sentara del otro lado de Henry y ayudara, también.

—¿Entonces la acusada solicitó que Henry quedara sentado entre usted y Kitt?

—Así es.

—¿La acusada hizo alguna sugerencia más en relación a la ubicación de cada uno? —preguntó Abe, remarcando la palabra *sugerencia* de modo tal que sonó ominosa.

—Sí —respondió Matt y volvió a mirar a Elizabeth con la misma expresión dolida-decepcionada-traicionada—. Teresa se dispuso a ingresar primero, como siempre. Pero ella la detuvo. Le dijo que, como la pantalla de DVD estaba en la parte posterior y Rosa no miraba los programas, les permitiera a TJ y a Henry sentarse allí atrás.

—¿Suena razonable, no? —quiso saber Abe.

—No, en absoluto —replicó Matt—. Elizabeth era muy particular con los DVD que miraba Henry. —Su rostro se endureció, y Pak intuyó que estaba recordando la discusión sobre la selección de discos. Elizabeth había querido algo educativo, un documental de historia o de ciencia. Kitt quería *Barney*, el programa favorito de TJ. Elizabeth cedió, pero unos días después comentó:

—TJ ya tiene ocho años. ¿No crees que ya deberías hacerle ver algo más adecuado para su edad?

—Lo más importante es que TJ esté tranquilo, lo sabes bien —respondió Kitt—. Henry está bien, no se va a morir por ver una hora de Barney.

—TJ tampoco se va a morir por no ver una hora de Barney.

Kitt miró a Elizabeth por un largo instante y por fin esbozó una media sonrisa:

—De acuerdo. Lo haremos a tu manera —dijo, y dejó el DVD de Barney dentro de la casilla donde dejaba sus pertenencias.

Aquella inmersión había sido un desastre. TJ comenzó a gritar en cuanto pusieron el DVD.

—Mira, TJ, es de dinosaurios, como Barney —trató de persuadirlo Elizabeth por encima de los gritos. Pero el infierno se desató cuando TJ se arrancó el casco y comenzó a golpear la cabeza contra la pared. Henry lloraba diciendo que le dolían los oídos y Matt gritó por el intercomunicador a Pak que colocara el DVD de *Barney* inmediatamente.

Luego de resumir ese incidente, Matt prosiguió:

—Después de aquella vez, Pak siempre ponía *Barney* y Elizabeth sentaba a Henry lejos de la pantalla. Decía que ese programa era basura y que no quería que Henry lo viera. Por lo que resultó sumamente extraño que de pronto cambiara su modo de pensar y pidiera que Henry se sentara frente a la pantalla. Kitt hasta le preguntó si estaba segura, y ella respondió que le iba a dar un gusto especial a Henry.

—Entonces, doctor Thompson —lo alentó Abe—, ¿el modo de ubicarse sugerido por la acusada, afectó al grupo de alguna otra manera?

—Sí. Cambió el tanque de oxígeno al que cada uno estaba conectado.

—Disculpe, no comprendo bien —objetó Abe.

Matt miró a los miembros del jurado.

—Recordarán que expliqué que el casco se conecta a una válvula de oxígeno dentro de la cámara. Hay dos válvulas, una adelante y una atrás, y cada una de ellas se conecta a su vez con un tanque de oxígeno independiente, afuera. Dos personas se conectan a una válvula, y comparten un tanque de oxígeno —dijo y los miembros del jurado asintieron—. Debido a los cambios que realizó Elizabeth en el modo de sentarse, Henry conectó el tubo plástico de su casco a la válvula trasera, y no a la de adelante, como hacía siempre.

—¿Está diciendo que la acusada se aseguró de que Henry quedara conectado al tanque de oxígeno posterior?

—Sí. Y me indicó que me asegurara de conectarme al delantero y que Henry estuviera conectado al trasero. Yo le manifesté que lo haría, pero que no entendía qué importancia tenía.

—¿Y entonces?

—Me dijo que yo estaba más adelante y Henry más atrás, y que si no conectábamos nuestros tubos plásticos a las válvulas correspondientes, él podía manifestar su trastorno obsesivo-compulsivo.

—¿Henry ya había "manifestado" el TOC en alguna de las más de treinta inmersiones que habían realizado hasta el momento? —preguntó Abe, haciendo comillas en el aire con los dedos.

—No.

—¿Y luego?

—Dije que sí, que me aseguraría de que no nos entrecruzáramos los tubos plásticos, pero ella no se mostró satisfecha. Entró en la cámara y conectó ella misma el tubo del casco de Henry a la válvula posterior.

Abe se acercó hasta quedar directamente delante de Matt.

—Doctor Thompson —comenzó a decir y, como si le hubiera dado el pie, el aparato de aire acondicionado más cercano comenzó a chisporrotear—, ¿cuál fue el tanque de oxígeno que explotó?

Matt miró a Elizabeth y habló sin parpadear. Con lentitud y deliberación. Acentuando cada sílaba y cargándolas de veneno para que se clavaran en ella y la hicieran sangrar.

—Explotó el tanque de atrás. El que estaba conectado a la válvula posterior. El que *esa mujer...* —hizo una pausa, y Pak creyó que iba a levantar el brazo y señalarla con el dedo, pero en lugar de hacerlo, Matt parpadeó y desvió la mirada— se aseguró de que estuviera conectado a la cabeza de su hijo.

—¿Y qué hizo la acusada después de lograr que todos se sentaran como ella quería?

—Le dijo a Henry: "Te quiero mucho, mi amor".

—*Te quiero mucho, mi amor* —repitió Abe, volviéndose hacia la fotografía de Henry. Pak vio que los miembros del jurado miraban a Elizabeth con expresión ceñuda; algunos sacudían la cabeza—. ¿Y después?

—Se marchó —respondió Matt en voz baja—. Sonrió y saludó con la mano, como si estuviéramos por comenzar una vuelta en una montaña rusa, y se alejó caminando.

MATT

—Veamos entonces: la acusada se marcha y comienza la inmersión vespertina. ¿Qué sucedió a continuación, doctor Thompson? —preguntó Abe.

Matt supo que la inmersión estaba en problemas en el minuto en que se cerró la escotilla. El aire estaba pesado y denso, lo que combinado con el olor corporal mezclado con el desinfectante que permeaba la cámara, hacía desagradable la respiración. Kitt pidió a Pak que presurizara la cámara muy despacio, para no perjudicar a TJ, que se estaba recuperando de una otitis. De modo que el proceso llevó diez minutos en lugar de los cinco habituales. Durante la presurización, el aire se tornó más denso y caliente, si es que era posible. El reproductor portátil de DVD estaba desconectado del sistema de parlantes, así que el sonido filtrado de Barney cantando *¿Qué vamos a ver en el zoológico?* a través del grueso ojo de buey hacía que la inmersión pareciera surrealista, como si realmente se encontraran debajo del agua.

—Hacía calor sin aire acondicionado, pero por lo demás, todo normal —respondió Matt, aunque no era del todo cierto. Había creído que las mujeres se lo pasarían hablando de la inusitada afabilidad de Elizabeth y su fingida enfermedad, pero las dos habían permanecido en silencio. Tal vez les resultaba incómodo hablar entre ellas con Matt sentado en el medio, o quizás era el calor. De todos modos, él se alegró de poder estar tranquilo y pensar; tenía que decidir qué decirle a Mary.

—¿Cuál fue el primer indicio de que algo andaba mal? —inquirió Abe.

—El DVD dejó de funcionar en medio de una canción. —El silencio de ese instante había sido total. No zumbaba el aire acondicionado, no se oía a Barney, nadie hablaba. Unos segundos después, TJ golpeó el ojo de buey, como si el reproductor fuera un animal dormido al que podía despertar.

—Tranquilo, TJ, seguramente se ha quedado sin baterías —dijo Kitt, con la calma forzada que se usa al toparse con un oso dormido.

De allí en más, Matt solo recordaba recortes; era como una de esas películas antiguas que repiquetean cuando giran y las escenas se suceden abruptamente y las imágenes avanzan a los saltos. TJ golpeando el ojo de buey con los puños. TJ quitándose el casco de oxígeno y golpeando la cabeza contra la pared. Kitt tratando de alejarlo de la pared.

—¿Le avisaron a Pak que interrumpiera la inmersión?

Matt negó con la cabeza. Ahora, a la luz del día, resultaba evidente que deberían haberlo hecho. Pero en aquel momento, todo había sido confuso.

—Teresa sugirió que deberíamos detener la inmersión, pero Kitt dijo que no, que solo había que volver a hacer funcionar el DVD.

—¿Qué dijo Pak?

Matt miró en dirección a él.

—La cámara era un caos, había mucho ruido, por lo que no pude escuchar bien, pero dijo algo como que iría a buscar baterías y que tardaría unos minutos.

—Bien, entonces Pak está intentando hacer funcionar el DVD. ¿Qué sucedió después?

—Kitt logró calmar a TJ y volvió a colocarle el casco. Le cantó canciones para mantenerlo tranquilo. —En realidad, había sido una sola canción, la de Barney que se había interrumpido. La cantó una y otra vez, lentamente, en voz baja, como si fuera una canción de cuna. A veces cuando se quedaba dormido, Matt todavía la escuchaba: *Te quiero yo, y tú a mí, somos una familia feliz*. Se despertaba de pronto, con el corazón martillándole en el pecho y se veía a sí mismo arrancándole la cabezota violeta a Barney y pisándosela. Las manos violetas se interrumpían a mitad del aplauso y el cuerpo decapitado se desmoronaba.

—¿Qué sucedió luego? —lo alentó Abe.

Todos se habían quedado tranquilos; Kitt canturreaba en un murmullo, con TJ apoyado contra su pecho, con los ojos cerrados. De pronto Henry dijo: "Necesito el recipiente de pis" y buscó el envase de recolección de orina que estaba en la parte posterior por si había urgencias entre los pacientes. El tórax de Henry chocó contra las piernas de TJ y este se sobresaltó. Sacudió brazos y piernas como si le hubieran aplicado una descarga eléctrica con un desfibrilador y comenzó a patear, fuera de control. Matt tironeó a Henry para que volviera a su sitio, pero TJ se arrancó el casco, lo arrojó al regazo de Kitt y comenzó a golpearse la cabeza de nuevo.

Resultaba difícil creer que la cabeza de un niño podía golpear repetidamente contra una pared de acero, con ruido fuerte y sordo, sin partirse en dos. El sonido de los golpes y la impresión de que el cráneo de TJ se desintegraría con el siguiente golpe, hizo que Matt sintiera deseos de quitarse su propio casco, colocarse las manos sobre los oídos y cerrar los ojos con fuerza. Henry parecía sentir lo mismo, pues se volvió hacia Matt con los ojos tan grandes que parecían círculos protuberantes con pupilas diminutas. Ojos de toro.

Matt tomó las pequeñas manos de Henry entre las suyas. Acerco su rostro al de Henry, y mirándolo a los ojos, de casco a casco, le sonrió y le dijo que todo iba a estar bien.

—Respira, tranquilo —dijo e inspiró con fuerza, con los ojos fijos en los del niño.

Henry siguió la respiración de Matt: inspirar, exhalar. Inspirar, exhalar. El pánico en su rostro comenzó a disiparse. Relajó los párpados, las pupilas se le dilataron y los extremos de los labios se le distendieron en una incipiente sonrisa. En el hueco de sus dientes delanteros, Matt vio que asomaba la punta de uno de los dientes permanentes. Cuando abrió la boca para decirle: "Eh, te está creciendo un diente nuevo", sonó la explosión. Matt pensó que la cabeza de TJ había estallado, pero fue más fuerte que eso, fue como cien cabezas contra el acero, o mil. Como el estallido de una bomba, afuera.

Matt parpadeó... ¿Cuánto tiempo le tomó hacerlo? ¿Una décima de segundo? ¿Una centésima? De pronto, donde había estado el rostro de Henry había fuego. Rostro, luego parpadeo, luego fuego. No, más rápido: rostro, parpadeo, fuego. Rostro-parpadeo-fuego. Rostrofuego.

*

Abe permaneció en silencio por bastante tiempo. Matt, también. Se quedó allí, sentado, escuchando el llanto y los sollozos del público, de la tribuna del jurado, de todas partes menos de la mesa de la defensa.

—Abogado, ¿quiere tomarse un receso? —preguntó el juez a Abe.

El fiscal miró a Matt con las cejas arqueadas; las líneas alrededor de sus ojos y su boca decían que él también estaba cansado, que estaría bien detenerse aquí.

Matt miró a Elizabeth. Se había mostrado notablemente serena, al punto de parecer desinteresada, durante todo el día. Matt creyó que a esta altura ya se habría quebrado y dicho entre lágrimas que amaba a su hijo y que jamás habría podido hacerle daño. Algo, cualquier cosa para mostrar el sufrimiento devastador que padecería cualquier ser humano decente acusado de matar a su propio hijo, y teniendo, además, que escuchar los detalles morbosos de su muerte. Al cuerno con el decoro y las normas. Pero ella no había pronunciado palabra, ni había hecho nada. Se había limitado a escuchar el relato, mirando a Matt con una leve curiosidad, como si estuviera viendo un documental sobre el clima en la Antártida.

Sintió el impulso de correr hacia donde estaba ella, tomarla por los hombros y sacudirla. Quería poner su cara contra la de ella y gritarle que seguía soñando con Henry en ese instante, pesadillas horribles en las que lo veía como un extraterrestre dibujado por un niño: una cabeza de llamas, el resto del cuerpo intacto, la ropa perfecta, pero las piernas sacudiéndose en un grito silencioso. Quería meterle por la fuerza esa imagen en la cabeza, transferírsela o soldársela a fuego en la mente, lo que fuera necesario para quebrar esa maldita compostura que la envolvía y arrojarla bien lejos, donde ella no pudiera volver a encontrarla nunca.

—No —respondió Matt a Abe. Ya no estaba cansado, ya no necesitaba el ansiado receso. Cuanto antes lograra que condenaran a esta sociópata a pena de muerte, mejor—. Me gustaría continuar.

Abe asintió.

—Cuéntenos qué le sucedió a Kitt después de la explosión afuera de la cámara.

—El fuego quedó limitado a la válvula de oxígeno de la parte posterior. El casco de TJ también estaba conectado a esa válvula, pero él se lo había quitado y Kitt lo tenía en la mano. Brotaron llamaradas de la abertura, que estaba sobre el regazo de Kitt, y ella se prendió fuego.

—¿Y después?

—Traté de quitarle el casco a Henry, pero… —Matt se miró las manos. Las cicatrices sobre los muñones amputados brillaban como plástico derretido.

—Doctor Thompson, ¿le quitó el casco? —insistió Abe.

Matt levantó la vista.

—Lo siento. No —se esforzó por levantar la voz y hablar más rápido—. El plástico comenzó a derretirse, y estaba demasiado caliente; no pude mantener las manos sobre el casco. —Había sido como tomar un atizador al rojo vivo y tratar de sostenerlo. Sus manos se negaban a hacer lo que la mente les ordenaba. O tal vez no, tal vez no fuera cierto eso. Quizás solo había querido hacer lo estrictamente necesario para convencerse de que lo había intentado. De que no había dejado morir a un niño, porque no había querido dañarse sus valiosas manos—. Me quité la camisa y me envolví las manos con ellas para intentarlo de nuevo, pero su casco comenzó a desintegrarse y se me prendieron fuego las manos.

—¿Y los demás, qué hacían?

—Kitt gritaba; había humo por todas partes. Teresa trataba de que TJ se arrastrara lejos de las llamas. Todos gritábamos a Pak que abriera.

—¿Y él lo hizo?

—Sí. Pak abrió la escotilla y nos sacó de allí. Primero a Rosa y a Teresa: luego se metió adentro y nos hizo salir a TJ y a mí.

—¿Y después, qué sucedió?

—El granero se incendió. El humo era tan espeso que no podíamos respirar. No recuerdo cómo, pero… de algún modo Pak nos sacó a Teresa, a Rosa, a TJ y a mí del granero y luego entró corriendo otra vez. Estuvo adentro un buen rato. Después apareció trayendo a Henry en brazos y lo apoyó en el suelo. Pak estaba mal… tosía, tenía quemaduras por todo el cuerpo, y yo le dije que esperara a que viniera ayuda, pero no me escuchó. Volvió adentro a buscar a Kitt.

—¿Y Henry? ¿Cómo se encontraba?

Matt había ido inmediatamente hacia Henry, luchando contra cada una de las células de su cuerpo que le gritaban que huyera como si lo persiguiera el diablo y se alejara de allí. Se dejó caer en el suelo y tomó la mano de Henry; estaba impoluta, sin un rasguño, al igual que el resto de su cuerpo, desde el cuello hacia abajo. La ropa estaba intacta, los calcetines bien blancos.

Matt trató de no mirarle la cabeza, pero aun así, notó que ya no tenía el casco. Pak debió haber podido quitárselo, pensó, pero vio el látex azul alrededor del cuello y comprendió: el plástico transparente del casco se había derretido, dejando el anillo sellado. La pieza ignífuga que había protegido todo lo que estaba por debajo del cuello de Henry, manteniéndolo prístino.

Se obligó a mirar la cabeza de Henry. Despedía humo; el pelo estaba quemado y cada centímetro de la piel estaba carbonizado, ampollado y ensangrentado. Los peores daños se habían producido cerca de la mandíbula derecha, en el lugar por donde el oxígeno —el fuego— había entrado en el casco. Allí ya no había piel y se le veían el hueso y los dientes. Vio el diente que le estaba creciendo, ahora sin encías que lo ocultaran. Perfecto, diminuto, elevado por encima de los demás que se notaba bien que eran de leche, porque los dientes permanentes que todavía no habían crecido habían quedado a la vista, por sobre los otros. En la brisa suave que sopló, Matt sintió el olor de la carne carbonizada y el pelo quemado.

—Cuando pude acercarme a él —le respondió a Abe—, vi que Henry estaba muerto.

YOUNG

La casa no era exactamente una casa. Más bien, una choza. Si uno la miraba con determinados ojos, podía parecer pintoresca. Como una cabañita de troncos o una casita en un árbol, de esas que un adolescente puede llegar a armar con un padre no muy habilidoso y que hace comentar a la madre: "¡Muy buen trabajo! ¡Y pensar que nunca tomaste una clase de carpintería!".

La primera vez que la vio, Young le dijo a Mary:

—No importa qué aspecto tiene. Nos mantendrá seguros, eso es lo importante.

Era difícil sentirse seguros, a decir verdad, en una choza que crujía y estaba vencida hacia un lado, como si toda la estructura se estuviese hundiendo lentamente. (El terreno era blando y fangoso, lo que lo tornaba posible). La puerta y la única "ventana" (plástico transparente pegado con cinta a un agujero en la pared) estaban torcidas y los tablones del suelo no coincidían. Claramente, quien había construido esta choza no sabía nada de niveles ni de ángulos rectos.

Pero ahora, al abrir la puerta torcida y pasar al suelo irregular, Young se sintió completamente segura. A salvo para poder entregarse a lo que había estado deseando hacer desde que el juez golpeó el martillo para dar fin al primer día del juicio: reír a carcajadas, con la boca abierta, y gritar que adoraba los juicios estadounidenses, que adoraba a Abe, al juez y más que todo, a los miembros del jurado. Le encantaba cómo habían hecho caso omiso de las instrucciones del juez en cuanto a que no hablaran del caso con nadie, ni siquiera entre ellos, y en cuanto él se había puesto de pie (lo que más le gustó a Young fue eso, que ni siquiera esperaron a que se retirara) se habían puesto a hablar de Elizabeth, de lo desagradable y rara que era, del descaro que había mostrado al aparecerse allí delante de las personas a las que les había arruinado la vida. Le encantaba cómo la habían mirado con desdén, todos al mismo tiempo, como si fueran una pandilla, con la misma expresión de desagrado en los rostros. Qué bella había sido esa uniformidad; parecía coreografiada.

Young era plenamente consciente de que no estaba bien pensar así, menos después del atroz testimonio de Matt sobre las muertes de Henry y Kitt, las quemaduras que había sufrido, la amputación de sus dedos, lo difícil que había sido aprender a hacer todo con la mano izquierda. Pero ella había vivido el último año sumida en una tristeza constante, recordando todo el tiempo los gritos de Pak en la unidad de quemados del hospital e imaginando un futuro sin extremidades que funcionaran, por lo que escuchar hablar de eso ya no la afectaba. Como esas ranas que se acostumbran al agua caliente y se quedan dentro de la olla hirviente, se había acostumbrado a la tragedia hasta volverse insensible a ella.

Pero el júbilo y el alivio… esos sí que eran reliquias; los había enterrado y olvidado, pero ahora que habían visto la luz, ya no había manera de contenerlos. Cuando Matt narró los minutos previos a la explosión y no hubo preguntas ni indicio alguno de que Pak pudiera no haber estado presente en el granero, ella sintió como si hubiera tenido lodo en las venas, cortándole la irrigación de los órganos y de pronto, se hubiera roto el dique y todo hubiera fluido en un torrente. El relato que Pak había inventado para protegerlos se había vuelto verdadero —a fuerza de tiempo y repetición— y la única persona que podía cuestionarlo lo había reafirmado.

Young se volvió para ayudar a Pak a entrar.

—Hoy fue un buen día —dijo él cuando ella se acercó, y le sonrió. Parecía un chico, con esa sonrisa ladeada, con una comisura más alta que la otra y un hoyuelo en una sola mejilla—. Esperé hasta que estuviéramos solos para contarte las buenas noticias —prosiguió, ensanchando la sonrisa, que se ladeó aún más. Young experimentó una deliciosa sensación de unión conspiratoria con su esposo—. El investigador del seguro estaba en la sala. Estuvimos hablando cuando fuiste al baño. Presentará el informe en cuanto se anuncie el veredicto. Dijo que en unas pocas semanas nos darán el dinero.

Young echó la cabeza hacia atrás, unió las manos y elevó los ojos cerrados al cielo, como hacía siempre su madre para alabar a Dios por las buenas noticias. Pak rio, y ella también.

—¿Mary lo sabe? —preguntó Young.

—No. ¿Quieres decírselo? —respondió Pak. La sorprendió que él le preguntara sus preferencias en lugar de indicar que se hiciera de un modo específico.

Ella asintió y sonrió; se sentía algo desconcertada, pero feliz como una novia en vísperas de la boda.

—Tú, descansa. Yo iré a contárselo —le dijo, y al pasar junto a él le puso una mano sobre el hombro. En lugar de apartarse, Pak se la cubrió con su mano y sonrió. Las manos unidas: un equipo, una unidad.

Young saboreó la euforia que cosquilleaba en su interior como burbujas de helio, y ni siquiera la tristeza de Mary —evidente en la forma en que estaba de pie delante del granero, con los hombros caídos, mirando las ruinas y llorando en silencio— pudo apagarla. Por el contrario, sus lágrimas la animaron más aún. Desde la explosión, Mary había mutado:

de ser una chica conversadora y de temperamento fogoso había pasado a ser un facsímil distante y callado de su hija. Los médicos le habían diagnosticado trastorno por estrés postraumático (TEPT, lo llamaban: los estadounidenses tenían pasión por reducir frases a siglas; ahorrarse segundos era de suma importancia para ellos) y dijeron que su negativa de hablar de lo ocurrido aquel día era el "TEPT clásico". Mary no había querido asistir al juicio, pero los médicos dijeron que los relatos de otras personas podrían activarle los recuerdos. Y Young tenía que admitir que estaban en lo cierto: hoy se había soltado algo en ella, decididamente. Mary se había concentrado fuertemente en el testimonio de Matt, decidida a enterarse de todos los detalles de aquel día: las manifestantes, los retrasos, el apagón eléctrico y todo lo que se había perdido por estar en las clases de preparación de exámenes preuniversitarios todo el día. Y ahora, lloraba. Manifestaba una emoción real; la primera reacción verdadera desde la explosión.

Al acercarse más a su hija, Young notó que movía los labios y murmuraba casi inaudiblemente: *Tanto silencio... tanto silencio...*", pero de manera etérea, hipnótica, como un mantra de meditación. Cuando Mary despertó del coma después de la explosión, había repetido mucho esas palabras, tanto en inglés como en coreano, refiriéndose a la quietud anterior a la explosión. El médico explicó que las víctimas de trauma muchas veces se concentran intensamente en un elemento sensorial del suceso, reviviéndolo una y otra vez en sus mentes.

—Las víctimas de explosiones muchas veces quedan traumatizadas por el ruido de la explosión —amplió—. Es natural que ella esté obsesionada por el contraste auditivo de ese momento: el silencio anterior a la explosión.

Young se acercó a Mary hasta quedar junto a ella. Mary no se movió; mantuvo la mirada sobre el submarino chamuscado, sin dejar de llorar.

—Sé que hoy fue difícil, pero me alegra que finalmente puedas llorar —le dijo en coreano y apoyó una mano sobre el hombro de Mary.

La joven se apartó con violencia.

—¡No sabes nada! —exclamó en inglés y corrió hacia la casa.

El rechazo hirió a Young, pero el dolor fue momentáneo y se apaciguó cuando comprendió que lo que acababa de suceder —sollozos, gritos, alejarse corriendo, todo eso— era típico de la Mary anterior a la explosión. Qué curioso, siempre había detestado la tendencia al melodrama adolescente de su hija, pero cuando desapareció la había echado de menos y ahora la aliviaba que hubiera regresado.

Siguió a Mary y abrió la cortina de baño negra que delimitaba el rincón donde ella dormía. Era demasiado delgada como para darle a Mary (o a Pak y ella, del otro lado) algún tipo de privacidad, y servía principalmente como símbolo, como una declaración visual de la necesidad de una adolescente de que la dejaran en paz.

Mary estaba acostada sobre la colchoneta donde dormía, con la cara hundida en la almohada. Young se sentó y le acarició el pelo largo y negro.

—Tengo buenas noticias —dijo con suavidad—. El seguro nos va a pagar cuando termine el juicio. Pronto podremos mudarnos. Siempre quisiste conocer California. Puedes postularte para ir a la universidad allí y olvidaremos todo esto.

Mary levantó apenas la cabeza, como un bebé al que le cuesta todavía erguirla, y se volvió hacia Young. Tenía marcas de la almohada en la cara y los ojos hinchados.

—¿Cómo puedes estar pensando en eso? ¿Cómo puedes hablar de la universidad y de California con Kitt y Henry muertos? —le espetó con tono acusatorio, aunque sus ojos estaban muy abiertos, como si admirara la habilidad de su madre para concentrarse en cosas no trágicas y quisiera aprender a hacer lo mismo.

—Lo que sucedió es terrible, lo sé. Pero tenemos que seguir adelante. Pensar en nuestra familia, en tu futuro —respondió Young y le acarició la frente con suavidad, como si estuviera planchando seda.

Mary bajó la cabeza.

—No sabía cómo había muerto Henry. No sabía que su cara... —Cerró los ojos y las lágrimas cayeron sobre la funda de la almohada.

Young se recostó junto a su hija.

—Shhh... ya está, ya pasó.

Le quitó el pelo de los ojos y se lo peinó con los dedos, como había hecho todas las noches en Corea. Cuánto había echado de menos esto. Young detestaba muchas cosas de sus vidas estadounidenses: haber sido una familia-ganso separada durante cuatro años; descubrir (*después* de instalarse en Baltimore) que la familia que los alojaba pretendía que trabajara desde las seis de la mañana hasta la medianoche, siete días por semana; convertirse en prisionera, encerrada y aislada. Pero lo que más lamentaba era haber perdido la relación de cercanía con su hija. Durante cuatro años, no la había visto nunca. Mary estaba dormida cuando Young regresaba a casa y seguía durmiendo cuando ella volvía a irse. Al principio, Mary había ido a la tienda los fines de semana, pero pasaba todo el tiempo llorando porque aborrecía la escuela, por lo crueles que eran los estudiantes, porque no entendía nada de lo que decían, porque echaba de menos a su padre, a sus amigos, etcétera, etcétera. Después vino la ira: gritarle a Young que la había abandonado, que la había dejado huérfana en un país desconocido. Más tarde, finalmente, lo peor de todo: el silencio y la distancia: ni gritos, ni súplicas, ni miradas furiosas.

Lo que Young nunca comprendió fue por qué su hija descargaba su enojo solamente sobre ella. Que Pak se quedara en Corea, el arreglo con la familia alojadora... todo había sido idea de él. Mary lo sabía, lo había visto dando órdenes y silenciando las objeciones de Young, pero de algún modo, la culpaba *a ella*. Era como si Mary asociara todo el dolor de la transición y la inmigración —separación, soledad, hostigamiento— con Young (porque Young estaba en Estados Unidos), mientras que a Pak, debido a su ubicación, lo relacionaba con sus cálidos recuerdos de Corea: la familia unida, la pertenencia. La familia alojadora le había dicho a Young que esperara, que Mary seguiría el típico recorrido de los chicos inmigrantes que se integran demasiado pronto y vuelven locos a sus padres prefiriendo hablar inglés que coreano y comer hamburguesas en lugar de kimchi. Sin embargo, Mary nunca se ablandó ni con Young ni con Estados Unidos, ni siquiera cuando comenzó a hacerse amigos. A Young le hablaba solo en inglés las pocas veces en que se dignaba a dirigirle la palabra, hasta que con el tiempo esas primeras asociaciones se convirtieron en una verdad matemática, una eterna constante.

(Pak = Corea = felicidad) > (Young = Estados Unidos = sufrimiento)

¿Habría terminado eso? Porque aquí estaba su hija ahora, permitiendo que le pasara los dedos por el cabello mientras lloraba, sintiéndose reconfortada por ese gesto de intimidad. Transcurridos unos cinco minutos, tal vez diez, la respiración de Mary se tornó pareja y rítmica y Young contempló su rostro dormido. Cuando estaba despierta, su cara tenía ángulos filosos: nariz fina, pómulos altos, líneas en el entrecejo que parecían vías de ferrocarril. Pero al dormir, todo se le suavizaba como cera caliente, y los ángulos cedían lugar a curvas suaves. Hasta la cicatriz en la mejilla se veía delicada, como si pudiera ser borrada con un movimiento de la mano.

Young cerró los ojos y al sincronizar la respiración con la de su hija, sintió un leve mareo, una sensación de extrañeza. ¿Cuántas veces se había acostado junto a ella y la había abrazado? ¿Cientos, miles? Pero hacía tantos años. En la última década, la única vez que Mary había dejado que Young la tocara por largos períodos había sido en el hospital. La gente habla tanto sobre la pérdida de intimidad entre parejas casadas con el transcurso de los años, hay tantos estudios sobre cuántas veces una pareja tiene relaciones sexuales durante el primer año de casados y los años subsiguientes, pero nadie mide las horas que pasas con tu bebé en brazos en los primeros años de vida comparadas con los años posteriores, nadie piensa en cómo se pierde la cercanía con los hijos, el modo en que uno los abraza al amamantarlos o consolarlos cuando van pasando de la primera a la segunda infancia y luego a la adolescencia. Se vive en la misma casa, pero la cercanía desaparece, reemplazada por una distancia salpicada de fastidio. Como si se tratara de una adicción a alguna sustancia, puede pasarse años sin ella, pero nunca se la olvida, nunca se deja de echarla de menos y cuando se consume una dosis, como Young había hecho ahora, se desea más intensamente hundirse en ella.

Abrió los ojos. Acercó el rostro y juntó su nariz con la de Mary, como solía hacer en el pasado. Sintió el aliento cálido de su hija sobre los labios, como besos suaves.

*

Para la cena, Young preparó el plato que Pak fingía que era su preferido: sopa de tofu y cebolla en una gruesa pasta de soja. Su *verdadero* plato preferido era *galbi,* costillitas marinadas... su favorito desde que se habían conocido en la universidad. Pero las costillas, aun las de peor calidad, costaban más de ocho dólares por kilo. La caja de tofu costaba dos dólares, que les resultaba accesible si se arreglaban comiendo arroz, kimchi y el ramen de un dólar por docena el resto de la semana. La noche que regresaron del hospital, Young había preparado esa sopa y Pak había inspirado profundamente, llenándose los pulmones con el aroma intenso de la pasta de soja y las cebollas dulces. Cerró los ojos después del primer bocado, dijo que cuatro meses de comida de hospital insulsa lo habían dejado hambriento de sabores fuertes, y manifestó que la sopa de Young era su nuevo plato preferido. Ella se dio cuenta de que estaba protegiendo su honor —Pak se avergonzaba de su situación financiera y se negaba a hablar de ella— pero de todos modos, su evidente júbilo ante cada bocado la había complacido y la había vuelto a preparar con la mayor frecuencia posible.

De pie ante la olla llena, mientras revolvía la pasta y observaba cómo el agua se tornaba oscura, Young rio por lo contenta que se sentía, por el hecho de que nunca se había sentido tan feliz desde que había llegado a Estados Unidos. Para ser objetiva, estaba en el peor momento de su vida en Estados Unidos... no, en realidad, de *toda* su vida. Tenía un esposo paralizado, una hija cuasi catatónica, con el rostro marcado de cicatrices y la psiquis destrozada; la situación económica de la familia era desastrosa. Debería de estar al borde de la desesperación, oprimida por la crudeza de su situación y por la lástima que sentían los demás, que era algo que no soportaba.

Sin embargo, aquí estaba. Disfrutando de la sensación en la mano de la cuchara de madera, del movimiento de revolver la cebolla trozada dentro del líquido, de inspirar el aroma penetrante que le entibiaba el rostro. Pensó en las palabras de Pak sobre el dinero del seguro y en el modo en que le había cubierto la mano con la suya y le había sonreído. Pak y ella habían reído juntos hoy... ¿hacía cuánto tiempo que eso no sucedía? Era como si haberse visto privada de alegría durante tanto tiempo la hubiera vuelto más sensible que nunca, por lo que apenas un atisbo de placer —ese placer cotidiano que era habitual en una vida normal y por lo tanto pasaba inadvertido— la sumía ahora en un estado celebratorio asociado con sucesos de la magnitud de compromisos matrimoniales y graduaciones.

—La felicidad es relativa —le había dicho Teresa unos días antes de la explosión. Teresa había llegado temprano para la inmersión matutina, por lo que Young la invitó a aguardar en la casa mientras Pak preparaba el granero.

Mary había saludado antes de irse a sus clases.

—Qué bueno volver a verla, señora Santiago. Hola, Rosa —dijo inclinándose para poner su rostro al nivel de la joven. A Young le sorprendía lo amistosa y amable que podía ser Mary con todos menos con ella. Hasta Rosa había reaccionado ante la voz alegre de Mary. Sonrió y pareció esforzarse por decir algo, que terminó en una mezcla de gruñido y gárgara que le brotó de la garganta.

—Miren eso —se entusiasmó Teresa—. Está tratando de hablar. Toda esta semana ha estado haciendo muchísimos sonidos. La oxigenoterapia le está haciendo muy bien —dijo y apoyó la frente contra la de su hija, le revolvió el pelo y rio. Rosa cerró los labios y emitió sonidos guturales, luego los abrió y balbuceó algo parecido a "maa".

Teresa contuvo la respiración.

—¿Escucharon eso? ¡Dijo "Ma"!

—¡Es cierto! ¡Dijo "Ma"! —corroboró Mary, y Young sintió un cosquilleó de emoción.

Teresa se inclinó hacia el rostro de Rosa.

—¿Puedes decirlo otra vez, mi amor? *Ma. Mamá.*

La joven volvió a emitir un zumbido y luego dijo:

—Ma. —Un instante después, lo repitió—: ¡Ma!

—¡Dios mío! —Teresa le cubrió el rostro de besos livianos, lo que hizo reír a Rosa. Young y Mary también rieron, sintiendo cómo lo maravilloso de ese momento las recorría como una ola y las unía en asombro compartido. Teresa echó la cabeza hacia atrás, como orando o agradeciendo a Dios y entonces Young vio que le corrían lágrimas por las mejillas. Tenía los ojos cerrados y una expresión de júbilo tan completa e incontenible, que no pudo impedir que se le distendieran los labios en una sonrisa ancha, que le dejaba al descubierto las muelas. Besó a Rosa en la frente, esta vez saboreando la piel de la niña contra los labios.

Young sintió una oleada de envidia. Era absurdo sentir celos de una mujer con una hija que no hablaba ni caminaba, una hija cuyo futuro no incluía universidad, esposo ni hijos. Debería sentir lástima por ella, no envidia, se dijo. ¿Sin embargo, cuándo había sentido alegría pura como la que irradiaba el rostro de Teresa? Por cierto, no en los últimos tiempos, en los que todo lo que decía hacía que Mary frunciera el entrecejo, le gritara o —peor aún— la ignorara y fingiera no conocerla.

Para Teresa, que Rosa dijera "Mamá" era un logro milagroso, algo que le daba más felicidad que... ¿qué? ¿Qué había hecho Mary, qué podía llegar a hacer en el futuro que pudiera provocarle ese asombro y júbilo a Young? ¿Ingresar en Harvard o Yale?

Como para remarcar este punto, Mary se había despedido cálidamente de Teresa y de Rosa y luego había dado media vuelta para marcharse sin decirle una palabra a su madre.

Young sintió las mejillas ardientes y se preguntó si Teresa lo habría notado.

—Conduce con cuidado, Mary —le recomendó Young con fingida ligereza en la voz—. Cenaremos a las ocho y media —dijo en inglés, para no ser descortés con Teresa por hablar en coreano, aunque se sentía extraña usando el inglés delante de Mary; sabía que su acento, como todo lo demás, avergonzaba a su hija.

Young se volvió hacia Teresa y emitió una risita forzada.

—Está tan ocupada. Clases de preparación para los exámenes preuniversitarios SAT, tenis, violín. ¿Puedes creer que ya está investigando universidades? Supongo que eso es lo que hacen los jóvenes de dieciséis años —comentó y aun antes de que brotaran esas palabras, quiso frenarlas. Pero fue como ver una película, no había manera de detener lo que venía. La verdad era que por un instante —un breve instante, pero lo suficientemente largo como para herir— quiso lastimar a Teresa. Quiso inyectar una dosis de oscura realidad en su alegría y hacerla despertar con un chasquido de los dedos. Quiso recordarle todas las cosas que Rosa debería estar haciendo pero no haría nunca.

El rostro de Teresa perdió forma y expresión; los extremos de los ojos y de los labios se le desmoronaron en forma teatral, como si se hubiera cortado el hilo invisible que los sostenía. Era exactamente la reacción que había buscado Young, pero en cuanto la vio, sintió desprecio por sí misma.

—Te pido disculpas. No sé por qué dije eso. —Extendió el brazo para tocarle la mano—. Fue muy insensible de mi parte.

Teresa levantó la vista.

—No pasa nada —dijo. Debió de ver que Young no le creía del todo, porque sonrió y le tomó la mano—. De verdad, Young, está todo bien. Cuando Rosa se enfermó, al principio fue duro. Cada vez que veía a una chica de su edad, pensaba: "Esa debería ser Rosa. Debería estar jugando fútbol e invitando a amigas a dormir". Pero en algún momento —acarició el cabello de Rosa—, lo acepté. Aprendí a no esperar que fuera como los demás chicos y ahora soy como cualquier madre. Tengo días buenos y malos y a veces siento mucha impotencia, pero en otras ocasiones hace algo que me causa risa o que nunca hizo antes, como ahora, y de pronto la vida es linda, ¿comprendes?

Young había asentido, pero sin comprender realmente cómo Teresa podía verse feliz, estar feliz cuando su vida —según cualquier medida objetiva— era tan difícil y trágica. Pero ahora, al besar a Pak en la mejilla para despertarlo para cenar y verlo sonreír mientras decía "Hiciste mi plato preferido, qué bien huele", comprendió. Ahí estaba el motivo por el que todas las investigaciones demostraban que las personas ricas y exitosas que deberían ser más felices —ejecutivos poderosos, ganadores de la lotería, campeones olímpicos— no eran, de hecho, los más felices y por el que los pobres y desvalidos no eran necesariamente los más infelices: uno se acostumbra a su vida, a los logros y problemas que contiene y reacomoda sus expectativas en consecuencia.

Después de despertar a Pak, Young fue hasta el rincón de Mary y golpeó el suelo con el pie dos veces —los golpes a la puerta falsos que usaban para aumentar la ilusión de privacidad— y corrió la cortina de ducha. Mary seguía dormida con el pelo desordenado y la boca abierta, como la de un bebé que espera que lo alimenten. Qué vulnerable se la veía, como después de la explosión, cuando se había desmoronado en el suelo con sangre corriéndole por las mejillas. Young parpadeó para alejar esa imagen y se arrodilló junto a Mary. Apoyó los labios sobre su sien, cerró los ojos y estiró el beso, saboreando la piel de su hija contra los labios y sintiendo el ritmo pulsante de su sangre por debajo. Se preguntó cuánto tiempo podría permanecer así, unida a su hija, piel contra piel.

MARY YOO

Despertó con el sonido de la voz de su madre.

—Mei-ya, despierta. Es hora de cenar —estaba diciendo, pero en un susurro, como si contradiciendo sus palabras, estuviera tratando de no despertarla. Mary mantuvo los ojos cerrados e intentó controlar la oleada de confusión que la envolvió al oír a su madre diciendo "Mei" con voz suave. Durante los últimos cinco años, su madre había utilizado su nombre coreano solamente cuando estaba molesta con ella, durante las discusiones. De hecho, no la había llamado "Mei" en un año; desde la explosión, se mostraba sumamente amable y solo la llamaba "Mary".

Lo curioso era que Mary detestaba su nombre estadounidense. No siempre había sido así. Cuando su madre (que había aprendido inglés en la universidad y seguía leyendo libros en ese idioma) sugirió "Mary" como lo más parecido a "Mei", a ella la había entusiasmado encontrar un nombre con la misma sílaba inicial del suyo. Durante el vuelo de catorce horas de Seúl a Nueva York —sus últimas horas como Mei— había practicado escribir su nombre nuevo y llenado una hoja de papel entera con "Mary", encantada con lo bonitas que se veían las letras. Cuando aterrizaron, y el oficial de migraciones estadounidense la anotó como "Mary Yoo", pronunciando la "r" de ese modo exótico que su lengua coreana no podía replicar, sintió un vértigo glamoroso, como si fuera una mariposa recién salida del capullo.

Pero dos semanas después de comenzar el bachillerato en Baltimore (cuando tomaron lista y ella estaba leyendo en secreto cartas de sus amigos de Corea y no reconoció su nombre nuevo y no respondió, lo que llevó a que los otros chicos se rieran) la sensación de mariposa recién nacida fue reemplazada por una profunda y disonante incomodidad, como cuando se quiere introducir por la fuerza un cuadrado dentro de un orificio redondo. Más tarde, cuando dos chicas actuaron la escena en la cafetería y oyó a la chica con cabello del color del ramen repitiendo en tono burlón su nombre: "Mary Yoo? Ma-ry Yooo? ¿MA-RYYYYY YOOOOO?" fue como partirse bajo golpes de martillo.

Comprendía, por supuesto, que el nombre no tenía nada que ver, que el verdadero problema radicaba en no conocer el idioma, ni las costumbres, ni a la gente, nada. Pero resultaba difícil no asociar el nombre con su nueva personalidad. En Corea, como Mei, había sido conversadora. Se metía en problemas constantemente por conversar con amigos y podía salvarse de la mayoría de las penitencias gracias a sus habilidades comunicacionales. La nueva Mary era una chica rara y muda, amante de las matemáticas. Un cuerpo silencioso, obediente y solitario, envuelto en un caparazón de pocas expectativas. Era como si descartar su nombre coreano la hubiera debilitado, como a Sansón cuando le cortaron el cabello, y la criatura que reemplazaba a la anterior fuera alguien sumiso e insignificante que ella no reconocía y que tampoco le agradaba.

La primera vez que su madre la llamó "Mary" fue el fin de semana siguiente al incidente en la cafetería, durante su primera visita a la tienda de almacén de la familia que los alojaba.

Los Kang habían pasado dos semanas entrenando a su madre y consideraban que estaba lista para manejar la tienda. Antes de la visita, Mary se había imaginado un elegante supermercado: todo en Estados Unidos era supuestamente grandioso; por eso se habían mudado aquí. Pero al descender del coche, tuvo que esquivar botellas rotas, colillas de cigarrillos y a un vagabundo durmiendo sobre la acera debajo de hojas de periódico.

El vestíbulo de la tienda se asemejaba a un ascensor de carga, tanto en tamaño como en aspecto. Cristales gruesos separaban a los clientes del salón abovedado que contenía los productos y en los ventanales protegidos por cristales blindados había letreros: EL CLIENTE ES REY, ABIERTO DESDE LAS 6:00 HS, 7 DÍAS A LA SEMANA. En cuanto su madre abrió la puerta a prueba de balas y, aparentemente, de olores, Mary sintió el aroma de los fiambres.

—¿Desde las seis hasta la medianoche? ¿Todos los días? —preguntó Mary antes de entrar. Su madre esbozó una sonrisa avergonzada delante de los Kang y la llevó por un pasillo estrecho, pasando junto al congelador con helados y la cortadora de fiambre. En cuanto llegaron a la parte posterior, enfrentó a su madre—. ¿Desde cuándo estás al tanto de esto?

El rostro de su madre se frunció de dolor.

—Mei-ya, en todo este tiempo creí que querían que los ayudara, como una asistente. Anoche comprendí que para ellos, esto es como su retiro. Les pregunté si contratarían a alguien para ayudar, tal vez una vez por semana, pero dijeron que no pueden permitírselo por lo que les cuesta tu escuela. —Dio un paso atrás y abrió la puerta de un armario, donde había un colchón que cubría casi toda la superficie del suelo de hormigón—. Me armaron un sitio para dormir. No todas las noches, solamente si estoy demasiado cansada como para volver en el coche a casa.

—¿Entonces por qué no vivo aquí contigo? Puedo ir a la escuela de aquí o puedo venir después, a ayudarte —dijo Mary.

—No, las escuelas de este vecindario son espantosas. De noche no puedes estar aquí. Es muy peligroso, está lleno de pandillas y… —cerró la boca y sacudió la cabeza—. Los Kang te pueden traer a visitarme los fines de semana, pero es lejos de su casa. No podemos incomodarlos tanto…

—¿*Nosotras*, incomodarlos *a ellos*? —protestó Mary—. Te tratan como una esclava y tú se los permites. Ni siquiera entiendo por qué vinimos aquí. ¿Qué tienen de bueno estas escuelas? ¡Están aprendiendo las matemáticas que vi en cuarto grado!

—Sé que ahora es difícil —respondió su madre—. Pero es por tu futuro. Tenemos que aceptarlo y esforzarnos todo lo posible.

Mary se indignó con su madre por rendirse, por negarse a pelear. Había hecho lo mismo en Corea, cuando su padre les había informado los planes que tenía. Mary sabía que su madre estaba muy en contra de la idea (los había escuchado discutir al respecto), pero al final, había cedido, como hacía siempre, como estaba haciendo ahora.

Pero no dijo nada. Dio un paso atrás para observar a su madre con más atención, esta mujer a la que se le estaban acumulando lágrimas en los pliegues entre los dedos de las manos que tenía unidas como en oración. Dio media vuelta y se alejó.

Se quedó el resto del día en la tienda, mientras los Kang salían a celebrar su retiro. A pesar de lo ofuscada que estaba con su madre, no pudo menos que admirar la energía y la delicadeza con la que manejaba la tienda. Hacía solamente dos semanas que habían comenzado a entrenarla, pero ya conocía a la mayoría de los clientes, a quienes saludaba por nombre y les preguntaba por sus familias en inglés; hablaba despacio y con mucho acento, pero de todos modos, mejor de lo que Mary podía hacerlo. En muchos sentidos, era maternal con los clientes: se anticipaba a sus necesidades y les levantaba el ánimo con su risa afectuosa, casi coqueta; pero era firme cuando resultaba necesario, como por ejemplo para recordarles a varios clientes que con las estampillas estatales para alimentos no se podía comprar cigarrillos. Al mirar a su madre, se le ocurrió la posibilidad de que de verdad le gustara la vida aquí. ¿Sería por eso que se quedaban? ¿Porque manejar una tienda la hacía sentirse más realizada que siendo solamente su madre?

Al caer la tarde, entraron dos chicas, la menor de unos cinco años y la mayor, de la edad de Mary. Su madre inmediatamente destrabó la puerta para dejarlas entrar.

—Anisha, Tosha. Qué lindas están hoy —dijo, y las abrazó—. Les presento a mi hija Mary.

Mary. Sonaba foráneo con el tono y la cadencia tan conocida de su madre, como una palabra que nunca hubiera escuchado antes. Poco natural. Fea. Se quedó allí, en silencio, mientras la niña de cinco años sonreía y decía:

—Es buena tu mamá. Me da caramelos.

Su madre rio, le entregó un caramelo y la besó en la frente:

—Entonces es *por eso* que vienes todos los días.

La mayor le dijo a su madre:

—¿Sabe una cosa? ¡Obtuve una A en el examen de matemáticas!

—¡Pero qué bien, te dije que lo lograrías! —exclamó su madre.

Y luego la chica se dirigió a Mary:

—Tu mamá me estuvo ayudando toda la semana con las divisiones largas.

Cuando se fueron, su madre comentó:

—¿No son un amor esas niñas? Me dan tanta pena; su padre murió el año pasado.

Mary trató de sentir tristeza por ellas. Quiso sentirse orgullosa de que esta mujer tan querida por todos y tan generosa fuera su madre. Pero lo único que pudo pensar fue que esas chicas verían a su madre todos los días, la abrazarían todos los días mientras que ella, no.

—Es peligroso abrir la puerta así —declaró—. ¿Para qué ponen la puerta blindada si vas a abrirla y dejar que entre la gente?

Su madre la miró durante un largo instante.

—Mei-ya —dijo, y trató de rodearla con los brazos, pero Mary dio un paso atrás para esquivarla.

—Me llamo Mary, ahora —respondió.

*

A partir de ese día, Mary comenzó a decirle "Mamá" en lugar de "Um-ma". Um-ma era la madre que le tejía suéteres suaves, la que la recibía después de la escuela todas las tardes con té de cebada y jugaba a las payanas con ella, mientras hablaban de lo que había sucedido ese día. Y los almuerzos... ¿quién en la escuela no había envidiado los almuerzos especiales de Um-ma? El típico almuerzo coreano para llevar a la escuela era arroz con kimchi en un recipiente de acero inoxidable. Pero Um-ma siempre le adicionaba ingredientes: trocitos de pescado sin espinas, un huevo frito sobre el montículo de arroz como un volcán nevado con lava amarilla, rollos de algas con rábanos y zanahorias y *yubu chobap*, arroz dulce y pegajoso dentro de fundas de tofu frito.

Pero esa Um-ma ya no estaba, había sido remplazada por Mamá, una mujer que la dejaba sola en la casa de otros, que no sabía que los chicos de su clase la llamaban "china estúpida" ni que las chicas se reían delante de ella.

Así fue que cuando Mary abandonó el almacén ese día, dijo "Adiós" en coreano, utilizando adrede la frase formal que implica distancia y que se usa con desconocidos, y luego, mirándola a los ojos, le dijo "mamá" en lugar de "Um-ma". Al ver la mueca de dolor en el rostro de su madre (una repentina palidez en las mejillas, y la boca abierta como para una protesta que nunca pronunció, resignada) Mary pensó que se sentiría mejor, pero no fue así. La habitación pareció inclinarse, y sintió deseos de llorar.

Al día siguiente, su madre comenzó a manejar la tienda sola y a dormir allí con frecuencia. Mary lo comprendía, al menos de manera intelectual: el viaje a casa tomaba media hora en coche, tiempo que podía aprovechar durmiendo, sobre todo porque ella no iba a estar despierta. Pero esa primera noche, tendida en la cama, pensó en que no había visto a su madre ni hablado con ella en todo el día, por primera vez en su vida, y la odió. La odió por ser su madre. Por traerla a un sitio que la hacía odiar a su propia madre.

Aquel fue el verano del silencio. Los Kang se fueron de viaje durante dos meses a California a visitar a la familia de su hijo y dejaron a Mary sola, sin escuela, sin colonia de verano, sin amigos, sin familia. Ella trató de disfrutar de la libertad, de convencerse de que estaba viviendo el sueño de cualquier chica de doce años: que ningún adulto la molestara, que la dejaran sola para hacer lo que tuviera ganas, y comer y mirar en la tele todo lo que quisiera. Además, tampoco había pasado tanto tiempo con los Kang antes del viaje: eran callados y distantes y hacían su vida sin molestarla. Por lo cual no le parecía que estar sola fuera a resultar demasiado diferente.

Sin embargo, hay algo en los sonidos que hacen las personas. No al hablar, necesariamente. Los sonidos del vivir —el crujir de la escalera, el televisor encendido, el tintineo de la vajilla, un canturreo— disipan la soledad. Se extrañan cuando desaparecen. Su ausencia, el silencio total, se torna palpable.

Y así sucedió con Mary. Pasaba días sin ver a otro ser humano. Su madre volvía a casa todas las noches, pero no antes de la una de la mañana, y volvía a salir antes del amanecer. Nunca la veía.

Pero la escuchaba, eso sí. Su madre siempre pasaba por la habitación de Mary al regresar; atravesaba la pila de ropa sucia en el suelo, la arropaba con la manta, le daba un beso de buenas noches y algunas veces, se quedaba sentada sobre la cama, peinándole el cabello con los dedos una y otra vez, como solía hacer en Corea. Por lo general, Mary todavía estaba despierta, aterrada por imágenes de su madre atrapada en un tiroteo al salir del almacén blindado en mitad de la noche; una posibilidad real que había sido la razón principal por la que su madre no había accedido a dejarla vivir en la tienda. Cuando oía a su madre atravesar el corredor de la casa en puntillas, la invadía una mezcla de alivio y rencor. Le parecía mejor no hablar, por lo que fingía estar dormida. Mantenía los ojos cerrados y el cuerpo inmóvil, concentrándose en respirar lentamente y prolongar el momento que le permitía revivir a su madre como Um-ma y saborear el antiguo afecto.

Eso había sido hacía cinco años, antes de que los Kang regresaran y su madre volviera a dormir en la tienda, antes de que Mary hablara inglés con fluidez y los chicos de la escuela dejaran de acosarla, antes de que su padre llegara a Estados Unidos y se mudaran a un sitio donde otra vez se sintió foránea, donde la gente le preguntaba de dónde era, y cuando respondía de Baltimore, objetaban: *"No, me refiero a de dónde eres realmente"*. Antes de los cigarrillos y de Matt. Antes de la explosión.

Pero aquí estaban otra vez. Su madre le peinaba el cabello con los dedos y ella fingía dormir. Sumida en esa nebulosa de sopor, se sintió transportada de nuevo a Baltimore y se preguntó si su madre sabría que todas aquellas noches había estado despierta, esperando el regreso de Um-ma.

—Yuh-bo, la cena se enfría —dijo la voz de su padre y quebró el momento.

—Enseguida voy —respondió su madre, y la sacudió suavemente—. Mary, la cena está lista. No tardes, ¿de acuerdo?

Ella parpadeó y masculló algo, como si acabara de despertar. Aguardó a que su madre se fuera y cerrara la cortina antes de incorporarse y tomar conciencia de lo que la rodeaba.

Miracle Creek, no Baltimore, ni Seúl. Matt. El incendio. El juicio. Henry y Kitt, muertos.

Al instante, imágenes de la cabeza chamuscada de Henry y el tórax de Kitt envuelto en llamas le inundaron la mente y le volvió el ardor de lágrimas a los ojos. Durante todo el año, había intentado no pensar en ellos, en aquella noche, pero hoy, después de haber escuchado la narración de sus últimos momentos e imaginar el dolor padecido, sentía como si las imágenes fueran agujas implantadas mediante cirugía en su cerebro; cada vez que se movía, le provocaban un pinchazo tan doloroso detrás de los ojos que solo podía pensar en aliviar la presión, en abrir la boca y gritar.

Junto a la colchoneta, vio un periódico que había traído del tribunal. Era el de esa mañana, y ostentaba el titular: *Caso: "Mamita querida": el juicio por asesinato comienza hoy.* Una foto mostraba a Elizabeth contemplando a Henry con una sonrisa embobada y la cabeza ladeada, como si no pudiera creer cuánto amaba a su hijo. Era la expresión que tenía siempre en las sesiones de oxigenoterapia, cuando abrazaba a Henry, le alisaba el cabello, le leía. A Mary le había hecho pensar en Um-ma en Corea y había sentido una punzada de envidia al ver la abnegación de esta madre por su hijo.

Desde luego, todo había sido una artimaña. Tenía que haberlo sido. La forma en que Elizabeth se había quedado sentada durante todo el tiempo en que Matt relató cómo Henry se había quemado vivo, impávida, sin llorar, sin gritar ni huir de allí. Ninguna madre que sintiera un mínimo de amor por su hijo podría haberse comportado así.

Mary volvió a mirar la fotografía de la mujer que se había pasado el verano entero fingiendo adorar a su hijito mientras en secreto planeaba su muerte, esta sociópata que había colocado un cigarrillo junto a un tubo por el que pasaba oxígeno, sabiendo que la llave de paso estaba abierta y su hijo estaba dentro.

Su pobre hijo, Henry, ese chiquillo precioso, con cabello tan suave, dientes de bebé, devorado por…

No. Cerró los ojos con fuerza y sacudió la cabeza de lado a lado, fuerte, muy fuerte, hasta que le dolió el cuello y se mareó y el mundo se le puso de costado y luego patas arriba. Cuando no le quedó nada en la cabeza y ya no pudo permanecer sentada, se dejó caer sobre la colchoneta y apretó la cara contra la almohada, permitiendo que la funda de algodón le absorbiera las lágrimas.

ELIZABETH WARD

LA PRIMERA VEZ QUE LASTIMÓ a su hijo adrede había sido hacía seis años, cuando Henry tenía tres. Estaban recién mudados a la casa nueva en las afueras de la ciudad de Washington. Una típica casona imponente, linda para verla en soledad, pero absurda en ese apretujamiento de mansiones idénticas, construidas demasiado cerca unas de las otras sobre terrenos pequeños separados por franjas de césped. A Elizabeth no le gustaban demasiado los suburbios, pero su esposo de aquel entonces, Victor, no quería vivir en la ciudad ("¡Demasiado ruido!") ni en el campo ("¡Demasiado lejos!") y declaró que esa casa (cerca de dos aeropuertos y también de tres buenos institutos de educación infantil) era ideal.

La primera semana después de la mudanza, su vecina llamada Sheryl organizó una fiesta para todos los niños de su calle. Cuando Elizabeth entró con Henry, los niños, montados sobre palos de escoba con cabezas de caballos, locomotoras y autos como los de la película *Cars*, corrían como bólidos por el cavernoso subsuelo a los gritos (¿de júbilo, miedo, dolor? No podía saberlo). Los padres se amontonaban junto a una barra de tragos en una esquina, separados de los niños por cercas movibles; parecían animales encerrados en un zoológico, todos con copas de vino en la mano, inclinados hacia adelante para hacerse oír por encima del barullo.

Henry dio unos pasos dentro del recinto, se llevó las palmas de las manos a los oídos y emitió un grito estridente y agudo que cortó como una navaja el pandemonio. Todos los ojos se volvieron hacia él primero, y luego hacia ella, su madre.

Elizabeth se volvió para abrazarlo con fuerza, sujetándolo contra su regazo para ahogar el grito.

—Shhh —lo calmó, una y otra vez, acariciándole el cabello, hasta que él dejó de gritar. Luego se volvió hacia los demás—. Disculpen. Es muy sensible a los ruidos. Y todo esto de mudarnos y desempacar… lo tiene abrumado.

Los adultos sonrieron y se deshicieron en frases hechas: "Por supuesto", "No te preocupes", "A todos nos ha pasado".

—Hace una hora que quiero gritar así; gracias por hacerlo por mí, amiguito —le dijo un hombre a Herny, y rio con tanta amabilidad que Elizabeth sintió deseos de abrazarlo por distender la atmósfera.

Sheryl abrió la cerca para dejar salir a los adultos y anunció con voz cantarina:

—Niños, tenemos un amiguito nuevo. Vamos a presentarnos todos, ¿qué les parece?

Uno por uno, los niños —todos de entre uno y cinco años— respondieron cuando Sheryl les pidió nombres y edades. Aun la más pequeña, Beth, que pronunció su nombre "Best" y levantó un dedito meñique para indicar la edad. Sheryl se volvió hacia Henry.

—¿Y este caballero tan apuesto? —preguntó, haciendo reír a los niños—. ¿Cómo te llamas?

Elizabeth deseó con todas sus fuerzas que Henry respondiera: "Henry. Tengo tres", o al menos ocultara el rostro contra la falda de ella, permitiéndole poner una excusa y decir que era tímido cuando estaba entre desconocidos, lo que lograría que las otras mamás corearan "Ay, qué dulce". Pero nada de eso sucedió. El rostro de Henry estaba en blanco. Miraba la nada, con los ojos hacia arriba y la boca entreabierta. Parecía la cáscara de un niño: sin personalidad, sin inteligencia, sin emociones.

Elizabeth carraspeó y explicó:

—Se llama Henry. Tiene tres años —logró hablar con tono ligero, sin que se trasluciera el espesor de la vergüenza que amenazaba con provocarle arcadas.

Cuando la pequeña Beth se acercó con pasos inciertos y dijo: "Hola, Hen-wy", los adultos emitieron sonidos tiernos y diversas variantes de "Ay, qué adorable!" antes de volver a su esquina, conversando y ofreciéndole bebidas a Elizabeth, mientras ella se preguntaba si era posible que nadie más hubiera vivido el momento con extrema incomodidad.

Durante los siguientes cinco minutos, mientras ella conversaba con el resto, Henry se quedó callado y quieto. No jugaba con los niños, no parecía estar divirtiéndose, pero al menos no se hacía notar, que era lo importante. Elizabeth bebió su vino, y la fresca acidez le entibió la garganta y el estómago. Sentía que estaba dentro de una campana de cristal; los niños le parecían distantes e irreales, como si estuvieran en una película, y la cacofonía de ruidos se había convertido en un zumbido agradable.

El momento se quebró cuando Sheryl dijo:

—Pobrecito, Henry, no está jugando con nadie.

Más tarde esa noche, mientras aguardaba la llamada de Victor (estaba en una conferencia en Los Ángeles, la tercera de ese mes), imaginaría las diversas formas en que podría haber manejado ese momento. Podría haber dicho: "Está cansado, necesita una siesta" y haberse ido, o podría haber dado a Henry uno de esos juguetitos musicales que lo obsesionaban, para que pareciera que estaba jugando *cerca* de los otros niños, aunque no exactamente *con* ellos. Ciertamente, debió de haber intervenido cuando Sheryl inició un juego para incluir a Henry.

En los días subsiguientes, Elizabeth le echaría la culpa de

su omisión al vino, que la había envuelto en una nebulosa burbujeante. Siguió tomando mientras Sheryl y su esposo se sentaban a un metro y medio de distancia entre sí y levantaban los brazos para formar un portón. Nadie explicó las reglas, pero parecía muy simple: cada vez que decían *bip-bip* y levantaban los brazos, los niños corrían tratando de pasar antes de que bajaran los brazos. Elizabeth no comprendía qué tenía de gracioso, pero todos reían, hasta los adultos.

Después de varios ciclos de abrir y cerrar el portón, Sheryl preguntó:

—¿Henry, quieres jugar? ¡Es divertido!

Uno de los niños de tres años, como Henry, extendió la mano:

—Ven, pasaremos juntos.

Henry se quedó donde estaba, sin reaccionar, como si fuera ciego y mudo y no registrara nada. Miraba el cielo raso con tanta intensidad que la mitad de los otros niños levantó la vista también para ver qué había de tan interesante; luego les dio la espalda, se sentó y comenzó a balancearse hacia adelante y hacia atrás.

Todos se quedaron mirándolo. No demasiado tiempo, tres segundos, cinco, quizá, pero hubo algo en ese instante, el absoluto silencio y la quietud del resto de los niños que estiró el momento. Elizabeth nunca había comprendido el concepto de que el tiempo se congela en los accidentes, esa absurda noción de que la vida entera pasa delante de tus ojos en un segundo, pero eso fue exactamente lo que sucedió: mientras miraba cómo Henry se balanceaba, trocitos de su vida iban pasando como escenas de una película en su cabeza. Henry recién nacido, rechazando su pecho cargado de leche. A los tres meses, llorando durante cuatro horas seguidas. Victor llegando de una cena tardía con un cliente para encontrarla tendida en el suelo de la cocina, sollozando. Henry a los quince meses, el único del grupo de niños amigos que no gateaba ni caminaba. La mamá de la niña que ya corría y hablaba con oraciones cortas había dicho: "No importa. Los bebés tienen sus propios tiempos". (Qué curioso: siempre eran las mamás de los niños precoces las que insistían en que no hay que preocuparse por los hitos de desarrollo de los niños, con esas sonrisas satisfechas de los que tienen niños "avanzados".) Henry a los dos años, todavía sin hablar; las palabras de la mamá de Victor en la fiesta de cumpleaños: "¡Einstein no habló hasta los cinco años!". Henry, la semana pasada, en el control médico de los tres años, sin establecer contacto visual, lo que llevó a que el pediatra utilizara la palabra tan temida: "No estoy diciendo que sea autismo, pero no perdemos nada haciendo las pruebas correspondientes". Ayer, cuando en el centro médico de Georgetown le habían dicho que el tiempo de espera para las pruebas de autismo era de ocho meses. Elizabeth, furiosa consigo misma por no haber llamado hacía un año —qué diablos, hacía *dos* años— cuando, admitámoslo de una vez, se había dado cuenta de que algo no estaba bien con Henry. Claro que se había dado cuenta, pero había dejado pasar todo ese tiempo esperando, negando y hablando del maldito Einstein. Y ahora aquí estaba Henry, balanceándose —¡balanceándose!— delante de los vecinos nuevos.

Sheryl quebró el silencio:

—Creo que Henry no quiere jugar ahora. No importa, ¿quién sigue? —en su voz había una ligereza fingida, una falsa jovialidad y Elizabeth comprendió que Sheryl sentía vergüenza por Henry.

Todos volvieron a sus actividades, juegos, copas de vino y conversaciones, pero de manera cautelosa, con cierto temor, con la mitad de la energía y del volumen de voces que antes. Los adultos se esforzaron por no mirar a Henry, y la pequeña Beth preguntó:

—¿Qué está haciendo Hen-wy?

—Shh, ahora no —susurró su mamá, y se volvió para

decirle a Elizabeth—. ¿Viste qué deliciosa es esta salsa? ¡Se consigue en Cotsco!

Elizabeth era consciente de que la puesta en escena de *finjamos que aquí no ha pasado nada* era para ella. Quizá debería haber sentido gratitud. Pero por algún motivo, lo empeoraba todo, como si el comportamiento de Henry fuera tan anormal que necesitaban ocultarlo. Si Henry hubiera padecido cáncer o fuera hipoacúsico, todos habrían sentido pena, seguro, pero no vergüenza. Se hubieran acercado a ella con preguntas y expresiones de solidaridad. Pero el autismo era diferente: conllevaba un estigma. Y ella, como una tonta, había pensado que podría proteger a su hijo (¿o a ella misma?) no hablando del tema y rogando desesperadamente que nadie lo notara.

—Disculpen —dijo, y atravesó el salón hacia Henry. Sentía las piernas pesadas, como si tuviera cadenas que la ataran a una jaula y tuvo que esforzarse para caminar. Las mamás fingieron no darse cuenta de nada, pero ella vio las miradas rápidas que le dirigían y notó en sus expresiones una intensa gratitud por no estar en su lugar. Una erupción volcánica de furia le subió por la garganta. Envidiaba, detestaba, aborrecía a estas mujeres con sus hijos tan normales. Mientras avanzaba por entre los niños que reían y hablaban, sintió profundos deseos de levantar en brazos a cualquiera de ellos y decir que era suyo. Qué diferente sería la vida, tan llena de risas y trivialidades ("Les juro, ya no sé qué hacer: ¡Joey no quiere tomar jugo!" o "¡Fannie se tiñó el cabello de fucsia!").

Cuando llegó a donde estaba su hijo, se agazapó detrás de él. Aunque no podía verlas, sentía las miradas de los adultos, provenientes de todas las direcciones, fijándose en su espalda como si fueran rayos de sol a través de una lupa. El calor le subió a las mejillas y la hizo lagrimear. Tratando de que la mano no le temblara, la colocó sobre el hombro de Henry.

—Bueno, bueno, Henry, ya está —dijo, con toda la suavidad que pudo—. Ya basta, ¿sí?

Él no pareció oírla ni sentir sus manos. Seguía balanceándose, hacia adelante y hacia atrás. Mismo ritmo. Misma velocidad. Como una máquina atrancada en una misma función.

Elizabeth sintió deseos de gritarle en el oído, de sujetarlo y sacudirlo con todas sus fuerzas para sacarlo del mundo en el que estaba atrapado y hacer que la mirara. Tenía el rostro acalorado y en los dedos sentía un hormigueo.

—Henry, ya basta. ¡Basta! —exclamó, en un grito susurrado. Se movió para ocultar la mano de la vista de todo el mundo y le apretó los hombros con fuerza. Él se detuvo, pero solamente por una fracción de segundo y cuando reanudó el balanceo, Elizabeth lo apretó con más intensidad, pellizcándole la piel suave que estaba entre el cuello y el hombro, cada vez más fuerte. Necesitaba que le doliera, que él gritara o le pegara o saliera corriendo, cualquier cosa que indicara que estaba vivo y en el mismo mundo que ella.

La vergüenza y el miedo llegarían más tarde, una y otra vez, en oleadas que la ahogaban. Cuando vio que las mamás intercambiaban susurros al irse y se preguntó si la habrían visto. A la hora del baño, cuando al quitarle la camiseta a Henry, vio la marca con forma de media luna en la piel enrojecida. Cuando lo llevó a la cama y le besó la cabeza, implorando no haberle dañado la psiquis de forma irremediable.

Pero antes de todo eso, en aquel instante, cuando Elizabeth apretó los dedos para pellizcarlo con fuerza, lo único que sintió fue una liberación. No algo repentino como cuando uno cierra una puerta de un golpe o arroja un plato contra la pared, sino una lenta y gradual disipación de la ira que dejaba lugar al placer, a la delicia sensorial de apretar algo blando, como cuando se amasa. En el momento en que Henry por fin dejó de hamacarse y se apartó, con la boca fruncida en una mueca de dolor y fijó sus ojos en los de ella —el primer contacto visual sostenido que había hecho en semanas, tal vez meses—, Elizabeth experimentó una sensación de poder que explotó en júbilo; el dolor y el odio que la habían carcomido estallaron en mil esquirlas y desaparecieron por completo.

*

El estacionamiento del tribunal estaba casi vacío, lo que no resultaba sorprendente, ya que la sesión había terminado hacía horas. Desde entonces, su abogada la había tenido esperando en un salón adyacente con la excusa de que debía atender "asuntos urgentes" (tales como ocultar a la cliente-asesina hasta que todos se hubieran ido, probablemente). Pero no le importaba; no tenía nada que hacer ni adónde ir. Las condiciones de su arresto domiciliario le permitían ir solamente al tribunal o a la oficina de Shannon, siempre acompañada por ella.

El auto de Shannon, un Mercedes negro, había estado al sol todo el día, y cuando ella encendió el motor, el aire de la ventilación fue a dar directamente en la mandíbula derecha de Elizabeth. Estaba caliente como un soplete: el aire acondicionado no había tenido tiempo de enfriarlo todavía. Elizabeth se tocó la mandíbula y recordó la declaración de Matt, sobre cómo la erupción de fuego había quemado a Henry en ese mismo lugar; recordó las fotografías en la que se veía su mandíbula derecha con la piel y el músculo carbonizados. Abrió la boca y vomitó sobre su propio regazo.

—¡Ay, mierda! —gritó. Abrió la puerta y descendió con torpeza, manchando con vómito el asiento de cuero, la puerta, el suelo del coche, todo—. Ay, Dios, perdón, qué asquerosidad estoy haciendo, lo siento, lo siento mucho —farfulló, desmoronándose sobre el pavimento. Trató de decir que estaba bien, que solo necesitaba agua, pero Shannon se le acercó y comenzó a hacer cosas típicas de madre o de médico, como controlarle el pulso y ponerle la mano sobre la frente, antes de alejarse diciendo que volvería enseguida. Después de unos minutos —¿dos?, ¿diez?— Elizabeth vio que las cámaras de seguridad apuntaban hacia ella; se visualizó desparramada en el suelo con el traje y los tacones, cubierta de vómito, y se echó a reír de manera violenta e histérica. Cuando regresó Shannon con toallas de papel, Elizabeth cayó en cuenta de que estaba llorando, lo que le resultó sorprendente; no recordaba haber pasado de la risa al llanto. La santa de Shannon no dijo una palabra, solo se puso a limpiar metódicamente mientras ella, sentada sobre el pavimento, reía y lloraba de manera alternada, a veces simultánea.

En el trayecto de vuelta, cuando Elizabeth estaba en el estado de vacío y de calma que sigue a una purga violenta, Shannon comentó:

—¿Dónde tenías guardadas todas esas emociones, se puede saber?

Elizabeth no respondió. Se encogió de hombros, apenas, y miró las vacas por la ventanilla —unas veinte— que se amontonaban alrededor de un árbol raquítico en medio del campo.

—¿Te das cuenta de que el jurado piensa que no te importa nada lo que le sucedió a tu hijo, no? Ahora mismo les encantaría condenarte a la pena de muerte. ¿Es eso lo que buscabas hoy en la sala?

Elizabeth trató de decidir si las vacas, en su mayoría blancas con manchas negras (¿de raza Jersey? ¿O Holstein?) eran más pintorescas que las de color café.

—Solo hice lo que me pediste —respondió—. *No dejes que te afecte*, me dijiste. *Mantente tranquila, serena.*

—Me refería a que no te comportaras como una loca. Que no gritaras ni arrojaras cosas. No a que te convirtieras en un robot. Nunca vi a nadie tan impertérrito, mucho menos cuando relatan con pruebas detalladas la muerte de su propio hijo. Lo tuyo fue escalofriante. No tiene nada de malo mostrarle a la gente que sufres, ¿sabes?

—¿Por qué? ¿De qué serviría? Ya viste las pruebas. No tengo la más remota posibilidad.

Shannon miró a Elizabeth y se mordió el labio, luego frenó el coche a un lado del camino.

—¿Si eso es lo que piensas, por qué estamos aquí? Quiero decir, ¿por qué dijiste que no eras culpable, me contrataste y armamos la defensa?

Elizabeth bajó la vista. En realidad, todo se había originado en la investigación que comenzó a hacer el día después del funeral de Henry. Existían tantos métodos: ahorcarse, ahogarse, inhalar monóxido de carbono, cortarse las venas, y muchos más... Había confeccionado una lista de ventajas y desventajas y cuando se debatía entre pastillas para dormir (ventajas: indoloro, desventajas: la muerte no era segura, existían riesgos de que la encontraran y la resucitaran) y una pistola (ventajas: muerte segura; desventajas: había un período de espera para poder adquirirla), la policía descartó a las manifestantes de la lista de sospechosos y la arrestó a ella. Una vez que el fiscal anunció que pediría la pena de muerte, comprendió que pasar por el juicio sería la mejor manera de expiar su pecado: la acción irrevocable e imperdonable que había llevado a cabo aquel día durante un instante de furia y odio, el momento que revivía una y otra vez en la mente, de día, de noche, despierta, dormida. El segundo que le carcomía la salud mental. El hecho de que la culparan pública y oficialmente por la muerte de Henry, de verse obligada a escuchar los detalles de su sufrimiento, de que luego la mataran inyectándole venenos en la sangre, la exquisita tortura que significaba todo eso... ¿no era mejor que una muerte fácil, inmediata, que ocurre en un parpadeo?

Pero no lo podía decir. No podía contarle a Shannon cómo se había sentido hoy, mirando con esfuerzo supremo a todos a los ojos, escuchando cada palabra, contemplando cada fotografía, manteniendo el rostro impávido por temor a que el menor movimiento desencadenara un dominó de emociones. La vergüenza cauterizadora de que cien personas la miraran y juzgaran con dardos venenosos en los ojos. Lo que dolía aceptar y absorber la culpa. Tragarla, una y otra vez, hasta sentir que cada célula de su cuerpo estaba a punto de estallar. No era que se hubiera preparado para eso: en realidad, lo había estado esperando, deseando, ansiando. No veía la hora de pasar por ello nuevamente.

Elizabeth no respondió. Shannon lo interpretó como una rendición y reanudó la marcha. Unos minutos después, dijo:

—Ah, buenas noticias. Victor no va a declarar ante el tribunal. No va a venir, directamente.

Elizabeth asintió. Comprendía por qué esto era bueno, por qué Shannon había temido que un padre destrozado por el dolor afectara al jurado negativamente, pero su ausencia no era algo para celebrar. Desde el arresto, Victor no se había contactado con ella en absoluto, cosa que había esperado que sucediera; sí, sabía que tenía una vida ocupada en California con casa nueva, esposa nueva, hijos nuevos, pero supuso que al menos aparecería en el juicio de homicidio de su hijo. Sintió que la bilis le subía por el cuerpo y se le enroscaba en el pecho como una serpiente, estrujándole el corazón. Pobre Henry, qué padres patéticos le habían tocado. Una, responsable de lastimarlo y matarlo. El otro, tan inútil como para que le importara un carajo.

Sonó el teléfono de Shannon. Evidentemente, era una llamada esperada, pues atendió con un: "¿Lo tienes ahí? Léemelo".

Elizabeth respiró hondo. El vaho a vómito le hacía arder la nariz, lo que solo empeoraba las cosas, mezclando el aroma dulzón del abono en el campo con el olor acre a comida china podrida del vómito. Cerró la ventanilla justo cuando Shannon terminaba la llamada y le dijo:

—Lleva el coche a lavar. Cárgalo a mi cuenta. Aunque pensándolo bien, ¿te imaginas cuando tu socio pregunte por qué los gastos del juicio incluyen el pago de limpieza de vómito del coche?

Elizabeth rio. Shannon, no.

—Oye. Uno de los vecinos de los Yoo estuvo en el tribunal —comentó Shannon y una sonrisita se dibujó en sus labios—. Declaró algo que no le pareció importante hasta hoy. Puse al equipo a investigar sobre el tema y descubrimos algo. No quería contártelo hasta no tenerlo confirmado.

Afuera, en el campo, las vacas mugían al unísono. Elizabeth tragó saliva, en estado de alerta.

—¿Las manifestantes? ¿Pudiste conseguir algo, finalmente? Te dije que te concentraras en ellas, sabía que...

Shannon sacudió la cabeza.

—No, ellas no. Se trata de Matt. Mintió. Puedo demostrarlo. Elizabeth, tengo pruebas de que otra persona provocó el incendio de manera deliberada.

EL JUICIO: DÍA DOS

Martes 18 de agosto de 2009

MATT

Había creído que hoy sería más fácil que ayer. Que después de contar la historia, se sentiría purgado, como cuando uno vomita después de beber demasiado.

Pero le costó más mantener la cabeza erguida al volver a caminar por el corredor y subir al estrado. ¿Cuántas personas se estarían preguntando por qué él, un hombre joven y saludable, un maldito médico, por el amor de Dios, había dejado que un niñito se quemara vivo delante de él?

—Buenos días, doctor Thompson, soy Shannon Haug, abogada de Elizabeth Ward.

Matt asintió.

—Quiero que sepa cuánto lamento la horrenda experiencia por la que pasó. Y me quiero disculpar de antemano por tener que volver a hacérsela recordar, a veces en gran detalle. Mi objetivo no es perjudicarlo, sino solamente descubrir la verdad. Si en algún momento necesita un descanso, no dude en hacérmelo saber, ¿de acuerdo?

Matt sintió que se le relajaba la mandíbula e involuntariamente, sonrió. Abe revoleó los ojos. Shannon no le caía bien. La había descripto como "un pez gordo de una elegante fábrica de litigios", y Matt había esperado encontrarse con una de esas abogadas típicas de los programas de televisión sobre juicios: cabello recogido en un rodete, traje con falda híper ajustada, tacones afilados, sonrisa misteriosa, endemoniadamente guapa. Shannon Haug, por el contrario, parecía —en aspecto y en modo de hablar— una tía bondadosa, completamente benigna. Su traje era holgado y estaba arrugado; tenía algunas canas y llevaba el cabello largo hasta los hombros algo alborotado. Era de medidas generosas y más que una mujer fatal, parecía una enfermera cariñosa.

—Es el enemigo —le advirtió Abe, pero Matt estaba sediento del cariño maternal de una mujer, y se aferró a él.

—Bien —prosiguió Shannon—, comencemos con la información básica. Muy fácil, solo responda sí o no. ¿En algún momento vio a Elizabeth incendiando algo en las cercanías de Miracle Submarine?

—No.

—¿Alguna vez la vio fumando o con un cigarrillo entre los dedos?

—No.

—¿En algún momento vio a alguna otra persona relacionada con la oxigenoterapia fumando?

Matt sintió que se ruborizaba. Tenía que ir con cuidado por aquí.

—Pak no permitía que se fumara en el predio. Todo lo sabíamos.

Shannon sonrió, y se acercó a Matt.

—¿Eso es un no, entonces? ¿Alguna vez vio a alguien en las instalaciones de Miracle Submarine con cigarrillos, fósforos o algo así?

—Sí. Quiero decir, mi respuesta es no —aclaró Matt. No estaba mintiendo, técnicamente… el arroyo no estaba en las "instalaciones", pero de todos modos, su corazón se aceleró.

—Hasta donde sabe, ¿alguna persona asociada a la oxigenoterapia fumaba?

Mary una vez había dicho que Pak prefería los cigarrillos Camel, pero se recordó a sí mismo que eso no era algo que él tenía que saber.

—No sabría decirle. Yo solamente los veía durante las sesiones, en las que fumar estaba prohibido.

—Es válido —respondió Shannon. Se encogió de hombros y se dirigió a su mesa, como si esto fuera una lista mecánica de preguntas de las que no esperaba nada. Pero a mitad camino, dio media vuelta y preguntó con descuido—: A propósito, ¿usted fuma?

Matt sintió un hormigueo en los dedos que le faltaban, casi pudo experimentar la sensación de tener un Camel suspendido entre ellos.

—¿Yo? —rio, rogando que la risita no sonara tan falsa como la sentía en la boca—. Con la cantidad de radiografías de pulmones de fumadores que veo, tendría que estar coqueteando con la muerte para fumar.

Ella sonrió. Por suerte, estaba tratando de congraciarse con él y no lo interrogó sobre su respuesta evasiva. Recogió algo de la mesa y volvió hacia él.

—Volvamos a Elizabeth. ¿Alguna vez la vio pegándole a Henry, lastimándolo de alguna manera?

—No.

—¿En alguna oportunidad la vio gritándole?

—No.

—¿Descuidándolo? ¿Vistiéndolo con ropa rota, dándole comida chatarra, algo así?

Matt imagino a Henry con calcetines rotos, comiendo caramelos y sintió deseos de reír. Elizabeth jamás lo dejaba acercarse a algo que no fuera orgánico y contuviera colorantes o azúcar.

—Decididamente, no.

—Por el contrario, ¿sería justo decir que se esforzaba mucho en el cuidado de Henry?

Matt arqueó las cejas y se encogió apenas de hombros.

—Supongo que sí.

—Le revisaba los oídos con un otoscopio después de cada inmersión, ¿no es así?

—Sí.

—¿Y ningún otro padre hacía eso, correcto?

—No. Es decir, sí, es correcto.

—¿Leía libros con él antes de las inmersiones?

—Sí.

—¿Le daba de comer solamente alimentos caseros?

—Sí. Bueno, es decir, es lo que ella decía.

Shannon lo miró y ladeó la cabeza.

—Elizabeth preparaba todo en su casa porque Henry era muy alérgico a los alimentos, ¿no es así?

—Es lo que ella decía, sí.

Shannon se acercó más y ladeó la cabeza hacia el otro lado, como si estudiara una pintura abstracta cuya orientación correcta no podía determinar.

—Doctor Thompson, ¿está acusando a Elizabeth de mentir sobre las alergias de su hijo?

Matt sintió que se le enrojecían las mejillas.

—No necesariamente. Es solamente que no me consta.

—Muy bien, permítame corregirme —dijo y le entregó un documento—. Díganos qué es eso, por favor.

Matt lo hojeó.

—Es un informe de laboratorio que confirma que Henry es sumamente alérgico al maní o cacahuate, al pescado, a los mariscos, lácteos y huevos. —Abe lo miró y sacudió la cabeza.

—Entonces intentémoslo de nuevo: Elizabeth le daba a Henry alimentos caseros que se aseguraba que no tuvieran componentes alergénicos, ¿correcto?

—Parece correcto, sí.

—¿Recuerda un incidente relacionado con maní, la peor alergia de Henry?

—Sí.

—¿Qué sucedió?

—TJ tenía mantequilla de maní en las manos, proveniente de un sándwich. Ensució la manija de la escotilla, al entrar. Henry la tocó después de él y, por suerte, Elizabeth se dio cuenta.

—¿Cómo reaccionó ella?

Elizabeth se había vuelto loca; gritaba: *"¡Henry pudo haber muerto!"* y se comportaba como si el pegote oscuro fuera una puta serpiente. Pero si lo decía, ¿no estaría contribuyendo con la imagen de madre abnegada que estaba tratando de crear su abogada?

—Ella les pidió a los niños que se lavaran las manos y Pak limpió la cámara —respondió, haciendo que sonara como algo sin importancia, pero había sido un *suplicio*: Elizabeth había exigido a TJ que se lavara los dientes, la cara y hasta se cambiara de ropa.

—Si Elizabeth no hubiera notado la mantequilla de maní, ¿qué hubiera sucedido?

Antes de que Shannon terminara la pregunta, Abe se puso de pie. El ruido de su silla contra el suelo anunció la objeción como el sonido de una trompeta.

—Objeción. Si eso no es especulación, no sé lo que es.

—Señoría, permítame un poco de cuerda. Le prometo que estoy llegando a algo importante.

—Pues hágalo pronto —respondió el juez—. La objeción no ha lugar.

Abe se sentó y movió la silla con fastidio. El ruido fue el equivalente al portazo de un adolescente. Shannon sonrió a Abe con la expresión de una madre divertida y se volvió de nuevo hacia Matt.

—De nuevo, doctor, ¿qué hubiera sucedido si Elizabeth no hubiera visto a Henry tocando la mantequilla de maní?

Matt se encogió de hombros.

—Es difícil saber.

—Pensémoslo juntos. Henry se comía las uñas. ¿Usted lo había notado, no es así?

—Sí.

—Entonces sería justo decir que la mantequilla de maní hubiera entrado en contacto con su boca durante la inmersión, ¿verdad?

—Supongo que sí.

—Doctor, teniendo en cuenta la severidad de la alergia de Henry al maní, ¿qué hubiera sucedido?

—Se inflama la glotis y se produce un edema que impide la respiración. Pero Henry tenía EpiPen inyectable, epinefrina, que contrarresta eso.

—¿Había EpiPen en la cámara?

—No. Como no se puede ingresar con comida, Pak le pedía a Elizabeth que la dejara afuera.

—¿Cuánto tiempo toma despresurizar la cámara y abrir la escotilla?

—Pak por lo general despresurizaba despacio, para evitar molestias, pero de ser necesario podía hacerlo rápidamente, en alrededor de un minuto.

—Un minuto entero sin aire. Si se espera más de un minuto para inyectar la epinefrina, ¿puede fallar?

—No es probable. Pero sí, *podría* suceder.

—¿Entonces Henry podría haber muerto?

Matt suspiró.

—Lo dudo. Yo podría haberle practicado una traqueotomía —dijo y se volvió hacia el jurado—. Se puede hacer una pequeña incisión en la laringe para aliviar una obstrucción de las vías aéreas. En una emergencia, hasta se puede usar un bolígrafo.

—¿Había un bolígrafo en la cámara?

Matt sintió que se ruborizaba otra vez.

—No.

—¿Y usted tampoco tenía un bisturí, supongo?

—No.

—Entonces, ¿Henry podría haber muerto, existe esa posibilidad, doctor?

—*Muy* remota, sí.

—Y Elizabeth la evitó. Se aseguró de que no sucediera, ¿no es así?

Matt suspiró.

—Sí —dijo por obligación. Se quedó esperando la siguiente pregunta: *Si Elizabeth deseaba la muerte de Henry, ¿no hubiera sido más fácil no decir nada sobre la mantequilla de maní?* A lo que él respondería no, y explicaría que no había riesgo de muerte real por esa causa y por cierto, ninguna seguridad de que fuera a morir, como sí la hay cuando una maldita bola de fuego te estalla en la cara. Pero Shannon no hizo la pregunta; miró al jurado, luego a Elizabeth con su expresión de tía bondadosa, y esperó a que llegaran a esa conclusión por su cuenta. Matt vio cómo se relajaban los rostros de los miembros del jurado. Los vio mirar a Elizabeth, que seguía impávida, y preguntarse si no sería posible que en lugar de ser fría y calculadora, en realidad solo estuviera muy cansada. Demasiado cansada como para mover un músculo.

Como para acentuar esa idea, Shannon prosiguió:

—Doctor, ¿usted le dijo a Elizabeth que era la madre más abnegada que había conocido, no es así?

Sí, se lo había dicho. Pero como crítica, para sugerirle que se relajara, por el amor de Dios. Para hacerle ver que ya ni siquiera era una madre helicóptero que sobrevuela al hijo constantemente, sino directamente una controladora obsesiva. Una madre titiritera. ¿Pero qué podía decir? Sí, se lo dije, pero en tono sarcástico, porque me fastidian las madres abnegadas.

—Sí —respondió por fin—. Me parecía que se esforzaba mucho por mostrar gran abnegación por Henry.

Shannon lo miró largamente y las comisuras de su boca se curvaron hacia arriba, como si acabara de ocurrírsele algo.

—Doctor, seré curiosa: ¿a usted le agradaba Elizabeth? Quiero decir, antes del accidente. ¿Ella le cayó bien en algún momento?

Matt se asombró ante lo brillante de la estrategia de Shannon al hacer una pregunta para la que no existía una buena respuesta. "Sí, me agradaba", contribuiría a la humanización de Elizabeth que estaba llevando a cabo la abogada y "No, nunca me cayó bien", lo haría parecer mal predispuesto.

—No la conocía demasiado, en realidad —respondió por fin.

Shannon sonrió, como sonríe una madre cuando decide dejar pasar la evidente mentira de su niño.

—¿Y qué me dice... —paseó la mirada por el público, como hacen los comediantes cuando buscan una víctima— de Pak Yoo? ¿Piensa que a él sí le caía bien Elizabeth?

Algo en la pregunta incomodó a Matt. Tal vez fue el tono, demasiado casual, intencionalmente casual, como si la pregunta no tuviera importancia alguna. Como si la respuesta no le importara nada, como si solo hubiera preguntado por Pak de manera inesperada y fortuita.

Adoptó el mismo tono casual de Shannon y respondió:

—No sirvo para leer la mente de las personas. Debería preguntárselo a él.

—Tiene razón. Déjeme ponerlo de otra manera. ¿Alguna vez oyó a Pak decir algo negativo sobre Elizabeth?

Matt negó con la cabeza.

—No, nunca lo escuché decir nada negativo sobre Elizabeth. —Era cierto. Mary le había contado muchas veces lo fastidiado que estaba Pak con ella, pero nunca lo había escuchado de su boca. Parpadeó y prosiguió—: Pak es muy profesional. Jamás hablaría mal de un paciente, mucho menos con otro paciente.

—Pero usted no era un paciente cualquiera, ¿no? Ustedes son amigos de la familia.

Podían considerarse "amigos de la familia", pero Pak no era amistoso. Matt sospechaba que al igual que a muchos otros coreanos que conocía, a Pak no le parecía bien que hombres blancos se relacionaran con mujeres coreanas.

—No. Yo era un cliente, nada más.

—Por lo que él nunca hablaba con usted de cosas como, digamos, el seguro contra incendios, ¿no?

—¿Cómo? —exclamó. *¿Qué diablos tenía eso que ver?*—. No. ¿Seguro contra incendios? ¿Por qué hablaríamos de eso?

Shannon pasó por alto las preguntas. Se acercó a él, lo miró directamente a los ojos y preguntó:

—¿Alguna persona relacionada con Miracle Submarine, incluyendo a su familia, habló con usted sobre seguros contra incendio?

—En absoluto.

—¿Escuchó alguna vez a alguien hablar del tema o siquiera mencionarlo?

—No —respondió. Se estaba impacientando… y asustando un poco, aunque no sabía bien por qué.

—¿Está al tanto de qué compañía de seguros cubre a Miracle Submarine?

—No.

—¿Alguna vez llamó por teléfono a la aseguradora de Miracle Submarine?

—¿Qué? ¿Por qué haría una cosa así? —Sintió que le ardían los nudillos amputados. Quería golpear algo. El rostro de Shannon, tal vez—. Le acabo de decir, ni siquiera sé de qué compañía habla.

—¿Entonces declara bajo juramento que nunca llamó a la Compañía Aseguradora Mutual Potomac la semana anterior a la explosión, correcto?

—¿Cómo dice? No, por supuesto que no llamé.

—¿Está seguro?

—Completamente seguro.

El rostro entero de la abogada pareció distenderse —ojos, boca, orejas—, y caminó —pavoneándose— hasta la mesa de la defensa, tomó un documento, se pavoneó de nuevo hasta él y se lo acercó a la cara.

—¿Reconoce esto?

Una lista de números de teléfono y horas. Arriba de todo, el número de su línea telefónica.

—Es el registro de mis llamadas. De mi móvil.

—Por favor, lea el ítem resaltado.

—21 de agosto de 2008. 8:58 h. 4 minutos. Llamada saliente: 800-555-0199. Aseguradora Mutual Potomac —leyó y levantó la vista—. No comprendo. ¿Está diciendo que yo hice este llamado?

—No soy yo la que lo dice, sino el documento.

Shannon parecía divertida, tenía un aire casi triunfal.

Matt volvió a leer. Ocho y cincuenta y ocho de la mañana. Tal vez había marcado un número equivocado. ¿Pero cuatro minutos?

—¿Habré escuchado alguna publicidad de seguros y llamado para pedir cotización? —No recordaba haberlo hecho, pero había pasado un año. ¿Cómo saber cuántas tonterías al azar hacía todos los días, por impulso, tan insignificantes que no las recordaría ni a la semana, mucho menos un año después?

—¿Entonces hizo la llamada, pero respondiendo a una publicidad?

Matt miró a Janine, que se había llevado ambas manos a la boca.

—No; es decir, tal vez. No recuerdo esa llamada y estoy tratando de pensar... quiero decir, nunca escuché hablar de esa compañía, ¿por qué los llamaría?

—Sucede que Potomac registra todas las llamadas entrantes —respondió Shannon con una sonrisa. Entregó los documentos a Abe y al juez—. Señoría, me disculpo por la poca antelación, pero no fue hasta ayer que nos enteramos de esta llamada y accedimos a los registros anoche.

Matt miró a Abe, deseando que viera su expresión de "¿Y ahora qué carajo hago?" y lo rescatara de algún modo, pero este estaba leyendo el documento, ceñudo.

—¿Alguna objeción, señor Patterley? —quiso saber el juez.

Abe murmuró una negativa, sin dejar de leer.

Por fin, Shannon le alcanzó el documento. Matt sintió deseos de arrancárselo de la mano pero aguardó, y logró no mirarlo siquiera hasta que ella le pidió que lo leyera en voz alta. Debajo de un encabezado con la fecha, hora, tiempo de espera (1 minuto) y duración total de la llamada (4 minutos) decía:

NOMBRE: Anónimo
TEMA: Seguro contra incendios: premeditado
RESUMEN: La persona demostró interés por saber si nuestras pólizas contra incendios son válidas en caso de incendio intencional. Se mostró entusiasmada cuando se le explicó que sí, excepto si se comprueba que el tenedor de la póliza estuvo involucrado en planificar o desatar el incendio intencional.

Matt leyó con voz calma, con el tono indiferente de alguien a quien no van a acusar de conspirar para desatar un incendio intencional y levantó la vista al terminar. Shannon no dijo nada, se quedó mirándolo, como esperando que rompiera el silencio. *No tuve nada que ver con esto*, se recordó Matt, luego dijo:

—Parece que no fue para pedir cotización, después de todo.

Nadie rio.

—Déjeme preguntarle de nuevo, doctor —arremetió Shannon—. Usted hizo una llamada anónima a la compañía aseguradora de Miracle Submarine una semana antes de la explosión, preguntando si el seguro cubriría un incendio intencional, ¿no es así?

—De ninguna manera —replicó Matt.

—¿Entonces cómo explica el documento que tiene en la mano?

Una buena pregunta, para la que no había una buena respuesta. El aire estaba tenso, espeso, y no podía pensar con claridad.

—Puede tratarse de un error. Confundieron mi número con el de otra persona.

—Sí, claro —asintió Shannon de manera exagerada—. Llama una persona cualquiera y por alguna coincidencia increíble, tanto la compañía telefónica como la aseguradora toman el número equivocado y por otra coincidencia increíble, usted termina como testigo estrella en un juicio por homicidio donde, *oh, sorpresa*, las muertes se producen debido a un incendio intencional. ¿Es correcto?

Algunos de los miembros del jurado emitieron risitas. Matt suspiró.

—Lo único que puedo decirle es que no hice esa llamada. Alguien debe de haber utilizado mi móvil.

Matt esperó a que Shannon volviera a burlarse de su respuesta, pero ella se mostró satisfecha. Hasta interesada.

—Exploremos eso —propuso—. Esto fue en agosto del año pasado, un jueves por la mañana a las 8:58. ¿Había perdido el teléfono o se lo habían robado en ese mes?

—No.

—¿Alguien se lo pidió prestado porque olvidó el propio, o algo así?

—No.

—¿Entonces quién pudo tener acceso a su teléfono alrededor de las 8:58?

—Puedo asegurarle que yo estaba en oxigenoterapia. Nunca falté a una inmersión matutina. El horario de comienzo era a las nueve, pero si todos llegaban antes, comenzábamos un poco antes, y si alguien se retrasaba, empezábamos más tarde. Ya ha pasado un año, por lo que no recuerdo a qué hora comenzamos esa mañana en particular.

—Digamos que esa mañana comenzaron tarde, a las 09:10, por ejemplo. ¿Podría alguien haber usado su teléfono sin que usted lo supiera?

Matt negó con la cabeza.

—No veo cómo. Yo siempre lo dejaba en el coche, que quedaba cerrado, o lo llevaba conmigo y lo guardaba en el armario justo antes de comenzar la inmersión.

—¿Y si hubieran comenzado antes, digamos a las 8:55? Usted ya estaría dentro de la cámara, junto con los demás, incluyendo a Elizabeth. ¿Quién podría haber utilizado su teléfono?

Matt miró a Shannon; el entusiasmo de la abogada resultaba evidente por la forma en que arqueaba las cejas y la sonrisa que se le dibujaba en los labios. Comprendió de pronto que todo el interrogatorio había sido una puesta en escena. Ni por un segundo ella había creído que él hubiera llamado. Solamente se lo había hecho pensar para ponerlo nervioso, para que buscara desesperadamente a otro sospechoso y se lo entregara en bandeja. La alternativa obvia. La única, realmente.

—Durante las inmersiones matutinas, la única persona que estaba en el granero era Pak —respondió Matt. No era ningún secreto. Pero de todos modos, decirlo en voz alta lo hizo sentirse un traidor. No pudo mirar a Pak.

—De manera que Pak Yoo tenía acceso a su teléfono durante las inmersiones matutinas, que a veces comenzaban antes de las 8:58, que es el horario en cuestión. ¿Es correcto?

—Sí —respondió.

—Doctor Thompson, sobre la base de su testimonio, ¿sería justo decir que Pak Yoo debió de haber llamado en forma anónima a la aseguradora, utilizando su teléfono, para preguntar si la póliza cubriría un incendio intencional provocado por otra persona, algo que sucedió unos días más tarde? ¿Resume esto verazmente la situación?

Al escucharlo puesto de ese modo, él solo quiso responder desesperadamente: *No, Pak no hizo nada, fue Elizabeth, y ahora usted se aferra a una llamada de mierda para decir… ¿qué? ¿Qué Pak incendió su propio emprendimiento? ¿Qué mató a sus pacientes por dinero?* Era absurdo. Había visto a Pak durante el incendio, había sido testigo de su desesperación por salvar a los pacientes, arriesgando su salud y aun su vida. Pero el alivio de saber que Pak era el blanco, y no él, le resultó abrumador. El alivio se tragó el respeto que sentía por Pak, su convicción firme de que era inocente, la necesidad de que castigaran a Elizabeth, las deglutió y las hizo desaparecer. Además, responder afirmativamente no era otra cosa que la prolongación lógica de todo lo que ya había admitido. No estaba diciendo que Pak hubiera provocado el incendio. Había cuatro mil pasos de distancia entre esa llamada y la explosión.

Fue así que, convenciéndose de que no tenía tanta importancia, respondió:

—Sí. —Oyó el zumbido de los moscardones alimentándose de carroña. O tal vez fueran los murmullos del público en la parte trasera de la sala. El rostro de Pak estaba rojo; Matt no sabía si era de vergüenza o de furia.

—¿Doctor —prosiguió Shannon—, está usted al tanto de que la noche de la explosión, Elizabeth encontró una nota junto al arroyo, escrita sobre una hoja de papel con el membrete de H-Mart, que decía: "Tenemos que terminar con esto. Veámonos esta noche, ¿20:15?".

La reacción fue automática. Su mirada se posó sobre Mary, como metal atraído por un imán. Parpadeó, y rogó que nadie se hubiera percatado del error. Miró de un lado a otro, como abarcando a todo el clan coreano.

—No, no sabía. Conozco ese papel, sin embargo —dijo, y se volvió hacia el jurado—. H-Mart es un supermercado coreano. Compramos allí, en ocasiones.

—¿Es cierto que Pak Yoo siempre usaba ese anotador?

Matt tuvo que controlarse para no exhalar un suspiro de alivio. Shannon creía que la nota era de Pak. Ni siquiera se le había ocurrido que Matt pudiera haberla escrito. Y Mary... no estaba en el radar en absoluto.

—Sí, Pak lo utilizaba —respondió.

Shannon miró a Pak, luego a Matt de nuevo.

—En su opinión, ¿dónde estaba Pak a las 20:15 de esa noche, hasta que ocurrió la explosión diez minutos más tarde?

Algo en el modo en que ella dijo "en su opinión" perturbó a Matt.

—Ehh... Pak estaba en el granero —respondió. ¿Acaso eso estaba en duda?

—¿Cómo lo sabe?

Tenía que pensar. ¿*Cómo* lo sabía, además de sencillamente darlo por sentado porque era lo que decía todo el mundo? Todos los Yoo estaban en el granero, habían dicho. Cuando el DVD dejó de funcionar, Pak había enviado a Young a la casa a buscar baterías. Como ella tardaba demasiado, Mary fue a ayudarla, pero notó algo extraño detrás del granero, fue hasta allí y *PUM*. Pero si Pak lo había hecho... ¿Podrían haber estado mintiendo, los Yoo, entonces? ¿Cubriendo a Pak? Pero por otra parte, si Pak había provocado el incendio, no hubiera arriesgado la vida en el rescate y se hubiera asegurado de que Mary estuviera bien lejos. No.

—Lo sé porque él supervisó la inmersión. Nos encerró adentro y me habló, y después de la explosión, abrió la escotilla y nos ayudó a salir.

—Ah, la escotilla. Hace unos minutos usted dijo que despresurizar la cámara y abrir la escotilla puede llevar un minuto, ¿no es cierto?

—Sí.

—De manera que si Pak estaba presente, la escotilla se debería de haber abierto un minuto después de la explosión, ¿verdad?

—Así es.

—Doctor, probemos algo. Aquí tenemos un cronómetro. Me gustaría que cerrara los ojos y repasara mentalmente todo lo que sucedió desde la explosión hasta que se abrió la escotilla. Entonces detenga el cronómetro. ¿Le parece que podría hacerlo?

Matt asintió y tomó el cronómetro, uno digital que contaba en décimas de segundos. No podía creer lo absurdo de la situación: recordar un año después si la incineración de la cabeza de un niño había tomado 48.8 o 48.9 segundos. Oprimió el botón de inicio, cerró los ojos y revivió el momento. El rostro-parpadeo-fuego, los movimientos desesperados, las llamas envolviendo primero la camiseta y luego sus manos. Cuando llegó al chillido de la escotilla al abrirse, detuvo el reloj. 2:36.8.

—Dos minutos y medio. Pero esto no me parece demasiado confiable —manifestó.

Shannon mostró una hoja de papel doblada.

—Este es un informe del experto en reconstrucción de accidentes de la fiscalía, que incluye un cálculo estimado del tiempo transcurrido entre la explosión y la abertura de la escotilla. ¿Quiere leerlo, por favor?

Matt tomó la hoja de papel y la desdobló. Vio cinco palabras resaltadas en amarillo en medio del informe.

—Mínimo dos, máximo tres minutos.

—Entonces usted y el informe están de acuerdo —corroboró Shannon—. La escotilla se abrió más de dos minutos después de la explosión, un minuto más tarde que si Pak Yoo hubiera estado presente.

—Repito —objetó Matt—. No me parece que esto tenga demasiada validez científica.

Shannon lo miró divertida, pero con pena a la vez, como miran los adolescentes a los niños que siguen creyendo en el Ratón Pérez que se lleva los dientes de leche.

—El otro motivo por el cual cree que Pak Yoo estaba en el granero es que hablaron por el intercomunicador. Ayer, usted dijo: "La cámara era un caos, había mucho ruido, por lo que no pude escuchar bien". ¿Lo recuerda?

Matt tragó saliva.

—Sí.

—Considerando que no podía escuchar bien, usted supuso que era Pak Yoo, pero no tiene la certeza de que fuera él, ¿no es así?

—No, no pude distinguir todas las palabras, pero escuché su voz. Sé que era Pak —replicó Matt, pero mientras lo decía, se preguntó si sería cierto. ¿Estaría siendo obstinado?

Shannon lo miró como si sintiera tristeza por él.

—Doctor —dijo con suavidad—, ¿está al tanto de que Robert Spinum, que vive al lado de los Yoo, firmó una declaración diciendo que salió al jardín por una llamada telefónica desde las 8:11 hasta las 8:20 de esa noche y que durante toda la duración de la llamada vio a Pak Yoo a quinientos metros del granero?

Abe se puso de pie de inmediato e interpuso una objeción —algo sobre falta de fundamentos—, pero Matt se concentró en la exclamación ahogada que brotó desde detrás de Abe. Fue Young, que tenía las manos delante de la boca, con expresión aterrada. Pero no sorprendida.

—Señoría —explicó Shannon—, solo pregunté si el testigo estaba al tanto de este suceso, pero con gusto retiraré la pregunta. El señor Spinum está aquí, listo para declarar y lo haremos subir al estrado en la primera oportunidad. —Miró a Matt con los ojos entornados mientras hablaba, como amenazándolo, y añadió—: Doctor, permítame preguntarle de nuevo: no tiene certeza absoluta de que la voz que oyó por el intercomunicador haya sido la de Pak Yoo, ¿verdad?

Matt se frotó el muñón del dedo índice que le faltaba. Le picaba y le latía, lo que le brindaba un extraño placer.

—Creí que era Pak, pero supongo que no tengo certeza absoluta.

—Entonces, teniendo en cuenta esto, más lo que usted declaró sobre la apertura de la escotilla, ¿no le parece posible que Pak Yoo no haya estado dentro del granero durante por lo menos diez minutos antes de la explosión? ¿Y que, de hecho, no haya habido nadie supervisando la inmersión?

Matt miró a Pak y luego a Young. Tenían la cabeza gacha y los hombros caídos. Se humedeció los labios y los sintió salados.

—Sí —respondió—. Sí, es posible.

YOUNG

La sorprendió el silencio que se hizo cuando Shannon terminó con el interrogatorio. Nadie tosió ni susurró. Los aparatos de aire acondicionado no zumbaron ni chisporrotearon. Fue como si alguien hubiera oprimido el botón de pausa y todos se hubieran congelado en su sitio, con la cabeza girada hacia Pak, y una expresión ceñuda de aversión, igual a la que le habían dirigido a Elizabeth antes. De héroe a asesino en una hora. ¿Cómo había sucedido? Como en un espectáculo de magia, pero sin que nadie exclamara "¡Abracadabra!" para marcar el momento de mutación.

Debería haberse oído un estallido o quizá truenos. Los desastres que alteran la vida sucedían con ruidos fuertes, ¿o no? Alarmas, sirenas, *algo* que marcara la ruptura con la realidad: todo está normal en un instante, y un segundo después, cambia y enloquece para siempre. Young sintió deseos de levantarse, correr, tomar el martillo y golpearlo contra la mesa para romper el silencio, para partirlo en dos. *Todos de pie. El Estado de Virginia contra Young Yoo.* Por creer que los problemas de su familia habían terminado. Por seguir siendo tan estúpida, después de haber visto una y otra vez con qué rapidez se desmoronan las cosas, como una torre de palillos.

Cuando Abe se puso de pie, Young tuvo un instante de esperanza residual, en el que creyó que le preguntaría a Matt cómo se atrevía a mentir así e implicar a un hombre inocente. Pero Abe habló con tono derrotado y preguntó formalidades, como quién más usaba el anotador de H-Mart y cómo Matt no podía estar seguro del tiempo que había tomado abrir la escotilla. Young sintió que su cuerpo se desinflaba y que el aire se le escapaba de adentro como si fuera una pelota pinchada.

Quería ponerse de pie y gritar. Gritarle al jurado que Pak era honorable, un hombre que literalmente se había arrojado a las llamas para salvar a sus pacientes. Gritarle a la abogada de Elizabeth que él nunca correría el riesgo de matarse y matar a su hija por dinero. Gritarle a Abe que arreglara esto, que ella le había creído cuando aseguró que todas las pruebas, hasta la más pequeña, apuntaban a Elizabeth.

El juez anunció un receso de mediodía y las puertas de la sala se abrieron. Entonces Young lo escuchó: el ruido de golpes de martillo en la distancia. Clang-clang, pam-clang, al mismo ritmo tuc-tuc de su corazón, que le latía en las sienes y le enviaba el torrente sanguíneo hacia los tímpanos, reverberando, magnificado, como si estuviera debajo del agua. Seguramente eran trabajadores en los viñedos. Los había visto más temprano, apilando postes de madera en la colina. Postes para las viñas nuevas. Seguramente habían estado martillando toda la mañana. Pero ella no los había oído.

*

Se dirigieron a pie desde el tribunal hasta la oficina de Abe en fila: Abe adelante, seguido por Young, que empujaba la silla de ruedas de Pak. Mary, última. Esa formación, con un hombre corpulento adelante, y la gente apartándose a su paso, hizo que Young se sintiera como un criminal al que el verdugo pasea por la ciudad para que la gente lo mire y lo juzgue.

El fiscal los guio hasta un edificio amarillo, luego por un corredor oscuro y finalmente dentro de una sala de conferencias, donde les indicó que esperaran mientras se reunía con su equipo. Cuando la puerta se cerró, Young se acercó a Pak. Durante veinte años, él se había elevado como una torre junto a ella, ahora le resultaba extraño ser más alta que él y verle el remolino de pelo en la parte superior de la cabeza. Se sentía más valiente. Como si el hecho de inclinar el rostro para hablarle abriera las compuertas de un dique que por lo general le bloqueaba las palabras.

—Sabía que esto iba a suceder —dijo—. Deberíamos haber dicho la verdad desde un principio. Te dije que no debíamos mentir.

Pak frunció el entrecejo e hizo un ademán con la barbilla hacia Mary, que miraba hacia afuera por la ventana.

Young no le prestó atención. ¿Qué importancia tenía lo que Mary escuchara? Ya sabía que habían mentido. Se habían visto obligados a decírselo; era parte de la versión ideada por Pak.

—El señor Spinum te vio —le espetó Young—. Ahora todos saben que mentimos.

—Nadie sabe nada —respondió Pak en un susurro, sin embargo no había nadie que pudiera entender el coreano rápido que hablaba—. Es nuestra palabra contra la suya. Tú, yo y Mary contra un viejo racista con lentes.

Young sintió el impulso de tomarlo por los hombros, gritarle y sacudirlo para que las palabras le penetraran en el cráneo y le recorrieran el cerebro alocadamente como una bola de *pinball*. Pero en lugar de hacerlo, hundió las uñas contra las palmas de la mano y se esforzó por hablar en voz baja; había aprendido hacía años que palabras serenas captaban la atención de su esposo más que las dichas en voz muy alta.

—No podemos seguir mintiendo —dijo—. No hicimos nada malo. Solamente saliste a ver qué sucedía con las manifestantes, para protegernos, y me dejaste a cargo. Abe lo comprenderá.

—¿Y la parte en la que no quedó nadie en el granero, cuando dejamos a todos encerrados en una cámara en llamas, sin nadie a cargo? ¿Crees que comprenderá eso?

Young se dejó caer en la silla junto a Pak. ¿Cuántas veces había deseado poder retroceder y cambiar ese momento?

—Eso es culpa mía, no tuya, y no puedo vivir con el hecho de que asumas la responsabilidad para protegerme. Me siento una criminal, mintiéndoles a todos. No puedo seguir haciéndolo.

Pak le cubrió la mano con la suya. Las venas verdosas le dibujaban meandros en el dorso y parecían continuar en la de ella.

—No somos culpables. No provocamos el fuego. No importa dónde estábamos, no podríamos haber hecho nada para evitar la explosión. Henry y Kitt hubieran muerto aun si los dos hubiéramos estado en el granero.

—Pero si yo hubiera cortado el oxígeno a tiempo…

Pak sacudió la cabeza.

—Te lo dije mil veces, hay oxígeno residual en los tanques.

—Pero las llamas no habrían sido tan intensas, entonces si hubieras abierto la escotilla enseguida, podríamos haberlos salvado.

—Eso no lo sabes —replicó Pak con calma y suavidad. La tomó de la barbilla y le levantó el rostro para que lo mirara a los ojos—. La verdad es que si yo hubiera estado allí, tampoco habría apagado el oxígeno a las ocho y veinte. Recuerda: TJ se quitó el casco, cada vez que lo hacía, yo añadía tiempo, para compensar por el oxígeno perdido…

—Pero…

—… lo que significa —prosiguió Pak— que el oxígeno hubiera estado abierto, y si yo hubiese estado allí, el fuego y la explosión habrían sido exactamente iguales.

Young cerró los ojos y suspiró. ¿Cuántas veces habían hablado de lo mismo? ¿Cuántas hipótesis y justificaciones podían arrojarse el uno al otro?

—Si no hicimos nada malo, ¿por qué no decimos la verdad?

Pak le tomó la mano con fuerza, causándole dolor.

—Es necesario aferrarnos a nuestra historia. Yo salí del granero. Tú no tienes licencia. La póliza es muy clara: no cumplir con el reglamento se considera negligencia. Y si hay negligencia, no pagan.

—¡El seguro! —exclamó Young, olvidándose de no elevar la voz—. ¿A quién le importa el seguro?

—Necesitamos el dinero. Sin dinero, no tenemos nada. Todo lo que sacrificamos, el futuro de Mary... no quedará nada.

—Oye... —dijo Young y se puso de rodillas delante de él. Tal vez el hecho de mirar hacia abajo lo ayudaría a asimilar sus palabras—. Ellos creen que mentiste para ocultar un homicidio. Esa abogada quiere mandarte a prisión en lugar de a Elizabeth. ¿No entiendes lo grave que es esto? ¡Te podrían ejecutar!

Mary ahogó una exclamación. Young había creído que Mary estaba perdida en su propio mundo, como sucedía tan a menudo, pero los estaba mirando. Pak fulminó a su esposa con la mirada.

—Déjate de melodramas. La estás asustando sin motivo.

Young rodeó a Mary con los brazos. Pensó que Mary se apartaría, pero ella permaneció inmóvil.

—Estamos preocupadas por ti —le dijo a Pak—. Soy realista, no te estás tomando esto con la debida seriedad.

—Claro que sí. Solo que mantengo la calma. Tú te pones histérica, ahogas exclamaciones en el tribunal... ¿no viste como todos te miraron? *Ese* tipo de cosas me hace parecer culpable. Cambiar nuestra versión ahora es lo peor que podríamos hacer.

La puerta se abrió. Pak dirigió una mirada a Abe y continuó en coreano:

—Nadie diga nada —ordenó, pero en tono ligero, como si hablara del clima—. Yo me encargaré de hablar.

Abe parecía afiebrado. Su rostro, por lo general color caoba aceitado, estaba rojizo, manchado, con un velo de sudor a medio secar opacándole el brillo. Cuando su mirada se cruzó con la de Young, en vez de sonreír ampliamente, mostrando los dientes, como era su costumbre, apartó los ojos, como avergonzado.

—Young y Mary, tengo que hablar a solas con Pak. Pueden aguardar afuera en el corredor. Allí hay algo para almorzar.

—Me quiero quedar con mi esposo —respondió Young y apoyó la mano sobre el hombro de Pak, esperando una señal de gratitud por su apoyo; una sonrisa o un ademán, tal vez su mano sobre la de ella, como la noche anterior.

Pero él frunció el ceño y dijo en coreano:

—Haz lo que te pide —habló en voz muy baja, casi en un susurro, pero sonó como una orden.

Young bajó la mano. Qué tonta había sido al pensar que solamente por un momento de ternura anoche, Pak ya no era lo que había sido siempre: un hombre coreano tradicional que, en público, solo esperaba sumisión y obediencia de su esposa. Salió de la sala con Mary.

Habían recorrido la mitad del corredor cuando la puerta se cerró detrás de ellas. Mary se detuvo, miró a su alrededor y volvió en puntillas hasta la sala de conferencias.

—¿Qué haces? —gritó Young en un susurro.

Mary se llevó el dedo a los labios en un gesto de silencio y apoyó la oreja contra la puerta.

Young revisó el corredor con la mirada. No había nadie a la vista. Corrió en puntillas para escuchar junto a Mary.

No se oía ningún sonido, lo que sorprendió a Young. Abe era una de esas personas que no manejaban bien el silencio. No recordaba una reunión en la que el abogado no hubiera hablado sin pausa. ¿Qué significaba entonces este silencio? ¿Abe estaría eligiendo las palabras con cuidado porque ahora Pak era sospechoso de homicidio?

Abe habló por fin:

—Hoy salieron muchas cosas a la luz. Cosas preocupantes —sus palabras tenían el peso y la uniformidad de un réquiem.

Pak respondió inmediatamente, como si hubiera estado esperando para hablar.

—¿Soy sospechoso del crimen, ahora?

Young esperaba que Abe lo negara: *¡No! ¡Por supuesto que no!* Pero no se oyó nada. Solo el suave chirrido de Mary mordiéndose un grueso mechón de cabello, un mal hábito que había comenzado durante el primer año en Estados Unidos.

Después de unos instantes, Abe dijo:

—Eres tan sospechoso como todos los demás.

¿Qué significaba eso? Abe decía cosas así todo el tiempo, cosas supuestamente tranquilizantes, pero que cuando uno se ponía a pensar, dejaban un espacio de duda grande como una catedral. Por ejemplo, después de que la policía investigó a Pak por negligencia, Abe dijo: "Estás casi fuera de sospechas". O se estaba fuera de sospechas o no. ¿Qué podía significar estar "casi" fuera de sospechas?

Abe prosiguió:

—Surgieron algunas… inconsistencias. La llamada a la aseguradora, para comenzar. ¿Fuiste tú?

—No —respondió Pak. Young deseaba gritarle que ampliara, que explicara que no tenía motivos para llamar porque ya conocía la respuesta. Antes de firmar, lo había ayudado a traducir la póliza y habían reído ante la estupidez de los contratos estadounidenses que ocupaban párrafos enteros para decir cosas obvias que hasta un niño sabía. Ella había señalado específicamente la parte de incendios intencionales. ("¡Dos páginas para decir que no te pagarán si quemas tu propia propiedad o le pides a otro que te la queme").

—Debo decirte —dijo Abe—, que la compañía está recuperando la grabación de la llamada.

—Mejor. Eso demostrará que yo no fui —respondió Pak. Sonaba indignado.

—¿Alguien más tuvo acceso al teléfono de Matt durante la inmersión de la mañana? —lo interrogó Abe.

—No. Mary salió a las ocho y media para clases. Young limpió el desayuno. Yo siempre solo para primera inmersión, todos los días. Pero… —su voz se apagó.

—¿Pero qué?

—Un día, Matt dijo que tenía teléfono de Janine y Janine tenía suyo. Intercambiaron por error. —Young lo recordaba: Matt había estado muy molesto; estuvo a punto de perderse la inmersión por recuperar el teléfono de inmediato.

—¿Eso fue el día de la llamada? ¿Una semana antes de la explosión?

—No estoy seguro.

Hubo un silencio largo, luego se oyó la voz de Abe otra vez:

—¿Janine sabía cuál era tu compañía aseguradora?

—Sí. Ella recomendó. La misma que usa su empresa.

—Interesante —respondió Abe. Algo en ese último intercambio pareció quebrar su cautela. Su voz recuperó la cadencia habitual: rápida, con subidas y bajadas; el equivalente vocal de los caballos de una calesita—. Bien; este otro asunto de tu vecino… ¿saliste del granero durante la última inmersión?

—No —respondió Pak. La firmeza de su voz hizo que Young cerrara los ojos en una mueca de dolor y se preguntara con quién se había casado, quién era este hombre que mentía de modo tan efectivo y absoluto, sin vacilación alguna.

—Tu vecino dice que te vio afuera durante diez minutos, antes de la explosión.

—Miente o equivocado. Revisé cables eléctricos ese día, muchas veces, fui a ver si compañía eléctrica venía a repararlos. Pero siempre durante recesos. Nunca durante inmersión —dijo. Pak sonaba seguro, casi altanero.

Abe, ya sin restos de su anterior frialdad, dijo:

—Mira, Pak, si hay algo que me estás ocultando, ahora es el momento de decirlo. Sufriste un trauma de enormes proporciones. Suficiente para confundir a cualquiera. Es natural que se mezclen algunas cosas. No sabes la cantidad de testigos bajo juramento que recuerdan todo perfectamente, me aseguran una cosa, luego yo les cuento lo que declaró otra persona y *¡zas!* recuerdan algo que habían olvidado por completo. Lo importante es aclarar todo ahora, antes de que declares en el tribunal. Si le dices todo de entrada al jurado, no habrá problemas. Si esperas hasta después, se complicará. De pronto, el jurado empezará a pensar: *¿Qué está ocultando? ¿Por qué cambió su versión?* y entonces, *¡zas!*, Shannon gritará que existe una duda razonable y todo se caerá a pedazos.

—Eso no sucederá. Estoy diciendo la verdad —su volumen de voz se había elevado.

—Debes entender —prosiguió Abe—, que tu vecino se ha mostrado muy convincente. Estaba hablando por el móvil, contándole al hijo cómo estabas tratando de quitar los globos de los cables de electricidad y todo eso. Su hijo lo confirmó. Los registros telefónicos también lo confirman. Las dos versiones, la tuya y la de ellos, no pueden ser ciertas.

—Ellos equivocados —insistió Pak.

—Lo que no puedo comprender —continuó Abe, como si Pak no hubiera hablado—, es por qué no lo aceptas. ¡Es una coartada de oro! Una persona neutral confirma que no estabas en la zona donde se desató el incendio. Shannon puede pasarse el día diciendo que no abriste la escotilla y bla bla, pero nada de eso cambia el hecho de que fue Elizabeth la que provocó el incendio. Así que teniendo en cuenta mis objetivos, que son mandar a esa mujer a la cárcel, no tengo ningún problema con lo que Spinum asegura que vio. Lo que me molesta es que mientas al respecto. Porque el hecho de que mientas sobre *algo* me hace preguntarme qué más estás ocultando, ¿sabes?

Mary comenzó a morderse el cabello de nuevo y el chirrido de los dientes contra el pelo se hizo más fuerte en el silencio, más insistente, hasta seguir el ritmo de los latidos del corazón de Young, que le retumbaban en los oídos.

—Yo estaba en el granero —replicó Pak.

Mary negó con la cabeza. Tenía expresión ceñuda y nerviosa, y la cicatriz de la mejilla resaltaba, blanca e hinchada.

—Tenemos que hacer algo. Necesita ayuda —dijo en inglés.

—Tu padre dijo que no hiciéramos nada. Tenemos que obedecerle —respondió Young en coreano.

Mary la miró con la boca abierta, como para decir algo, pero sin poder emitir sonido. Young reconoció esa mirada. Después de que Pak llegó a Estados Unidos y les informó que había decidido mudar a la familia a Miracle Creek, Mary discutió con él, lloró y le gritó que no quería vivir en el medio de la nada, donde no conocía a nadie. Cuando Pak la regañó por faltar el respeto a la autoridad de sus padres, ella se volvió hacia Young y le dijo:

—Díselo. Dile que estás de acuerdo conmigo. Tienes voz, ¿por qué no la usas?

Young había querido decírselo, gritarle que ahora estaban en Estados Unidos, donde había pasado cuatro años cuidando sola a su hija, manejando una tienda y las finanzas de la familia y que Pak casi no las conocía ya y por cierto no conocía Estados Unidos tan bien como ella, así que: ¿quién era él para decidir lo que tenían que hacer? Pero la expresión de Pak, desconcertada y temerosa como la de un chico en una escuela nueva que se pregunta cómo se adaptará, la afectó en aquel momento. Pudo ver todo lo que los años de separación le habían quitado a Pak y lo desesperado que estaba por restablecer su papel de jefe de familia. A Young se le había partido el corazón.

—Confío en que decidirás lo que es mejor para nuestra familia —le dijo. Y vio en el rostro de su hija la misma expresión que tenía ahora: una mezcla de desilusión, desdén y —peor que todo— pena por su sumisión. Se había sentido empequeñecida, como si ella fuera la niña y Mary la adulta.

Sintió deseos de explicarle todo eso a su hija, ahora. Buscó la mano de Mary, para llevarla a otro sitio donde pudieran hablar. Pero antes de que pudiera hacer o decir algo, Mary se volvió, abrió la puerta y dijo en voz fuerte y clara:

—Era yo.

*

El enojo por el comportamiento de Mary —impulsivo, sin consideración por las consecuencias— llegaría después. En ese instante, lo que subió a la superficie fue envidia. Envidia porque su hija, una adolescente, tenía el valor de actuar.

—¿Qué cosa eras tú? —preguntó Abe.

—La persona que vio el señor Spinum. Era yo —explicó Mary—. Salí antes de la explosión. Tenía el cabello recogido debajo de una gorra de béisbol, como las que usa mi padre, y calculo que a la distancia debió de creer que era mi papá.

—Pero si tú estabas en el granero —objetó Abe, ceñudo—. Es lo que has venido manteniendo desde el principio, que te quedaste con tu padre hasta justo antes de la explosión.

Mary empalideció. Claramente, no había pensado cómo alinearía la versión anterior con la nueva. Miró a Young y a Pak, con ojos que suplicaban ayuda.

Pak salió al rescate y dijo en inglés:

—Mary, médicos dicen que recuperarás memoria de a poco. ¿Estás recordando algo nuevo? Saliste a ayudar a mamá para buscar baterías. ¿Sucedió algo más?

Mary se mordió el labio, como si tratara de no llorar y asintió lentamente. Cuando por fin habló, lo hizo de manera vacilante, con voz insegura.

—Había discutido con mi mamá… sobre ayudarla más, cocinar, limpiar… pensé que… que si me quedaba con ella seguiría regañándome así que… no fui a la casa. Recordé que… —frunció el entrecejo, concentrada, como si buscara enfocarse en un recuerdo esquivo—. Sabía lo de las líneas de electricidad, por lo que… fui hacia allí. Pensé que… podría desenredar los globos, pero los hilos estaban demasiado altos. Así que volví —dijo y miró a Abe—. Entonces vi el humo. Fui detrás del granero y después… —se le quebró la voz y cerró los ojos. Una lágrima le rodó por la mejilla, como obedeciendo a una orden, acentuando los desniveles de su cicatriz.

Young tomó conciencia de que le correspondía comportarse como la madre que sufre por su hija, que hasta ahora, nunca había podido hablar sobre esa noche. Que debería abrazarla, acariciarle el cabello, hacer todo lo que hacen las madres para consolar a sus hijos. Pero no pudo moverse: permaneció inmóvil, con náuseas, carcomida por la preocupación. Estaba segura de que Abe podía ver perfectamente a través de la mentira de Mary.

Pero no fue así. Abe le creyó todo —al menos, se comportó como si le creyera— y dijo que eso explicaba muchas cosas y que, por supuesto, era muy comprensible que los recuerdos salieran a la superficie de a poco, como decían los médicos. Parecía muy aliviado ante una posible explicación de la versión del señor Spinum, y si tenía dudas sobre la versión de Mary —cómo alguien podía, aun a la distancia, confundir a una chica con un hombre de mediana edad o cómo se alineaban los escasos minutos de Mary junto a los postes de electricidad con los diez o más minutos del señor Spinum— las descartó de plano, farfullando algo sobre mala visión, ancianos racistas que piensan que todos los asiáticos se ven iguales y adolescentes que pierden noción del tiempo.

—No sé por qué Shannon decidió tomarte de punto —dijo Abe a Pak—. No hay ningún motivo. Aun si quisieras el dinero de la aseguradora, ¿por qué no esperar a que la cámara estuviera vacía? ¿Por qué correr el riesgo de causarles la muerte a unos niños? No tiene sentido. Si no fuera por esta confusión sobre si estuviste o no afuera, no tendría nada de qué acusarte.

Mary dejó escapar un sollozo entrecortado.

—Es mi culpa. Si lo hubiera recordado antes... —Miró a Abe con rostro apenado—. Lo siento mucho. ¿Esto no afectará a mi papá, no? Él no hizo nada malo. No puede ir a la cárcel.

Mary se puso de rodillas junto a Pak y le apoyó la cabeza sobre el hombro. Él se la palmeó, como para decirle que estaba todo bien, que le perdonaba todo y Mary le extendió la mano a Young, invitándola a unírseles. Aun después de acercarse a ellos y formar un círculo, con una mano en la de Mary y la otra en la de Pak, Young se sintió una intrusa, excluida del vínculo entre padre e hija. Pak había perdonado a Mary por desobedecer su plan. ¿Acaso hubiera sido tan comprensivo con ella? Y Mary, que había roto su silencio de meses para salir en defensa de Pak... ¿habría hecho lo mismo por Young?

—No se preocupen, lo resolveremos —dijo Abe—. Pak, mañana te lo haré explicar durante tu declaración. Mary, tal vez tenga que ponerte en el estrado. —Se puso de pie—. Pero no puedo ayudarlos a menos que sean completamente honestos conmigo y no quiero otro día como el de hoy. Así que déjenme preguntarles: ¿hay algo, *cualquier cosa*, que no me hayan dicho?

—No —respondió Pak.

—No, nada —corroboró Mary.

Abe miró a Young. Ella abrió la boca, pero no pudo pronunciar palabra. Se dio cuenta de que no había dicho nada en todo el tiempo desde que Mary había abierto la puerta.

—¿Young? ¿Hay algo que quieras decir? —preguntó Abe.

Young pensó en Mary aquella noche, ayudando a Pak a vigilar a las manifestantes mientras ella estaba sola, revolviendo la casa en busca de baterías para el reproductor de DVD. Pensó en su conversación telefónica con Pak, en la que se había quejado de su hija y él la había defendido, como siempre.

—¿Cualquier cosa que quieras contar? El momento es ahora —insistió Abe.

Las manos de Pak y Mary apretaron las de ella con fuerza, instándola a unirse a ellos. Young bajó la vista hacia los rostros de su esposo y su hija, se volvió hacia Abe:

—Usted ya lo sabe todo —respondió. Y se quedó de pie junto a su familia, mientras Abe les aseguraba que después del testimonio del siguiente testigo, nadie, absolutamente *nadie*, tendría la menor duda de que Elizabeth había querido que su hijo muriera.

TERESA

No PODÍA DEJAR DE PENSAR en tener sexo. Durante todo el receso de mediodía, cuando almorzó, paseó por las tiendas o se puso a contemplar los viñedos: sexo, sexo, sexo.

Todo había comenzado en uno de los tantos cafés pintorescos de la calle principal. Las paredes eran violáceas con ilustraciones de viñedos pintadas a mano; claramente un reducto de almuerzos para mujeres. Sin embargo, en la caja había un hombre, que parecía salido de una audición para Galán Joven; los músculos tallados se acentuaban por el contraste con el delicado trasfondo. Al aproximarse para pagar su ensalada, Teresa olió un vaho de algo conocido, algo de la profundidad de su pasado. Especiado... —tal vez Polo, la fragancia que usaba su novio del bachillerato— mezclado con sudor seco. O el aroma almizclado y penetrante del orgasmo... no de aquel al que estaba acostumbrada, a solas debajo de las sábanas, con solamente el dedo índice moviéndose en círculos pequeños, sino del que no había tenido en once años, el que se alcanza debajo del peso del cuerpo de un hombre sobre el de ella, resbalosos ambos por el sudor.

—Hace calor afuera. ¿Seguro que no quiere comerla aquí? —preguntó el muchacho.

Teresa respondió en lo que consideró un tono levemente sensual.

—Me gusta caliente. —Le dedicó una sonrisita sugestiva y salió contoneándose y saboreando el movimiento de la falda, el roce de la seda contra la piel. Una calle más abajo, vio a Matt, que la llamaba Madre Teresa y tuvo que contenerse para no estallar en carcajadas ante lo ridículo y delicioso del momento.

Podía haber sido la falda. Hacía años que no usaba faldas. Era tanto lo que tenía que inclinarse para manejar los tubos y la silla de ruedas de Rosa, que las faldas no eran una opción válida. O tal vez era el hecho de estar sola. Increíble, maravillosa y vertiginosamente *sola*, sin nadie a quien cuidar. Liberada de los roles de madre y enfermera de jornada completa de Rosa y madre de tiempo libre de Carlos (alias "El otro hijo", como se llamaba a sí mismo) por primera vez en once años.

No era que nunca tuviera tiempo libre; unas horas a la semana, voluntarias de la iglesia se turnaban para cuidar a los niños. Pero esas salidas eran apresuradas, llenas de encargos por hacer. Ayer había sido el primer día entero que había pasado sin Rosa en diez años, la primera vez que no se había ocupado de alimentarla, cambiarla, llevarla a todas las terapias en la camioneta modificada para discapacitados, saludarla cuando se despertaba y besarla por la noche. La había afectado muchísimo, y las voluntarias habían tenido que empujarla fuera de la puerta y ordenarle que no se preocupara y se concentrara solamente en el juicio. Había llamado a casa al llegar al tribunal y dos veces durante el primer receso.

Ayer, durante el receso del mediodía, después de llamar, comió el sándwich que se había preparado y miró el reloj. Le quedaban cincuenta minutos sin *tener* que hacer nada. Entonces se puso a caminar. Sin rumbo. No tenía que ir a Target ni a Cotsco. Solamente a tiendas pintadas del color de gemas, destinadas a la frivolidad. Entró en una tienda de libros usados que tenía una sección entera sobre mapas antiguos, pero ni un solo libro sobre crianza de niños con necesidades especiales. En una tienda de ropa que ostentaba quince variedades de brazaletes, pero no vendía ropa interior ni medias. Con cada minuto que pasaba mirando, sin ser cuidadora de nadie, sentía que se iba desprendiendo de ese rol, célula por célula, como una víbora que cambia la piel y deja al descubierto lo que había estado enterrado. No era Teresa la Madre ni Teresa la Enfermera; solamente Teresa, una mujer. El mundo de Rosa, Carlos, las sillas de ruedas y los tubos se volvía surrealista y distante. La intensidad del amor y la preocupación que sentía por sus hijos se iba debilitando, como la luz de las estrellas en el amanecer: seguía allí, pero no era tan visible.

Al terminar el primer día del juicio, Teresa volvió a casa en el coche prestado, cantando canciones de rock. Llegó diez minutos antes de la hora en que Rosa se acostaba, pero no se detuvo; siguió de largo, estacionó en un bosquecillo oculto y durante quince minutos, leyó un libro que había comprado en el receso por 99 centavos de dólar, una novela de Mary Higgins Clark, y saboreó los minutos adicionales robados.

Se sentía como esos actores que se meten más en el personaje cuanto más fingen ser esa otra persona. Hoy, Teresa había salido de casa antes de lo necesario. Se había comportado como una mujer soltera: se maquilló en el coche, se dejó el cabello suelto y dirigió miradas penetrantes a los hombres que trabajaban en los viñedos. Y por un instante, con el cajero del café, se *sintió* realmente como una mujer libre, una mujer sin el repelente contra hombres que constituía la combinación de hija discapacitada e hijo malhumorado.

Aguardó hasta último momento antes de volver al tribunal. En la puerta, la saludaron dos mujeres a las que había visto un par de veces; pacientes de la inmersión matutina posterior a la suya. Una de ellas comentó:

—Justo estaba diciendo lo difícil que es para mí estar aquí. Mi esposo no está acostumbrado a quedarse con los niños.

La otra asintió y agregó:

—Me pasa lo mismo. Espero que el juicio termine pronto.

Teresa asintió y trató de esbozar una sonrisa que transmitiera que sentía lo mismo. Se preguntó si el hecho de disfrutar tanto de esta pausa en su vida la convertía en mala persona. ¿Era mala madre porque no echaba de menos a Rosa y sus esfuerzos por decir "Mamá"? ¿Era mala amiga de las voluntarias por desear que el juicio durara un mes? Abrió la boca para comentar: "Tal cual, me siento tan culpable", pero al ver sus expresiones comprendió que no se sentían culpables sino emocionadas. Miraban para todos lados, atrapadas por el dramatismo del tribunal. Entonces se le ocurrió que estas mujeres, igual que ella, podían estar desempeñando el papel de Buenas Madres y fingiendo que no estaban disfrutando de esa especie de vacación que obligaba a sus esposos a participar de la caótica mundanidad de sus vidas cotidianas. Teresa las miró, sonrió y dijo:

—Sé perfectamente cómo se sienten.

*

Estaba caluroso y pesado dentro de la sala del tribunal. Teresa pensó que estaría más fresco que afuera, donde había más de treinta grados, pero el aire estaba igualmente denso y húmedo. Tal vez se debía a que todos los que habían estado caminando afuera y absorbiendo la humedad como esponjas, ahora se encontraban en la sala, liberando todo ese calor. Los aires acondicionados estaban encendidos, pero parecían débiles y chisporroteaban cada tanto, como si estuvieran agotados. Más que enfriar el salón, el aire que brotaba de ellos desparramaba las partículas húmedas por todas partes.

Abe anunció a su siguiente testigo: Steve Pierson, especialista en incendios intencionales y jefe de la investigación. Cuando Steve caminó hacia el estrado, con la cabeza calva pegajosa y rosada de sudor, Teresa casi pudo ver el vapor que se elevaba. Ella apenas llegaba al metro y medio de estatura, por lo que la mayoría de las personas le parecían altas, pero el detective Pierson era un gigante, aun más alto que Abe. El estrado para testigos crujió cuando el hombre subió; la silla de madera parecía de juguete junto a ese cuerpo macizo. Cuando se sentó, la luz del sol que entraba por las ventanas le iluminó la cabeza calva como un reflector, enmarcándole el rostro en una aureola de luz. A Teresa le hizo pensar en la noche en que lo vio por primera vez, la noche de la explosión: de pie contra la luz del fuego, con las llamas reflejándose en el brillo de su calva.

Aquella escena había sido dantesca. Sirenas de todo tipo —bomberos, ambulancias y coches policiales— ululando por encima del crujido incesante de las llamas que se tragaban el granero. Las luces relampagueantes de los vehículos de emergencia contra el cielo oscuro creaban un ambiente de discoteca psicodélica, acentuado por los chorros de agua espumosa de las mangueras de los bomberos que surcaban el aire como rayos. Y las camillas. Camillas con sábanas blancas brillantes, por todas partes.

Tanto Teresa como Rosa estaban bien, por milagro. Solo habían inhalado humo, por lo que les administraron —irónicamente— oxígeno puro. Mientras inspiraba, vio a Matt tratando de liberarse de los paramédicos que lo sujetaban.

—¡Déjenme ir! Ella todavía no lo sabe. Tengo que decírselo.

Teresa dejó de respirar. Elizabeth. No sabía que su hijo había muerto.

Fue entonces que apareció Steve Pierson; con esos hombros increíblemente anchos y la cabeza calva, parecía la caricatura de un villano de película.

—Señor, buscaremos a la madre del niño fallecido —dijo con una voz aguda y nasal que parecía ajena a ese cuerpo inmenso. Sonaba irreal, como si un púber le hubiera doblado la voz verdadera—. Le informaremos las noticias.

Informar las noticias. *Señora, tengo noticias*, lo imaginó diciendo Teresa, como si la muerte de Henry fuera el informe interesante de un corresponsal en el extranjero de CNN. *Su hijo ha muerto.*

No. No permitiría que un desconocido con aspecto de luchador de sumo escandinavo que hablaba como la ardilla Alvin se lo contara a Elizabeth, no dejaría que él contaminara ese momento que ella reviviría una y otra vez. La propia Teresa había pasado por lo mismo: un médico con actitud arrogante le había anunciado: "Llamo para informarle que su hija está en coma", y luego la había interrumpido sin más cuando ella había respondido: "¿Qué? ¿Es una broma?", para espetarle: "Le sugiero que venga cuanto antes. No creo que sobreviva mucho tiempo". Teresa quería que a Elizabeth se lo dijera con gentileza alguna amiga, alguien que llorara con ella y la abrazara, como deseó que hubiera hecho su exesposo en lugar de delegarle la tarea a un desconocido.

Dejó a Rosa con los paramédicos y fue en busca de Elizabeth. Eran las 20:45; la inmersión habría terminado hacía rato. ¿Dónde podía estar? No estaba en el coche. ¿Habría ido a caminar? Matt había dicho una vez que había un lindo sendero junto al arroyo.

Le tomó cinco minutos encontrarla, tendida sobre una manta junto al arroyo.

—¿Elizabeth? —dijo Teresa, pero no obtuvo respuesta. Al acercarse, vio los auriculares blancos en sus oídos, de los que brotaban sonidos metálicos de música que se mezclaban con el canto del arroyo y de los grillos.

La luz del atardecer echaba una sombra violácea sobre la cara de Elizabeth. Tenía los ojos cerrados y una sonrisita en el rostro. Se la veía serena. Junto a ella, sobre la manta, había un paquete de cigarrillos, fósforos, una colilla de cigarrillo, un papel arrugado y un termo.

—Elizabeth —volvió a decir Teresa. Nada. Se inclinó y

le quitó los auriculares. Elizabeth se sobresaltó y dio un respingo. El termo se volcó y dejó escapar un líquido dorado. ¿Vino?

—Ay, Dios mío. No puedo creer que me quedé dormida. ¿Qué hora es? —preguntó.

—Elizabeth —dijo Teresa y le tomó las manos. Las luces de la ambulancia relampagueaban en el cielo, como fuegos artificiales distantes—. Sucedió algo terrible. Hubo un incendio, una explosión. Todo pasó tan rápido… —explicó y le apretó las manos—. Por desgracia, el accidente involucró a Henry, él… él…

Elizabeth no dijo nada. No dijo: *¿Él… qué?* No ahogó una exclamación, no gritó. Simplemente se quedó mirándola y parpadeó unas veces, como si contara los segundos hasta que Teresa pronunciara la última palabra de la oración. *Cinco, cuatro, tres, dos, uno.* Y está herido, ansiaba decir Teresa. Agonizante, aunque fuera. Cualquier cosa que implicara un atisbo de esperanza.

—Henry murió —declaró por fin—. Lo siento tanto, no puedo decirte cuánto…

Elizabeth cerró los ojos con fuerza y levantó la mano como para decir "Basta". Se balanceó lentamente, hacia adelante y hacia atrás, como una camisa colgada de la cuerda en la brisa del verano. Cuando Teresa se inclinó hacia ella para estabilizarla, Elizabeth abrió la boca en un aullido silencioso. Echó la cabeza hacia atrás y fue entonces que Teresa se dio cuenta de que se estaba riendo. En una carcajada fuerte, aguda y demencial, repitió como un mantra:

—¡Murió, murió, *murió*!

*

Teresa escuchó el testimonio del detective Pierson sobre el resto de aquella noche. Cómo Elizabeth había observado la escena con una calma inquietante. Cómo él la había llevado hasta la camilla sobre la que estaba Henry y antes de que pudiera detenerla, ella había quitado la sábana blanca que le cubría el rostro. Cómo no había gritado ni llorado ni se había aferrado al cuerpo como otros padres que pierden hijos, y él había pensado que debía de estar aturdida por el shock, pero por Dios, qué espeluznante era su actitud.

Durante todo ese relato de lo que había vivido Elizabeth, Teresa miró hacia abajo, se alisó las arrugas de las manos y la recordó gritando "¡Murió!". Su risotada de aquel momento… eso era lo que le decía que ella no había matado a su hijo, o si lo había hecho, no había sido adrede, no era homicidio. A los ocho años, Teresa había caído a través del hielo, dentro de un estanque. El agua estaba tan fría que la sintió ardiente, hirviendo. La carcajada de Elizabeth había sido algo así, como si el dolor hubiera sido tan intenso que salteó el llanto y pasó directamente a algo más allá: una risotada torturada que transmitía más dolor que cualquier sollozo o grito. ¿Pero cómo podía poner eso en palabras, explicar que la carcajada de Elizabeth no había sido risa? Bastante tenía ya Elizabeth con los hábitos muy poco maternales de beber y fumar. Reír en el momento en que se enteró de la muerte de su hijo la haría parecer demente en el mejor de los casos, y en el peor, una psicópata. Por eso, Teresa nunca se lo había contado a nadie.

Abe estaba colocando algo sobre el atril. La ampliación de una nota escrita, con frases garabateadas por toda la superficie. En su mayoría eran listas de cosas que hacer: números de teléfonos, vínculos de internet, artículos de almacén. Cinco oraciones, desparramadas por la página, estaban resaltadas en amarillo: *Ya no puedo seguir con esto*; *Necesito recuperar mi vida*, *¡Esto tiene que terminar HOY!*, *¿Henry = víctima? ¿Cómo?*; y *BASTA DE OTHB*. Esta última oración estaba rodeada con una docena de círculos hechos con un solo trazo, como el dibujo que haría un niño de un tornado. El papel estaba surcado por líneas desparejas: había estado roto y lo habían armado y pegado como un puzzle.

—Detective Pierson, explíquenos qué es esto —dijo.

—Es una copia ampliada y resaltada de una nota que se encontró en la cocina de la acusada. La habían roto en nueve partes y arrojado al cesto de residuos. Un análisis caligráfico confirmó que la letra pertenece a la acusada.

—Entonces la acusada escribió esta nota, la rompió y la arrojó a la basura. ¿Por qué resulta significativa?

—En cierto modo, es una planificación. La acusada estaba harta de cuidar a su hijo con necesidades especiales. Planeaba "terminar" con todo esa noche —explicó, dibujando comillas en el aire con los dedos—: "Basta de OTHB", escribió. Al verificar los vínculos y los números que aparecen en el historial de internet y el registro telefónico de la acusada, pudimos comprobar que escribió esto el día de la explosión. Entonces, veamos: unas horas después de que escribe esto, la cámara hiperbárica explota y mata a su hijo. Y mientras eso sucede, ella está celebrando, bebiendo vino y fumando, cosas que pueden considerarse símbolos de liberación de las responsabilidades de madre. —Pierson miró a Elizabeth con expresión de disgusto, como si hubiera mordido comida podrida y Teresa se preguntó si ella habría merecido esa misma mirada la noche anterior, cuando se había escondido en el coche para disfrutar de unos minutos más de sentirse libre de su hija discapacitada.

—Tal vez la acusada estaba escribiendo sobre lo cansada que estaba y planeaba dejar la oxigenoterapia. ¿O no, detective?

Pierson negó con la cabeza.

—Ese mismo día envió correos electrónicos para cancelar las terapias de Henry: fonoaudiología, terapia ocupacional, terapia física, social... todas menos la oxigenoterapia. ¿Por qué no abandonarla también, si "Basta de OTHB" significaba que quería dejar? A menos, por supuesto, que no hubiera necesidad de hacerlo porque sabía que todo volaría en pedazos.

—Hmmm, muy curioso —Abe adoptó su clásica expresión de que no lograba comprender del todo.

—Sí, es mucha coincidencia que la acusada decida dejar la oxigenoterapia el mismo día en que casualmente explota y todo lo que escribió se hace realidad, algo que le resulta muy conveniente. Henry ya no va a necesitar los servicios que acaba de cancelar.

—Pero las casualidades existen —objetó Abe, en tono animado. Claramente, estaba haciendo una puesta en escena de "policía bueno, policía malo" para beneficio del jurado.

—Puede ser, pero si ella había decidido dejar, ¿para qué ir a la inmersión? ¿Para qué hacer el viaje hasta allí y luego mentir que se siente mal? ¿Por qué hacer eso *después* de pasar la tarde investigando sobre incendios en cámaras hiperbáricas, como confirmó un análisis forense de su computadora?

—Detective —intervino Abe—, como experto en investigaciones sobre incendios intencionales, ¿a qué conclusión llegó después de revisar la computadora y las anotaciones de la acusada?

—Las búsquedas en internet se centraban en la mecánica de los incendios de cámaras hiperbáricas: dónde comienzan, cómo se expanden. Todo eso habla de una persona que está planeando provocar un incendio y quiere saber cuál es la mejor manera de hacerlo para asegurarse de que mueran las personas que están dentro de la cámara. La nota "*¿Henry = víctima? ¿Cómo?*" demuestra que buscaba el modo de lograr que Henry fuera, precisamente, la víctima, el que fallecía en el incendio. Los ardides que empleó más tarde para asegurarse de que Henry estuviera sentado en el sitio más peligroso lo confirman.

—Objeción —exclamó la abogada de Elizabeth y pidió una interrupción.

Mientras ambos abogados hablaban con el juez, Teresa estudió el listado. Cada una de las palabras podría haber sido escrita por ella. ¿Cuántas veces había pensado: *Ya no puedo seguir con esto. Necesito recuperar mi vida?* Joder, era parte de sus plegarias nocturnas. "Dios, por favor ayuda a Rosa, por favor tráenos un nuevo tratamiento, o droga o *algo*, Dios, porque necesito recuperar mi vida. Carlos necesita recuperar su vida. Y Rosa, más que nadie, necesita recuperar su vida. Por favor, Dios". ¿Acaso el verano pasado, mientras conducía el largo trayecto dos veces al día, no había tachado los días uno por uno, no le había dicho a Rosa: "Nueve días más, mi niña, y luego "¡BASTA DE OTHB!"?

Y la nota que decía "*¿Henry = víctima? ¿Cómo?*". La explicación de Pierson era lógica desde el punto de vista intelectual, pero había algo en esa frase que hacía pensar. *Henry igual víctima, cómo. ¿Henry es una víctima, Henry como víctima? ¿Cómo?* repitió, perdiéndose en el ritmo que le resultaba tan conocido, como una canción de cuna antigua.

De pronto, comprendió. Las manifestantes de esa mañana. "Los están perjudicando", había dicho la mujer de cabello canoso. "Los han convertido en víctimas de su perverso deseo de tener niños perfectos, de libro". Esto había golpeado a Elizabeth… se había puesto pálida a pesar del calor que hacía. Teresa le había dicho:

—Ay, por favor. ¿Henry, víctima? Qué absurdo. Le compras ropa interior orgánica, por el amor de Dios. —Pero más tarde, había pensado: *¿Acaso Rosa es víctima de mi incapacidad de aceptarla? Pero yo solo quiero que esté sana. ¿Cómo puede estar mal eso?* Si hubiera tenido papel, perfectamente podría haber garabateado *¿Rosa = víctima? ¿Cómo?*

Los dos abogados volvieron a sus mesas y Abe colocó otro documento en el atril.

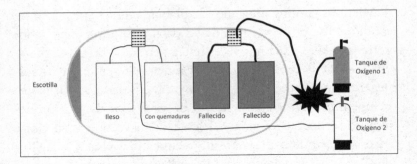

Escotilla

Ileso Con quemaduras Fallecido Fallecido

Tanque de Oxígeno 1

Tanque de Oxígeno 2

—Detective —solicitó Abe—, explíquenos qué es esto, por favor.

—Es una ilustración tomada del último sitio web que la acusada visitó antes de la explosión. Buscó "Incendio afuera de una cámara de OTHB", probablemente tratando de dar con el caso que aparecía en el folleto de las manifestantes y encontró esto: una cámara similar a la de Miracle Submerine, en la que el incendio se produjo afuera. El fuego rajó los tubos de oxígeno, permitiendo que este escapara e ingresara en contacto con las llamas. El Tanque Uno explotó y mató a los dos pacientes que estaban conectados a él.

—Entonces lo que nos está diciendo usted es que la acusada vio esta imagen unas horas antes de ubicar a su hijo en el tercer lugar, donde dice *Fallecido*. ¿Es así?

—Exactamente. Ahora bien… —dijo Pierson y miró al jurado—, recuerden que la cámara Miracle Submarine explotó del mismo modo que la ilustración. El incendio comenzó en el mismo sitio, debajo de la curva en U de los tubos de oxígeno. Las muertes fueron exactamente las mismas: las dos posiciones posteriores donde ella *insistió* en sentar a su hijo.

Teresa observó la posición de la izquierda, rotulada *Ileso*, donde Rosa había estado sentada. En todas las otras inmersiones, se había ubicado en el rectángulo rojo, marcado con *Fallecido*. Si Elizabeth no hubiera insistido en cambiar los lugares, la cabeza de Rosa habría sido tragada por las llamas, carbonizándose hasta el hueso. Teresa se estremeció y sacudió la cabeza para alejar ese pensamiento, para arrojarlo lejos. Sintió un alivio tan fuerte que se le doblaron las rodillas y luego una intensa oleada de vergüenza porque —tenía que admitirlo— estaba agradeciendo a Dios que el niño que había muerto de ese modo atroz era el hijo de otra persona. En ese instante, se preguntó si el motivo por el cual hacía fuerza por Elizabeth, no era que creyera que fuera inocente sino que se sentía agradecida, de alguna manera, porque ella había planeado la explosión dejando a Rosa a salvo. ¿Y si el egoísmo estaba haciéndole perder objetividad respecto de la interpretación de la risa de Elizabeth y de sus anotaciones?

—¿Habló del origen del incendio con la acusada? —preguntó Abe.

—Sí, después de que identificó el cuerpo de su hijo. Le dije que encontraríamos al responsable. Ella afirmó: "Fueron las manifestantes. Iniciaron el incendio afuera, debajo de los tubos de oxígeno". Recuerden que a esa altura, todavía no sabíamos cómo ni dónde se había originado el incendio. Más tarde, cuando nuestro análisis confirmó ese preciso lugar como el punto de origen del incendio, quedamos muy sorprendidos, por decirlo de alguna manera.

—¿Podía la acusada saber eso por lo que ella misma alegaba: que las manifestantes habían iniciado el incendio y que el folleto explicaba claramente cómo lo habían hecho? —preguntó Abe; parecía un chiquillo inocente que pregunta si el conejo de pascuas es real.

—No —respondió Pierson negando con la cabeza—. Las investigamos minuciosamente y las descartamos por varias razones. En primer lugar, las seis manifestantes terminaron de declarar a las 20:00 horas. Dijeron que todas regresaron a la ciudad de Washington sin detenerse en ningún sitio y las torres de telefonía móvil lo corroboran. En segundo lugar, todas tienen antecedentes impecables de ciudadanas pacíficas y respetuosas de la ley, cuyo objetivo principal es proteger a los niños.

Teresa sacudió la cabeza al oír eso, deseando poder decirle al jurado que no se dejara engañar por eso de "pacíficas". No habían visto a esas mujeres aquella mañana, con los dientes apretados y los ojos llenos de desprecio. Estaban dispuestas a hacer *cualquier* cosa para detener la oxigenoterapia, como esos fanáticos que les disparan a los médicos que practican abortos con la excusa de salvar vidas. Respiró hondo para serenarse.

En el estrado, Pierson explicaba:

—Aun si uno creyera que harían algo tan drástico como provocar un incendio intencional para amedrentar a los que practican oxigenoterapia e impedirla, no tiene lógica que fueran a hacerlo cuando el oxígeno estaba abierto y los niños se encontraban dentro de la cámara.

Cuando el oxígeno estaba abierto. La frase le trajo un pensamiento que le dio escalofríos: ¿y si no sabían que el oxígeno estaba abierto? Aquella mañana, mientras ella se abría paso corriendo entre las manifestantes después de la primera inmersión, la mujer de cabello canoso había gritado:

—¡No nos moveremos de aquí! ¡Nos vemos esta noche a las 18:45!

Teresa no le había prestado demasiada atención, solo había sentido fastidio, pero ahora algo se le tornaba claro: las manifestantes conocían el horario de la inmersión, lo que significaba que creían que la llave de oxígeno se cerraría a las 20:05. Según Pierson, la persona que había iniciado el fuego había encendido el cigarrillo entre las 20:10 y las 20:15. El momento perfecto: las manifestantes sabrían que la inmersión estaba terminando y la llave de oxígeno ya habría sido cerrada, por lo que el fuego ardería lentamente, permitiendo que los pacientes lo vieran al salir, sintieran pánico, se marcharan y denunciaran a Pak. Fin de la oxigenoterapia. Una lógica perfecta.

—Entiendo por qué descartaron a las manifestantes como sospechosas —dijo Abe—. Pero si ellas no estaban involucradas, ¿cómo podía la acusada saber dónde se había iniciado el fuego? —otra vez usó ese tono de curiosidad perpleja, como si realmente no tuviera idea.

—Existen dos posibilidades —respondió Pierson—. Una, que ella fue la que provocó el incendio para implicar a las manifestantes y hacerlas responsables del homicidio. Un plan clásico. Un plan artero, que podría haber funcionado de no haber sido por las pruebas contundentes que encontramos en su contra.

—¿Y la segunda posibilidad?

—Que fue una especulación muy afortunada.

Varios miembros del jurado rieron por lo bajo y Teresa sintió los pulmones oprimidos por la presión. Elizabeth detestaba a las manifestantes; eso era evidente. ¿Habría sido tanto el odio, como para que se arriesgara a incendiar el granero? ¿No para causarle la muerte a nadie, sino para meter en problemas a esas mujeres? En la última inmersión, a TJ le dolían los oídos, de modo que Pak tardó el doble de tiempo que lo habitual para presurizar la cámara y abrir el oxígeno. Sin saber eso, Elizabeth habría calculado que la llave de paso del oxígeno ya estaría cerrada a las 20:15. Podría haber iniciado el incendio en ese momento, sabiendo que todos saldrían de inmediato y verían el fuego antes de que se expandiera. Eso explicaría por qué se había mostrado destrozada, pero no sorprendida, cuando Teresa le dio las noticias del incendio y de la muerte de Henry. La idea de que había causado la muerte de su propio hijo —la ironía, el horror de saber que había pagado por su orgullo desmedido, su odio, su pecado— sin duda habría causado que se quebrara y emitiera esa risotada sufriente que Teresa no lograba olvidar.

—Detective —continuó Abe—, explíquenos cómo se inició el incendio, por favor.

Pierson asintió.

—Nuestro experto forense en incendios intencionales determinó que colocaron un cigarrillo encendido y una cajita de fósforos en medio de una pila de ramitas debajo de uno de los tubos de oxígeno, y eso dio inicio al fuego. El tubo se rajó, dejando el oxígeno en contacto con el fuego. Si bien el oxígeno en sí mismo no es inflamable, al mezclarse con los contaminantes dentro del equipo y alrededor de él, se produjo una explosión, cuya fuerza hizo volar el cigarrillo y la cajita de fósforos antes de que se incineraran por completo. Pudimos recuperar trozos intactos y realizamos pruebas de laboratorio de contenidos químicos y patrones de colores. Identificamos los cigarrillos como de marca Camel y la cajita de fósforos como la que distribuyen las tiendas 7-Eleven de la zona.

Abe apretó los labios, como tratando de controlar una sonrisa.

—¿Y de qué marca eran los cigarrillos y fósforos encontrados en la zona de *picnic* de la acusada —preguntó, haciendo que picnic sonara como una palabra obscena.

—Cigarrillos Camel y fósforos de 7-Eleven.

Toda la sala del tribunal pareció elevarse y vibrar; el público se irguió en las sillas, inclinándose hacia adelante y hacia un costado para poder ver la reacción de Elizabeth.

Abe aguardó a que los susurros y los crujidos de las sillas se aquietaran.

—Detective, ¿en algún momento la acusada intentó dar explicaciones por esta coincidencia?

—Así es. Después del arresto alegó que esa noche, en el parque, encontró un paquete de cigarrillos abierto y también fósforos —su voz adoptó una cadencia rítmica, como la de una niñera que le lee cuentos de hada a los niños—. Dijo que parecían haber sido olvidados allí, y que los tomó y fumó. Dijo que había una nota con membrete de H-Mart que decía:

"Tenemos que terminar con esto. Veámonos esta noche, ¿20:15?". Declaró que en aquel momento no se dio cuenta, pero que seguramente los que iniciaron el incendio habían dejado todo eso allí.

—¿Y cómo reaccionó usted ante esta explicación?

—No me resultó creíble. Los adolescentes recogen cigarrillos del suelo para fumarlos, es cierto. ¿Pero que lo haga una mujer de cuarenta años de clase acomodada? De todos modos nos tomamos su "explicación" con seriedad —respondió dibujando comillas en el aire con los dedos—. Tomamos huellas digitales del paquete de cigarrillos y de la cajita de fósforos.

—¿Qué descubrieron?

—Curiosamente solo encontramos las huellas de la acusada, de nadie más. Ella explicó *eso* diciendo que utilizó toallitas húmedas antibacteriales antes de usarlos. —Pierson hizo una mueca para contener la risa—. Porque, imagínense, habían estado en el suelo.

Se oyeron risitas a lo largo de la sala. Alguien emitió una carcajada. Abe frunció el entrecejo y el rostro con deliberada incredulidad.

—Disculpe, ¿dijo toallitas antibacterianas?

Los miembros del jurado sonrieron, al parecer divertidos, pero Teresa sintió fastidio ante el histrionismo transparente, la fingida sorpresa.

—¿O sea que estaba dispuesta a fumar cigarrillos abandonados por vaya a saber quién, siempre y cuando hubieran sido higienizados con *toallitas antibacteriales*? —El modo en que Abe repetía la frase parecía adolescente, burlón y Teresa sintió deseos de gritarle que se callara, que Elizabeth tenía el hábito de limpiar todo con esas toallitas que llevaba a todas partes y ¿qué mierda importaba eso?

—Así es —corroboró Pierson—. Y al hacerlo, muy convenientemente "limpió" cualquier prueba que pudiera haber corroborado o contradicho su versión.

Teresa quiso ponerse de pie de un salto y pegarle en los dedos gordos que dibujaban comillas.

—¿Y las huellas dactilares en la nota de H-Mart? No va a decirme que la acusada utilizó *toallitas antibacteriales* sobre el papel, también.

—No hallamos ninguna nota.

—¿Pudo haber sido pasada por alto?

—La noche de la explosión establecimos un perímetro amplio alrededor del lugar de picnic y lo revisamos a la mañana siguiente. No había ninguna nota allí.

Teresa sintió un cosquilleo en el cuero cabelludo que le bajó por los hombros, tibio y abrigado como un chal.

Había habido una nota aquella noche. Si cerraba los ojos, podía verla: un papel abollado sobre la manta. No pudo distinguir las palabras, pero sí vio los manchones color rojo y negro que podían corresponder al logo de H-Mart arrugado y abollado.

Pensó en decírselo a Abe. ¿Le creería? Le preguntaría por qué no se lo había contado antes. La respuesta era que, para evitar hablar de la risotada de Elizabeth cuando se enteró de la muerte de Henry, había dicho que no recordaba demasiado de esa conversación, ni siquiera lo que había visto en la escena. "Estaba tan concentrada en contarle que Henry había muerto, que creo que bloqueé todo lo demás", explicó. Podría decir que el testimonio de Pierson le había activado la memoria, pero Abe no le creería. La atacaría a picotazos, como un buitre, hasta que la historia se deshiciera en pedazos. Lo que significaba que tal vez se viera obligada a contar toda la verdad y explicar la risa de Elizabeth. Y eso podría perjudicarla mucho más que no decir nada sobre un papel que se asemejaba a una nota de H-Mart.

Por todo eso, ir a hablar con el fiscal en privado no era una opción. Pero tampoco lo era quedarse callada; el jurado tenía que saber que Elizabeth no había mentido en cuanto a la nota.

Cuando abrió los ojos, Pierson estaba diciendo que no había nada que corroborara la versión de Elizabeth sobre los hechos. Teresa se puso de pie y carraspeó:

—No es cierto. Yo la vi. Vi la nota de H-Mart.

El juez golpeó el martillo y llamó al orden. Abe le indicó que se volviera a sentar, pero Teresa se mantuvo de pie y miró a Elizabeth. Shannon le estaba diciendo algo a su cliente, pero Elizabeth desvió la mirada y fijó sus ojos en Teresa. El labio inferior le tembló y luego se distendió en una media sonrisa. Elizabeth parpadeó y las lágrimas que se le habían acumulado en los ojos le rodaron por las mejillas. Con fuerza, como si brotaran de un dique.

ELIZABETH

La semana antes de que comenzara el juicio, Shannon le dijo que tendría que traer a la mayor cantidad posible de personas y sentarlas detrás de ella en el tribunal. Para alcanzarle pañuelos de papel, fulminar con la mirada a los testigos de Abe, ese tipo de cosas. Familiares no había, puesto que era hija única y sus padres habían muerto en el terremoto de San Francisco de 1989, por lo que necesitaría recurrir a amigos. El problema: no tenía ninguno.

—A ver: no estamos hablando de amigos íntimos inseparables. Cualquiera que quiera sentarse junto a ti. Peluquera, dentista, la cajera del supermercado, cualquiera —explicó Shannon.

—¿Por qué no contratamos actores? —respondió Elizabeth.

No era que nunca hubiese tenido amigas. Por cierto, siempre había sido más bien tímida, pero en la universidad y en la firma de contadores había tenido buenas amigas; en su boda había tenido tres damas de honor y también había cumplido ese rol dos veces. Pero desde que Henry había sido diagnosticado con autismo hacía seis años, no había tenido tiempo para nada que no estuviera relacionado con él. Durante el día, lo llevaba a siete tipos de terapia: fonoaudiológica, ocupacional, física, de procesamiento auditivo (método Tomatis), de habilidades sociales (Intervención para el Desarrollo de las Relaciones), procesamiento de la visión, *neurofeedback*, y en el tiempo entre cada una, recorría almacenes holísticos u orgánicos en busca de alimentos libres de maní, gluten, caseína, lácteos, pescado y huevos. Por las noches, preparaba la comida de Henry y sus suplementos y participaba de mesas directivas de agrupaciones, tales como OTHB para Niños y Mamás y Médicos del Autismo. Después de varios años de no estar en contacto con ella, sus amigas dejaron de llamarla. ¿Qué podía hacer ahora? Llamarlas y decir: "¡Hola, qué tal, tanto tiempo! Quería saber si por casualidad te interesaría venir a mi juicio por homicidio y pasar tiempo juntas antes de que me ejecuten. Ah, a propósito, siento no haberte devuelto los llamados en seis años, pero estaba ocupada con mi hijo… ya sabes, el que me acusan de haber asesinado".

Así que Elizabeth sabía muy bien que nadie vendría a brindarle apoyo (además de Shannon, que no contaba, ya que le pagaba seiscientos dólares por hora). Pero ayer, al entrar en la sala del tribunal y ver la hilera vacía detrás de ella —los únicos asientos sin ocupar de toda la sala— sintió un dolor sordo en el estómago, como si un boxeador invisible le hubiera dado un puñetazo. Durante dos días, la hilera detrás de ella se había mantenido vacía, anunciándole al mundo su carencia de apoyo, haciendo ostentación de su soledad.

Cuando Teresa declaró que había visto la nota de H-Mart, el juez trató de descartar su intervención. Golpeó el martillo y le indicó a Teresa que no podía intervenir a los gritos; también instruyó al jurado que no tomara en cuenta lo que había oído. Teresa se disculpó, pero cuando el juez le ordenó que se sentara —esta era la parte que Elizabeth reviviría una y otra vez de noche, en la cama— ella pasó delante de los Yoo, cruzó el pasillo, ingresó en la hilera vacía y se sentó directamente detrás de Elizabeth. Algunos miembros del jurado ahogaron exclamaciones. Parecían creer que tenía lepra, que tal vez no era contagiosa, pero que había que mantenerse alejados de todas maneras.

Elizabeth se volvió para mirar a Teresa. Que alguien la defendiera, se declarara de su lado y se sentara junto a ella sin vergüenza alguna era algo que había pensado como imposible, algo que se había convencido de que no tenía importancia, ahora que vivir no parecía valer la pena. Pero le había dolido que los compañeros de inmersión, con los que había pasado horas todos los días, no hubieran venido a verla ni le hubieran preguntado si realmente había sido ella. Habían dado por sentada su culpabilidad de manera automática.

Sin embargo, aquí estaba una del grupo dispuesta a ser su amiga. La gratitud se le expandió adentro como agua en un globo, amenazando con estallar y brotar en una catarata de agradecimiento que no podía verbalizar. La miró tratando de transmitirle con la mirada lo que sentía.

En ese momento, vio una cabeza de cabello canoso en la multitud. La líder de las manifestantes, la mujer con el nombre de usuario santurrón: MamaDeAutismoOrgullosa. Elizabeth pensó que Shannon expondría la coartada de la mujer como una mentira y la pondría en evidencia, pero la llamada telefónica a la aseguradora había puesto el foco sobre Pak y permitido que esa mujer permaneciera cómodamente sentada, observando el juicio como espectadora inocente. Elizabeth sintió bilis en la garganta, la conocida punzada de furia, odio y culpa. Si no fuera por esa mujer, su hijo estaría vivo. Tendría nueve años y estaría por comenzar cuarto grado. Ruth Weiss y sus amenazas e intentos de destruirle la vida. Lo había descubierto durante aquella fatídica conversación telefónica con Kitt que deseaba nunca haber tenido. Aquella llamada la había hecho tambalear y perder la racionalidad hasta el punto de llegar al momento del que se arrepentiría durante toda su vida. Una serie de actos idiotas e incomprensibles que habían terminado definiendo su vida… y la de Henry también, por cómo resultaron las cosas.

Se volvió hacia Teresa y la imaginó atrapada en el horror del incendio, mientras ella bebía vino, brindaba por el fin de la oxigenoterapia y disfrutaba del cigarrillo entre sus dedos. Se preguntó qué pensaría Teresa si supiera todo lo que había sucedido aquel día, si supiera que ella, Elizabeth —bueno, el odio que sentía por Ruth Weiss, en realidad— era culpable de la muerte de Henry.

*

Shannon detestaba al detective Pierson.

—Es un hijo de puta condescendiente y engreído —dijo después de la primera reunión y una vez más cuando él terminó de declarar—. No soporto esa vocecita aguda que tiene. Me da culebrilla, te lo juro.

Elizabeth pensó que le resultaría doloroso volver a ver al hombre que la había guiado hasta el cadáver de Henry… su hijo como objeto inanimado. Pero no lo recordaba. Ni el rostro, ni su voz. No recordaba nada de lo que estaba diciendo, por lo que en lugar de señalar incongruencias como Shannon quería que hiciera, lo observó como una televidente pasiva.

Cuando el juez indicó a Shannon que comenzara con las repreguntas, la abogada la miró:

—Relájate y disfruta; lo voy a destrozar —le aseguró. Pero al ponerse de pie, Shannon miró a Pierson de soslayo (¿podía estar haciéndose la seductora?) y sonrió, lo que le dibujó hoyuelos en las mejillas—. Buenas tardes, detective —saludó con voz artificialmente grave (imposible saber si intentaba ser sensual o remarcar la vocecita aguda de él) y se le acercó con pasos cortos, contoneando las caderas en lo que pretendía ser un andar sensual—. Hablemos un *poquito* de usted —prosiguió con una voz gutural que a Elizabeth le hizo sentir deseos de carraspear—. Como hemos oído, es *experto* en investigación criminal, con veinte años de experiencia y *jefe* de esta investigación. Es más, se rumorea que dicta un seminario sobre recolección de pruebas —dijo, se volvió hacia el jurado como una madre orgullosa de su hijo—: Un curso obligatorio para todos los detectives ingresantes, aparentemente —se volvió hacia él—. ¿No es así?

—Ehh... sí. —Claramente, no era lo que Pierson había esperado.

—¿Es cierto que el seminario se llama Investigación Criminal para Tontos? —prosiguió Shannon y (¿era posible?) emitió una risita. Shannon, la abogada profesional, seria, levemente excedida de peso, que vestía trajes holgados y pantimedias opacas... haciendo *risitas* de niña de cuatro años.

—No es el nombre oficial, pero sí, algunos lo llaman así.

—¿Tengo entendido que creó un esquema tan bueno, que es lo único que usa para dar el curso. Una sola página, ¿es correcto?

Pierson tenía aspecto desconcertado. Dirigió una mirada a Abe, como un chico de escuela que pide la respuesta al compañero. Abe se encogió hombros levemente.

—Sí, tengo un esquema para enseñar el seminario.

—Estoy segura de que quiso que ese esquema reflejara su experiencia, no solo la información del libro sino su experiencia concreta sobre qué tipo de pruebas son las más confiables, las más relevantes. ¿Es así?

—Sí.

—Maravilloso.

Shannon colocó un papel sobre el atril.—Detective, ¿este es su esquema? —preguntó con voz dulce y burlona.

INVESTIGACIÓN CRIMINAL PARA TONTOS

PRUEBAS DIRECTAS (¡Mejores, más confiables!)	PRUEBAS INDIRECTAS (No tan confiables, se necesita cumplir con más de una categoría)
• Testigos	• Pistola humeante: pruebas de que el sospechoso utilizó el arma (huellas, ADN)
• Grabaciones de audio/video del crimen	• El sospechoso es dueño/poseedor del arma
• Fotografías del sospechoso cometiendo el crimen	• Oportunidad para cometer el crimen: ¿coartada?
• Documentación del crimen en poder del sospechoso, testigo o cómplice	• Motivo para cometer el crimen: amenazas, incidentes anteriores
• Santo Grial: confesión (¡¡verificar!!)	• Conocimientos o intereses especiales (experto en explosivos, o investigaciones al respecto)

Al mismo tiempo que ella hablaba, Pierson exclamó:

—¿Cómo mierda consiguió eso?

Y Abe sentenció:

—¡Objeción! Eso es engañoso. La abogada Haug sabe perfectamente bien que la ley del Estado de Virginia no hace diferencia entre pruebas directas y circunstanciales.

—Señoría, podemos discutir sobre tecnicismos legales cuando estemos dando instrucciones al jurado. En este momento estoy interrogando al investigador jefe sobre sus métodos de investigación. Este documento no es confidencial y son sus palabras, no las mías.

—La objeción no ha lugar —declaró el juez.

Abe abrió la boca, incrédulo, y se sentó.

—Detective, se lo volveré a preguntar —dijo Shannon en tono serio. Le había quitado la dulzura a su voz, como si se tratara de una cáscara de banana—. Este es su esquema, el que utiliza para capacitar a otros investigadores, incluidos los asignados a este caso, ¿verdad?

—Sí —respondió Pierson fulminándola con la mirada.

—Entonces, aquí dice que en su experiencia las pruebas

directas son mejores y más confiables que las pruebas circunstanciales, ¿es correcto?

Pierson miró a Abe, que frunció el ceño y arqueó las cejas como diciendo: "Lo sé, pero ¿qué carajo puedo hacer con este loco del juez?".

—Sí —respondió el detective.

—¿Cuál es la diferencia entre esos tipos de pruebas? Usted usa el ejemplo del corredor en su seminario, ¿no es así?

El rostro de Pierson se distorsionó por una mezcla de temor, respeto y furia. Estaba tratando de pensar quién lo habría delatado y de decidir qué le haría al traidor. Sacudió la cabeza como para aclarar la mente y respondió:

—Prueba directa de una persona corriendo es alguien que lo ve correr. Prueba circunstancial es alguien que lo ve en ropa y calzado deportivo cerca de la pista, con el rostro rojo y sudado.

—Entonces: las pruebas circunstanciales podrían ser erróneas. La persona podría tener pensado correr más tarde y haberse acalorado dentro de un coche al sol, por ejemplo. ¿Es correcto?

—Sí.

—Vayamos a nuestro caso, entonces. Las pruebas directas primero, según rezan sus instrucciones de experto. El primer tipo de prueba directa que usted menciona es un *testigo*. ¿Alguien vio a Elizabeth iniciando el fuego?

—No.

—¿Alguien la vio fumando o encendiendo un fósforo cerca del granero?

—No.

Shannon tomó un rotulador de punta gruesa y tachó el primer ítem debajo del título "Pruebas Directas: Testigos".

—Sigamos. ¿Hay grabaciones o fotografías de Elizabeth encendiendo el fuego?

—No.

Shannon tachó "Grabaciones de audio/video del crimen" y "Fotografías del sospechoso cometiendo el crimen".

166

—Continuemos: ahora viene "Documentación del crimen en poder del sospechoso, testigo o cómplice". ¿Algo de eso?

—No.

Otra tachadura.

—Entonces eso nos deja con su "Santo Grial: la confesión". Elizabeth en ningún momento confesó haber desatado el incendio, ¿verdad?

Pierson apretó los labios hasta convertirlos en una línea rosada.

—Correcto.

Tachadura.

—Entonces, aquí no existen pruebas directas de que Elizabeth cometió un crimen; no hay ningún tipo de prueba de las que usted considera "mejores, más confiables", ¿verdad?

Pierson inspiró y se le dilataron las fosas nasales, como si fuera un caballo.

—Sí, pero…

—Gracias, detective. No hay ningún tipo de prueba directa. Shannon tachó las palabras PRUEBAS DIRECTAS con una línea gruesa.

INVESTIGACIÓN CRIMINAL PARA TONTOS

PRUEBAS DIRECTAS (¡Mejores, más confiables!)	PRUEBAS INDIRECTAS (No tan confiables, se necesita cumplir con más de una categoría)
• Testigos	• Pistola humeante: pruebas de que el sospechoso utilizó el arma (huellas, ADN)
• Grabaciones de audio/video del crimen	• El sospechoso es dueño/poseedor del arma
• Fotografías del sospechoso cometiendo el crimen	• Oportunidad para cometer el crimen: ¿coartada?
• Documentación del crimen en poder del sospechoso, testigo o cómplice	• Motivo para cometer el crimen: amenazas, incidentes anteriores
• Santo Grial: confesión (¡¡¡verificar!!!)	• Conocimientos o intereses especiales (experto en explosivos, o investigaciones al respecto)

Shannon dio un paso atrás y sonrió. Era una sonrisa enorme, ancha: la sensación de triunfo se le reflejaba en cada facción del rostro: ojos, mejillas, labios, mandíbula, hasta las orejas parecían sonreír. Era curioso ver cuán involucrada estaba con el caso, a pesar de que el resultado no afectaría su vida, en realidad. Ganara o perdiera, habría ganado dinero, seguiría teniendo la misma casa, la misma familia, mientras que para Elizabeth el resultado del juicio significaba la diferencia entre la vida en los suburbios y la pena de muerte. ¿Entonces por qué no sentía nada del entusiasmo de Shannon?

La abogada continuó:

—Quedamos entonces solamente con pruebas circunstanciales, que en sus propias palabras, cito textualmente, "no son tan confiables". La primera de estas pruebas es la "pistola humeante" o, en este caso, el cigarrillo humeante —dijo, y varios miembros del jurado rieron por lo bajo—. ¿Se halló ADN de Elizabeth, se encontraron sus huellas dactilares o cualquier otro tipo de prueba forense en el cigarrillo o los fósforos del sitio de la explosión?

—El incendio causó demasiado daño como para que pudiéramos recuperar ese tipo de información identificadora —respondió Pierson.

—Eso viene a ser un no, ¿verdad, detective?

Pierson apretó los labios.

—Correcto.

Shannon tachó el primer ítem de la segunda columna.

—Sigamos: bajemos ahora a "Oportunidad para cometer el crimen". El incendio comenzó afuera, detrás del granero, ¿verdad?

—Sí.

—¿Cualquiera podría haberse dirigido allí e iniciado el fuego, ¿no es cierto? ¿No hay cerraduras ni cercas?

—Así es, pero no estamos hablando de la oportunidad *teórica*. Buscamos una oportunidad *realista* para cometer el crimen, alguien que estuvo en los alrededores y no tiene coartada, como la acusada.

—En los alrededores, sin coartada. Comprendo. Bien, ¿y qué hay de Pak Yoo? Estaba en los alrededores. De hecho, estaba mucho más cerca que Elizabeth, ¿no es así?

—Sí, pero tiene coartada. Estaba en el granero, según confirmaron la esposa, la hija y los pacientes.

—Ah, sí, la coartada. ¿Detective, está usted al tanto de que un vecino declaró que Pak Yoo estuvo afuera del granero antes de la explosión?

—Sí —respondió él con tono firme, confiado; sonrió con el deleite de alguien que sabe algo que todos los demás ignoran—. ¿Y está *usted* al tanto, abogada Haug, de que Mary Yoo declaró que era *ella* la que estaba afuera esa noche, y de que el vecino, al oír eso, admitió que la persona que vio a lo lejos bien podría haber sido Mary? —replicó, sacudiendo la cabeza y con una risita—. Aparentemente, Mary llevaba puesta una gorra de béisbol sobre el cabello recogido, por lo que él pensó que era un hombre. Un error inocente.

—¡Objeción! —exclamó Shannon—. Por favor, disponga que se descarte la respuesta…

Abe se puso de pie.

—La abogada Haug abrió la puerta, señoría.

—No ha lugar —declaró el juez.

Shannon dio la espalda al jurado y bajó la vista, como para leer sus anotaciones, pero Elizabeth vio que tenía los ojos cerrados con fuerza y el ceño fruncido. Después de unos instantes, abrió los ojos.

—Entonces aclaremos bien esto —le dijo a Pierson—. Los Yoo están adentro, luego Young Yoo sale para buscar baterías, después sale Mary Yoo y el vecino la ve. ¿Correcto?

Pierson parpadeó rápidamente, como hacen los androides futuristas cuando procesan información.

—Entiendo que sí —respondió en tono tentativo.

—Lo que significa que Pak Yoo estuvo solo en el granero antes de la explosión: en los alrededores y sin coartada, lo que cumple los requerimientos para cometer el crimen, ¿no es así?

Pierson dejó de parpadear. Parecía estar conteniendo el aliento. Nada se le movía en el rostro ni en el cuerpo. Después de un instante, tragó saliva y la nuez de Adán se le movió visiblemente.

—Sí.

Shannon sonrió ampliamente y escribió *P. YOO* en letras rojas junto a "Oportunidad para cometer el crimen".

—Sigamos con el motivo. Dígame, detective, ¿según su experiencia, cuál es el típico motivo de un incendio intencional?

—Este no es un típico incendio intencional.

—Detective, no pregunté si era un caso típico o no. Por favor, responda a mi pregunta. ¿Cuál es el típico motivo de un incendio intencional?

Pierson apretó los labios, como un chico que se niega a responderle a la madre, y luego espetó:

—Dinero. Fraude a la aseguradora.

—En este caso, Pak Yoo tenía para cobrar un millón trescientos mil dólares del seguro contra incendios, ¿verdad?

El detective se encogió de hombros.

—Puede ser, suena lógico. Pero, repito, este no es un caso típico. En la mayoría de los casos de fraude alguien provoca el incendio cuando las instalaciones están vacías y nadie sale herido.

—¿De verdad? Qué curioso, porque tengo aquí las notas que tomó usted en su caso más reciente de incendio intencional en… —dijo Shannon y estudió un documento que tenía en la mano— veamos… Winchester, en noviembre pasado. El culpable creyó que si sufría heridas, tendría más posibilidades de que la aseguradora pensara que había sido un accidente y le pagara —leyó y le entregó el documento a Pierson—. ¿Este *es* su informe, verdad?

Pierson apretó la mandíbula y entornó los ojos, apenas mirando documento.

—Sí, correcto.

—Entonces, según su experiencia, ¿diría que una póliza de un millón trescientos mil dólares puede resultar un motivo para que un propietario como Pak Yoo incendie sus propias instalaciones, aun estando ocupadas?

El detective Pierson miró a Pak, luego apartó la vista y finalmente respondió:

—Sí.

Shannon escribió *P. YOO* en letras rojas grandes junto a "Motivo para cometer el crimen". Señaló el siguiente ítem en la lista.

—Detective, en "Conocimientos e intereses especiales" usted escribió entre paréntesis "experto en explosivos o investigaciones al respecto". ¿Qué significa?

—Es para delitos especializados. Por ejemplo en caso de explosivos, si el sospechoso sabía cómo fabricar esa clase específica de explosivo o investigó sobre ella, yo lo consideraría prueba contundente. Como por ejemplo las pruebas que se encontraron en la computadora de la acusada, en este caso.

—¿Detective Pierson, es cierto que Pak Yoo tenía conocimientos especializados de incendios en cámaras hiperbáricas? ¿Es más, que había estudiado incendios anteriores idénticos a este?

—No estoy al tanto de lo que sabe. Tendría que preguntárselo *a él*.

—En realidad no, porque sus asistentes lo hicieron por mí. —Shannon esgrimió otro documento—. Un memo dirigido a usted, recomendando que Pak Yoo quede liberado de sospechas de negligencia criminal en el incendio —dijo y le entregó el papel—. Por favor, lea la parte resaltada.

Pierson carraspeó y leyó:

—Pak Yoo tenía plena conciencia de los riesgos de incendio. Estudió accidentes anteriores, incluido uno en el que el incendio comenzó debajo de los tubos de oxígeno afuera de la cámara.

—Entonces, permítame preguntarle de nuevo: ¿es cierto que Pak Yoo tenía conocimiento especializado e interés en incendios de cámaras hiperbáricas similares al que sucedió aquí?

—Sí, pero…

—Gracias, detective —respondió y escribió *P. YOO* junto a "Conocimientos e intereses especiales" y dio un paso atrás—. Bien, tenemos entonces a Pak Yoo, dueño de Miracle Submarine, que tenía el motivo, la oportunidad y los conocimientos especiales para cometer el crimen. Hablemos del último ítem de su cuadro: ser propietario del arma. Ahora bien: usted supone que el arma de este caso —el cigarrillo y los fósforos utilizados para provocar el incendio— pertenecían a Elizabeth, ¿verdad?

—No lo *supongo*, abogada Haug. Es un hecho que un cigarrillo y unos fósforos de 7-Eleven provocaron el incendio y la acusada estaba a poca distancia de allí, con cigarrillos Camel y fósforos de 7-Eleven.

—Pero ella declaró que no eran suyos, que los encontró en el bosque. Alguien podría muy bien haberlos usado para provocar el incendio y luego haberlos arrojado para deshacerse de las pruebas. ¿Usted investigó tan siquiera la posibilidad de que otra persona que no fuera Elizabeth pudiera haber comprado esos artículos?

—Sí, lo investigamos. Mi equipo fue a todos los 7-Eleven cerca de Miracle Creek y de donde vive la acusada, en busca de comprobantes de pago: factura, tickets y demás…

—Ah, qué alivio. Entonces debe de haberle preguntado a los empleados de esas tiendas si reconocían a alguno de los otros involucrados, como por ejemplo a Pak Yoo, que sabemos que tuvo el motivo, la oportunidad y los conocimientos para provocar este incendio —dijo y señaló los tres *P.YOO* en letras rojas.

Pierson la miró. Mantuvo la boca cerrada.

—Detective, ¿le preguntó a alguno de los empleados de 7-Eleven si Pak Yoo había comprado alguna vez cigarrillos Camel?

—No —la palabra sonó levemente desafiante.

—¿Revisó su resumen de tarjeta de crédito en busca de gastos en 7-Eleven?

—No.

—¿Revisó sus cestos de basura en busca de algún ticket de compra de 7-Eleven?

—No.

—Ya veo. Así que la extensiva búsqueda que hizo fue solo relacionada con mi cliente. Bien, díganos:: ¿cuántos empleados de 7-Eleven reconocieron a Elizabeth?

—Ninguno.

—¿Ninguno? ¿Y qué me dice de los comprobantes de pago? Seguramente revisó la basura de Elizabeth, su coche, el bolso, los bolsillos, buscando algo de 7-Eleven, ¿no es así?

—Sí. Y no, no encontramos nada.

—¿Y en los resúmenes de tarjeta de crédito?

—No. Pero las huellas dactilares...

—Ah, las huellas dactilares. Hablemos de ellas. Usted no cree que Elizabeth haya encontrado los cigarrillos y los fósforos. Usted afirma que eran de ella, a pesar de que no hay una sola prueba de que los haya comprado. Y por eso no hay otras huellas dactilares... porque ella es la única que los tocó, ¿correcto?

—Así es.

—Detective, esta es la parte que me confunde. ¿Si los cigarrillos y fósforos pertenecían a Elizabeth, debió haberlos comprado en algún sitio, entonces no deberían estar las huellas del empleado de la tienda, también?

—Si compró un cartón de cigarrillos, no.

—Un cartón, diez paquetes. Doscientos cigarrillos. ¿Se

encontró un cartón abierto de cigarrillos Camel o cualquier otra marca en la casa de Elizabeth o en sus residuos?

—No.

—¿En el bolso de la acusada?

—No.

—¿En el coche?

—No.

—¿Alguna colilla en el coche, o en los residuos hogareños? ¿Cualquier cosa que indicara que fumaba de manera regular, como para querer comprar un cartón entero de cigarrillos?

—No. —Pierson parpadeó repetidamente.

—Y en cuanto a los fósforos, aun si uno compra gran cantidad, igualmente le entregan cajitas individuales, ¿no?

—Sí, pero con el tiempo, debido al uso, las huellas de la acusada desplazarían a las del empleado, tanto en los fósforos como en el paquete de cigarrillos. Por lo tanto, no me sorprende que no hubiera huellas del empleado de la tienda en esos artículos.

—Detective, en un objeto utilizado con la suficiente frecuencia como para desplazar huellas más antiguas, esperaría encontrar huellas múltiples del dueño, superpuestas unas sobre otras, ¿no es así?

—Supongo que sí.

Shannon fue hasta la mesa, revisó una carpeta y tomó un documento, con una sonrisa triunfante. Volvió hacia el estrado y se lo entregó a Pierson.

—Díganos qué es esto, por favor.

—Es el análisis de huellas dactilares de los artículos hallados en la zona de picnic.

—Por favor, lea los párrafos resaltados.

Pierson paseó la vista por el documento y su rostro comenzó a perder forma, como una figura de cera en un día tórrido.

—Estuche de fósforos, exterior: una huella dactilar completa y cuatro huellas parciales. Cigarrillos, exterior: cuatro huellas completas y seis huellas parciales. Identificación por análisis de diez puntos: Elizabeth Ward.

—Detective, ¿en su oficina es una práctica habitual informar sobre la presencia de huellas superpuestas si las hubiera?

—Sí.

—¿Cuántas huellas dactilares superpuestas encontraron sus investigadores en cada artículo?

Las fosas nasales de Pierson se dilataron. El detective tragó y tensó los labios como si fingiera sonreír.

—Ninguna.

—Solamente cinco huellas en los fósforos y diez en los cigarrillos, todas de Elizabeth. No hay presencia de huellas superpuestas y ni una sola marca de ninguna otra persona. ¿Bastante limpio, no diría?

Pierson miró hacia un costado. Después de un instante, se humedeció los labios y respondió:

—Supongo que sí.

—Y teniendo en cuenta que al menos otra persona, el empleado de la tienda, debe de haber manipulado esos objetos, la falta de otras huellas indica que fueron borradas en algún momento, ¿no es así?

—Podría ser, pero…

—Y una o más personas, incluido Pak Yoo, podría haber manipulado los artículos antes de que se limpiaran y no tendríamos forma de saberlo, ¿verdad?

—No, no hay forma de saberlo —respondió, entornando los ojos hasta casi cerrarlos. Mientras Shannon escribía: *Una o más personas (incl. P. YOO)* junto a "El sospechoso es dueño o poseedor del arma", acotó—: No olvide que fue la *acusada* la que limpió los artículos en un principio.

—Pero, detective —replicó Shannon, abriendo grandes los ojos—, pensé que usted no creía que ella los había limpiado. Me alegro de que por fin haya cambiado de idea —dijo y le dirigió una sonrisa enorme, como una madre que está orgullosa de su hijito porque finalmente aprendió a pintar dentro de los bordes. Dio un paso atrás para dejar a la vista el esquema terminado.

INVESTIGACIÓN CRIMINAL PARA TONTOS

PRUEBAS DIRECTAS
(¡Mejores, más confiables!)

PRUEBAS INDIRECTAS
(No tan confiables, se necesita cumplir
con más de una categoría)

- Testigos

- Grabaciones de audio/video del crimen — *Una o más personas* incl. P.YOO)

- Fotografías del sospechoso cometiendo el crimen

- Documentación del crimen en poder del sospechoso, testigo o cómplice

- Santo Grial: confesión (¡¡verificar!!)

- Pistola humeante: pruebas de que el sospechoso utilizó el arma (huellas, ADN)

- El sospechoso es dueño/poseedor del arma

- Oportunidad para cometer el crimen: ¿coartada? *(P.YOO)*

- Motivo para cometer el crimen: amenazas, incidentes anteriores *(P.YOO)*

- Conocimientos o intereses especiales (experto en explosivos, o investigaciones al respecto) *(P.YOO)*

—Gracias por su declaración, detective, fue muy iluminadora —dijo Shannon—. No tengo más preguntas, señoría.

MATT

Condujo hasta el 7-Eleven pensando en las huellas dactilares: crestas y surcos, bifurcados por líneas y arrugas, sucios de sudor y grasa, que dejan marcas casi invisibles sobre tazas, cucharas, botones de excusados, volantes de coches y que manchan o cubren otras huellas dejadas segundos, días o años antes. Las huellas diferentes de cada persona, las huellas de cada dedo distintas entre sí y la abrumadora cantidad —¿billones?, ¿trillones?— de marcas únicas que existen, inmutables desde que el feto tiene seis meses hasta que es un adulto y luego vuelve a encogerse en la vejez.

Él había tenido diez huellas dactilares, como todo el mundo. Las mismas diez desde que había medido treinta centímetros en el vientre de su madre y las yemas de sus dedos tenían el tamaño de arvejas. Pero ya no las tenía. Las había perdido por quemaduras y amputaciones. Le habían amputado los dedos índice y medio de la mano derecha bajo las luces brillantes del quirófano y luego los habían descartado, con huellas dactilares y todo. El incinerador de residuos médicos se había encargado de finalizar el bíblico "al polvo volverás" que el incendio había comenzado. Y las yemas de los ocho dedos restantes se habían derretido y ahora no eran más que brillantes cicatrices lisas, sin marcas. Casi como si el plástico resbaloso y liso del casco de Henry siguiera adherido a sus dedos y no quisiera soltarlos.

Hasta donde recordaba, jamás le habían tomado las huellas dactilares; a menos que contara el proyecto del Día de Acción de Gracias, en el kinder, cuando la huella de su mano fue decorada como un pavo. Lo que significaba que no había registro de sus huellas. Habían desaparecido, eliminando la posibilidad de saber cuáles de los millones de huellas sobre paredes, manijas y placas de rayos X del mundo le pertenecían a él.

Después de la amputación, cuando se había hundido en un mar de lástima por sí mismo, su enfermera preferida del sector de quemados le había dicho: "Mira el lado bueno. Algunas personas realmente *desean* que les borren las huellas digitales". "Sí, claro, los rufianes y los narcotraficantes", respondió él, y ella rio. "Solo te estoy diciendo que lograste lo que algunos sueñan y encima te lo cubrió el seguro médico", le dijo, y lo hizo reír. Bueno, tal vez no reír, pero sí esbozar una sonrisa por primera vez desde la amputación. "Claro, ya no tengo que preocuparme nunca más por que algún policía utilice mis huellas para acusarme de asesinato", había bromeado.

Pensaba en ello a menudo. El modo en que sus palabras —una broma fortuita dicha delante de una enfermera cansada— se habían transformado de una idiotez a una visión del futuro una semana más tarde, cuando el detective Pierson manifestó que habían descubierto que un cigarrillo había provocado el fuego y estaban revisando el bosque en busca de colillas y paquetes descartados. Matt pensó en el hueco del tronco del árbol junto al arroyo que había utilizado para residuos y sintió pánico; no era que pensara por un segundo que podrían implicarlo en el incendio, pero de todos modos, estaría en serios problemas con Janine, y ni hablar de la humillación pública, si el asunto con Mary salía a la luz. Pero cuando Pierson dijo que no se preocupara, que encontrarían al culpable porque las huellas dactilares no mentían, Matt recordó la broma y tuvo que toser para disimular una exclamación de alivio. Podía haber huellas dactilares suyas sobre todos los cigarrillos del bosque, y nadie lo sabría jamás. No era un problema.

Pero el 7-Eleven: *eso* sí podía ser un problema, uno que no había previsto. Esta mañana en el tribunal se había enterado de que tanto el cigarrillo que había iniciado el incendio como los que tenía Elizabeth en la zona de picnic eran Camel comprados en el 7-Eleven —la marca y la tienda que había usado Matt durante todo el verano. No lo había pensado antes, pero ¿podrían tratarse de los suyos? ¿Y si los había dejado caer en alguna parte y Elizabeth o Pak o cualquier otro los había encontrado y utilizado para provocar el incendio, convirtiéndolo a él en el proveedor involuntario del arma? Y ahora, después del modo en que Shannon había vapuleado a Pierson por su pésima "investigación", ¿no iría la policía a todos los 7-Eleven de la zona a mostrar fotografías de Pak y, por las dudas, de los demás también, quizás hasta la de él?

Y la nota… ¿qué significaba que Elizabeth asegurara que había encontrado lo que indudablemente era su nota junto a los cigarrillos? Matt había escrito: "Tenemos que terminar con esto. Veámonos esta noche, ¿20:15? Junto al arroyo", en un papel de H-Mart y se lo había dejado a Mary sobre el parabrisas la mañana de la explosión. Mary había respondido: "Sí" y se lo había dejado sobre su parabrisas. Él lo encontró después de la inmersión matutina, lo abolló y lo guardó en el bolsillo. ¿Podría, por una increíble casualidad, habérsele caído y volado con el viento para terminar cerca de los cigarrillos?

Entró en el estacionamiento del 7-Eleven, dejó el coche lejos de la entrada y observó la imagen de la tienda en el espejo retrovisor. No había cambiado nada desde la última vez que había estado allí, hacía casi un año. Estaba permeado por un aura de abandono: el letrero de la entrada seguía rajado e inclinado hacia un lado, como atacado por la vejez. El letrero de estacionamiento para discapacitados se había caído del poste oxidado y las líneas para estacionar se habían despintado y parecían guiones y puntos blancuzcos. Del otro lado de la calle había una estación de servicio Exxon, burbujeante de coches y camiones, gente que entraba y salía, abriendo y cerrando la puerta sin cesar. El primer día que había comprado cigarrillos durante el verano pasado, casi había ido allí. Se había ubicado en la dársena de giro a la izquierda para la Exxon detrás de dos camiones que esperaban para entrar, pero al cabo de unos minutos de espera, se cansó y se dirigió al 7-Eleven que estaba apenas más adelante. Un poco venido abajo, por cierto, pero al menos sería rápido.

Ahora, escudriñando por el espejo retrovisor para tratar de ver al empleado detrás del vidrio sucio, de pronto le vino un pensamiento: ¿Y si hubiera tenido treinta segundos más de paciencia para esperar que los camiones giraran, y hubiera ido a la Exxon? Por cierto, ahora no estaría preocupado de que el cajero pudiera identificarlo; los empleados de la gasolinera estaban ocupados y seguramente no lo recordarían para nada. No como el empleado del 7-Eleven, un hombre parecido a Santa Claus que le había hecho bromas sobre su tos mientras compraba *cigarrillos*, por el amor de Dios, y hasta había comenzado a llamarlo "el Médico Fumador". Joder, si hubiera ido a la Exxon ni siquiera habría comprado cigarrillos. Solo había querido comer algo rápido, café con una dona, quizá, o un pan con salchicha y una Coca. Alguna combinación de la lista de comidas prohibidas de Janine porque "eran malas para la fertilidad". No fue hasta que pasó junto a los fumadores que estaban afuera del 7-Eleven que decidió que fumar —probablemente aun peor para la movilidad de los espermatozoides que comer comida chatarra— era precisamente lo que necesitaba. De no haber sido por eso, no habría caminado hasta el arroyo para fumar, no se habría encontrado con Mary ni habría comprado otro paquete, y otro, y otro, y sabe Dios cuántos más. Uno de ellos había terminado en manos de un asesino. ¿Podía ser posible que girando a la izquierda en lugar de a la derecha hacía un año —por un *impulso*, no una decisión, como cuando uno elige qué corbata usar— hubiera cambiado todo? ¿Si hubiera girado a la izquierda, Herny seguiría con vida, con la cabeza intacta, y él estaría en casa ahora, con las manos ilesas, tomando fotografías de un bebé recién nacido en lugar de sentado en este estacionamiento decrépito, tratando de ver si el hombre que podía relacionarlo con el arma homicida seguía trabajando allí?

Matt sacudió la cabeza para alejar esos pensamientos. No podía seguir con ese masoquismo mental, con preguntas hipotéticas que le lastimaban la mente; tenía que concentrarse en la tarea. Le llevó cinco minutos: uno para ver que la cajera era una chica y cuatro para llamar desde el teléfono público de afuera y decirle a la cajera que estaba buscando a un empleado, un hombre mayor de cabello blanco. En el instante en que ella dijo que no, que nadie de esa descripción trabajaba allí ni lo había hecho en los diez meses desde que ella había ingresado, él cortó la comunicación y respiró hondo. Creyó que sentiría alivio y saldría del pozo de temor en el que había estado todo el día, que se le disiparía la presión que le oprimía los pulmones, que el hecho de respirar le resultaría refrescante, en lugar de agotador. Pero nada de eso sucedió. De hecho, su desasosiego se intensificó, como si la preocupación por ese empleado hubiera estado cubriendo otra cosa, como una venda, y ahora que se la había arrancado, tenía que enfrentarse al miedo mayor, el miedo real, lo que había estado temiendo desde el momento en que había susurrado: "Esta tarde, 18:30, mismo lugar" al pasar junto a Mary en el tribunal: el encuentro con ella.

*

La primera vez que se había encontrado con Mary el verano pasado había sido en el Día de la Ovulación, también conocido como Día de Tener Sexo Cuantas Veces Puedas. Otra manifestación de la excesiva minuciosidad de Janine, que (al igual que los ronquidos, su habilidad para quemar la comida y el lunar en sus nalgas) al principio le había resultado encantadora, pero ahora lo irritaba sobremanera. ¿Cómo había llegado a eso? No recordaba el momento en que se había producido el cambio; ¿habría sido como caer de un acantilado? ¿Un día le encantaban esas particularidades y al día siguiente las detestaba? ¿O el encanto se había ido desvaneciendo poco a poco, como el aroma de un coche nuevo, disminuyendo de manera lineal con cada hora de envejecimiento del matrimonio, hasta que cruzó la línea sin siquiera darse cuenta? A una hora determinada, esas peculiaridades le habían agradado apenas, a la siguiente le habían dado lo mismo, luego habían comenzado a molestarle. ¿Le resultarían repulsivas dentro de diez años, hasta que dentro de treinta años, llegaría al nivel "te abriré la cabeza con un hacha si no te callas de una vez?".

Era difícil de creer ahora, pero el modo en que Janine se enfocaba como un láser sobre objetivos futuros era uno de los motivos por el que se había sentido atraído cuando la conoció. No era algo inusual, tampoco. Casi todos los estudiantes de medicina tenían una necesidad patética de sobresalir en todo, que se manifestaba aun más en el nivel de empuje y dinamismo de los asiáticos que conocía. Lo inusual de Janine era el *motivo*. A diferencia de los amigos asiáticos-americanos de Matt, que contaban historias dramáticas sobre cómo sus padres los habían obligado a estudiar todo el día, los siete días de la semana, obsesionados con que ingresaran en las mejores universidades, a Janine la había empujado la rebeldía, puesto que sus padres no la habían presionado. En la primera salida juntos, le contó que había amado su libertad al compararse con su hermano menor, a quien sus padres obligaban a ir a la escuela aun estando enfermo, por ejemplo (cosa que no hacían con ella) o castigaban por obtener calificaciones por debajo de sobresaliente (cosa que tampoco hacían con ella), hasta que comprendió que esperaban más de él porque era *varón*, el ultra importante primer hijo varón. Entonces decidió lograr lo que pretendían de él (que fuera a Harvard y estudiara medicina) solo para fastidiarlos.

Era una historia interesante, por cierto, pero lo que atrajo a Matt fue la manera en que Janine la contaba. Se había quejado sobre lo abierta y desvergonzadamente sexista que era la cultura coreana y le confesó que a causa de ello, a veces detestaba a los coreanos y odiaba *ser* coreana. Y luego había reído de lo irónico que resultaba que, por tratar de escapar del estereotipo coreano de *género*, había caído en el estereotipo *racial* estadounidense y se había convertido en un cliché: la asiática rara que sobresalía en todo. Se mostró orgullosa, cómica, pero también vulnerable, algo triste y perdida, y Matt sintió el deseo de animarla y protegerla a la vez. Quiso unirse a su cruzada para mostrarles a sus padres que se habían equivocado, especialmente después de que la madre de Janine le comentó, luego de conocerlo: "Preferimos que ella case con hombre coreano. Pero al menos usted es médico". (Y sí, se le había ocurrido la idea de que tal vez salir con él fuera parte de la rebelión de Janine, pero no dejó que le molestara… demasiado).

Fue así que durante toda la carrera, Matt apoyó a Janine en su obsesión por las calificaciones y las becas, en su necesidad de ponerse objetivos y cumplirlos metódicamente. Era algo impresionante de ver. Hasta le resultaba sensual. Desde luego, requería de sacrificios en el presente —cenas canceladas, nada de cine— pero a él no le había importado. No era que hubiera pretendido otra cosa de la carrera de medicina; al fin y al cabo, ¿qué era sino la institucionalización de un modo de pensar orientado al futuro? Por el momento, estudia toda la noche sin dormir, come comida de mierda, endéudate hasta las cejas, pero todo valdrá la pena cuando *llegues*, cuando te gradúes, consigas trabajo y comiences a vivir en serio. La cosa era que con Janine no se llegaba nunca. Solo se posponía todo. Cualquier objetivo que se alcanzaba significaba establecer otro mayor, más demandante, más difícil. Matt pensó que se detendría y se declararía victoriosa cuando su hermano dejó la universidad para dedicarse a la actuación, pero tal vez la obsesión por establecerse metas se le volvió una costumbre que ya no podía dejar. Siguió haciéndolo, pero ya sin esa frescura de la rebelión; todo lo que hacía parecía inútil, como Sísifo empujando la roca colina arriba todos los días, salvo que en vez de que la roca rodara hacia abajo por las noches, como en el mito, la colina se tornaba el doble de alta cada noche.

El sexo era el único elemento de sus vidas inmune a la obsesión por el futuro. Aun la decisión de comenzar a buscar un bebé —a diferencia de todas las otras decisiones conyugales, desde la de adoptar el apellido de él (no), a elegir un tipo de bombillas eléctricas (LED)— fue producto de horas de discusión. Solo hubo un instante de espontaneidad cuando durante el jugueteo previo, él había extendido la mano para buscar un preservativo y ella dijo: "¿Es necesario?", y luego había rodado encima de él, posicionando la vulva justo sobre el extremo de su pene. Matt negó con la cabeza y ella bajó la pelvis lentamente; la deliciosa novedad de su impulsividad, de su disfrute del instante, sumada a la maravilla de sentir su resbalosa tibieza directamente sobre la piel lo tragaron milímetro a milímetro. A la mañana siguiente, a la noche siguiente y durante el resto del mes siguieron teniendo sexo sin protección. Ninguno de los dos hizo mención alguna sobre ciclos o bebés.

Cuando Janine tuvo su período, no hubo anuncio, solamente una mención casual. Intencionalmente demasiado casual, con un tinte de preocupación. El siguiente mes, la mención fue preocupada con un tinte de desesperación y al siguiente, desesperada con un tinte de histeria. Sobre la mesa de noche comenzaron a aparecer libros sobre cómo concebir.

Con el correr de los días, Janine anunció La Semana de la Ovulación: tomaría registros de su ciclo, y alrededor de la ovulación tendrían todo el sexo posible. Matt comprendió entonces que la obsesión por alcanzar objetivos, la agotadora necesidad de atar cada acción a futuros hitos, había contaminado ahora el sexo. Janine no dijo nada sobre no tener sexo durante las tres semanas siguientes, pero así fue como terminó. Y en un abrir y cerrar de ojos, el sexo se convirtió en algo que hacían para concebir. Un procedimiento clínico y organizado. En algún momento cercano a las pruebas de viabilidad y movilidad de los espermatozoides, la Semana de Ovulación se convirtió en el Día de Ovulación, un período de veinticuatro horas en el que debían tener sexo la mayor cantidad de veces posibles, seguido de veintisiete días de "descanso".

Y después llegaron los niños con necesidades especiales de la oxigenoterapia hiperbárica: no solo Rosa, TJ y Henry, sino los otros niños de otras sesiones con los que ocasionalmente Matt se cruzaba, y peor aún, los cuentos de las madres que se veía obligado a escuchar durante dos horas por día. Como médico radiólogo, veía niños enfermos y lastimados todo el tiempo, pero ser testigo de los desafíos diarios de criar a estos niños lo asustaba tremendamente y no le fue difícil pensar que entre su infertilidad y los pacientes de la OTHB, algún poder superior debía estar diciéndole (no, mejor dicho gritándole) que parara, o que al menos esperara y se tomara un tiempo para pensar las cosas.

Alrededor de una semana después de comenzar con la OTHB, después de una inmersión matutina en la que Kitt les contó de la nueva "conducta" de TJ, el "desparramo fecal" ("¿Por *fecal* te refieres a mierda?", había preguntado él, y Kitt había respondido: "Ajá, y por desparramo me refiero a embadurnar las paredes, cortinas, libros, ¡todo!") Matt recibió un mensaje de voz de Janine, diciendo que según marcaba el examen de orina, ese día era el Día de Ovulación, así que debía volver a casa de inmediato. Matt lo ignoró, fue al hospital y desconectó el teléfono. No prestó atención a los mensajes cada vez más frecuentes que dejaba ella en el teléfono de la recepción y de cuya existencia le avisaban por altoparlante. Creyó que se había salido con la suya, hasta que su suegra entró como una tromba en el consultorio:

—Janine quiere vayas a casa ahora. Dice que es día de… ¿cómo se dice? —Matt se apresuró a cerrar la puerta antes de que ella pudiera decir "ovulación", pero llegó tarde. En voz alta y clara, dijo—: Orgasmo. Es día de orgasmo.

Cuando Matt llegó a casa, Janine ya estaba desnuda en la cama —probablemente estaba así desde el primer mensaje de voz hacía seis horas. Él comenzó a disculparse y a poner la excusa de que el teléfono se había quedado sin batería, pero ella lo interrumpió:

—Lo que sea, no importa. Vamos, date prisa, se nos acaba el tiempo.

Matt se desvistió; primero se desabotonó la camisa y luego se quitó el cinturón lenta y metódicamente. Se metió en la cama, apoyó los labios contra los de ella y trató de concentrarse en sus pezones, en los dedos que le acariciaban el pene, pero no sucedió nada.

—Vamos, vamos —lo instó ella, masajeándole el pene con demasiada fuerza. Él vio el medidor de ovulación sobre un pañuelo de papel en la mesa de noche; parecía estar dándole una orden silenciosa: *¡Date prisa, copula con tu esposa ahora mismo!* Lo absurdo de la idea, de cómo este palillo rosado de 99 centavos comprado en la farmacia CVS había pasado a controlar su vida sexual y apropiarse de ella lo hizo reír.

—¿Qué te pasa? —quiso saber Janine.

Matt se echó hacia atrás y se recostó.

—Lo siento, cariño, pero hablar de orgasmos con tu madre

me ha quitado las ganas y además, pienso que Dios no quiere que tengamos hijos; otra cosa, ¿oíste hablar de desparramo fecal? —dijo—. No lo sé, tal vez sea la OTHB. No he estado durmiendo bien. Salteémonos este mes.

Ella no dijo nada. Permanecieron tendidos uno al lado del otro, sin tocarse, desnudos, mirando el cielo raso. Después de un minuto, Janine se incorporó.

—Tienes razón. Basta. Necesitas un descanso —dijo, y se movió hacia abajo. Se detuvo en el pene —esa carne fláccida replegada en la piel— y se lo llevó a la boca. La idea de que eso no estuviera dirigido a concebir ni fuera un plan a futuro hizo que a Matt se le encendiera una neurona adormecida. Le sostuvo la cabeza; no quería que lo hiciera salir de la tibia cavidad bucal. Acabó en la boca de Janine.

Más tarde, se preguntó cómo cuernos no lo había visto venir, cómo podía haberse engañado pensando que ella iba a renunciar al día —¡al mes!— con tanta facilidad. Pero en el dulce sopor de la nebulosa después del orgasmo, no se le ocurrió preguntarse por qué Janine se levantó como un resorte y *corrió* al baño. Se quedó recostado como un idiota, tibio y feliz, preguntándose —aunque no le importaba realmente— por qué ella hacía tanto ruido en el baño: abriendo puertas de armarios, rompiendo envoltorios plásticos, vertiendo y agitando líquido y finalmente, escupiendo. Cuando Janine volvió a la cama, Matt rodó hacia ella y se dispuso a pasarle el brazo por sobre el cuerpo y abrazarla.

—Necesito ayuda. Tráeme esas almohadas y coló Camelas debajo del trasero, ¿quieres? —Janine abrió las piernas y elevó las caderas. En la mano sostenía una jeringa sin aguja con unos glóbulos mucosos suspendidos en líquido transparente. Por supuesto... su semen. El método de humectar el pavo, del cual ella se había reído ("¡En serio, algunas mujeres usan los goteros para humectar pavos, te lo juro!"). Se insertó la jeringa en la vagina, elevó las caderas y lentamente introdujo el líquido dentro de su cuerpo—. Necesito esas almohadas, *ya*.

Matt le colocó las almohadas contra los muslos, donde minutos antes había imaginado que ahora estaría su lengua. Mientras se volvía a vestir, despacio, pensó en cómo Janine había logrado futurizar un orgasmo de sexo oral, algo completamente basado en el presente, cómo le había cambiado el objetivo a ese acto de puro placer (¡"Necesitas un descanso", había dicho!) para convertirlo en un acto forzado de concepción.

Matt salió temprano para la inmersión vespertina, protestando por el tráfico. Al cerrar la puerta del dormitorio, tuvo un último atisbo de Janine, desnuda con las piernas en alto, como una publicidad levemente pornográfica del Cirque du Soleil. Durante el resto de la tarde (mientras conducía hacia Miracle Creek, se detenía en el 7-Eleven, compraba cigarrillos — Camel, con descuento—, caminaba hasta el arroyo) pensó en el semen, deslizándose por la pared vaginal de Janine en dirección al cérvix, siendo absorbido por el útero, no gracias a la fuerza de su movilidad sino a la de gravedad. Cuando encendió el cigarrillo e inspiró, visualizó los espermatozoides impulsándose con sus colitas de látigo hacia el óvulo, pero demasiado despacio, sin la fuerza necesaria para penetrarlo.

Matt iba por el tercer cigarrillo cuando Mary se acercó. Se habían visto una sola vez, en la cena en casa de los suegros de Matt, pero ella se le sentó al lado sin ninguna incomodidad ni forzada cordialidad entre desconocidos. Solo un "Hola", lanzado con la familiaridad casual de los adolescentes que se encuentran después de clases.

—Hola —respondió Matt y miró el libro que tenía en la mano—. Vocabulario para la prueba SAT. ¿Quieres que te haga preguntas?

Más adelante, al tratar de dilucidar cómo había sido tan, pero tan estúpido de involucrarse en esta —¿esta qué?— en esta *cosa* con Mary, siempre volvería a lo mismo: la manera en que ella arrojó el libro lejos, como si fuera un *frisbee*, mientras le dirigía esa mirada: de soslayo, casi impaciente, combinada con un movimiento de la cabeza y el ceño fruncido de fastidio. Era la mirada de Janine, su expresión patentada de "no hay ni puta posibilidad de que hablemos del tema" que él había visto por primera vez en la universidad después de proponerle tomarse un recreo del estudio para ir a ver una película, y por última vez hacía unas horas, cuando había osado decir que tal vez —solo una idea, no era que estuviera sugiriendo renunciar, ni nada— pero tal vez podían anotarse en lista de espera para adoptar. El hecho de que Mary se asemejara a una joven Janine, arrojando los estudios fuera de vista, le hizo recordar su primera salida, en la que Janine le había dicho que a su verdadero yo no le importaba la universidad, que a veces sentía deseos de arrojar los libros por la ventana de la habitación.

— Camel. Mis preferidos. ¿Te molesta? —dijo Mary y tomó los cigarrillos de Matt.

Él abrió la boca para responder: "Sí, claro que me molesta, eres una chiquilina y no voy a darle cigarrillos a una menor", pero esa extraña sensación de *déjà-vu* de estar con la Janine "verdadera", despreocupada, la nostalgia por la Janine anterior a la vida real, a la infertilidad, todo eso le formó un dique en la garganta que bloqueó la salida de las palabras. Mary tomó el silencio como permiso para tomar un cigarrillo del paquete.

Lo encendió, lo sostuvo entre los dedos y lo miró embobada, casi con reverencia (como él imaginaba a Janine mirando su pene antes de deslizárselo dentro de la boca —sí, era consciente de que estaba con una adolescente y trató de no pensar en eso, pero tratar de *no* pensar en eso hizo que lo pensara con más intensidad— antes de colocárselo entre los labios). Mary succionó con fuerza (él se esforzó por *no* pensar en eso), soltó el humo haciendo una O con los labios y se recostó hacia atrás; el largo cabello negro se abrió como un abanico sobre la grava. Eso también le recordó a Janine: la forma en que el cabello —largo y negro, tan negro que a veces se veía azul— se abría sobre la almohada.

Matt desvió la mirada.

—No deberías fumar. ¿Qué edad tienes?

—Pronto cumpliré diecisiete —dijo Mary y dio otra pitada—. ¿Qué edad tienes *tú*? ¿Cómo treinta?

—¿Fumas mucho?

Ella se encogió de hombros, como quitándole importancia.

—Le robo cigarrillos a mi papá. Camel, también, todo el tiempo. La próxima vez te traeré.

—¿Pak fuma?

—Dice que dejó, pero… —Volvió a encogerse de hombros y cerró los ojos; una sonrisa ladeada se le dibujó en los labios. Se llevó el cigarrillo a la boca e inspiró lentamente. Su pecho se elevó y volvió a bajar. Inspiración, exhalación.

Matt sincronizó su respiración con la de ella, y algo en ese ritmo compartido y en el silencio cómodo, íntimo, que los envolvió hizo que sintiera deseos de besarla. O tal vez fue su rostro, tan terso que parecía reflejar el azul del cielo. Se inclinó hacia ella.

—¿Cómo va el trat… —Mary se detuvo en medio de la oración cuando abrió los ojos y vio la cabeza de Matt por encima de la suya. Arqueó las cejas con expresión sorprendida; inmediatamente después frunció el entrecejo, como levemente fastidiada (¿ante lo pervertido de Matt, por tratar de besarla o ante su cobardía por haberse detenido?).

Matt quiso explicarle. ¿Pero cómo hacerle entender que la había visto tan serena… —no, era más que serena, tan dichosa—, que había sentido el deseo, la necesidad de compartir esa sensación, de embeberse en la hermosa transparencia de su piel y apoderarse de esa belleza?

—Disculpa, Mary, un mosquito en la mejilla y te lo iba a quitar —dijo él, rogando que los vasos capilares del rostro *no* se le dilataran y le enviaran sangre a las mejillas.

Ella se incorporó a medias, sosteniéndose sobre los codos. Matt fumó una pitada.

—¿Qué decías? ¿Cómo va qué cosa? —preguntó, tratando de hablar con tono ligero.

Tal vez fue la expresión que vio en su rostro cuando ella volvió a recostarse: la satisfacción secreta de una mujer complacida por el interés de un hombre. O lo que siguió:

—Te iba a preguntar cómo va el tratamiento. La oxigenoterapia, quiero decir. ¿Ya se te mejoraron los espermatozoides? —Lo dijo así nomás, en tono pragmático, ligero, sin ironía ni pena, como si su infertilidad no fuera la Cuestión Trágica que parecía ser para Janine, sus malditos padres y los médicos, el Asunto Serio que le habían hecho creer que era. Fuera cual fuere el motivo, en ese instante, el hecho de que su semen no hiciera lo que se suponía que debía hacer, no cumpliera con el *plan*, dejó de ser causa de sufrimiento y culpa y le proporcionó alivio y esperanza. Lo hizo sentirse libre de preocupaciones, libre del futuro; libre, mierda, ¡libre!

*

Los mosquitos eran una tortura. Qué curioso, el verano pasado, sentado aquí mismo con Mary, nunca le habían molestado, pero ahora, sin que el humo de los cigarrillos los ahuyentara, lo atacaban en bandadas, zumbando de excitación ante la idea de carne tibia, sudada, y venas dilatadas por el calor. Matt aplastó con la mano a los que se le posaban en las muñecas y el cuello. Deseaba un cigarrillo.

Se inmovilizó al ver acercarse a Mary. Al diablo con los mosquitos: era más importante mostrarse sereno, y además, ahuyentarlos no servía de nada.

—Gracias por venir, no estaba seguro de si lo harías —dijo cuando ella se detuvo a buena distancia, pero lo suficientemente cerca como para oírlo.

—¿Qué quieres? —preguntó en tono monocorde, más grave que antes de la explosión, como si hubiera envejecido veinte años.

—Me enteré que es posible que declares mañana —dijo.

Mary no respondió. Solo le dirigió esa mirada, la de "ni puta posibilidad de que vayamos a hablar de esto" que ella y Janine compartían, luego dio media vuelta y se alejó.

—Espera. —Le pareció ver que se detenía con un pie en el aire, pero cuando parpadeó, ella seguía caminando. Corrió hasta alcanzarla—. Mary —repitió, más suavemente esta vez y le tocó el brazo. Era extraño, ver que sus dedos entraban en contacto con la piel de ella, pero no podían sentir la suavidad porque las cicatrices carecían de nervios; el cerebro se le paralizaba ante ese conflicto entre la vista y el tacto.

Ella se detuvo; le miró la mano y se le dibujó una mueca brevemente en el rostro (¿desagrado?, ¿pena?) antes de que apartara su brazo. Despacio, con cuidado, como si la mano de él fuera una bomba a punto de estallar.

Matt deseaba extender el brazo, poner su cicatriz contra la de ella, pero dio un paso atrás.

—Lo siento.

—¿Por qué?

Él abrió la boca, pero fue como si todo aquello por lo que deseaba disculparse —las notas, su esposa, la declaración como testigo y, sobre todo, el cumpleaños de ella el verano pasado— le estuviera causando un embotellamiento en las cuerdas vocales. Carraspeó, y habló:

—Necesito saber si le has contado a alguien.

Mary se enrolló la cola de caballo alrededor del dedo índice. La soltó, luego se la volvió a enrollar.

Matt inspiró el aire denso, mustio; era casi como fumar.

—¿Tus padres lo saben?

—¿Qué cosa?

—Bueno… ya sabes —respondió él. Se le estaba acalambrando

el dedo que le faltaba, lo que era desafortunado, puesto que no podía frotárselo.

Mary entornó los ojos, como tratando de leer algo que él tenía escrito en letras pequeñas sobre el rostro.

—No. No se lo conté a nadie.

Matt se dio cuenta de que estaba conteniendo la respiración. Sintió un repentino mareo, el zumbido de mosquitos se tornó agudo y luego más grave, como el ruido de sirenas.

—¿Y Janine? —preguntó Mary—. Está en la lista de testigos. ¿Va a decir algo?

—No sabe nada.

Mary frunció el entrecejo.

—¿Cómo que no sabe nada? ¿De qué estamos hablando, exactamente?

—De nosotros —respondió Matt—. Del intercambio de notas, de nuestros encuentros para fumar, no sabe nada. Nunca se lo conté.

El rostro de Mary se desfiguró de incredulidad; dio un paso hacia adelante y lo empujó con fuerza.

—¡Mentiroso de mierda! —su voz se elevó al tono que usaba antes de la explosión—. ¿Crees que lo olvidé porque estuve en coma? ¡Recuerdo todo perfectamente! Fue el momento más humillante de mi vida, tener que soportar que me trate como si fuera una loca acosadora que no deja en paz a su pobre esposo. Mira, Matt, si no hubieras podido mirarme a la cara de nuevo lo hubiera entendido. Pero ¿por qué enviar a tu *esposa*?

Él trastabilló. Era como si el empujón de Mary hubiera puesto en movimiento cien bolas de *pinball* en su pecho, y chocaran unas con otras, contra las costillas, la columna, impidiéndole pararse erguido.

—¿Qué? ¿Ella… qué?

Mary dio un paso atrás. Su expresión destilaba desconfianza, pero se suavizó al ver la obvia confusión de Matt.

—¿No lo sabías? Pero… —Cerró los ojos con fuerza y se frotó la cara. La cicatriz se enrojeció contra la piel pálida; parecía lava corriendo, inclinada, por la ladera de una montaña—. Ella me dijo que sabía. Que le contaste todo el día anterior a la explosión.

Matt parpadeó, y lo vio: la noche anterior a la explosión, en la habitación, el brazo de Janine extendido con la nota más reciente de Mary en la mano. *No entiendo por qué tenemos que hablar del tema. ¿No podemos olvidarlo, fingir que nunca sucedió?* La voz irreal de Janine desde detrás de él: "Esto estaba en el guardarropa. ¿De qué se trata? ¿De quién es?". La mentira que él le había dicho, la seguridad de que ella le había creído. ¿Se habría equivocado?

—¿Y? ¿Le contaste o no? —insistió Mary.

Matt se concentró en el rostro de ella.

—Encontró una de tus notas, pero le dije que era de una médica residente que flirteó conmigo y luego se sintió avergonzada. Janine me creyó, estoy seguro. Nunca más lo mencionó. ¿Cuándo habló contigo? ¿Dónde?

Mary se llevó la cola de caballo a los labios y luego la soltó, apartándola de su rostro.

—La noche de la explosión, a eso de las ocho. Aquí cerca.

—¿A las ocho? ¿Aquí? Pero si yo hablé con ella. Llamé para decirle que la inmersión se había retrasado y que llegaría tarde. No dijo nada de que había venido ni que te había visto…

—¿Sabía del retraso? Pero si dijo… —su voz se apagó, pero su boca siguió abierta, aunque no le brotaban palabras.

—¿Qué? ¿Qué dijo?

Mary sacudió la cabeza como para reordenar las ideas.

—Yo te estaba esperando aquí. Apareció ella y dijo que le habías contado todo. Respondí que no tenía idea de lo que estaba hablando y ella me espetó que eras demasiado amable como para decirlo, pero que yo te estaba acosando y que dejara de hacerlo. Dijo que no vendrías a encontrarte conmigo porque no querías venir, que ya te habías ido y le habías pedido a ella que se asegurara de que de ahora en más, te dejara en paz.

Matt cerró los ojos.

—Ay, Dios mío —farfulló. O tal vez lo pensó, solamente. Era difícil saberlo. La cabeza le daba vueltas.

—Yo seguí diciendo que no tenía idea de lo que estaba hablando, pero ella tenía un bolso y… —su voz se quebró levemente—. Sacó un paquete de cigarrillos y me lo arrojó. Y fósforos y una nota, también, y me gritó que todo eso era mío.

Matt se preguntó si estaba soñando y si se despertaría y todo volvería a tener sentido. Pero no, cuando uno estaba dentro de un sueño, todo parecía lógico; esto era una sensación surrealista.

—¿Y entonces?

—Dije que no eran míos y me fui.

Matt imaginó a su esposa allí, furiosa, con los cigarrillos y fósforos en el suelo frente a ella, y él dentro de una cámara hiperbárica a unos minutos de distancia. La sangre le atronó en los oídos.

—¿Crees que los cigarrillos que arrojó son los que encontró Elizabeth?

Matt asintió. Claro que sí. Lo único que no sabía era qué había hecho Janine con ellos antes de que los encontrara Elizabeth, si es que había hecho algo.

Después de un minuto, Mary preguntó:

—¿Tenías pensado encontrarte conmigo esa noche?

Matt abrió los ojos y asintió otra vez. Sentía la cabeza vacía y fue como si el movimiento le hiciera golpear el cerebro contra el cráneo.

—Sí —respondió con esfuerzo, en voz ronca—. Pensaba encontrarte más tarde aquí, después de la inmersión.

Mary lo miró, sin decir nada. Matt trató de leer su rostro. ¿Ansias? ¿Arrepentimiento?

Mary sacudió la cabeza.

—Tengo que irme. Se hace tarde. —Comenzó a alejarse, pero después de dar unos pasos, se volvió—. ¿Sientes culpa a veces? ¿Crees que tal vez deberíamos contar todo lo que sabemos y dejar que lo que tenga que suceder suceda?

Matt sintió que se le contraían las arterias y sus órganos entraban en pánico: el corazón comenzaba a bombear más fuerte, la sangre circulaba más rápido, los pulmones se inflaban con más fuerza. Sí, le había causado preocupación la idea de que quedaran al descubierto sus travesuras con una adolescente. Pero eso era una broma, un juego de niños comparado con lo que pensaría el jurado —y, para ser sinceros, lo que estaba pensando él mismo— si se descubría que Janine había estado en el lugar antes de la explosión y había mentido al respecto.

—Lo pensé —dijo esforzándose por hablar despacio y en tono sereno, como si analizara un punto interesante de una conferencia—. Pero no creo que tengamos nada relevante que ofrecer. Lo que tú, Janine y yo estábamos haciendo aquella noche no tiene nada que ver con el incendio. La nota, los cigarrillos… sí, claro, es interesante ponerse a especular de dónde salieron, pero en última instancia, eso no tiene nada que ver con la persona que efectivamente provocó el incendio. Temo que solamente añadiremos confusión al asunto. Ya has visto como esos abogados dan vuelta todo lo que dicen los testigos.

—Sí —concordó Mary—. Tienes razón. Buenas noches.

—Mary. —Dio un paso hacia ella—. Si dices algo, *cualquier cosa*, nuestras familias, el futuro de todos nosotros…

Mary levantó la palma de la mano como una señal de PARE y lo miró a los ojos largamente. Muy despacio, bajó la mano, dio media vuelta y se alejó.

Una vez que ella tomó la curva y ya no pudo verla, respiró profundo. Sintió como si las arterias se le dilataran, permitiendo que la sangre fluyera hacia los órganos, que uno por uno, se aflojaron, causándole un hormigueo en el cuerpo. Experimentó un ardor repentino y bajó la mirada. Tenía un mosquito en el antebrazo, que le estaba succionando la sangre sin ninguna prisa. Lo palmeó con fuerza y apartó la mano. El mosquito aplastado quedó pegado a su mano, una mancha negra adherida a la salpicadura roja de la sangre que había absorbido antes de morir.

MARY

CAMINÓ HASTA SU LUGAR PREFERIDO del bosque: un escondite apartado donde el arroyo Miracle Creek dibujaba meandros entre los sauces espesos. Iba allí a pensar cuando estaba alterada, como aquella vez el año pasado después de esa noche horrible de cumpleaños con Matt, y también justo antes de la explosión cuando Janine le arrojó los cigarrillos. Sentada sobre la roca plana y lisa, con el borboteo del arroyo cerca y la cortina de sauces separándola del mundo, se sentía segura y serena, parte del bosque, como si la piel se le fundiera con el aire y el aire se le metiera por los poros, en una especie de borroso intercambio celular de piel y aire, como una pintura impresionista. Los órganos se le disolvían por los poros y se disipaban en el aire, dejándola más liviana e insustancial.

Se inclinó hacia adelante y metió las manos en el agua. La corriente era fuerte aquí y el paso del agua que arrastraba guijarros le hizo cosquillas en los dedos. Recogió un puñado de piedritas y se frotó el brazo donde Matt la había tocado. Sintió que el estómago se le calmaba, pero su cerebro seguía en ese extraño estado de parálisis de alta velocidad en la que los pensamientos le brotaban con tanta rapidez que le impedían pensar. Permaneció inmóvil y respiró al ritmo del movimiento de los sauces; el velo verde de hojas se balanceaba de lado a lado en el viento como la falda de una bailarina hawaiana. Necesitaba desenredar los pensamientos, pensar las cosas de manera racional, separando todo de a un hilo por vez.

El cigarrillo y los fósforos con los que se inició el fuego eran los mismos que Janine le había arrojado, estaba casi segura. La única pregunta a hacerse era "quién". ¿Quién los había llevado del bosque al granero, quién había construido un montículo de ramitas, quién había encendido el cigarrillo y lo había colocado encima de ellas para luego alejarse caminando? ¿Janine o Elizabeth? ¿Las manifestantes, tal vez?

Al principio, había sospechado de Janine. Una vez que despertó del coma, tendida durante días en la cama del hospital mientras los médicos la revisaban de arriba abajo, recordó la furia de Janine y supuso que lo había hecho en un arrebato incontrolable de ira, para destruir todo lo que tuviera que ver con Mary.

Pero mientras se desgarraba pensando qué contarle a la policía —¿tendría valor como para contarles todo? ¿Tendría que revelar los detalles humillantes de la noche de su cumpleaños con Matt?— su madre le había contado sobre Elizabeth: fumaba, maltrataba a su hijo, había estado haciendo búsquedas relevantes en la computadora, etcétera, etcétera y Mary se convenció. Todo concordaba: Elizabeth debió de haber encontrado los cigarrillos donde Janine los había arrojado y haberlos utilizado para iniciar el fuego que mataría a su hijo y, a la vez, incriminar a las manifestantes. Qué eficacia horrorosa. Y también concordaba que Abe hubiera afirmado estar "cien por ciento seguro" de la culpabilidad de Elizabeth. De allí en más, Mary se aferró a eso cuando la conciencia se le rebelaba, cuando sentía deseos de romper el silencio sobre lo sucedido esa noche.

Pero hoy todo había cambiado. No eran solo las repreguntas (Abe no destruyó a Elizabeth como había prometido), sino también las revelaciones que acababa de hacerle Matt. Según él, en ningún momento habló con Janine sobre Mary ni le pidió que fuera a verla en lugar de ir él. ¿Pero qué significaba eso? ¿Qué las mentira y los secretos de Janine habían sido parte de un plan de incendio intencional y muerte? ¿Podía haber estado más furiosa todavía de lo que Mary imaginaba —¿se habría enterado de la noche del cumpleaños?— y haber puesto el cigarrillo sobre las ramitas junto al granero, sabiendo que su esposo estaba adentro, con la intención de matarlo?

No; no era posible. Solamente un monstruo colocaría un cigarrillo encendido junto a tubos por donde fluía oxígeno, sabiendo que adentro había niños indefensos y sus madres. Y Janine, que era médica y se dedicaba a salvar vidas, y que tanto se había esforzado para ayudar a lanzar el emprendimiento Miracle Submerine, no era un monstruo. ¿O sí?

Además, hoy había salido a la luz algo extraño relacionado con las manifestantes. El detective Pierson declaró que las descartó de la lista de sospechosos, porque aquella noche se habían marchado directamente a Washington en cuanto abandonaron la estación de policía. Pero no era cierto: su padre las había visto merodeando en coche alrededor de la propiedad unos diez minutos antes de la explosión. ¿Entonces, por qué mentían? ¿Qué habían hecho para necesitar cubrirse?

Mary caminó hasta el sauce más cercano y tocó las ramas que llegaban casi al suelo. Pasó los dedos entre el follaje, separándolo, como hacía su madre cuando la peinaba con los dedos. Se adentró entre las hojas, sintiendo cómo le acariciaban el rostro; sintió un cosquilleo en la piel alrededor de la cicatriz.

La cicatriz. Las piernas inservibles de su padre, en una silla de ruedas. La muerte de una mujer y un niño. La madre del niño acusada de homicidio; si Elizabeth no había tenido nada que ver con el incendio, la estaban haciendo pasar injustamente por el infierno. Y ahora, su padre, Pak, acusado del crimen. Tanto dolor y tanta destrucción a causa de su silencio. Teniendo en cuenta todo lo que sabía ahora, más sus sospechas sobre Janine y las manifestantes, sumado a las crecientes dudas sobre el papel desempeñado por Elizabeth en el incendio... ¿no tenía el deber de dar un paso al frente y hablar, sin pensar en las consecuencias?

Abe había dicho que tal vez tuviera que declarar pronto. Quizás eso era exactamente lo que necesitaba. La oportunidad —no, la obligación— de contar la verdad. Esperaría un día más. Abe había dicho que al día siguiente presentaría las pruebas más contundentes y escandalosas de la culpabilidad de Elizabeth. Esperaría a ver de qué se trataba. Y si quedaba alguna duda, si existía la mínima posibilidad de que Elizabeth no tuviera la culpa, ella se pondría de pie en la sala y contaría todo lo sucedido el verano anterior.

JANINE CHO

S<small>E DIRIGIÓ DIRECTAMENTE AL ARMARIO</small> de la cocina donde guardaba el wok. Era el regalo de casamiento de una de las primas de Matt, que había dicho: "Sé que no estaba en tu lista, pero me pareció muy adecuado...". No había explicado por qué era "adecuado", pero Janine lo imaginaba muy bien: porque ella era asiática. Sintió el impulso de decirle que el wok era algo chino, no coreano, pero se mordió la lengua y le agradeció el obsequio. Pensó en donarlo o regalárselo a alguien, pero lo había guardado detrás de todos los otros objetos que nunca usaban.

Abrió la caja del wok, por segunda vez desde el casamiento, y tomó el librito de instrucciones y recetas. Fue pasando las páginas hasta que la encontró: la famosa notita de H-Mart, que había escondido hacía un año y tratado de olvidar desde entonces.

Hoy en el tribunal, por primera vez había caído en la cuenta de que nadie más que Matt, Mary y ella sabían de la existencia de esa nota; ni qué hablar de que esa misma existencia era un elemento de disputa. Y pensar que casi no había prestado atención cuando la mencionaron en el juicio. Después de que Pierson afirmó que las manifestantes eran inocentes, ella se perdió en los recuerdos de aquella noche —había visto a las manifestantes pasar en coche por los alrededores de Miracle Submarine, a qué hora (¿20:10, 20:15?) y cuán confiable era la información brindada por las "torres de telefonía móvil" si corroboraba las mentiras de ellas y... ay Dios, ¿acaso esas torres tendrían datos suyos en algún lado?— y volvió al presente cuando Teresa se puso de pie y declaró con sonoridad: "Vi la nota de H-Mart". El corazón de Janine le dio un vuelco en el pecho y tuvo que acomodarse el cabello para ocultar cómo se había sonrojado.

¿Por qué la había guardado? No se le ocurría ningún motivo que no fuera su propia estupidez. Después de la explosión, en el hospital, oyó a los detectives hablando de que habían encontrado cigarrillos y tendrían que registrar toda la zona del bosque durante la mañana. Sintió pánico y condujo hasta Miracle Creek en medio de la noche para recuperar las cosas que —como una tonta— había dejado allí. No pudo encontrar los cigarrillos ni los fósforos; lo único que recuperó fue la nota. Estaba detrás de un arbusto, cerca de una zona acordonada con cinta adhesiva amarilla (la zona de picnic de Elizabeth, según supo más tarde). Tomó la nota y por algún motivo para el que no encontraba explicación, decidió guardarla.

Por supuesto, ahora, un año más tarde, lo hecho en aquel momento le resultaba inexplicable. Pero aquel día, con la enloquecedora mezcla de vergüenza y furia que le corría por las venas, todas sus acciones le habían parecido perfectamente lógicas. Hasta esconder la nota dentro de la caja del wok: le había resultado extrañamente apropiado conservar la prueba de la relación de su esposo con una chica coreana dentro del regalo de una mujer que lo había acusado de tener un "fetiche por lo oriental".

Fue durante la celebración de Acción de Gracias posterior a su compromiso, en casa de los abuelos de Matt. Después de las presentaciones, cuando volvía del baño, oyó un grupo de voces femeninas —primas de Matt, todas rubias vivaces con acentos sureños de diferente intensidad— comentando en susurros, como si se tratara de un secreto vergonzoso: *"¡No sabía que era oriental!"*; *"¿Qué número es, ya? ¿La tercera?"*; *"Creo que una era paquistaní... ¿eso cuenta?"*; *"Te lo aseguro, tiene un fetiche por lo oriental; algunos hombres son así"*.

Al oír esa declaración (hecha por la que tiempo después les regalaría el wok) Janine regresó al baño, cerró la puerta con llave, abrió el grifo y se miró en el espejo. Un fetiche por lo oriental. ¿Eso era ella? ¿Un juguete exótico para calmar una aberración psicosexual arraigada en lo profundo del inconsciente? *Fetiche* daba a entender algo malo. Hasta obsceno. Y la palabra *oriental*... traía a la mente imágenes foráneas de pueblos retrógrados y primitivos de la antigüedad. Geishas y novias niñas. Sumisión y perversión. Se sintió invadida por una oleada ardiente de vergüenza que la cubrió de la cabeza a los pies y de un lado del cuerpo al otro, inundándola en torrentes. También sintió rabia por la dolorosa injusticia: había tenido novios blancos, pero nadie la había acusado de tener "un fetiche por lo caucásico". Tenía amigos que solo salían con mujeres rubias o judías y amigas que solo querían salir con hombres republicanos (si era casual o deliberado, nadie lo sabía ni a nadie le importaba), pero no se los acusaba de tener fetiches por las rubias o por las judías o por los republicanos. Sin embargo, cualquier hombre no asiático que salía con por lo menos dos mujeres asiáticas... ah, eso era un fetiche, seguro las quería para satisfacer alguna necesidad psicológicamente aberrante relacionada con lo exótico y lo oriental. Pero ¿por qué? ¿Quién decidía que era normal sentirse atraídos por rubios, judíos y republicanos, pero no por mujeres asiáticas? ¿Por qué se usaba la palabra fetiche, con sus connotaciones de perversión sexual, en relación a mujeres asiáticas y pies? Era ofensivo, era una imbecilidad y le daban ganas de gritar: *"¡No soy oriental, y no soy un pie!"*.

Durante la cena, Janine se sentó junto a Matt (pero no demasiado cerca) sintiéndose molesta y sucia, preguntándose quién más usaría las palabras "fetiche por lo oriental" al mirarlos. Su condición de foránea le caló tan hondo que se le revolvió el estómago cada vez que alguien hizo un comentario sobre los asiáticos, aun si decían algo estereotipado pero bien intencionado que en condiciones normales solo le hubiera causado gracia. Como cuando la abuela cariñosa de Matt declaró: "Imagina los niños preciosos que tendrán. Vi un programa de televisión sobre niños mestizos después de la guerra de Vietnam y no te miento, eran *divinos*", o el tío solícito acotó: "Me contó Matt que eres la mejor de tu clase. No me sorprende. Conocí a algunos chicos asiáticos en la universidad, japoneses creo que eran, y caray, eran unos cráneos". A lo que su esposa agregó: "La mitad del alumnado de Berkeley es asiático hoy en día" y luego, dirigiéndose a Janine, aclaró: "No es que eso tenga algo de malo, desde luego".

Más tarde, Janine trató de olvidarlo, diciéndose que era un comentario ignorante hecho por una persona ignorante y que de cualquier modo, Matt tenía muchas exnovias no asiáticas (para ser más precisos, seis estadounidenses contra dos asiático-americanas, lo verificó al día siguiente). Pero de tanto en tanto, cuando veía a Matt bromear con una enfermera asiática en la cafetería, por ejemplo, o cuando una mujer que nunca le había caído bien dijo: "Ustedes deberían salir de a cuatro con el podólogo nuevo y su esposa, que también es asiática", Janine pensaba en la prima del wok y sentía ardor en los ojos y las mejillas.

Pero en esas ocasiones, era consciente de que Matt no había hecho nada malo y que la que reaccionaba de manera exagerada era ella. El asunto de las notas era distinto. Cuando encontró la primera en el pantalón de Matt, antes de ponerlo en la lavadora, se la mostró, y él dijo que era de una residente hospitalaria que había mostrado interés por él y a quien había rechazado. Ella intentó creerle, deseó creerle, pero a la mañana siguiente, no pudo evitar revisar su ropa, el coche, hasta los residuos. Y encontró más notas con la misma caligrafía. La mayoría eran breves variaciones de *¿Nos vemos esta noche?* o *Anoche no te vi*, pero cuando descubrió una que decía *¡Odio estudiar vocabulario para las pruebas SAT! ¡Necesito unas pitadas YA MISMO!*, supo que Matt le había mentido.

El hallazgo de la nota final —la maldita nota de H-Mart que había guardado en la caja del wok durante un año y que ahora tenía en la mano— escrita con la letra de su esposo: *Tenemos que terminar con esto. Veámonos a las 20:15 esta noche. Junto al arroyo*, y más abajo el *Sí* en caligrafía adolescente, la hizo comprender todo: la hora sugerida (al terminar la inmersión) y el lugar (arroyo) solo podía significar que la chica con la que se estaba viendo, con la que fumaba y vaya uno a saber qué más hacía, era Mary Yoo.

Encontrar la nota, enterarse de que Matt estaba involucrado con una chica coreana (¿qué le resultaba más humillante: que fuera una adolescente o que fuera coreana?) y preguntarse si la prima del wok había estado en lo cierto le hicieron perder la cabeza. Ahora lo veía con claridad. Sintió una explosión de fuego en el cuerpo, tan intensa y ardiente que la dejó débil, como afiebrada y quiso abofetear a Matt y gritar, preguntarle qué mierda le pasaba con ese fetiche, pero a la vez, se odió por creerse esa idiotez del fetiche; no quería ni siquiera pronunciar la palabra delante de Matt, era demasiado vergonzoso.

Ahora, de pie en la cocina, con la nota en la mano, ese trozo de papel que había sido el principio y el final de todo, deseó poder volver atrás en el tiempo y deshacer todo lo que había hecho aquella noche: desde ir a Miracle Creek a confrontar con Mary, a regresar tarde por la noche para recuperarla, más todas las cosas terribles que habían sucedido en el medio. Llevó la nota al fregadero y la puso debajo del agua del grifo. La rompió en pedacitos, una y otra vez y los dejó caer. Encendió el triturador de desechos y se concentró en el chirrido de la hélice de metal que convirtió el papel en partículas de pulpa. Cuando recuperó la calma y dejó de oír la sangre fluyéndole en los oídos, apagó el triturador, cerró el grifo, volvió a guardar el cuadernillo de instrucciones y recetas del wok dentro de la caja y la cerró. Puso la caja dentro del armario, detrás de todos los objetos que nunca utilizaría y lo cerró con fuerza.

EL JUICIO: DÍA TRES

Miércoles 19 de agosto de 2009

PAK

Pak Yoo era una persona diferente en inglés y en coreano. En algún sentido, suponía, era inevitable que los inmigrantes se convirtieran en una versión infantil de sí mismos, privados de fluidez verbal y de la capa de competencia y madurez que esta brinda. Antes de mudarse a Estados Unidos, se había preparado para las dificultades con las que sabía que debería lidiar: la incomodidad de tener que traducir los pensamientos antes de hablar, el esfuerzo intelectual de tener que adivinar significados de palabras según el contexto, y el trabajo físico de tener que mover la lengua de manera desconocida para producir sonidos que no existían en coreano. Pero lo que no había sabido ni esperado era que esta inseguridad lingüística se extendiera más allá del habla y, al igual que un virus, le infectara otras áreas: el pensamiento, la actitud, la personalidad entera. En coreano, era un hombre autoritario, educado y digno de respeto. En inglés, era un idiota sordomudo, inseguro, nervioso e inepto. Un bah-bo.

Pak lo aceptó desde el principio, el primer día que se unió a Young en el almacén de Baltimore. Los adolescentes maleducados que pronunciaban "idiota" de diferentes maneras para que él no entendiera, y que fingían que no comprendían cuando él les decía: "¿Qué necesitan?", y se reían mientras repetían las palabras, burlándose de su acento… Eso lo entendía y lo tomaba como travesuras de niños que experimentaban con la crueldad para sentirse poderosos. Pero otra cosa era la mujer que había pedido un sándwich de salame bologna: su dificultad para comprender la pregunta: "¿Quiere un refresco, también?" —frase que él había memorizado esa mañana— había sido genuina. La mujer respondió: "No escuché, ¿podría repetirlo?", y después de que él lo repitió más fuerte y más lento, le pidió que lo repitiera una tercera vez para finalmente decir: "Lo siento, no estoy escuchando bien hoy" y sonreír, avergonzada, sacudiendo la cabeza. Avergonzada por *él*, comprendió Pak. Con cada repetición de la frase, sintió calor en la frente y las mejillas, como si tuviera la cabeza inclinada sobre carbón ardiente y lo estuvieran empujando hacia abajo de a poco. Terminó por señalarle una Coca y hacer el ademán de beberla. Ella rio aliviada y dijo: "Sí, voy a llevar una". Al tomar su dinero, Pak pensó en los vagabundos del barrio, que tomaban monedas de gente como esta mujer, que los miraba con ojos piadosos pero cargados de repugnancia.

Entonces, se volvió silencioso. Encontró alivio en la dignidad relativa del silencio y se recluyó en la invisibilidad. El problema era que a los estadounidenses no les gustaba el silencio. Los ponía incómodos. Para los coreanos, ser escueto con las palabras era muestra de seriedad, pero para los norteamericanos, la verborragia era un bien en sí mismo, como la bondad o el valor. Amaban las palabras: cuanto más abundantes, más largas y más rápidamente pronunciadas, mejor. Parecían asociar el silencio con la mente vacía —nada que decir, ningún pensamiento valioso— o con la hosquedad. O hasta con el engaño. Razón por la cual a Abe le preocupaba que Pak declarara en el juicio.

—El jurado tiene que pensar que quieres darles información —le explicó para prepararlo—. Si te tomas esas pausas largas, se preguntarán: "¿Qué esconde? ¿Estará pensando de qué manera mentir mejor?".

Sentado ahora aquí, con los miembros del jurado en sus sitios y las conversaciones susurradas en pausa, Pak cerró los ojos y saboreó ese último momento de silencio antes de que comenzara la batalla campal de palabras. Quería absorber el silencio y guardarlo de reserva, como un Camello en el desierto, para refrescarse con él más tarde en el estrado.

*

Comparecer como testigo era lo mismo que actuar. Uno estaba sobre un escenario, con todas las miradas encima, tratando de recordar las palabras guionadas por otro. Lo bueno era que Abe comenzó con preguntas básicas, con respuestas fáciles de memorizar. "Tengo cuarenta y un años", "Nací y crecí en Corea del Sur", "Me mudé a Estados Unidos el año pasado", "Al principio, trabajé en una tienda de comestibles". El tipo de preguntas y respuestas de sus viejos libros de texto para aprender inglés, que había utilizado en Corea para enseñarle a Mary. La había hecho repetir las respuestas una y otra vez, recitarlas hasta que se volvieron automáticas, del mismo modo en que ella lo había hecho repetir las respuestas anoche, corrigiéndole la pronunciación, obligándolo a practicarlas una vez más. Y ahora, su hija estaba sentada en el extremo del asiento, mirándolo sin parpadear, con intensidad, como para telegrafiarle sus pensamientos, como había hecho él antes de las competencias mensuales de matemáticas en Corea.

Eso era lo que más lamentaba de la mudanza a Estados Unidos: la vergüenza de volverse menos competente, menos adulto que su propia hija. Sabía que era algo que sucedía con el paso de los años, había visto como hijos y padres intercambian lugares cuando estos últimos envejecen y regresan en cuerpo y mente a la niñez, a la primera infancia, y luego a la nada misma. Pero faltaba mucho para eso, y no había esperado que sucediera ahora, mucho menos cuando Mary todavía tenía un pie en su propia niñez. En Corea, él había sido el maestro. Pero después de la mudanza, cuando visitó la escuela de Mary, la directora le había dicho: "¡Bienvenido! ¿Cuénteme, le gusta Baltimore?", Pak sonrió y estaba decidiendo cómo responder —¿quizás el movimiento de cabeza y la sonrisa habían sido suficientes?— cuando Mary intervino: "Le encanta; está a cargo de una tienda cerca de Inner Harbor. ¿No es cierto, papá?". Durante el resto de la reunión, Mary siguió hablando por él y respondiendo a las preguntas que la directora le dirigía a él, como una madre con su niño de dos años.

Lo más irónico era que este era precisamente el motivo por el que habían emigrado a Estados Unidos: para que Mary pudiera tener una mejor vida, un futuro más promisorio que el de ellos. (¿No era eso lo que tenían que desear los padres, que sus hijos fueran más altos, más inteligentes y más ricos que ellos?) Pak se sentía orgulloso de su hija por la velocidad con la que había alcanzado la fluidez en esta lengua extranjera que lo eludía, por su veloz carrera por el camino de la americanización. Y su propia incapacidad de mantenerse a la par de ella... bueno, era algo lógico, *esperado*. No solo porque Mary llevaba cuatro años más que él en este país, sino también porque los niños eran mejores para los idiomas: cuanto antes los aprendían, mejor, era algo que todos sabían. En la pubertad, la lengua pierde la capacidad de replicar sonidos nuevos sin acento marcado. Pero una cosa era saberlo, y otra muy diferente era que tu hija te viera disminuido, pasando a ser —a ojos de ella— de un semidiós a un individuo pequeño.

—Pak, ¿por qué comenzaste con el emprendimiento de Miracle Submarine? He visto muchas tiendas de comestibles coreanas, sí. Pero una cámara hiperbárica no es algo habitual —dijo Abe. Era la primera de las preguntas difíciles que requerían narrativas más largas.

Él miró a los miembros del jurado y trató de imaginarlos como nuevos amigos a los que estaba conociendo, como Abe le había recomendado.

—Trabajé en un… centro de bienestar… en Seúl —comenzó— y era mi sueño… hacer lo mismo aquí… para ayudar gente —respondió. Las palabras que había memorizado no le resultaban cómodas en la boca, se le pegaban como con cola plástica. Tendría que esforzarse más.

—Cuéntanos, por favor, por qué contrataste un seguro contra incendios.

—La reglamentación de cámaras hiperbáricas recomienda seguro contra incendios. —Pak había practicado esto un centenar de veces anoche; la seguidilla de erres tan complicadas para su lengua lo hicieron tartamudear. Por suerte, el jurado parecía entenderlo.

—¿Por qué 1.3 millones?

—La empresa determinó el monto de la póliza —dijo. En aquel momento se había sentido furioso por tener que pagar tanto, ¡y todos los meses!, por algo que probablemente no sucediera nunca. Pero no había opción. Janine había insistido con la póliza, diciendo que era una condición para el trato. Ahora, justo detrás de Abe, Janine miraba hacia abajo, pálida, y Pak se preguntó si se quedaría despierta de noche, arrepentida del arreglo secreto, de los pagos en efectivo, preguntándose cómo sus planes emocionantes habían terminado de ese modo.

—Ayer la señora Haug te acusó de llamar a la compañía de seguros para preguntar por una cobertura contra incendio intencional utilizando el teléfono de Matt Thompson. Pak… ¿hiciste esa llamada? —le preguntó Abe acercándose.

—No. En ningún momento usé teléfono de Matt. No llamé a compañía. No era necesario. Ya sabía respuesta. Está escrita en póliza.

Abe levantó un documento, como para mostrar su grosor —dos centímetros por lo menos— y se lo entregó a Pak.

—¿Esta es la póliza a la que te refieres?

—Sí. Leí toda antes de firmar.

Abe se mostró sorprendido.

—¿En serio? Es un documento muy largo. La mayoría de la gente no lee la letra pequeña. Yo no lo hago, y eso que soy abogado.

Los miembros del jurado asintieron. Pak supuso que eran la clase de personas —como la mayoría de los estadounidenses— que simplemente firmaba todo, lo que a él le parecía increíblemente ingenuo o perezoso. O ambas cosas.

—No conozco negocios estadounidenses. Así que tengo que leer. Traduje a coreano utilizando diccionario —dijo, buscó la página sobre incendios intencionales y la levantó. El jurado estaba demasiado lejos como para distinguir las palabras, pero sin duda verían sus anotaciones en los márgenes.

—¿Y la respuesta a la pregunta sobre incendio intencional está en ese documento?

—Sí —dijo, y luego leyó el punto correspondiente, un modelo de exceso verbal estadounidense: una oración de dieciocho renglones llena de puntos y comas y palabras largas. Señaló su anotación en el margen—: *Te dan dinero si otra persona inicia el fuego, pero no si estás involucrado.*

—Bien —asintió Abe—; veamos entonces otra cosa que la defensa trató de adjudicarte a ti: la nota de H-Mart que la acusada *alega* haber encontrado. —Abe apretó la mandíbula y Pak supuso que seguía molesto por la "deserción" de Teresa, como la había llamado—. ¿Pak, escribiste o recibiste esa nota?

—No. Nunca —aseveró.

—¿Sabes algo al respecto?

—No.

—¿Pero posees un anotador de H-Mart, verdad?

—Sí. Tenía uno en el granero. Mucha gente lo usa. Elizabeth lo usaba. Le gustaba el tamaño. Le di un bloc. Para guardar en su bolso.

—Un momento. ¿Estás diciendo que la acusada tenía un bloc entero de papel de H-Mart en su bolso? —Abe parecía escandalizado, como si no hubiera estado al tanto de ese hecho ni hubiera planeado la respuesta de Pak.

—Así es —dijo y tuvo que contenerse para no sonreír ante el histrionismo del fiscal..

—De modo que bien podría haber hecho un bollo con una hoja del bloc y haberla dejado para que otros la vieran.

—Objeción, está especulando —dijo Shannon poniéndose de pie.

—Retiro lo dicho. —Mientras Abe colocaba un afiche sobre el atril, una sonrisa le cruzó el rostro, como una nube veloz—. Esta es una copia del esquema sobre el que la abogada Haug escribió ayer.

INVESTIGACIÓN CRIMINAL PARA TONTOS

~~PRUEBAS DIRECTAS~~ ~~(¡Mejores, más confiables!)~~	PRUEBAS INDIRECTAS (No tan confiables, se necesita cumplir con más de una categoría)
• ~~Testigos~~	• ~~Pistola humeante: pruebas de que el sospechoso utilizó el arma (huellas, ADN)~~
• ~~Grabaciones de audio/video del crimen~~ *Una o más personas incl. P.YOO)*	El sospechoso es dueño/poseedor del arma
• ~~Fotografías del sospechoso cometiendo el crimen~~ *(P.YOO)*	• Oportunidad para cometer el crimen: ¿coartada?
• ~~Documentación del crimen en poder del sospechoso, testigo o cómplice~~ *(P.YOO)*	• Motivo para cometer el crimen: amenazas, incidentes anteriores
• ~~Santo Grial: confesión (¡¡verificar!!)~~ *(P.YOO)*	• Conocimientos o intereses especiales (experto en explosivos, o investigaciones al respecto)

Pak contempló las letras rojas que lo culpaban por la destrucción de la vida de sus pacientes, del rostro de su hija y de sus propias piernas.

—Pak, tu nombre está por todas partes en este cuadro.

Explorémoslo. En primer lugar, ser dueño o poseedor del arma, en este caso, los cigarrillos Camel. ¿Tenías cigarrillos el año pasado?

—No. El reglamento prohíbe fumar. Es demasiado peligroso donde hay oxígeno.

—¿Y antes del verano pasado? ¿Has fumado alguna vez?

Pak le había pedido a Abe que no le preguntara eso, pero Abe le aseguro que Shannon sin duda tendría pruebas de que había fumado en el pasado y si él lo admitía primero, desarticularía el ataque planeado de ella.

—Sí, en Baltimore. Pero en Virginia, nunca.

—¿Compraste cigarrillos o alguna otra cosa en algún 7-Eleven?

—No. Vi esa tienda en Baltimore, pero nunca entré. Nunca vi 7-Eleven cerca de Miracle Creek.

Abe dio un paso hacia él.

—¿Compraste o tocaste cigarrillos en algún momento del verano pasado?

Pak tragó saliva. No tenía nada de malo incurrir en una mentira piadosa, responder con algo que técnicamente no era cierto, pero que apuntaba a un bien mayor.

—No.

Abe tomó un rotulador rojo, se dirigió al atril y tachó el *P. YOO* que había sido escrito junto a "El sospechoso es dueño/poseedor del arma". Cerró el rotulador y el clic de la tapa fue como un punto de exclamación auditivo junto a la tachadura del nombre de Pak.

—Sigamos: "Oportunidad de cometer el crimen". Ha habido mucha confusión aquí con el asunto de tu vecino, tu voz y todo eso. Así que aclarémoslo de una vez por todas: ¿Dónde estabas durante la última inmersión, antes de la explosión?

Pak respondió despacio, con deliberación, alargando cada sílaba:

—Estuve adentro del granero. Todo el tiempo. —No era

una mentira, en realidad, pues no tenía impacto sobre el asunto principal de quién había iniciado el fuego.

—¿Abriste la escotilla inmediatamente?

—No. —Era cierto, no lo habría hecho. Pak explicó lo que habría hecho si hubiera estado en su puesto: cerrar el oxígeno desde las válvulas de emergencia por si se habían dañado los controles, luego despresurizar la cámara lentamente para que los cambios de presión no provocaran otra explosión. Todo eso había resultado en que la apertura de la escotilla se demorara más de un minuto.

—Muy claro. Gracias —dijo Abe—. Pak, ¿tienes alguna otra prueba de que no estuviste en ningún momento cerca de los tanques de oxígeno antes de la explosión?

—Sí, el registro de mi teléfono móvil —respondió Pak, mientras Abe repartía copias—. Entre las 08:05 y las 08:22 estuve hablando por teléfono. Llamé a compañía eléctrica para preguntar cuándo reparan y también a mi esposa, para ver cuándo regresa con baterías para DVD. Dieciocho minutos, llamadas continuas.

—Sí, comprendo, ¿pero qué tiene que ver? Podrías haber hecho esas llamadas estando afuera, mientras iniciabas el fuego debajo del tubo de oxígeno.

Pak no pudo reprimir una sonrisita mientras negaba con la cabeza.

—No. Eso es imposible.

Abe frunció el entrecejo, fingiendo no comprender.

—¿Por qué?

—No hay señal cerca de tanque de oxígeno. Sí hay delante de granero. Detrás, no. Ni adentro ni afuera. Todos mis pacientes lo saben: si quieren hablar, deben caminar hasta delante de granero.

—Ajá. Entonces no hay manera de que hayas podido estar cerca del punto de inicio del fuego desde las 08:05 hasta el momento de la explosión. Al no poder estar en la zona, no hubo oportunidad —dijo Abe; destapó el rotulador y tachó el nombre de Pak escrito junto a "Oportunidad de cometer el delito"—. Pasemos al punto "Conocimientos e intereses especiales" junto al cual la abogada Haug escribió *P. YOO*.

Pak oyó las risitas y recordó la explicación de Abe del humor adolescente de la abreviación de su nombre, cuya pronunciación en inglés sonaba como "Te orino". "Fue intencional, seguro. Odio a esa mujer", le había dicho.

—Pak, como operador licenciado de cámaras de OTHB, investigaste sobre incendios en las cámaras, ¿no es así?

—Sí. Investigué cómo prevenir incendios. Para mejorar seguridad.

—Gracias. —Debajo del *P. YOO* junto a "Conocimientos e intereses especiales", escribió: *(por un buen motivo: seguridad)* y luego dijo—: Llegamos al último punto: motivo. Permíteme preguntártelo directamente: ¿Incendiaste tus propias instalaciones con tus pacientes adentro y tu familia en los alrededores para conseguir 1.300.000 dólares?

Pak no tuvo que fingir la risa incrédula ante esa idea.

—No. —Miró a los miembros del jurado, concentrándose en los rostros de los de más edad—. Si tienen hijos, lo sabrán. Nunca, nunca, arriesgaría a hija por dinero. Vinimos a Estados Unidos por nuestra hija. Su futuro. Todo hago por mi familia. —Los miembros del jurado asintieron—. Estaba entusiasmado con mi negocio, Miracle Submarine. Muchos padres de niños discapacitados llamaban, tenemos lista de espera de pacientes. Estamos felices, no hay motivo para destruir todo. ¿Por qué?

—Supongo que algunos podrían responder que por el millón trescientos mil dólares. Es mucho dinero.

Pak se miró las piernas inútiles en la silla de ruedas y tocó el acero de la silla. Aun en la sala calurosa, estaba frío.

—Los gastos del hospital, medio millón de dólares. Mi hija estuvo en coma. Médicos dijeron que tal vez yo nunca vuelva a caminar —respondió mirando a Mary, que tenía las mejillas húmedas de lágrimas—. No. Un millón trescientos mil dólares no es mucho dinero.

Abe miró al jurado. Los doce miembros observaban a Pak con empatía, y se inclinaban hacia él como si quisieran estirar los brazos por encima de la barandilla y tocarlo, reconfortarlo. Abe apoyó la punta del roturador sobre la P de *P. YOO* junto a "Motivo para cometer el delito". Se quedó mirando las palabras y sacudió la cabeza. Lentamente y con decisión, trazó una raya roja sobre el nombre.

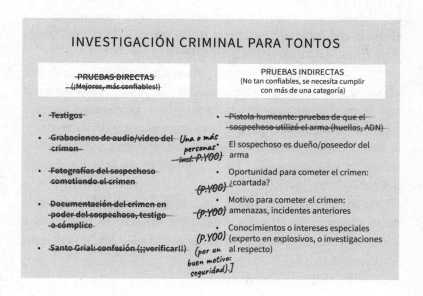

—Pak —prosiguió el abogado—, Matt Thompson nos dijo que entraste corriendo en la cámara en llamas, una y otra vez, aun cuando estabas gravemente herido. ¿Por qué lo hiciste?

Esto no estaba en el guion pero, curiosamente, Pak no sintió pánico por tener que responder sin haber ensayado. Miró al público, a Matt, a Teresa y a los otros pacientes detrás de ellos. Pensó en los niños, en Rosa en la silla de ruedas, en TJ agitando los brazos como un pájaro, pero sobre todo en Henry. El tímido Henry, con esos ojos que siempre miraban hacia arriba, como si estuvieran atados al cielo.

—Es mi deber. Mis pacientes, tengo que protegerlos. *Mis* heridas… no importa —dijo y se volvió hacia Elizabeth—: Traté de salvar a Henry, pero el fuego…

Ella miró hacia abajo, como avergonzada, y extendió la mano hacia el vaso de agua.

—Gracias, Pak —dijo Abe—. Sé que esto es difícil. Te haré una última pregunta: ¿Tuviste algo que ver con el cigarrillo, los fósforos, *cualquier* cosa aun remotamente relacionada con el inicio del incendio en el que murieron dos de tus pacientes y en el que casi mueren tú y tu hija?

Pak estaba abriendo la boca para responder cuando vio que Elizabeth, con mano temblorosa, se llevaba el vaso de agua a la boca. De pronto le vino a la mente la imagen que con frecuencia salía a la superficie desde los recesos de su mente y le invadía los sueños: un cigarrillo entre dedos enguantados, trémulos, que se movían hacia una cajita de fósforos debajo del tubo de oxígeno.

Parpadeó y respiró hondo para calmar los latidos alocados de su corazón. Se obligó a olvidar ese instante, a enrollarlo y hacer una pelota dura y arrojarlo lejos. Miró a Abe y negó con la cabeza:

—No. Nada. Nada en absoluto.

YOUNG

Cuando la abogada de Elizabeth dijo: "Buenas tardes, señor Yoo," a Young le vino a la mente el nacimiento de Mary, vaya uno a saber por qué. Debió de ser por la expresión de Pak. Todos los músculos se le tensaron, su rostro se convirtió en la máscara inexpresiva de un hombre que se dispone a ocultar el miedo. Era la misma expresión que había tenido hacía casi dieciocho años (no, mejor dicho hacía exactamente dieciocho años: el cumpleaños de Mary era mañana, pero ya era mañana en Seúl, donde había nacido) cuando el médico entró con rostro serio y recorrió la sala de recuperación donde estaba Young sin decir una palabra. Habían tenido que practicarle una histerectomía, dijo el médico. Por lo menos, el bebé está bien, añadió. El bebé era una niña. Lo lamentamos. (¿O habría sido: El bebé es una niña, lo lamentamos?)

Como muchos hombres coreanos, Pak había querido un hijo, había esperado un varón, pero trató de ocultar su desilusión. Cuando su familia lamentó que el único vástago que tendría fuera una niña, respondió: "Es tan valiosa como diez hijos varones". Pero lo expresó con demasiada firmeza, como tratando de convencerlos de algo que no creía del todo.

Young oyó la tensión en su voz, la falsa alegría que le trató de inyectar y que la volvió más aguda que lo normal.

Sonó exactamente igual que ahora, cuando respondió a la abogada:

—Buenas tardes.

La señora Haug no perdió un minuto tratando de congraciarse con él, como había hecho con los demás.

—Usted dijo que nunca había estado en un 7-Eleven de la zona, ¿verdad?

—Sí. Nunca vi. No conozco ubicación de locales —respondió Pak, y Young sonrió. Abe lo había instruido para que no dijera solamente "Sí", pues era lo que ella necesitaba para acorralarlo. Brinda información, explica las cosas, le había dicho Abe, y Pak lo estaba haciendo.

Shannon bajó la barbilla, sonrió y dio un paso hacia Pak como un cazador con su presa.

—¿Tiene usted una tarjeta de débito para cajeros automáticos?

—Sí —respondió frunciendo el ceño, aparentemente sin comprender del todo el cambio de tema.

—¿Su esposa usa esa tarjeta?

El entrecejo de Pak se frunció aún más.

—No. Ella tiene su propia tarjeta.

Shannon le entregó un documento.

—¿Reconoce esto?

Pak lo hojeó.

—Es el resumen del estado de mi cuenta bancaria.

—Por favor, lea en voz alta los renglones resaltados debajo de donde dice: "Retiros por cajero automático".

—22 de junio, 2008: diez dólares. 6 de julio de 2008: diez dólares. 24 de julio de 2008: diez dólares. 10 de agosto de 2008: diez dólares.

—¿Cuál es la ubicación de esos cajeros automáticos?

—Calle Prince 108, Pine Edge, Virginia.

—Señor Yoo, ¿recuerda qué hay en esa dirección?

Pak levantó la vista, con expresión muy concentrada y negó con la cabeza.

—No —declaró.

—Veamos si podemos refrescarle la memoria —dijo Shannon y colocó un afiche sobre el atril: una fotografía de un 7-Eleven con un cajero automático debajo del toldo con rayas anaranjadas, verdes y rojas. La dirección se veía claramente sobre la puerta de vidrio: Calle Prince 108, Pine Edge, Virginia.

Young sintió que el estómago se le precipitaba hacia abajo y chocaba contra sus intestinos.

Pak permaneció inmóvil, pero su rostro empalideció hasta quedar gris como una lápida.

—Señor Yoo, ¿qué hay junto al cajero automático en esta dirección?

—Hay 7-Eleven.

—Usted declaró que jamás había ido a un 7-Eleven y que ni siquiera había visto un local en la zona y, sin embargo, hay un local junto al cajero automático que usted utilizó cuatro veces el verano pasado. ¿Es correcto?

—No recuerdo ese cajero. Nunca voy allí —se defendió con aire decidido, pero con una nota de duda en la voz. ¿La habría notado el jurado?

—¿Hay algún motivo para pensar que el resumen de su cuenta bancaria contenga algún error? ¿Perdió o le robaron la tarjeta de débito el verano pasado?

Pak recordó algo, de pronto. Abrió la boca entusiasmado. Pero con la misma velocidad, la cerró y bajó la vista.

—No. Nadie robó.

—¿Entonces admite que el resumen de su banco *demuestra* que usted fue a este 7-Eleven varias veces, pero usted alega que no recuerda haber estado allí, no es así?

—No recuerdo —respondió Pak, sin levantar la vista.

—¿Igual que no *recuerda* haber comprado cigarrillos el verano pasado?

—¡Objeción! Está hostigando al testigo —interrumpió Abe.

—Retiro lo dicho —se corrigió Shannon, y prosiguió—: ¿Usted no fue al 7-Eleven el 26 de agosto, unas horas antes de la explosión?

—¡No! —La indignación le devolvió las fuerzas a su voz y el color a sus mejillas—. Nunca fui a 7-Eleven. Nunca, tampoco el día de explosión. Nunca dejé mi trabajo todo el día.

Shannon arqueó las cejas.

—¿Entonces ese día en ningún momento abandonó su propiedad?

Pak abrió la boca y Young pensó que sería para negarlo rotundamente, pero en cambio, la cerró y se desinfló como un juguete inflable pinchado.

—¿Señor Yoo? —dijo Shannon.

Pak levantó la vista.

—Ahora recuerdo, salí a hacer compras. Necesitábamos talco para bebés —explicó y miró hacia el jurado—: Lo usamos para parte sellada de cascos de oxígeno. Por sudor. Para mantener secos.

Young recordó que Pak había dicho que necesitaban talco, pero que no iba a poder ir a comprarlo porque las manifestantes estaban en la propiedad. Y luego, antes de la última inmersión, había tomado fécula de maíz de la cocina para utilizar en reemplazo del talco. ¿Por qué mentía entonces?

—¿A dónde fue? —quiso saber Shannon.

—A la tienda Walgreen a comprar talco. Luego al cajero automático cerca de allí.

—Señor Yoo, por favor lea el renglón con fecha 26 de agosto de 2008 en el resumen del estado de su cuenta bancaria.

Pak asintió.

—Retiro en efectivo, cien dólares, a las 12:48. Creekside Plaza, Miracle Creek, Virginia.

—¿Ese es el cajero automático al que fue después de comprar en Walgreens?

—Sí.

Young pensó en aquel día. Las 12:48, durante la hora del almuerzo. Pak le había pedido que preparara el almuerzo mientras él iba otra vez a intentar hacer entrar en razón a las manifestantes. Volvió veinte minutos más tarde, diciendo que no lo habían querido escuchar. ¿Habría ido hasta el centro, en vez? ¿Por qué?

Shannon colocó otra imagen sobre el atril.

—¿Es este el cajero automático ubicado en Creekside Plaza?

—Sí.

La imagen mostraba el "centro comercial" cuyo nombre lo hacía sonar importante, pero que en realidad consistía de solo tres tiendas y cuatro locales vacíos con letreros de "Se alquila". El cajero automático estaba en el centro, junto a la tienda Party Central.

—Lo que me resulta interesante es *este* 7-Eleven, justo detrás de estas tiendas. ¿Lo puede ver, verdad? —Shannon señaló el característico toldo colorido en una esquina.

—Sí —respondió Pak, sin mirar la fotografía.

—También me resulta interesante que fuera a este cajero, a kilómetros de Walgreens, a pesar de que hay un cajero automático dentro de Walgreens, que a juzgar por su resumen bancario usted utiliza regularmente, ¿no es así?

—Recordé que necesitaba efectivo cuando ya me había ido de Walgreen.

—Es extraño que no recordara que necesitaba efectivo cuando estaba pagando el talco en Walgreens —comentó Shannon. Sonrió y se dirigió a su mesa.

Pak levantó la vista y dijo:

—Walgreen vende cigarrillos.

Shannon se volvió.

—¿Cómo dice?

—Usted cree que yo usé cajero de Plaza porque fui a 7-Eleven a comprar cigarrillos. Pero si quería cigarrillos, ¿por qué no compraría en Walgreen? —Por supuesto, el argumento de Shannon se desmoronó. Young vibró triunfalmente ante la lógica de Pak, su expresión orgullosa y los movimientos aprobatorios de cabeza de los miembros del jurado.

—Porque yo no creo que usted haya ido a Walgreens ese día —respondió Shannon—. Creo que fue a 7-Eleven a comprar cigarrillos Camel y luego al cajero automático cercano. Pienso que la historia de Walgreens la inventó hoy para explicar por qué dejó su puesto de trabajo.

Si Shannon hubiera hablado en voz estridente o si hubiera utilizado un tono victorioso, Young podría haber descartado sus palabras como la verborragia de un enemigo tendencioso. Pero la abogada habló con suavidad, con el tono apesadumbrado de una maestra que le dice al niño de preescolar que su respuesta está mal —sin querer hacerlo, obligada por el deber— y Young no pudo menos que concordar con ella. *Sabía* que tenía razón. Pak no había ido a Walgreens. Claro que no. Pero ¿a dónde había ido y qué había hecho que había tenido que ocultárselo a ella, su esposa?

Abe presentó una objeción y el juez instruyó al jurado que hiciera caso omiso de ese último intercambio. Shannon prosiguió:

—Señor Yoo, ¿es cierto que usted fumó a diario durante casi veinte años antes del verano pasado?

Young casi pudo oír el chirrido de la mente de Pak mientras trataba de evitar el resignado "Sí" que finalmente tuvo que mascullar.

—¿Cómo hizo para dejar? —quiso saber Shannon.

Pak frunció el entrecejo, con aire desconcertado.

—Sencillamente… no fumé más.

—¿En serio? ¿Seguramente utilizó goma de mascar con nicotina o parches, no? —Había incredulidad en la voz de

Shannon, pero no era hostil. Era gentil, casi una nota de admiración y, de nuevo, Young sintió que era sincera su necesidad de saber *cómo* Pak había logrado dejar un hábito de veinte años con tanta facilidad. Veía la misma pregunta en los rostros del jurado.

—No. Simplemente... no fumé más.

—No fumó más.

—Sí.

Shannon miró a Pak largamente. Ninguno de los dos parpadeó, como si fuera una competencia para ver quién podía durar más. Ella parpadeó por fin, y dijo:

—Ajá. Simplemente no fumó más. —Su sonrisa se asemejaba a la de una madre que palmea la cabeza de su hijito de tres años, diciendo: *"¿Dices que viste un elefante violeta bailando en tu dormitorio? Ajá. Claro que sí, mi amor—*. Ahora bien, antes de... —hizo una pausa— *dejar* de fumar, ¿los cigarrillos Camel eran sus preferidos?

Pak negó con la cabeza.

—En Corea fumaba Esse, pero aquí no venden. En Baltimore fumé muchas marcas.

Shannon sonrió.

—Si tuviera que preguntarle a los muchachos de repartos con los cuales usted se tomaba un descansito para fumar, como por ejemplo, un tal Frank Fishel, ¿cree que me dirían que no prefería ninguna marca estadounidense en particular?

Frank Fishel, el nombre que no habían reconocido en la lista de testigos por la defensa que Abe les había mostrado. Al repartidor siempre lo habían llamado Frankie, pues no conocían su nombre completo.

Abe se puso de pie.

—Objeción. Si la señora Haug quiere saber de otras personas, debería preguntarles a *ellos*, no a Pak.

—Lo haré, no le quepan dudas. Frank Fishel está dispuesto a venir en coche desde Baltimore. Pero tiene razón, voy a retirar la pregunta —dijo y se volvió hacia Pak—: Señor Yoo, ¿qué les respondía a otros cuando le preguntaban cuál era su marca de cigarrillos estadounidense preferida?

Pak cerró la boca y la fulminó con la mirada. Parecía un niño recalcitrante que se niega a aceptar responsabilidad por una travesura a pesar de que hay pruebas evidentes en su contra.

—Señoría —se quejó la abogada—, por favor indique al testigo que responda…

— Camel —le espetó Pak.

— Camel —repitió ella, con aire satisfecho—. Muchas gracias.

Young observó a los miembros del jurado. Miraban a Pak, ceñudos, y sacudían la cabeza. Si él lo hubiera admitido desde el primer momento, podrían haber creído que se trataba de una coincidencia, pero la negativa inicial a responder lo había transformado en algo importante a sus ojos… y a los de ella también. ¿Y si el cigarrillo debajo del tubo de oxígeno pertenecía a Pak, que lo había comprado más temprano ese día? ¿Por qué lo habría hecho?

Como para responder a su pregunta, Shannon dijo:

—Usted se enojó con las manifestantes, ¿no es así?

—Bueno… tal vez no *enojar*, pero no me gustó que molestaran mis pacientes.

Shannon tomó una carpeta de su mesa.

—Según un informe policial, el día después de la explosión, usted las acusó de iniciar el incendio y declaró (cito textualmente): "Amenazaban con hacer lo que fuera necesario para cerrar la cámara de OTHB". —Levantó la mirada—. ¿Es correcto este informe?

Pak desvió la mirada un instante.

—Sí.

—¿Y usted dio crédito a esas amenazas, verdad? Después de todo, causaron el corte de energía, interrumpieron los servicios de Miracle Submarine y aun cuando la policía se las estaba llevando prometieron volver y seguir tomando acciones hasta que cerrara definitivamente, ¿cierto?

Pak se encogió de hombros.

—No tiene importancia. Mis pacientes creen en OTHB.

—Señor Yoo, ¿es correcto decir que sus pacientes creen en usted porque trabajó en una cámara de OTHB durante más de cuatro años en Seúl?

Pak negó con la cabeza.

—Mis pacientes ven resultados. Niños muestran mejorías.

—¿Es cierto que las manifestantes amenazaron con averiguar todo sobre usted y dijeron que se contactarían con el centro en el que había trabajado en Seúl?

Pak no respondió, pero apretó la mandíbula.

—Señor Yoo, si la explosión no hubiera sucedido y ellas se hubieran contactado con el dueño del centro en Seúl, ¿qué les habría dicho el señor Byeong-ryoon Kim?

Abe objetó y el juez le dio la razón. Pak no se movió ni parpadeó.

—Lo cierto es —aseveró Shannon— que a usted lo *despidieron* por *incompetencia* después de menos de un año de trabajo, unos tres años antes de que emigrara a Estados Unidos, ¿no es así? Y si las manifestantes descubrían eso y revelaban que les mintió a sus pacientes, su negocio se desmoronaría y lo dejaría sin nada. Y usted no podía permitir que eso sucediera, ¿cierto?

No, eso no podía ser. Pero Young vio cómo el rostro de Pak se tornaba violáceo de furia —no, de vergüenza más bien; mantuvo la cabeza baja y no la miró a los ojos— y recordó que él le había dicho que dejara de usar su dirección de correo electrónico laboral porque había una nueva regla que prohibía los mensajes personales. Mientras Abe objetaba, Pak gritaba que nunca lastimaría a sus pacientes y el juez golpeaba el martillo, Young apartó la vista de la escena. Paseó la mirada por la sala y se detuvo sobre la fotografía en el atril. La luz del sol se reflejaba sobre algo brilloso en el escaparate del local de Party Central. Ayer había pasado por allí camino del tribunal y si cerraba los ojos, casi podía fingir que era el día anterior, cuando todavía no sabía nada sobre los secretos y mentiras de su esposo y se había preguntado cuánto costaría comprar serpentinas y globos para el cumpleaños de Mary.

Globos. Young abrió los ojos de pronto y los enfocó en el atril. En la fotografía era imposible distinguir qué era lo que se reflejaba. Pero ayer, cuando había pasado por allí con el coche, ella los había visto, flotando perezosamente dentro del local junto al cajero automático: globos de helio metálicos brillantes con estrellas y arco iris. Iguales a los que hicieron saltar los cables eléctricos el día de la explosión.

*

Cuando Mary (Mei en aquel entonces) tenía un año, y después de que Young le contó el júbilo que le había provocado a la niña ver globos por primera vez, Pak trajo algunos al finalizar un evento laboral; los transportó en el metro repleto y en el ómnibus, lo que hizo que llegara tarde a casa, alegando que había tenido que esperar media hora para que se vaciaran los vagones y no estallaran los globos. Pero cuando por fin llegó, Mei chilló de alegría y corrió sobre sus piernas regordetas por la sala, rodeando los globos con sus bracitos como para abrazarlos. Pak se puso a payasear con los globos: los golpeaba contra su cabeza y hacía ruidos absurdos, riendo a carcajadas, mientras Young lo miraba, preguntándose quién era este hombre. Ciertamente, no el que había creído que era hasta ese momento (y el que era siempre, salvo en presencia de su hija): un hombre práctico, serio, que se esforzaba por exudar un aire de serena dignidad, que raramente contaba bromas o se abandonaba a la risa.

Era la misma sensación que tenía ahora al observar a Pak: este hombre que miraba furioso a Shannon, con las venas hinchadas en la frente y el sudor humedeciéndole y achatándole el pelo, era el mismo que había traído a casa globos más grandes que la cabeza de su hija. Con la diferencia de que aquella vez, la revelación de que "no es el hombre que yo creía que era" había sido figurativa, el descubrimiento agradable de una faceta desconocida de su esposo, mientras que ahora era literal: Pak no era quien ella creía, el gerente del centro de bienestar y experto en OTHB que había fingido ser.

Cuando Pak descendió con la silla de ruedas del estrado para el receso, Young trató de que la mirara, pero él la esquivó. Pareció aliviado cuando Abe intervino y anunció que necesitaban prepararse para las repreguntas y empujó la silla hacia afuera, sin siquiera mirar a Young.

Repreguntas. Más preguntas para Pak, más mentiras para explicar las mentiras que ya había dicho. Young sintió que el estómago se le daba vuelta y le subía el ácido por el esófago hasta la garganta. Se inclinó hacia adelante, tratando de mantener el contenido del estómago en su lugar y tragó con fuerza. Necesitaba salir de allí; no podía respirar.

Tomó el bolso y le dijo a Mary que no se sentía bien. Algo debió de caerle mal, explicó y salió corriendo, esforzándose por mantener el equilibrio. Tenía plena conciencia de que lo lógico era que le dijera a Mary adónde iba, pero no se reconocía a sí misma. Solo sabía que quería irse. Ya mismo.

*

Iba a demasiada velocidad. El camino rural que salía de Pineburg no estaba pavimentado y en días lluviosos como ese, se tornaba fangoso y resbaladizo. Pero le resultaba extrañamente tranquilizador tomar las curvas pronunciadas a toda velocidad, girando el volante con ambas manos y pisando el freno a la vez. Si Pak estuviera allí, le gritaría que aminorara la marcha y condujera como una *madre* responsable, pero él estaba lejos y Young estaba sola. Sola para concentrarse en la sensación de los neumáticos contra la grava, el ruido de la lluvia sobre el techo del coche y en el túnel que formaban los árboles más arriba. Las náuseas se le apaciguaron y consiguió respirar nuevamente.

Cuando el arroyo que corría junto al camino estaba crecido, como hoy, le recordaba el pueblo de Pak, en las afueras de Busan. Se lo había dicho a Pak en una oportunidad, pero él le respondió que no fuera ridícula, que no tenía nada que ver con su pueblo natal y la acusó de ser una típica persona urbana para la que todos los sitios remotamente rurales son iguales. Por cierto, aquí había viñedos en lugar de campos de arroz y ciervos en lugar de cabras. Pero el agua que cubría los campos de arroz… era del color exacto que tomaba el arroyo cuando había tormentas: el castaño claro de un chocolate algo viejo que se despedaza fácilmente. Así sucedía cuando uno estaba en el medio de ninguna parte, como aquí: no había nada para orientarse en tiempo y espacio y uno podía transportarse al otro extremo del mundo y a un pasado lejano.

En el pueblo natal de Pak habían tenido su primera pelea. Enseguida después de comprometerse, habían ido a saludar a los padres de él. Pak estaba nervioso; creía que ella, que siempre había vivido en torres con agua corriente y calefacción central, detestaría su hogar. Lo que él no entendía era que a Young le *agradaba* realmente el pueblo, la tranquilidad de escapar del aire neblinoso y con olor a químicos del centro de Seúl, ruidoso por las construcciones incesantes que se llevaban a cabo para los Juegos Olímpicos. Al descender del coche en el pueblo, Young sintió el olor dulce del compost, parecido al del kimchi cuando se abría por primera vez el frasco después de días de fermentación. Contempló las colinas, a los niños corriendo a orillas de los arroyos donde sus madres lavaban ropa sobre tablas de madera y comentó:

—Es difícil creer que vienes de un lugar así.

Pak lo tomó como una crítica, como confirmación de su idea de que Young y su familia lo consideraban demasiado poco para ella, cuando en realidad, Young lo había dicho como un cumplido, como un tributo al hecho de que había llegado a ser universitario desde esos orígenes humildes. La discusión terminó con Pak diciendo que iba a rechazar la oferta de una dote por parte del padre de Young además de un trabajo de vendedor en la compañía electrónica de su tío.

—No necesito la caridad de nadie —declaró.

Al recordar eso ahora, Young sujetó con fuerza el volante del coche. Algo cruzó delante de ella —¿un mapache?— y viró, lo que la hizo salirse del camino y derrapar hacia un roble gigante. Pisó el freno con fuerza y giró, pero el coche siguió resbalando y girando, aminorando la marcha con demasiada lentitud. Young accionó el freno de mano y el vehículo se detuvo con violencia, impulsándole la cabeza hacia atrás.

El tronco del árbol estaba justo delante del coche, a unos centímetros del paragolpes y Young rio a carcajadas, sabiendo que era algo completamente fuera de lugar. Tal vez fue por el pánico y el alivio, que se mezclaron en una extraña sensación de triunfo. De invencibilidad. Respiró hondo para calmarse, contemplando cómo el agua de la lluvia corría en meandros por los nudos y rugosidades del árbol. Pensó en Pak, el hombre orgulloso que había sido despedido menos de un año después de que su familia hubiera emigrado a otro país. Habían hablado poco durante aquellos cuatro años de separación —las llamadas internacionales eran costosas y los horarios de ambos, incompatibles— y ella misma había evitado las malas noticias cuando lograban hablar. ¿Le resultaba sorprendente, acaso, que él no hubiera querido contar su vergüenza por teléfono o por correo electrónico? Sentada allí, lejos de la inmediatez de su indignación por el engaño de Pak, sintió que el enojo comenzaba a deshacerse en los bordes, carcomido por la compasión. Sí, comprendía perfectamente lo fácil que había sido guardar silencio sobre algo que había sucedido literalmente a un mundo de distancia, algo sobre lo que ella nada hubiera podido hacer. Hasta podía perdonarlo.

Pero más allá de eso, estaba la cuestión de los globos. Pak sabía que los globos metalizados de helio podían causar cortocircuitos eléctricos. Cualquier padre coreano lo sabía, seguramente. En Corea, en las ferias de ciencia escolares, el tema de los artefactos domésticos que podían causar accidentes eléctricos gozaba de mucha popularidad (un compañero de Mary había ganado la competencia de quinto grado con una exhibición que incluía globos de helio metalizados, secadores de cabellos que caían dentro de la tina, y cables eléctricos desgastados que habían provocado incendios) y a ella le había sorprendido mucho que la mayoría de los estadounidenses no supieran nada de eso. (Pero, claro, Estados Unidos clasificaba muy mal en los rankings internacionales de educación en ciencias.) Pak *había estado* en una tienda de globos pocas horas antes del apagón eléctrico. ¿Podía eso significar que lo había causado, sin embargo? No tenía ningún sentido. ¿Y todo eso acerca de que Pak fumaba? Algunas veces durante el verano, a ella le pareció oler a cigarrillo, pero el olor era tan tenue que pensó que provendría de los vecinos que salían a pasear los perros y fumar en los alrededores. ¿Y si él *realmente* había perdido el trabajo en Corea, cómo había hecho para ahorrar todo ese dinero antes de mudarse aquí?

Cerró los ojos y sacudió la cabeza con fuerza, con la esperanza de despejar la mente, pero las preguntas parecían rebotarle por el cerebro y chocar unas contra otras, multiplicándose con cada impacto y perforándole la mente hasta dejarla mareada. Una ardilla saltó sobre el capó del coche y la espió por el parabrisas, con la cabeza ladeada, como un niño que contempla un pez dentro de una pecera y se pregunta: *¿Qué diablos está haciendo?*

Necesitaba respuestas. Liberó los frenos, retrocedió y subió al camino. Si giraba a la izquierda, llegaría al tribunal antes del final de receso, para estar junto a su esposo. Pero allí no obtendría respuestas. Solo más mentiras que llevarían a más preguntas. Y ahora, sin Mary ni Pak, tenía la perfecta oportunidad —la única, en realidad— de hacer lo que tenía que hacer. Basta de esperar para tragarse las respuestas vagas y absurdas de otros. Basta de observar y confiar.

Giró a la derecha. Iría en busca de las respuestas. Sola.

*

El cobertizo de depósito estaba ubicado en un extremo de la propiedad, a un metro del poste de electricidad donde se habían enredado los globos aquel día. Cuando entró, la agredieron olores que no conocía; punzantes, húmedos, agrios. La lluvia golpeaba el techo de aluminio con el ritmo de un redoblante y el agua caía por las goteras al suelo de madera podrida con el sonido de un bajo. Había hojas secas y herramientas por todas partes, cubiertas de polvo, óxido y un moho que se había convertido en lodo verdoso en las esquinas.

Pensó cuánto tardarían las arañas en comenzar a treparle por el cuerpo. Un año de olvido —un otoño lluvioso seguido de un huracán, cuatro tormentas de nieve y un verano de índices de humedad récord. Nada más que eso se había necesitado para transformar sus años en Seúl y Baltimore en esta pila de artículos olvidados que ahora mostraban distintos grados de putrefacción. La choza donde vivían no tenía altillos ni armarios. Si Pak ocultaba algo, tenía que estar aquí.

Se dirigió a la pila de tres cajas de mudanza que estaba en una esquina y le quitó la bolsa de residuos que tenía encima. La transparencia original del plástico estaba velada por telarañas secas.

El polvo pesado se elevó como neblina antes de que la humedad del aire lo hiciera caer de nuevo; Young olió algo mojado, húmedo, como la tierra de un pozo profundo que entra en contacto con el aire por primera vez.

Lo encontró en la tercera caja, la de más abajo, la menos accesible. Las dos cajas de arriba estaban casi vacías, pero la tercera contenía viejos libros de texto de filosofía que no recordaba haber guardado. Si hubiera dado un vistazo rápido, se le hubiera pasado por alto el objeto, envuelto toscamente dentro de una bolsa de papel y metido entre libros de tamaño parecido: la caja de lata del almacén en la que guardaban cigarrillos sueltos de paquetes dañados. Young había tenido la idea de venderlos a cincuenta centavos cada uno. Después de que les explicó a los clientes con planes de bienestar social que con las estampillas para alimentos no podían comprar cigarrillos, pero que no podía impedirles que los compraran con el *vuelto* de las compras con estampillas, las ventas subieron tanto que tuvo que empezar a abrir paquetes que estaban en perfectas condiciones para satisfacer la demanda de cigarrillos.

La última vez que había visto la caja había sido cuando se habían mudado aquí. Estaba sobre los suéteres listos para empacar; al abrirla, vio que estaba llena de cigarrillos sueltos. Le preguntó a Pak por qué se la llevaba, si había dicho que dejaría de fumar, y él respondió que no quería tirar cigarrillos buenos, y que la caja debía de contener aproximadamente cien.

—¿Qué? ¿Estás guardando *cigarrillos* para dejarles en herencia a nuestros nietos? —bromeó Young, y rio. Pak sonrió sin mirarla, y ella le dijo que en realidad, los cigarrillos eran parte del inventario de la tienda y pertenecían a los dueños. Le pidió que colocara la caja junto con los objetos que tenían que devolver. Esa había sido la última vez que había visto la caja: en Baltimore, en manos de Pak, cuando él la llevó para devolvérsela a los Kang. Y ahora aquí estaba, en otro Estado, escondida en forma adrede.

Young la desenvolvió y la abrió. Al igual que la última vez que la había visto, los cigarrillos delgados cubrían la superficie

238

como soldados, pero encima había dos paquetes de goma de mascar *Doublemint* (la preferida de Pak) y un envase pequeño de *Febreze* ("elimina olores").

Young cerró la tapa con fuerza y su mirada se posó sobre el la caja de mudanza. ¿Qué otra cosa habría oculta allí?

Levantó la caja entera. Era pesada y la parte de abajo estaba sucia de moho, pero la sujetó con fuerza y la dio vuelta. El contenido cayó, levantando una nube de polvo y desparramando telarañas secas. Young arrojó la caja contra la pared —qué sensación agradable era oír el golpe, aunque no tanto como la de escuchar cómo caían los libros pesados al suelo, uno tras otro— y paseó la mirada sobre el contenido, buscando… ¿qué, exactamente? ¿Comprobantes por la compra de globos? ¿Fósforos de 7-Eleven? ¿Notas en papel de H-Mart? *Algo*. Pero no había nada. Solo libros en coreano desparramados a su alrededor, algunos rotos por el impacto de la caída, y tres de ellos apilados uno sobre otro como si hubieran estado pegados con cola.

Young pisó con cuidado hasta llegar a esos libros. Al acercarse, vio que el del medio no estaba plano, había algo dentro que lo hinchaba. Tocó el libro superior con la punta de la sandalia —con cautela, como si fueran víboras venenosas que parecían muertas pero podían estar dormidas— y le dio un puntapié suave, con la fuerza necesaria para hacerlo caer de la pila. Se inclinó y tomó el segundo libro, que ahora había pasado a ser el primero. *Teoría de la Justicia* de John Rawls, su libro preferido de la universidad. Lo que significaba que lo que lo estaba manteniendo entreabierto debían ser —sí, al abrir el libro reconoció el papel doblado— sus notas para la tesis del máster en la que comparaba a Rawls, Kant y Locke aplicados a Raskólnikov en *Crimen y Castigo*. No había llegado a terminarla: la había dejado a insistencia de su madre (¡Ningún esposo quiere una mujer más educada que él, le resultaría humillante!) y había olvidado que la tenía guardada. Arrojó el libro hacia un lado y revisó el último de la pila. Nada.

No fue hasta que terminó de revisar todos los libros que se dio cuenta de que había estado conteniendo la respiración. Cerró los ojos y soltó el aire, aliviada de liberarse los pulmones y volver a saturar el cuerpo de oxígeno. Había esperado encontrar algo más, lo había temido. Pero ¿qué había descubierto, realmente? ¿Pruebas de que Pak no había dejado de fumar y había hurtado (si se podía llamarlo así) cigarrillos por un valor aproximado a cincuenta dólares? ¿Y qué? Sí, Pak guardaba secretos de tanto en tanto. ¿Qué esposo no lo hacía? Fumaba y, después de la explosión, había decidido ocultar ese hecho por temor a que lo juzgaran de manera injusta. ¿Qué tenía eso de malo?

Miró el reloj. Eran las 14:19. Hora de volver al tribunal. Llevaría la caja de lata y buscaría un momento tranquilo para confrontar con Pak al respecto. No, confrontar no... era una palabra demasiado dura. Hablar, preguntarle. Sí, se la mostraría y vería qué tenía él para decir.

Al tomar la caja, le temblaron las manos y rio por lo bajo por el nivel de pánico que había logrado alcanzar ante la seguridad de que descubriría pruebas incontrovertibles de que su esposo mentía. No, era más que eso. Ahora que el momento había pasado, podía admitirlo: creyó que encontraría pruebas de que su esposo, el hombre bondadoso que la amaba y amaba a su hija, el que se había arrojado a las *llamas* por sus pacientes, era un asesino.

—Sahr-een. Bang-hwa —dijo Young en voz alta. *Homicidio. Incendio intencional.* Se sintió disminuida por haberlo pensado, por haber permitido que la idea le penetrara, aun en el inconsciente. Una mala esposa.

Tomó la caja y la bolsa de papel en la que había estado guardada. Al abrirla para volver a guardar la caja, notó algo. Introdujo la mano. Era un folleto en coreano: *Requisitos para el reingreso a Corea del Sur,* abrochado con un gancho a la tarjeta de negocios de un agente inmobiliario de Annandale y una nota manuscrita en coreano: *Qué emocionados estarán de regresar. Espero que el folleto les sea útil. Adjunto algunas opciones que se ajustan a lo solicitado. Aguardo su llamado.*

Detrás del folleto, había unas páginas abrochadas. Un listado de apartamentos en Seúl, todos con disponibilidad inmediata. Young volvió a la primera página. Junto a *Fecha de búsqueda* decía *08/08/19.* El formato de fecha coreano para el 19 de agosto de 2008.

Exactamente una semana antes de la explosión, Pak había estado planeando mudar a la familia de vuelta a Corea.

TERESA

Dos días después de la explosión, escuchó a gente hablando de "La tragedia" como la llamaron al principio. Estaba en la cafetería del hospital, tomando un café… o mejor dicho, revolviéndolo y fingiendo tomarlo.

—Es un milagro que esos dos niños hayan sobrevivido —dijo la voz grave y rasposa de una mujer. Teresa decidió que hablaba así adrede, para parecer sensual o tener voz masculina.

—Sí, tal cual —respondió un hombre.

—Te deja pensando, te lo aseguro: el sentido del humor de Dios es bastante particular.

—¿Por qué lo dices?

—Bueno, el más normal de los niños termina muerto, mientras que el que padece autismo está herido pero sobrevivió y la que tenía daño cerebral severo está perfecta. Vaya ironía.

Teresa se concentró en revolver, cada vez más rápido, hasta que los grumos de leche en polvo quedaron atrapados en el remolino. Casi podía oír la succión del líquido en la espiral: sintió un zumbido en los oídos por encima del bullicio de la cafetería. Revolvió con más velocidad, sin prestar atención al líquido que salpicaba por los bordes y le mojaba las manos; quería que el ciclón de café llegara al fondo de la taza.

Algo le hizo caer la cucharita de la mano. Parpadeó y se dio cuenta de que por algún extraño motivo la taza estaba caída de costado y había café por todas partes. El zumbido se cortó y en el silencio oyó el eco de un golpe metálico, como una imagen auditiva con retraso. Levantó la vista. Todos la miraban; nadie ni nada se movía, excepto el café derramado que avanzaba hacia el extremo de la mesa.

—Aquí tiene, señora. ¿Se encuentra bien? —dijo la mujer de voz grave, colocando servilletas a modo de dique entre el café y el borde de la mesa. Le alcanzó una y Teresa respondió:

—Disculpe. Quiero decir, gracias.

—No es nada —dijo la mujer. Cubrió la mano de Teresa con la suya y repitió—: No fue nada, de verdad. —Bajó los ojos sonrojada, y Teresa comprendió que la había reconocido como la madre de la chica que irónicamente estaba perfecta.

La mujer de voz grave resultó ser la detective Morgan Heights. La vio ahora, dirigiéndose al tribunal después del almuerzo. Por algún motivo que no comprendía, sentía un ardor de vergüenza en el rostro cada vez que recordaba las palabras de la detective en la cafetería, lo que la mayoría probablemente pensaba: que Rosa, por ser la más discapacitada, era la que debería haber muerto. Hubiera sido más justo. Más lógico. Limpio. Deshacerse de la chica defectuosa con el cerebro dañado, la que no habla ni camina, la que de todos modos es un muerto viviente.

Se protegió con el paraguas para esconderse de la detective Heights. Y en la fila para entrar en el tribunal, oyó que alguien decía:

—Tal vez lo internen. Dicen que el desparramo fecal se ha vuelto peor. Y en la escuela están usando una camisa de fuerza, debido a lo mucho que se golpea la cabeza.

—Pobrecito —dijo otra voz—. Perdió a su madre. No es extraño que esté actuando así, pero... —Tres adolescentes se pusieron en la fila, ahogando la conversación con sus charlas ruidosas.

TJ. Desparramo fecal. Kitt había hablado de eso en una oportunidad, durante una inmersión.

Elizabeth había estado hablando del "nuevo comportamiento autista" de Henry, que se había obsesionado con las rocas, cuando Kitt la interrumpió:

—¿Sabes qué hice ayer durante cuatro horas? Limpié mierda. Así como lo oyes. Lo nuevo de TJ es el desparrame fecal. Se quita el pañal y desparrama mierda... por las paredes, cortinas, la alfombra, por todos lados. No tienes idea de lo que es. Que digas que TJ y Henry padecen autismo y son iguales me resulta ofensivo. Te quejas de que Henry no mira a los ojos, no lee las expresiones de la gente, no tiene amigos... Piensas que eso es doloroso y sí, tal vez lo sea. Ser padre duele todos los días. Los chicos sufren burlas en la escuela, se fracturan huesos, no reciben invitaciones a cumpleaños y cuando algo de eso les sucede a mis hijas, por supuesto que siento dolor y lloro con ellas. Pero eso es todo normal y no se acerca ni a mil kilómetros a lo que tengo que sufrir con TJ, no está ni siquiera en la misma maldita galaxia.

Hacían eso a menudo, discutir sobre las dificultades comparadas de los síntomas de sus hijos —la versión "necesidades especiales" de las guerras de supremacía de los padres con hijos exitosos— y Teresa siempre metía un bocadillo sobre alguna de *sus* preocupaciones, como la posibilidad de que Rosa muriera atragantada con saliva o por sepsis en las escaras ulceradas, lo que por lo general, las hacía callarse bastante rápido. Pero al escuchar el relato de Kitt e imaginar el hedor, la suciedad y el horror de limpiarla, quedó anonadada. No parecía haber ninguna historia peor que el desparrame fecal como para hacer que Kitt pensara: *Al menos mi vida no es tan terrible.*

Y ahora ella había muerto, su carga había pasado al esposo y él iba a internar a TJ. Teresa pensó en Rosa en una institución para discapacitados, en una habitación estéril con camas de acero alineadas y sintió deseos de volver corriendo a su casa a besarle los hoyuelos. Miró el reloj. 14:24. Tenía justo el tiempo para llamar a casa. Para decirle a Rosa que la amaba y escucharla balbucear "Ma" una y otra vez.

*

Teresa trató de prestar atención. Las repreguntas a Pak eran importantes; Shannon había sacado a la luz cuestiones perturbadoras que a juzgar por los extractos de conversaciones que había oído durante el receso, tenían a todos dudando por primera vez desde que había comenzado el juicio. Pero cuando comenzó el interrogatorio, todos se fijaron en el asiento vacío junto a Mary y comenzaron a susurrar sobre el posible paradero de Young y lo que significaba su ausencia. ("Apuesto a que fue a ver a un abogado de divorcios", comentó un hombre detrás de ella).

Durante todo el nuevo interrogatorio de Abe a Pak —más negativas categóricas sobre 7-Eleven y cigarrillos, como también explicaciones de que lo habían echado por tener otros trabajos al mismo tiempo, no por incompetente y que consiguió trabajo en otro centro de OTHB inmediatamente— Teresa miró a Mary, sentada entre los asientos vacíos que habitualmente ocupaban sus padres, sola. Tenía diecisiete años, como Rosa, pero su rostro estaba tan arrugado por la concentración y la preocupación, que la cicatriz parecía ser la única superficie lisa.

La primera vez que Teresa vio la cicatriz de Mary fue justo después del incidente con el café derramado en la cafetería. Se convenció de que tenía que ir a visitar a Young para brindarle apoyo, pero la verdad era que había querido ver a Mary en estado de coma. Al verla por entre la cortina blanca, con el rostro vendado y tubos por todo el cuerpo, Teresa pensó que la mujer de voz grave se había equivocado: había cuatro niños involucrados, no tres. ¿Qué diría la mujer con Mary dentro de la ecuación? Sí, Henry era "casi normal" comparado con Rosa y TJ, pero Mary era completamente perfecta: bonita, con buenas calificaciones, en camino a la universidad. ¿Cuál sería la mayor ironía, la mayor tragedia para esa mujer? ¿Qué un chico "casi normal" se hubiera quemado vivo o que una joven completamente normal hubiera terminado en coma, con cicatrices en un rostro perfecto y posibles daños en un cerebro perfecto?

Teresa entró y abrazó a Young con fuerza durante un largo rato, como hace la gente en los funerales, con sufrimiento compartido.

—Pienso todo el tiempo lo mismo —dijo Young—: hasta la semana pasada estaba perfecta.

Teresa asintió. Detestaba cuando las personas creían conmiserarse con otros contando sus propias historias, de manera que se quedó callada, pero comprendía a Young. Cuando Rosa se enfermó a los cinco años, ella se había quedado junto a la cama del hospital acariciándole el brazo, como hacía Young con Mary, sin poder dejar de pensar: *Hace dos días estaba perfecta*. Teresa había estado en un viaje de trabajo cuando Rosa se enfermó. La noche anterior al viaje, cuando Rosa bajó las escaleras para decirle buenas noches, ella había estado con el movedizo bebé Carlos sobre la falda, cortándole las uñas, por lo que le había dicho: "Hasta mañana, mi vida. Te quiero mucho", sin mirarla —eso era lo que más la atormentaba, no haber mirado a su hija durante su último momento normal juntas— y había inclinado la cabeza para recibir el beso de Rosa. El clic de las tijera contra las uñas de Carlos, el olor a goma de mascar de la pasta dentífrica de Rosa, sus labiecitos pegajosos contra su mejilla y luego un rápido: "Hasta mañana, mami, hasta mañana, Carlos" —ese era el último recuerdo que tenía de la Rosa de antes de la enfermedad. Cuando volvió a verla, la niña que cantaba, saltaba y decía "Hasta mañana, mami" ya no estaba.

Entonces, sí, Teresa podía entender muy bien el estado de incomprensión en el que se encontraba Young. Y cuando dijo: "El médico dice que puede haber daños cerebrales, que tal vez no despierte nunca", Teresa la tomó de las manos y lloró con ella. Pero debajo de la punzada de dolor y compasión (sí, *sentía* dolor por Young, de verdad lo sentía) había una parte de ella —una parte diminuta, una décima de célula de su cerebro— que se alegró de que Mary estuviera en coma y pudiera terminar como Rosa.

No había dudas: era una mala persona. No comprendía a los que decían: "No se lo desearía ni a mi peor enemigo". Por más que se convenciera de que no debía desearle su vida a nadie ni iba a hacerlo, había momentos en los que quería que cada madre y padre vivos pasaran por lo mismo que ella. Asqueada por sus pensamientos, trataba de justificarlos; si el virus que se había robado el cerebro de Rosa se tornaba una epidemia, seguramente se gastarían millones de dólares en buscar la cura y todos los niños se recuperarían a la brevedad. Pero lo sabía: no era para beneficio *de Rosa* que deseaba que su tragedia fuera contagiosa. Era, lisa y llanamente, por envidia. Le daba rabia ser el único blanco de la desgracia, se resentía con las amigas que venían con fuentes de comida para llorar con ella durante una hora y luego salir corriendo a llevar a sus niños a fútbol y ballet; si no iba a poder volver a su vida normal, entonces iba a bajar a golpes del pedestal de normalidad a todo el resto, para que compartieran su carga y la hicieran sentirse menos sola.

Trató de no pensar de ese modo con Young. Durante los dos meses que duró el coma de Mary, la visitó una vez por semana. En ocasiones, llevaba a Rosa para que se sentara con Mary mientras ella conversaba con Young. Era extraño ver a las dos chicas juntas —Mary vendada, tendida en la cama con los ojos cerrados y Rosa en la silla de ruedas, más alta que ella— por primera vez igualadas, casi como amigas.

El día que Mary despertó del coma, Teresa estaba sola. Cuando abrió la puerta de la habitación, vio a los médicos alrededor de la cama y por entre medio de sus cuerpos a Mary sentada erguida, con los ojos abiertos.

Young se arrojó en brazos de Teresa; la fuerza de su abrazo la empujó contra la pared.

—¡Despertó! ¡Está bien, su cerebro está bien! —chilló.

Teresa intentó devolverle el abrazo, manifestarle que era una maravilla, un milagro, pero fue como tener cuerdas invisibles alrededor de los brazos y del cuello que la ahogaron y le hicieron brotar lágrimas de los ojos.

Young no notó nada. Antes de volver corriendo al lado de Mary, le dijo:

—Gracias, Teresa. Estuviste conmigo todo el tiempo. Eres una buena amiga.

Ella asintió y retrocedió lentamente hasta salir de la habitación. Fue hasta el baño, entró en un compartimiento y trabó la puerta. Pensó en las palabras de Young: "buena amiga", le había dicho. Se llevó la mano al estómago y trato de tragar la envidia, la furia y el odio que sentía por la mujer que la había abrazado con tanta fuerza. Intentó recordar que había rezado por la recuperación de Mary. Después se quitó su abrigo, hizo un bollo con él y gritó y lloró apretándoselo contra la boca y accionando el botón del retrete una y otra vez para que nadie la oyera.

*

Young apareció en la sala del tribunal justo cuando la detective Morgan Heights empezaba declarar como testigo. Young no se veía bien. Su piel, habitualmente color durazno, tenía un tono ceniciento y opaco, como el de los pacientes que llevan tiempo en un hospital, y al verla caminar por el pasillo arrastrando los pies, con la mirada tan cansada que se le cerraban los ojos, Teresa sintió una punzada de culpa. Nunca más había ido a visitarla después de que Mary salió del coma. Había coincidido con el comienzo de la terapia de Rosa con células de cordón umbilical, por lo que tenía una excusa, pero de todos modos sabía que el repentino cambio de comportamiento había desconcertado a Young, y sentía una profunda vergüenza por haber abandonado a una amiga porque su hija se había sanado. ¿Acaso por eso había comenzado a apoyar a Elizabeth, justo cuando Young más la necesitaba? ¿Para castigarla porque Mary había recuperado la salud?

Un zumbido de susurros recorrió el salón. Shannon estaba de pie, diciendo:

—Vuelvo a expresar mi objeción a toda esta línea de interrogatorio, señoría. Son testimonios de oídas, irrelevantes y muy perjudiciales.

—Se toma nota de la objeción. No ha lugar —respondió el juez—. Detective, puede responder.

La detective Heights tomó la palabra:

—La semana anterior a la explosión, una mujer llamó a la línea directa de los Servicios de Protección del Niño, el día 20 de agosto de 2008, a las 21:33, para informar que una mujer llamada Elizabeth estaba sometiendo a su hijo Henry a tratamientos médicos peligrosos e ilegales, entre los cuales estaba uno llamado terapia endovenosa de quelación, que recientemente había causado la muerte de varios niños. La persona que llamó declaró que Elizabeth estaba comenzando con un tratamiento que requería que el niño bebiera lejía, lo que la preocupaba sobremanera. No conocía el apellido de la tal Elizabeth, ni su dirección. Soy licenciada en Psicología y trabajo como nexo entre nuestra oficina y el Servicio de Protección del Niño, por lo que se me asignó la investigación.

—¿Quién fue la persona que llamó? —quiso saber Abe.

—Fue una llamada anónima, pero desde entonces hemos podido establecer que la que llamó fue Ruth Weiss, una de las manifestantes.

Ruth. La de cabello corto canoso. Teresa la miró: estaba sentada en el fondo de la sala, con el rostro arrebolado. Sintió deseos de abofetearla. Qué cobarde. Acusaciones anónimas sin repercusiones ni responsabilidad alguna. Volvió a imaginarlas acechando detrás del granero, esperando el momento ideal para iniciar el fuego cuando creían que la llave de oxígeno estaba cerrada. Tenía que contarle a Shannon su teoría sobre cómo ellas conocían el horario exacto de la OTHB.

—¿Cómo dio con Elizabeth y Henry? —preguntó Abe.

—La persona que llamó sabía por foros de conversación online a qué colonia de verano asistía Henry. Me dirigí allí a la hora de salida del día siguiente, pero Elizabeth no estaba. Una amiga había ido a recoger a Henry. Le expliqué por qué estaba allí y le pregunté si estaba al tanto de esos tratamientos.

—¿Qué dijo esta amiga?

—Al principio no quiso decir nada, pero insistí y admitió estar preocupada porque Elizabeth parecía obsesionada, esa fue la palabra que utilizó: *obsesionada*, con todo tipo de tratamientos que Henry no necesitaba. Admitió que Henry era un "chiquillo peculiar", esas fueron sus palabras, y que había tenido algunos problemas, pero que estaba bien ahora, pero Elizabeth seguía probando cada tratamiento para el autismo que aparecía. La amiga dijo que había estudiado psicología en la universidad y se preguntaba si Elizabeth no padecería el Síndrome de Munchausen por poder.

—¿Qué es eso?

—Es un trastorno psicológico al que a veces se le llama "maltrato médico". Es cuando la persona que cuida a un niño exagera, inventa o le causa síntomas médicos para llamar la atención.

—¿Esa era la única preocupación de esta amiga?

—No. Cuando la presioné para obtener más información, admitió, con mucha reticencia, que la maestra de la colonia de verano había dicho que como a Henry le dolían los rasguños que tenía en los brazos, le habían puesto ungüento y vendas. La amiga se mostró confundida porque Henry no tenía gatos, pero no dijo nada a la maestra.

Teresa también recordaba haber visto rasguños. En el antebrazo izquierdo de Henry, líneas de puntos rojos donde los vaso sanguíneos se habían roto en algunas partes. Elizabeth se dio cuenta de que Teresa los había notado y comentó que a Henry lo había picado algún insecto y no paraba de rascarse. Ni una palabra sobre gatos.

—La amiga también estaba preocupada por la autoestima de Henry —prosiguió Heights—. Dijo que en una oportunidad le había hecho un cumplido, a lo que el niño respondió: "Pero soy molesto. Todos me odian". Ella le preguntó por qué creía eso y él respondió: "Me lo dijo mi mamá".

Teresa tragó saliva. *Soy molesto. Todos me odian.* Recordó cómo Elizabeth le decía que dejara de hablar sin parar sobre rocas. Se había puesto en cuclillas, para que su cara quedara frente a la de Henry, nariz contra nariz, y le había susurrado: "Sé que estás emocionado, pero estás hablando y hablando, solo y en voz alta. Eso es muy molesto para las demás personas y si sigues haciéndolo, tengo miedo de que todos te odien. Así que debes esforzarte mucho para no hacerlo más, ¿de acuerdo?"

—¿Y qué sucedió, entonces? —quiso saber Abe.

—La amiga no quiso darme su nombre, pero sí me facilitó el apellido y la dirección de Henry. Eso fue el jueves 21 de agosto. El lunes siguiente entrevistamos a Henry en la colonia de vacaciones. El Código del Estado de Virginia nos permite entrevistar a un niño sin notificar ni pedir autorización a los padres y sin su presencia. Decidimos hacerlo allí, para minimizar la influencia de ellos en las respuestas.

—¿La acusada se enteró alguna vez de que la estaban investigando por maltrato infantil?

—Sí, la tarde del lunes 25 de agosto, el día antes de la explosión. Fui a su casa y le informé de lo que se la acusaba.

Teresa se imaginó a la policía golpeando a la puerta y hostigándola con acusaciones. Con razón Elizabeth se había mostrado tan distante el día de la explosión. ¿Cómo se sentiría una persona al enterarse de que alguien —una conocida, tal vez una amiga— la había acusado de maltrato infantil?

—¿La acusada negó los cargos?

—No. Solo dijo que quería saber quién había hecho la denuncia y le informé que había sido anónima. Ni siquiera yo lo sabía. Pero a la mañana siguiente, recibí un llamado de la amiga, la que había buscado al niño en la colonia.

—¿En serio? ¿Y qué dijo?

—Estaba muy alterada porque acababa de tener una discusión muy fuerte con la acusada.

Abe dio un paso hacia la detective.

—¿Esto fue la mañana de la explosión?

—Sí. Dijo que Elizabeth la había acusado de haber hecho la denuncia ante los Servicios de Protección del Niño y estaba furiosa con ella. Me pidió que por favor le dijera a Elizabeth quién había hecho la denuncia, para que supiera que no había sido ella.

—¿Y cuál fue su respuesta?

—Le informé que no podía hacerlo, que era anónima —respondió Heights—. Se alteró aún más y dijo que estaba segura de que habían sido las manifestantes. Repitió lo enojada que estaba Elizabeth y dijo que no debería haber hablado conmigo. La cito textualmente: "Está furiosa, me va a matar".

—Detective Heights —dijo Abe—, ¿desde aquel momento en adelante, logró descubrir la identidad de esta amiga, la que llamó la mañana de la explosión y dijo que la acusada, cito textualmente: "Está furiosa, me va a matar"?

—Sí. La reconocí por las fotografías de la morgue.

—¿Quién era?

La detective Heights miró a Elizabeth y respondió:

—Kitt Kozlowski.

ELIZABETH

KITT Y ELLA ERAN MÁS hermanas que amigas. No porque tuvieran una relación más cercana de la que se tiene con amigas, sino más bien porque aunque no se habían elegido tales, el destino las había unido, así que trataban de llevarse bien. Se habían conocido porque sus hijos fueron diagnosticados con autismo el mismo día en el mismo lugar: seis años antes en el Hospital de Georgetown. Elizabeth estaba esperando los resultados de la evaluación de Henry, cuando una mujer comentó: "Esto es como esperar la guillotina, ¿no es cierto?". Ella no respondió, pero la mujer siguió hablando: "No entiendo cómo los hombres pueden concentrarse en el trabajo en un momento como este", dijo mirando a Victor y a otro hombre —su esposo, supuestamente— que trabajaban en sus computadoras. Elizabeth le dedicó una sonrisa poco entusiasta y tomó una revista. Pero la mujer continuó hablando sin parar sobre su hijo: que tenía casi cuatro años, que faltaba poco para el cumpleaños, que le estaba haciendo un pastel del dinosaurio Barney, que adoraba a Barney hasta el punto de obsesión, que no hablaba (¿sería tal vez porque nadie le daba la oportunidad de meter una palabrita?) quizás debido a que era el menor, pues ella tenía otros cuatro hijos, todas niñas que hablaban sin parar (predisposición genética, al parecer), ya sabes cómo son las niñas, etcétera, etcétera. La mujer —"Kitt, como la golosina Kit-Kat, pero con dos T", dijo al presentarse en la mitad del monólogo— no estaba conversando, sino más bien soltando palabras en una catarata interminable, ignorando el hecho de que Elizabeth no respondía. No dejó de hablar hasta que la enfermera llamó a los padres de Henry Ward.

—Bien... veamos: ah, sí, Herny —dijo el médico—. Sé que están muy ansiosos por saber, de modo que iré directo al grano. Henry ha sido diagnosticado como autista. —Lo dijo en tono casual, entre sorbos de café, como si anunciarles a los padres que su hijo es autista fuera algo normal, cotidiano. Por supuesto, para él, neurólogo de una clínica de autismo, *era* algo cotidiano, algo que hacía una vez por hora. Pero para ella, la madre, este era un momento (*el* momento, en realidad) que dividiría su mundo en Antes y Después, la escena definitoria de su vida que reviviría una y otra vez, por lo que ¿cuán necesario era hablar con ese tono casual entre sorbos de frappuccino? Y las palabras que había elegido: "Henry ha sido diagnosticado", como si el diagnóstico no lo hubiera hecho él, sino una misteriosa fuerza de la naturaleza. Y *autista*... ¿acaso existía esa palabra? La ofendía que él convirtiera un trastorno en un adjetivo, cuyo efecto neto era declarar el autismo como la característica que definía a Henry, la suma total de su identidad.

Estaba pensando en esos temas semánticos —por qué las personas eran "diabéticas" pero no "canceréticas", por ejemplo, y la diferencia entre "moderadamente severo" (la ubicación de Henry en el espectro de autismo) y "severamente moderado"— cuando pasó junto a Kitt. Elizabeth no estaba llorando, no lo había hecho en ningún momento, pero su rostro debió de reflejar lo devastada que se sentía, porque Kitt se detuvo y la abrazó; un abrazo apretado, interminable que se da a los amigos más íntimos. Elizabeth no tenía idea de por qué un abrazo fuera de lugar por parte de una desconocida desubicada podía resultarle cualquier cosa que no fuera incómodo, pues lo sintió reconfortante, como de un miembro de la familia, por lo que la abrazó ella también y lloró.

Pensó que nunca volvería a verla: no intercambiaron teléfonos, correos electrónicos, ni siquiera apellidos. Una semana más tarde, sin embargo, se encontraron primero en la sesión de orientación sobre autismo del kinder del distrito, luego otra vez en el consultorio de fonoaudiología y por tercera vez en una sesión informativa sobre análisis conductual aplicado. No era para sorprenderse, en realidad, ya que todas eran recomendaciones recibidas en el Hospital de Georgetown, pero de todos modos, le pareció como algo del destino, demasiada coincidencia para ser una coincidencia. Comenzaron a hacer todo juntas cuando Henry y TJ terminaron en la misma clase en la misma escuela. "Programa de entrenamiento intenso sobre autismo" lo llamaron. Se turnaban para llevar los niños a la escuela y a las terapias y se unieron al grupo local de madres de niños con autismo. Así fueron intimando, como por accidente. No porque disfrutaran particularmente de la compañía de la otra, sino por costumbre, porque se encontraban todos los días, les gustase o no. La proximidad repetida fue llevando a la intimidad; en una oportunidad, después de que Victor dejara caer la noticia bomba de su nuevo amor en California, hasta salieron a emborracharse juntas.

Elizabeth era hija única, por lo que nunca había experimentado algo así, pero el hecho de estar juntas y compartir tanto —desde los puntajes trimestrales del grado de autismo de sus hijos hasta los informes de las maestras sobre las "conductas repetitivas" (balancearse para Henry y golpearse la cabeza para TJ)— resultó en una intensa rivalidad entre ambas. Contaminaba todo lo que hacían, se colaba en los rincones y hendiduras de su relación y en cierto modo, la avinagraba levemente. Elizabeth era consciente de que la competitividad era un problema en el mundo de las madres de niños "normales"; había oído, en la fila del supermercado, cómo las mujeres comparaban el estado del trámite de admisión de sus hijos a los programas para niños talentosos. Pero como todo, los celos se acentuaban en el mundo del autismo, que era a la vez, el más cooperativo y competitivo que había visto, con intereses que *importaban*: no a qué universidad va a ir tu hijo, sino si va a poder sobrevivir en esta sociedad; si va a aprender a hablar, si va a poder vivir fuera de casa, cómo va a vivir cuando no estés. A diferencia del mundo típico y "normal", en el que. el hecho de compartir los éxitos de otros, ayudar a lograrlos y celebrarlos era mucho más intenso y complejo porque la mejoría de otro niño significaba que había esperanzas para el tuyo, pero también te ponía más presión encima para que lo lograras. En el caso de Henry y TJ, todo esto se magnificaba porque tenían la misma edad y estaban en la misma clase, por lo cual era imposible no compararlos ni marcar las diferencias.

Cuando comenzaron con los tratamientos biomédicos y Henry mejoró y TJ no, la relación de Elizabeth y Kitt mutó en algo que parecía amistad por afuera —seguían turnándose para llevar y traer a los niños y juntándose a tomar café los jueves— pero se sentía como algo diferente por dentro. Lo curioso era que había sido Kitt la que mencionó por primera vez a Derrotemos al Autismo, un grupo de médicos (la mayoría con hijos que lo padecían) que promovían tratamientos para "recuperarse" del trastorno, algo que Elizabeth no había sabido que era posible. Por cierto, el concepto era extraño, sobre todo porque el mundo en general no creía que el autismo fuera algo de lo que alguien se "recupera". De fracturas de huesos, sí. De una neumonía, por supuesto. Tal vez hasta del cáncer, con suerte. ¿Pero del autismo? Eso era algo de por vida. Además, la "recuperación" implicaba una base de normalidad que se había perdido, mientras que se suponía que el autismo era una característica innata, lo que significaba, por supuesto, que no había nada perdido para recuperar. Ella se había mostrado escéptica, pero intentar con los tratamientos era lo mismo que haber bautizado a Henry a pesar de ser atea: si ella tenía razón, solo estaban echándole agua en la cabeza (sin hacerle daño), pero si el que estaba en lo cierto era Victor, lo estaban salvando de la condena eterna en el infierno, lo que era una gran ventaja. Del mismo modo, las dietas y vitaminas especiales no le harían daño, pero si existía la menor posibilidad de "recuperación", las posibles ventajas le cambiarían la vida. Riesgo cero. Recompensa cero, probablemente también, pero con posibilidades de que fuera enorme. Era matemáticas simple.

Entonces, lo hizo. Eliminó los colorantes, los aditivos, el gluten y la caseína de la dieta de Henry y soportó las miradas de "uh, qué madres neuróticas" que le dirigían las maestras cuando les pedía que en la merienda le dieran las uvas orgánicas que llevaba ella en lugar de las golosinas que proveía la escuela. Suplicó al pediatra que le hiciera los análisis a pesar de su resistencia ("No voy a torturar a un niño tomándole muestras innecesarias de sangre, y ni qué hablar de incurrir en gastos del seguro médico") y cuando los resultados mostraban anormalidades predichas por los médicos del grupo DA (valores elevados de cobre, bajos de zinc y alta concentración viral) logró que el pediatra —levemente humillado— dijera que sí, que no sería *perjudicial*, exactamente, darle a Henry vitamina B12, zinc, probióticos y todo lo demás.

Nada de esto la hacía especial: había una docena de otras madres en su grupo que habían tomado el camino "biomédico" hacía años. La diferencia había sido Henry. Era el paciente ideal de los tratamientos biomédicos, pues su reacción había sido asombrosa. Una semana después (¡solo una!) de que Elizabeth eliminó los colorantes, los episodios de balanceo de Henry pasaron de veinticinco por día a seis.

Dos semanas después de comenzar con suplemento de zinc, comenzó a hacer contacto visual, esporádico y breve, por supuesto, pero comparado con nada y nunca, era un avance increíble. Y al mes de añadir inyecciones de vitamina B12, la cantidad media de palabras en sus expresiones verbales se duplicó, pasando de 1.6 a 3.3.

Cuando hablaba con Kitt, Elizabeth se cuidaba de no ufanarse y de ser sensible al hecho de que TJ no mostraba cambios. El problema era que tenían enfoques diferentes hacia las terapias —Elizabeth era meticulosa y Kitt, relajada— y era difícil no pensar que por ser ella tan minuciosa y detallista (por ejemplo, había comprado una máquina tostadora y elementos de cocina separados para Henry para asegurarse que cumpliera a rajatabla la dieta) la reacción de Henry había sido tan fenomenal. Kitt, por el contrario, dejaba que TJ "hiciera trampa" con la dieta en ocasiones especiales, las que con cuatro hermanas, cuatro abuelos, nueve primos y treinta y dos compañeros de clase, ocurrían una vez por semana, y además, se olvidaba regularmente de darle los complementos. Elizabeth se dijo una y otra vez que TJ no era su hijo y que cada uno tenía su manera de hacer las cosas, pero sufría por el niño, le hacía mal verlo estancarse mientras que Henry mejoraba. Ansiaba restablecer la igualdad entre ellos y con ella —sí, lo admitía, eso era lo que más deseaba— su relación de intimidad con Kitt. Se ofreció a ayudar, a organizarle los suplementos a TJ en envases para medicamentos con compartimentos para cada día de la semana y a traer magdalenas que cumplieran con la dieta para los cumpleaños escolares, pero Kitt dijo: "¿Dejar mi vida en manos de la fundamentalista del autismo? No, gracias". Fue una broma, acompañada de un guiño y una carcajada, pero había veneno allí, debajo de la superficie.

El día que el director anunció que Henry sería trasladado de la clase de niños con autismo a otra para casos más "leves", como trastornos de atención e hiperquinesia (la clase denominada con el oxímoron "educación especial general") Kitt la abrazó y dijo: "¡Qué maravilla, me alegro tanto por ti!", pero parpadeó muy rápido y esbozó una sonrisa demasiado ancha. Diez minutos después, cuando Elizabeth pasó junto al coche de Kitt en el estacionamiento, la vio inclinada sobre el volante, sollozando.

Al recordar eso ahora, Elizabeth deseó poder retroceder a aquel momento, abrir la puerta y decirle a Kitt que no llorara, que nada de eso tenía importancia. Porque, ¿de qué servía el "mayor funcionamiento" de Henry, de qué servía que pudiera decir más palabras, si ahora estaba en un ataúd y TJ estaba vivo? ¿Si TJ podría comer y reír y correr, mientras que Henry nunca volvería a hacer nada de eso? ¿Qué habría dicho Kitt si hubiera sabido que en unos pocos años, Elizabeth iba a dar cualquier cosa por intercambiar lugares con ella, por ser la madre muerta del niño vivo en vez de la madre viva del niño muerto, por haber muerto protegiendo a su hijo, por no tener que pasar por la tortura de imaginar el dolor de su hijo y soportar la culpa de saber que ella lo había causado?

Pero ninguna de las dos sabía lo que vendría, por supuesto. Aquel día, al pasar junto a Kitt en el estacionamiento, pensó en cuando la conoció, cuando Kitt se detuvo y la abrazó con fuerza y quiso detener el coche, correr hacia Kitt y abrazarla, llorar con ella. Quiso pedirle perdón por juzgarla y criticarla, disfrazando eso de "ayuda" y decirle que no lo haría más, que la escucharía y la apoyaría. Pero ¿cómo se sentiría Kitt si Elizabeth —la mamá del chico que le causaba dolor— la reconfortaba y fingía comprender? No pudo decidir si estaba pensando en Kitt, o siendo egoísta porque no quería perder a su única amiga.

Condujo hasta su casa y más tarde ese mismo día, Kitt le envió un correo electrónico para decirle que ya no tenía sentido que se turnaran para llevar y traer los niños, puesto que la clase nueva de Henry estaba en una escuela a diez kilómetros de distancia y —además— no iba a poder tomar café el jueves, porque tenía un viaje escolar con una de las niñas. Elizabeth respondió que no había problema, que la vería pronto. A la semana siguiente no hubo correo electrónico, pero ella fue al Starbucks habitual el jueves y esperó. Kitt no apareció. Elizabeth no la llamó ni le escribió. Siguió yendo todos los jueves a la cafetería, a sentarse junto a la ventana y esperar que entrara su amiga.

*

Sentada en el tribunal, recordó aquel jueves anterior a la explosión, el día que la detective Heights fue a la colonia de vacaciones de Henry y se encontró con Kitt. Como de costumbre, ella había estado en Starbucks, pensando en Kitt. No la había visto demasiado después del cambio de escuela de Henry, solamente en los encuentros mensuales para mamás de niños con autismo, pero con la OTHB, había esperado que volvieran a su antigua relación de cercanía. Y en un sentido, así fue; hablaban horas todos los días durante la inmersión y se habían puesto al día con todas las novedades. Pero había una cierta incomodidad, la sensación de que se esforzaban (era ella la que se esforzaba, en realidad) demasiado para revivir una antigua relación que se había arruinado. Y luego, encima de todo, llegó la discusión sobre el yogur YoFun, después de una inmersión particularmente incómoda en la que trató de contarle a Kitt de nuevas terapias y colonias de verano, pero Kitt se limitó a asentir cortésmente, sin responder. Elizabeth se sintió tan frustrada que en un momento (le dolía admitirlo), perdió el control y se convirtió en una perra hiriente y desagradable. Se dio cuenta, y quiso frenar, pero todo el dolor contenido hizo erupción y brotó en palabras que no podía contener.

Dejó el café y tomó una decisión: tenía que disculparse con Kitt como correspondía, en persona. No en la OTHB, donde nunca estaban solas y tampoco podía ir a su casa, pues se veía fuera de lugar, desesperada. Pero podía llamarla, decirle que estaba retrasada, y pedirle que buscara a Henry en la colonia de vacaciones que estaba a algunas calles de la de TJ. Después, cuando fuera a casa de Kitt a buscar a Henry, le hablaría. Le pediría perdón, le diría que la echaba de menos y tal vez, si se quitaban toda la amargura de adentro, podrían volver a acercarse sin rencores. De modo que así lo hizo, lo que significó —¡Dios, qué ironía!— que ella misma fue responsable de que Kitt se encontrara con la detective Heights y verificara la denuncia de maltrato infantil. Y ni siquiera pudo disculparse: cuando fue a buscar a Henry, Kitt estaba alterada y mencionó rasguños de un gato, lo que la hizo entrar en pánico y marcharse, convirtiendo la oportunidad del sinceramiento profundo que había imaginado en una conversación de un minuto en la puerta.

Y ahora Kitt estaba muerta y había una detective psicóloga en el estrado, contándole al mundo lo que Kitt había pensado y dicho sobre la loca de Elizabeth, su antigua amiga.

Abe habló en ese momento:

—¿Cuando Kitt llamó el día de la explosión y dijo que la acusada, cito textualmente, "está furiosa, me va a matar" mencionó alguna otra cosa?

—Sí —respondió Heights—. Manifestó que había descubierto que Henry estaba por ser sometido a terapia endovenosa de quelación. —Miró al jurado—. Esta terapia consiste en la administración endovenosa de drogas poderosas para que el cuerpo elimine metales tóxicos. Está aprobada por la Administración de Alimentos y Drogas para casos de intoxicación con metales pesados.

—¿Henry estaba intoxicado? —preguntó Abe, con su característica expresión de fingido desconcierto.

—No, pero algunos creen que los metales y pesticidas causan autismo y que, desintoxicando el cuerpo, es posible curarlo.

—Suena poco ortodoxo, por cierto, pero ¿no es algo que queda a juicio del médico?

—No. Muchos niños han *muerto* por eso, algo que la acusada sabía. Posteó online sobre el tema, pero no le dijo nada al pediatra de Henry. Utilizó un médico naturista de afuera del Estado lo que constituye una práctica alternativa no reconocida en Virginia y compró las drogas por internet. En mi opinión, esto es poner al niño en peligro, someterlo a un tratamiento *secreto* y potencialmente fatal.

—¿Mencionó Kitt qué aspecto de este tratamiento le preocupaba?

—Sí. Dijo que Elizabeth planeaba combinarlo con uno todavía más extremo llamado SMM.

Abe levantó una bolsa plástica cerrada que contenía un libro y dos botellas plásticas.

—¿Reconoce esto, detective?

—Sí, es lo que encontré debajo del fregadero de la acusada. El libro se llama *SMM: Suplemento Mineral Milagroso*, una guía sobre la última teoría para el autismo en la que se mezcla clorito de sodio con ácido cítrico, que son esas dos botellas plásticas, lo que forma dióxido de cloro. —Miró al jurado—. Eso es lejía. Se supone que hay que administrar esta solución oralmente; o sea, darle de beber lejía ocho veces por día.

Abe adoptó una expresión de horror.

—¿La acusada le dio eso a su hijo?

—Sí, una semana antes de su muerte. Anotó en un cuadro dentro del libro que él lloró, tuvo dolores estomacales y casi 40 grados de fiebre, y que vomitó cuatro veces.

—¿La acusada registró estos detalles, como quien lleva a cabo experimentos con ratones?

Shannon objetó y el juez hizo valer la objeción, diciéndole a Abe que se limitara a los hechos. Pero Elizabeth vio el rechazo y el horror en los rostros del jurado y en sus mentes, la imagen de los sádicos médicos nazis que torturaban prisioneros. Nada de eso tenía que ver con cómo ella lo recordaba: había abrazado a Henry con fuerza y le había dicho que se pondría bien; había sido muy difícil leer el termómetro con las manos temblorosas y los ojos nublados de lágrimas.

Heights prosiguió:

—Esto encaja con la versión de Kitt. Aparentemente Elizabeth dijo que iba a dejar el SMM porque le estaba haciendo muy mal a Henry y no quería que se perdiera la colonia de vacaciones, pero que lo retomaría, combinado con la quelación, cuando las vacaciones terminaran. De ese modo, si se sentía verdaderamente mal, no iba a importar.

—*Si se sentía verdaderamente mal no iba a importar* —repitió Abe, con los ojos vidriosos y la mirada fija, como si imaginara el sufrimiento de Henry. Sacudió la cabeza. Kitt había hecho lo mismo: había repetido la frase de Elizabeth y sacudido su propia cabeza, mientras le decía escandalizada: "¿Si se siente verdaderamente mal no importa? ¡Hazme el favor de escucharte hablar! Henry está bien. ¿Por qué insistes en todas estas mierdas?", antes de hacer su comentario habitual sobre los bombones, las palabras que enojaron a Elizabeth y llevaron a la pelea amarga diez horas antes de la muerte de Kitt.

La primera vez que Kitt lo dijo fue en la reunión de mamás de autismo después de que el neurólogo de Georgetown hizo las pruebas a Henry y declaró que "ya no estaba dentro del espectro autista". Hubo champaña en vasitos de plástico con cartelitos de felicitaciones y las mamás brindaron; algunas lloraron, aunque no necesariamente de felicidad. A juzgar por su propio llanto incontrolable cuando leía esas autobiografías que decían "mi hijo se recuperó milagrosamente del autismo", Elizabeth sabía que las lágrimas eran una mezcla de desesperación ("Un niño se curó, pero el mío no") y esperanza ("Un niño con autismo se curó, tal vez el mío también se cure").

Alguien dijo algo sobre despedirse y que extrañarían a Elizabeth en las reuniones. Cuando ella dijo que no era el caso, pues pensaba seguir con todo —reuniones, tratamientos biomédicos, terapia del habla, etcétera— Kitt emitió su frase famosa. Sacudió la cabeza como si Elizabeth estuviera loca y dijo riendo: "Si yo tuviera un hijo como el tuyo, me quedaría echada sobre el sofá comiendo bombones todo el día".

Elizabeth sintió un sacudón, como un choque eléctrico, pero trató de sonreír. Intentó ignorar la forzada ligereza de la voz de Kitt y el desdén de su risa; eran el equivalente, en sonidos, al revoleo impaciente de ojos que hacen los adolescentes frente a una madre pesada. Se dijo que Kitt era insolente y sarcástica, una persona sin filtro y que el comentario sobre los bombones era su forma de tratar de ser graciosa —sin saber lo ácidas que eran sus palabras— y felicitar a Elizabeth por terminar la maratón que habían comenzado juntas y decirle que se había ganado el derecho a relajarse y disfrutar de la vida.

El problema era que Elizabeth no creía que ella (ni Henry, para el caso) hubieran alcanzado la línea de llegada. No ser autista no era lo mismo que ser normal. Hasta las palabras empleadas por el médico —"el habla es imposible de diferenciar de sus pares neurotípicos"— lo dejaba bien en claro: Henry no era neurotípico, pero había aprendido a imitar a los "normales", como un monito de laboratorio entrenado. Si se esmeraba, podía pasar por normal, pero era una normalidad precaria, que caminaba por el borde del abismo.

En un sentido, tener un hijo recuperado de autismo era como tener uno con cáncer en remisión o recuperado del alcoholismo. Había que estar constantemente en guardia, buscando signos anormales, cualquier cosa que pudiera significar que estaba volviendo a caer, e intentando a la vez no convertirse en una madre paranoica. Sonreír cuando otros te felicitaban por ganarle al destino, mientras que se te revuelve el estómago de miedo de pensar que tal vez no sea algo duradero.

Pero no podía decírselo a Kitt ni a ninguna mamá de niños con autismo. Sería como que alguien en remisión fuera a llorar por la posibilidad de morirse de cáncer recurrente delante de alguien que se está muriendo de cáncer en ese momento; sería no apreciar la suerte que tenía ni cómo sus problemas eran menores que los de las demás. Por eso, cuando Kitt dijo eso de los bombones, ella no respondió que Henry podía tener una regresión. No dijo que seguía muy preocupada, que Henry no tenía amigos en la clase nueva, que cuando estaba enfermo o nervioso volvía a sus viejos hábitos de mirar hacia arriba y repetir la misma frase con tono monocorde, como un robot. No, cada vez que Kitt lo decía (y al parecer le resultaba más gracioso cada vez), Elizabeth emitía una risita. Excepto aquel último día. La mañana de la explosión, mientras caminaban hacia los coches, ella estaba hablando sobre el SMM cuando Kitt dijo:

—¿Por qué sigues con esa mierda? Tal vez esas manifestantes tengan razón. Como digo siempre…—y soltó su comentario habitual sobre los bombones. Pero esta vez, sin reírse.

Elizabeth no respondió. Subió a Henry al coche, le dio rodajas de manzana y esperó a que Kitt subiera a TJ a su coche. Cuando hubo cerrado la puerta, dijo:

—No, no lo harías.

—¿Qué cosa no haría?

—No te quedarías echada comiendo bombones todo el día si TJ fuera como Henry. La maternidad no funciona así, lo sabes bien. ¿Crees que todas las madres de chicos normales dicen: *Ay, mi niño no tiene necesidades especiales, así que no tengo nada que hacer, voy a encargar bombones a París*? Créeme, me *encantaría* estar echada en un sofá todo el día comiendo bombones en vez de cuidar de Henry, pero siempre hay algo de qué preocuparse. Si no es la salud, es la escuela o los amigos o *algo*. Es interminable. ¿Cómo puedes no entenderlo?

Elizabeth revoleó los ojos.

—Ay, Elizabeth es una broma, una forma de hablar. Te estoy diciendo que aflojes un poco con esta locura de "No podré descansar hasta que mi hijo sea absolutamente perfecto".

—No eres quién para decirme que afloje. Del mismo modo que Teresa no es quién para decirte que dejes todo lo que haces por TJ porque él puede caminar.

—Eso es ridículo. —Kitt se volvió para alejarse.

Elizabeth se le puso adelante.

—Piénsalo. Si Rosa despertara mañana y fuera como TJ, sería un milagro… Teresa está haciendo todas las terapias para lograr algo así. ¿Pero acaso eso le da el derecho a decirte que no deberías esforzarte por lograr llevarlo más lejos de donde está ahora?

Kitt sacudió la cabeza.

—*Tienes* que relajarte, en serio. Es una broma, por el amor de Dios.

—No, no lo creo. Creo que te molesta. Que estás celosa porque nuestros hijos eran iguales al principio, pero Henry mejoró y TJ no, y estás tratando de tirarme abajo y hacerme sentir mal por dejarte atrás. Pues bien… ¿sabes una cosa? Me siento culpable, sí. —Ante esta admisión, Elizabeth sintió que todo el rencor se le iba del cuerpo, dejando un hormigueo tibio, como cuando un pie dormido recupera la sensibilidad. Finalmente tenía la oportunidad de decirle todo, lo culpable que se sentía, cómo extrañaba a Kitt, cómo se arrepentía por haber sido tan criticona y severa.

Cuando abrió la boca para decirlo, para pedir perdón, Kitt cayó contra el capó del coche, con las manos sobre el rostro. Elizabeth pensó que podía estar llorando y se le acercó justo cuando Kitt se quitaba las manos del rostro. Su expresión era una mezcla de cansancio, diversión y no-puedo-creer-que-estoy-hablando-con-esta-loca.

—Qué ridiculez, por favor —dijo Kitt sacudiendo la cabeza—. Te lo aseguro, eres todo un personaje. In-cre-í-ble.

Elizabeth no pudo responder.

Kitt suspiró, largamente, como extenuada.

—¿Crees que te digo que aflojes porque tengo esperanzas

de que Henry haga una regresión al autismo? ¿Qué clase de hija de puta me crees? No estoy celosa ni enojada contigo —manifestó—. ¿Me gustaría que TJ hablara y fuera normal como Henry? Claro que sí. Soy humana. Pero me alegro por ti. Es solo que… —Volvió a respirar, pero esta vez con los labios fruncidos, como en la respiración de yoga, una inspiración nutritiva que le diera valor para lo que estaba por decir. Miró a Elizabeth a los ojos—. Mira, hablo en serio. Creo que te esforzaste mucho para lograr que Henry llegue a donde está. Es solo que… lo has estado haciendo durante tanto tiempo, que ya no sabes cómo frenar. Creo que tal vez… —se mordió el labio.

—¿Tal vez qué?

—Creo que te esforzaste mucho para limar el autismo y ahora te queda Henry, el niño que estaba destinado a ser. Y pienso que tal vez no te agrada ese niño. Es peculiar y le gusta hablar de rocas o qué sé yo. No es el chico más querido de la clase y nunca lo será. Creo que esperas poder transformarlo en el chico que deseas, en vez de dejarlo ser el niño que tienes. Ningún chico es perfecto y no *puedes* lograr la perfección con más tratamientos. Son peligrosos y no los necesita. Es como seguir con la quimioterapia una vez que el cáncer se fue. Esos tratamientos, ¿por quién los haces, por él o por ti?

Quimioterapia una vez que el cáncer se fue. La detective que había ido a su casa la noche anterior había usado esas mismas palabras para explicar la denuncia de maltrato. Elizabeth miró a Kitt.

—Fuiste tú.

—¿Cómo? ¿Qué cosa fui yo?

—La que llamó a Servicios de Protección del Niño para denunciarme por maltrato.

—¿Qué? No. No sé de qué estás hablando —se defendió.

Pero por la forma en que Kitt se sonrojó del cuello a la frente en un instante, por las palabras rápidas y por sus ojos, que se fijaron en todas partes menos en ella, Elizabeth se dio cuenta de que Kitt sabía perfectamente de qué estaba hablando. Se sintió traicionada, confundida, avergonzada y todo eso le cerró la garganta e hizo que viera fogonazos en el campo de visión. No pudo quedarse allí un segundo más. Corrió al coche, cerró la puerta y huyó del lugar, levantando un tornado de polvo.

YOUNG

YOUNG NO ENCONTRABA EL COCHE. No estaba en ninguno de los lugares reservados para discapacitados del estacionamiento del tribunal ni en la calle frente al edificio. Pak no dijo nada; se limitó a sacudir la cabeza como si ella fuera una niña olvidadiza a la que no podía regañar por estar demasiado cansado.

—¿Cómo vas a olvidar dónde lo dejaste? Si estacionaste hace unas pocas horas —se quejó Mary.

Apretó los dientes y mantuvo la boca cerrada. Las preguntas y acusaciones le daban vuelta por la cabeza como bolas en esos bolilleros que arrojan los números de lotería y ahora, en una calle pública y con su hija, no era el momento de darles voz.

Encontró el automóvil a dos calles, en un parquímetro. Mientras les hacía señas para que vinieran, vio un papel debajo del limpiaparabrisas. ¿Una multa? No recordaba haber puesto monedas en el parquímetro. Pero tampoco recordaba haber estacionado allí, para el caso. Young pasó entre los contenedores malolientes de basura, colocó el paraguas de forma que Pak no viera el parabrisas y tomó la multa: 35 dólares.

En las tres horas desde que había descubierto el listado de apartamentos en Seúl y había vuelto a Pineburg, entrado en el tribunal y escuchado el testimonio de la detective Heights, se había sentido como dentro de un sueño. No uno agradable, suave, con esa sensación reconfortante de que todo es posible, ni tampoco una pesadilla, sino uno de esos sueños en lo que uno juraría que está en la vida real, pero con las cosas suficientemente distorsionadas como para sentirse desorientado. *Qué emocionados estarán de regresar*, decía la nota del agente inmobiliario. Una mudanza internacional, sin decirle una palabra a su esposa. ¿Tendría planeado dejarla, tal vez por otra mujer? ¿O estaría en lo cierto la abogada de Elizabeth al creer que había orquestado un plan para enriquecerse rápidamente y escapar? ¿Qué era mejor, tener un esposo adúltero o asesino?

Hablaría con Pak. *Necesitaba* hablar con él, para dejar de pensar constantemente en esas posibilidades. Durante un breve receso del tribunal, él se había disculpado con ella por no haberle contado que lo habían despedido. Dijo que no quería que supiera que tenía dos empleos, que no quería que se preocupara, pero que de todos modos debería habérselo contado. La sinceridad de Pak le hizo pensar que él había cometido errores, desde luego, pero que era un buen hombre. Le mostraría lo que había encontrado —de manera objetiva, sin críticas ni acusaciones— y esperaría a que él le diera una explicación.

Yuh-bo, le diría, utilizando la palabra "cónyuge" en coreano, como una buena esposa, ¿por qué escondiste los cigarrillos en el cobertizo?

Yuh-bo, ¿qué estabas haciendo en la tienda Party Central el día de la explosión?

Yuh-bo, ¿qué hiciste después de que me dejaste sola en el granero?

Cuanto más lo pensaba, más se daba cuenta de que la culpa de no conocer las respuestas era de ella. Para la última pregunta, la más importante —qué había estado haciendo antes de la explosión— nunca había recibido una respuesta clara. Había estado demasiado enfocada en cómo *debía* ser la historia de ellos, como para exigir una respuesta de qué había pasado de verdad, qué había hecho Pak *realmente*, qué acciones específicas había involucrado "vigilar" a las manifestantes.

Guardó la multa en el fondo del bolso y lo cerró. Ayudó a Pak a subir al coche, guardó la silla de ruedas y encendió el coche para volver a casa, donde por fin le haría la pregunta que en el último año no se había atrevido a hacer por temor y estupidez.

Yuh-bo, ¿tuviste algo que ver con la explosión?

*

Cuando por fin estuvo a solas con Pak, ya eran las ocho de la noche. Mary por lo general iba a dar un paseo por el bosque después de cenar, pero como no paraba de llover, Young le dio treinta dólares y le sugirió que como era su última noche con diecisiete años, se llevara el coche y saliera con amigos. Darle esa suma significaba que tendrían que economizar aún más por un mes, pero valía la pena para acabar con la incertidumbre. Además, cumplir dieciocho años era un hito en la vida. No podían permitirse salir en familia ni comprarle un regalo, así que Mary iba a tener que conformarse con esto.

Cuando entró desde el cobertizo con la bolsa, Pak estaba sentado a la mesa leyendo el periódico que había tomado del reciclaje del tribunal.

—Estás toda mojada —comentó, levantando la vista. Debía de estar lloviendo todavía, pero Young no se había dado cuenta, ni siquiera había sentido la lluvia empapándola mientras caminaba hasta el cobertizo y revisaba la bolsa para cerciorarse de que el listado de apartamentos estuviese realmente allí y no fuera una alucinación que había tenido en su estado nauseoso. Lo curioso fue que no se dio cuenta de la lluvia, pero en cuanto Pak hizo el comentario, la sensación de la ropa empapada contra la piel comenzó a incomodarla. Tenía la bolsa incriminatoria a los pies, las acusaciones en la garganta, pero en lo único que podía pensar era en que la blusa mojada de nylon le provocaba picazón.

—¿Tienes algo para mostrarme? —preguntó Pak y dejó el periódico sobre la mesa.

Ella sintió momentáneamente confundida y se preguntó cómo sabía él que había encontrado algo, pero entonces vio su bolso, abierto, con el papel de la multa visible. Se quedó mirando a su esposo, que la observaba como un padre mira a un niño que se ha portado mal. Sintió que le subía calor por el cuello, un enojo intenso por el hecho de que él ni intentaba disculparse por haberle revisado las pertenencias.

Fue hasta la mesa y recogió su bolso.

—¿Me revisaste el bolso?

—Te vi ocultando la multa antes de subir al coche. Treinta y cinco dólares es mucho dinero. ¿Cómo pudiste hacer semejante estupidez? —El tono de Pak era suave, pero no amable. No, era condescendiente como el que usan los padres para regañar a los hijos, cubierto con una pátina de suavidad fingida que oculta el enojo.

Y Pak *estaba* enojado. Ahora lo veía. Después de lo sucedido hoy, de que ella se enterara de sus mentiras de años al mismo tiempo que los desconocidos de un tribunal, *él* estaba enojado con *ella*. De pronto, toda la conversación le resultó ridícula, la ansiedad y el temor de enfrentarlo por la caja de lata, una farsa, y no supo si quería abofetearlo o reírse a carcajadas.

—¿En qué podría haber estado pensando? ¿Veamos, qué podía tener en la cabeza que no fuera el parquímetro? —replicó Young. Recogió la bolsa y una abrumadora sensación de poder le atravesó el cuerpo, brindándole una calma helada—. *Esto*, tal vez —agregó y dejó caer la caja de lata sobre la mesa con un ruido metálico—. Todas las cosas que me estuviste ocultando.

Pak contempló largamente la caja, luego extendió la mano para tocarla. Parpadeó cuando el dedo índice entró en contacto con el extremo y lo retiró de inmediato, como si hubiera tocado un fantasma y se hubiera dado cuenta de que era sólido.

—¿Dónde encontraste esto? ¿Cómo?

—Donde lo ocultaste, en el cobertizo.

—¿En el cobertizo? Pero si se la di a… —Miró la caja, luego hacia un lado, una y otra vez, como esforzándose por recordar algo. Tenía el rostro fruncido en un desconcierto tan absoluto que Young se preguntó si realmente pensaba que se la había devuelto a los Kang.

Pak sacudió la cabeza.

—Debo de haberme olvidado de devolverla y terminó aquí. ¿Pero qué importancia tiene? Teníamos guardados unos cigarrillos viejos y no lo sabíamos. No es nada importante.

Sonaba sincero. Pero la goma de mascar, el desodorante ambiental, el listado de apartamentos… todo eso probaba que había ocultado cosas el verano pasado. No, Pak mentía, como lo había hecho en la oficina de Abe. Young recordó el frío que le corrió por la espalda al ver lo convincente que podía ser cuando insistía con que las mentiras que decía eran la verdad. Estaba haciendo lo mismo y pretendía que ella se dejara engañar.

Pack pareció tomar su silencio como consentimiento. Empujó la caja lejos de él y dijo:

—Bien, entonces está aclarado. La arrojaremos a la basura y olvidaremos el asunto. —Levantó el papel de la multa—. Ahora esto…

Young se lo arrancó de la mano y lo rompió en dos.

—¿La multa? La *multa* no es nada. Solo algo de dinero, se paga y ya. ¿Pero esto? —dijo. Tomó la caja de lata y la agitó; el contenido hizo un ruido metálico. La apoyó de nuevo sobre la mesa con violencia y la abrió—. ¿Ves estos cigarrillos? Son

Camel, igual que los que *alguien* usó para matar a *nuestros* pacientes en *nuestra* propiedad. Y goma de mascar y aerosol Febreeze, lo que usa la gente para disimular que fuma. Todo escondido en el cobertizo. ¿Te parece que no es nada, cuando te pasaste el día *declarando bajo juramento* que dejaste de fumar? No es algo sin importancia. Son pruebas. —Buscó los papeles del agente inmobiliario y los golpeó contra la mesa—. ¿Y qué haría esa abogada con *esto*? ¿Qué diría el jurado si supiera que justo antes de la explosión estabas planeando en secreto mudarte de vuelta a Seúl?

Pak tomó el fajo de papeles y contempló la primera hoja.

—Soy tu esposa —continuó—. ¿Cómo pudiste ocultarme eso?

Él hojeó el fajo de papeles. Recorrió con la mirada las páginas, una por una, como en un esfuerzo por procesarlas, encontrarles sentido.

Al ver la expresión incierta de Pak, Young sintió que el enojo se le disolvía y se convertía en preocupación. Los médicos le habían advertido que él podría tener síntomas tardíos. ¿Acaso tendría lesiones cerebrales y se habría olvidado del listado?

—Yuh-bo —dijo—. ¿Qué sucede? Cuéntamelo.

Pak la miró a los ojos, luego bajó la mirada hacia su mano, como si se hubiera olvidado de que ella estaba allí. Frunció el entrecejo, luego dejó escapar un largo suspiro.

—Perdóname. Fue solo un sueño tonto. Por eso no te lo dije.

—¿Qué cosa no me dijiste? —sintió que una nueva oleada de náuseas le acalambraba el estómago. Pensó que sería un alivio escuchar la verdad, saber que no era solo una idea de ella, pero ahora que él estaba confesando, con aire contrito, ella deseaba poder retroceder a unos segundos antes cuando sus sospechas eran infundadas y su enojo, injustificado.

—Lo siento —dijo él—. Guardé los cigarrillos. Sabía que tenía que dejar de fumar, y lo hice, nunca más fumé, pero me gustaba tenerlos entre los dedos. Cuando estaba preocupado por algo, me hacía bien… sentirlos, olerlos. Y el olor era tan fuerte aun sin fumarlos, que me compré la goma de mascar y el desodorante ambiental. No quería que te enteraras porque… porque me parecía tan *estúpido* de mi parte. Tan débil.

Fijó los ojos entornados de dolor y ansiedad en los de ella.

—¿Y los apartamentos? —quiso saber Young.

—Eso… —dijo y se frotó la cara con las manos—. Eso no era para mí. Fue porque… como nos estaba yendo tan bien con el negocio, pensé que podríamos ayudar a mi hermano a mudarse a Seúl. Ya sabes cómo sueña con eso. —Sacudió la cabeza—. Pero bueno, ya viste los precios. Le dije que no iba a ser posible, y allí terminó todo. —Volvió a suspirar—. Debería haberte contado, pero primero quería averiguar precios. Y cuando los averigüé, después ya no tenía sentido contarte porque no iba a hacer nada.

—Pero el agente inmobiliario escribió que ibas a volver a Corea.

—Por supuesto, le dije eso. Si le decía que eran solo averiguaciones, ¿qué incentivo iba a tener para ayudarme?

—¿Estás diciendo que en ningún momento planeaste que nos mudáramos de regreso a Corea?

—¿Por qué lo haría? Hicimos tantos sacrificios para estar aquí. Aun ahora, sigo queriendo quedarme y hacer que funcione. ¿Y tú, no? —Tenía el rostro apenas inclinado hacia la izquierda, los ojos grandes e interrogantes como los de un cachorro que mira a su dueño, y ella sintió culpa por descreer de sus motivos.

—¿Y qué hay de Creekside Plaza? —preguntó—. *Sé* que no fuiste a Walgreens a comprar talco. Recuerdo bien que utilizamos fécula de maíz.

Pak colocó su mano sobre la de ella.

—Pensé en decírtelo, pero quería protegerte. No quería que tuvieras que seguir mintiendo por mí. —Bajó la mirada y siguió el recorrido de las venas verdosas de ella con el dedo—. Compré globos en Party Central. Quería deshacerme de las manifestantes. Pensé que si podía causar un corte de energía y culparlas, la policía se las llevaría.

La habitación pareció inclinarse. Young lo había supuesto, lo había sospechado desde el momento que los globos entraron en escena, pero fue un golpe escuchar la confirmación de Pak. Qué extraño… aquí estaba su esposo, admitiendo que le había ocultado un delito, pero en lugar de espantarla, la hacía sentirse mejor de lo que había estado en todo el día. El hecho era que él no estaba obligado a confesar. Young no tenía pruebas, solo sospechas, y Pak podía muy bien haber inventado una historia pero, sin embargo, eligió ser sincero. Young tenía esperanzas de que tal vez —tal vez— todo lo otro que le había contado esa noche también fuera verdad.

—¿Por eso saliste del granero esa noche? ¿Por algo relacionado con los globos?

El asintió.

—Perdóname. Sé que no debería haberte dejado sola de ese modo, pero cuando llamó la policía, dijeron que iban a venir pronto para llevarse los globos y revisarlos en busca de huellas digitales, así podría dejar demostrado que habían sido las manifestantes y conseguir una orden de restricción para que no puedan acercarse al predio. Entonces me di cuenta de que no había limpiado los globos y no quería que encontraran *mis* huellas, por lo que salí a buscarlos. Pensé que me tomaría solo un minuto, pero me resultó difícil bajarlos y fue entonces cuando vi a las manifestantes. Me preocupé pensando que podrían intentar algo y entonces te llamé para decirte que no podría volver antes de que terminara la inmersión.

—¿Por eso estaba Mary contigo, para ayudarte con eso? *¿Ella* estaba al tanto de todo esto?

—No —respondió Pak, y Young sintió que le quitaba un peso del pecho. Una cosa era que tu esposo tuviera secretos que no te contaba y otra muy distinta era que se los confiara a tu hija—. No —repitió—, solo le dije que necesitaba ayuda para bajar los globos. Y me *ayudó*, de verdad; fue al cobertizo a buscar varas para tratar de alcanzarlos y ese tipo de cosas. Hasta intenté levantarla a ella sobre mis hombros.

Young miró las manos de ambos, juntas sobre la mesa.

—Yuh-bo —dijo Pak—. Lo siento. Debería haberte contado todo esto antes. No volveré a ocultarte nada.

Ella lo miró a los ojos y asintió. Todo lo que había dicho tenía sentido, y por fin, ya no había mentiras. Sí, había cometido actos cuestionables, como mentir sobre su trabajo en Seúl, ocultar los cigarrillos, mentir sobre los globos. Pero eran pequeñeces que estaban técnicamente mal, pero no *realmente* mal. Como decir mentiras piadosas. Era verdad que tenía cuatro años de experiencia en OTHB en Seúl, aunque no en el mismo sitio; la experiencia era lo importante. ¿Y qué diferencia hacía tener una caja de cigarrillos oculta si lo único que hacía era mirarlos y tocarlos, usarlos como ayuda para pensar? Los globos eran lo más preocupante, porque de no haber sido por el apagón eléctrico, él se habría quedado en su puesto y habría podido cerrar el oxígeno y abrir la escotilla más rápido. Pero de todos modos, había sido Elizabeth la que inició el incendio, ella era la responsable por cualquier daño resultante de esa acción.

Entrelazó los dedos con los de Pak. Se dijo que se había equivocado al desconfiar de su esposo. Pero aun mientras le aseguraba que le creía, que lo perdonaba y que confiaba en él, algo le hacía ruido, algo que no lograba identificar le decía que la historia no cerraba, algo se le enterraba en los recovecos del cerebro como un gorgojo dentro de una bolsa de arroz.

No fue hasta muy tarde esa noche, cuando revivía el relato de Pak, que se dio cuenta de qué era lo que no cerraba.

Si Mary y Pak habían trabajado juntos cerca de los postes de electricidad durante un buen rato, ¿por qué el vecino declaró haber visto solamente a una persona?

MATT

La lluvia lo estaba volviendo loco. La tormenta no le había molestado tanto antes, mientras Janine conducía de regreso a casa. La violencia del ruido —los truenos apenas audibles por encima del sonido de la lluvia furiosa sobre el coche— lo había calmado y Matt había colocado la mano sobre el techo corredizo, imaginando que la presión del agua contra la piel le estimulaba los nervios debajo de las cicatrices gruesas para que sintiera algo. Pero cuando llegaron a casa, la tormenta se calmó; ahora lloviznaba y el agua contra la ventana del baño producía un sonido apagado, áspero, que se adueñaba del aire húmedo y se le metía en las venas, provocándole picazón en el cuello y los hombros.

Introdujo los dedos debajo de la camisa y se frotó, que era lo único que podía hacer ahora que ya no tenía uñas. Era curioso, siempre había pensado que las uñas eran unos vestigios inútiles, pero ahora las echaba tanto de menos; necesitaba clavarlas en la piel y *rascarse*. Se frotó más fuerte, buscando alivio, pero las cicatrices resbalosas en sus dedos se deslizaron sobre la piel pegajosa y le provocaron una picazón más intensa que se le extendió por los brazos, llegó hasta las manos, se le enterró debajo de la capa impenetrable de tejido cicatricial.

Al mismo tiempo, las picaduras de mosquitos del día anterior en el arroyo se le irritaron, convirtiéndose en manchas rojas como amapolas en una pradera.

Se desvistió para darse una ducha y abrió la regadera en modo masaje. Al entrar, el chorro concentrado de agua fría lo atravesó, haciendo desaparecer la picazón como si hubiera caído una bomba. Entibió el agua, puso la cabeza debajo del chorro y trató de organizar los pensamientos en listas. A Janine le encantaban las listas, las utilizaba cuando peleaban ("discutían", lo corregía ella) para demostrar que estaba siendo lógica y justa. "No te estoy acusando de nada", decía "solo presento una lista de hechos. Esto es lo que sé: Hecho número uno: *bla bla*. Hecho número dos: *bla bla*". Numerar los hechos era muy importante para ella y ahora era necesario ser cuidadoso y seguir su formato. Cerró los ojos y respiró, tratando de concentrarse en lo que sabía: nada de preguntas ni conjeturas, solo asuntos concretos que podía enumerar:

Hecho Nº1: Antes de la explosión, Janine descubrió de algún modo que las notas se las estaba enviando Mary, no una médica del hospital.

Hecho Nº 2: Janine estuvo en Miracle Submarine media hora antes de la explosión.

Hecho Nº 3: En ese momento Janine, enojada, enfrentó a Mary y le mintió (diciendo que él se había quejado de que Mary lo molestaba).

Hecho Nº 4: Janine le arrojó a Mary cigarrillos Camel, fósforos de 7-Eleven y una nota abollada escrita en papel de H-Mart. (Hecho relacionado Nº 4 A: Elizabeth alegó haber encontrado cigarrillos Camel, fósforos de 7-Eleven y una nota abollada esa misma noche en ese mismo lugar.)

Hecho Nº 5: Janine no le contó nada de esto en ningún momento. Le dijo a él, a la policía y a Abe que la noche de la explosión, no había salido de casa en ningún momento.

Lo que más le molestaba era esto último, que hubiera guardado secretos y le hubiera mentido. Había pasado un maldito año y ni una palabra sobre los cigarrillos que había tomado del coche de él o de sus bolsillos o de donde fuera que los hubiera encontrado y que había prácticamente entregado al asesino o la asesina. Durante todo ese tiempo lo había dejado hacer como si los cigarrillos no tuvieran nada que ver con él, *ella* había fingido no estar al tanto de que él estaba fingiendo. Por Dios.

A la mierda con las listas. A la mierda con los hechos. Era hora de hacer preguntas. ¿Qué sabía Janine sobre él y Mary y qué no sabía? ¿Cómo carajo se había enterado, en primer lugar, y por qué no se lo había contado? ¿Por qué había ido a espaldas suyas a enfrentarse con una adolescente y arrojarle cosas, por el amor de Dios? ¿Y cuando Mary salió corriendo, Janine simplemente dejó todo allí, para que otro lo encontrara? ¿O acaso…? ¿Estaría en lo cierto Shannon cuando dijo que la persona que se había deshecho de esos artículos era la culpable y "la culpable" era su esposa? Pero ¿por qué? ¿Para vengarse de él? ¿De Mary? ¿De ambos?

Matt tomó la esponja exfoliante. Las picaduras de mosquitos lo estaban volviendo loco —el agua caliente debía de haberlas activado— y cada célula de su cerebro pedía a gritos que algo, cualquier cosa, atacara la picazón y rascara hasta sacar sangre. Se pasó la esponja con fuerza, disfrutando del contacto áspero y de la sensación que provocaba el jabón mentolado en su piel.

—Mi amor, ¿estás ahí? —Se abrió la puerta del baño.

—Estoy por terminar —respondió él.

—Es Abe. Está aquí… —Janine tenía expresión de pánico; las arrugas de su frente zigzagueaban en diferentes direcciones— dice que tiene que hablar contigo ahora mismo. Se lo ve alterado. Me parece que —se llevó la mano a la boca y se mordió las uñas— debe de haberlo descubierto.

—¿Qué cosa? —preguntó Matt.

—Ya sabes —dijo ella y lo miró directamente a los ojos—. Los cigarrillos. Lo tuyo con Mary.

*

Ella tenía razón. Abe estaba alterado, y trató de disimularlo al sonreír y estrecharle la mano (Matt detestaba estrechar la mano, odiaba la mirada de aversión y curiosidad de la gente cuando le tocaba la mano deforme, pero era mejor que la incomodidad de dejarlos con la mano extendida hacia él e ignorarlos), pero estaba nervioso y su voz sonó sombría cuando dijo que tenía que hablar con ellos por separado, comenzando por Matt. Lo que probablemente significaba que Janine tenía razón: debía de estar al tanto de lo de Mary y él, los cigarrillos, todo eso. ¿Qué otro motivo habría llevado a que Abe lo mirara así (o *evitara* mirarlo, en realidad), como si fuera un sospechoso en lugar de su testigo estrella?

Cuando estuvieron a solas, Abe anunció:

—Rastreamos al empleado que atendió la llamada sobre incendios intencionales.

Matt se contuvo para no dejar escapar un suspiro; no se trataba sobre Mary. Su alivio fue tan intenso que le hizo darse cuenta de lo estúpido que había sido al hacer algo que lo avergonzaba tanto ante la menor sospecha de que pudiera ser descubierto.

—Ah, bien; ¿y quién fue? ¿Pak?

Abe se llevó las manos a la barbilla y formó con los dedos una torre triangular. Lo miró como si estuviera tomando una decisión.

—Ya llegaremos a eso, pero antes quiero que eches un vistazo a esto —dijo y puso un documento sobre la mesa—. Es el registro telefónico por el que te interrogó la abogada, el que contiene las llamadas desde tu móvil. Mira los números de teléfono y la hora de cada llamada y dime si encuentras alguno que no reconozcas.

Matt revisó la lista. La mayoría eran llamadas al buzón de mensajes, al hospital, algunas al consultorio, algunas al de Janine. Una a la clínica de fertilidad —curioso, porque Janine solía encargarse de esas llamadas— pero nada del otro mundo, pues en ocasiones llamaba para avisar que llegaría tarde.

—No. El único número que me resulta extraño es el de la aseguradora.

Abe le entregó otro documento, al que le faltaba la parte superior, con la fecha y el número de teléfono.

—¿Qué me dices de este registro? ¿Ves algo fuera de lugar?

Al igual que la anterior, la hoja de papel mostraba llamadas desde y hacia el buzón de mensajes, el hospital, su consultorio y el de Janine.

—No. Nada fuera de lugar —respondió.

—Descontando la llamada a la aseguradora, ¿cuál de los dos listados refleja más fielmente las llamadas que haces habitualmente?

Matt volvió a mirar.

—Supongo que el segundo, porque por lo general no llamo a la clínica de fertilidad. Pero ¿por qué? ¿De qué se trata todo esto?

Abe tocó las dos listados que estaban sobre la mesa.

—Los dos son del mismo día. Este… —puso el dedo sobre el segundo— corresponde al registro del teléfono de Janine, no del tuyo.

Matt pasó la mirada de una página a la otra. Algo en la forma en que Abe había dicho "no del tuyo", con ese tono misterioso y de *¡te pesqué!* que utilizaba en el tribunal, le decía que se trataba de algo importante, pero no podía entender qué era lo que no veía.

Abe prosiguió:

—Entiendo que tienen el mismo modelo de teléfono con

tapa y que en una oportunidad se les mezclaron, justo alrededor de la fecha de la llamada a la aseguradora, ¿no es así?

¿Era así? Ese era el problema de reconstruir el pasado: hoy, el 21 de agosto de 2008, el año anterior, era un *día muy importante*, era la fecha de *la llamada*, pero en aquel entonces, había sido como cualquier otro día. ¿Quién podía recordar si la confusión de teléfonos —una incomodidad, sí, pero nada que uno fuera a recordar para la posteridad— había sucedido ese día o cualquier otro?

Matt sacudió la cabeza.

—No tengo idea cuándo fue eso. ¿Pero qué importancia puede...? Espera, estás diciendo... ¿Crees que *Janine* hizo esa llamada?

Abe no respondió, se limitó a mirarlo con esa insoportable mirada inexpresiva.

—¿Eso dijo el de servicios al cliente? —quiso saber—. Dímelo ahora mismo.

Abe entornó los ojos por un instante.

—No fue Pak. Fue alguien que hablaba inglés normal, sin acento. Al parecer, en ese momento del año estaban haciendo un estudio de marketing y tenían que registrar cualquier aspecto fuera de lo común de las llamadas.

—No —Matt sacudió la cabeza—. No hay forma de que haya sido Janine. No tenía motivos para llamar. Quiero decir, ¿por qué lo haría?

—Mira, si fuera Shannon Haug, podría decir que ella se puso de acuerdo con Pak para cobrar el millón trescientos mil dólares y que llamó para cerciorarse de que la aseguradora pagaría si concretaban el plan de incendiar el granero y culpar a otro.

Matt lo miró a los ojos. Abe no parpadeaba, como si no quisiera perderse un microsegundo de la reacción de él.

—¿Y tú? —preguntó Matt—. ¿Qué dirías *tú*?

Abe esbozó una sonrisita, ¿o fue una mueca irónica? Imposible saberlo.

—Obviamente, depende de lo que Janine y tú tengan para decir. Pero mi esperanza sería poder decirle al jurado que Shannon está siendo melodramática como siempre, y que este es un simple caso de intercambio de teléfonos por error entre esposo y mujer, y que la esposa hizo las llamadas habituales, una de las cuales casualmente fue para averiguar qué tan buena era la cobertura de un emprendimiento del cual ella es consultora médica.

A Matt lo asustó cómo estos abogados podían tomar unos hechos específicos y hacerlos salir despedidos en direcciones completamente opuestas. No era que no sucediera lo mismo en medicina: dos médicos podían llegar a diagnósticos diametralmente opuestos partiendo de los mismos síntomas; sucedía todo el tiempo. Pero al menos los médicos intentaban llegar a la verdad. Matt tenía la impresión de que a Abe le importaba la verdad siempre y cuando fuera consistente con su teoría sobre el caso; de otro modo, no tanto. Cualquier prueba nueva que no concordara no constituía una razón para reconsiderar su posición, sino que era algo que había que descartar con explicaciones.

—Entonces, deja que te lo pregunte de nuevo —dijo Abe—. ¿El 21 de agosto de 2008 fue el día en que intercambiaron teléfonos por error? Permíteme recordarte que tú mismo dijiste que los registros de Janine —tocó el segundo listado— son más representativos de las llamadas que haces habitualmente.

La pregunta se lo confirmó. Abe *no* quería averiguar la verdad, sino adoctrinarlo para que corroborara la versión de los hechos que haría que la Nueva Prueba Problemática quedara descartada. Sintió fastidio por convertirse en un títere del control de daños de Abe. Pero negarse podía significar más preguntas a Janine o sobre ella, cosa que no podía permitir.

Matt asintió.

—Creo que fue ese día que nos confundimos de teléfonos.

—¿Y es de imaginar que por ser la consultora que mejor

hablaba inglés, Janine se encargaba de muchos asuntos del negocio, incluyendo la cobertura de seguros? ¿Es así como lo recuerdas?

—Sí —concordó Matt—. Es exactamente así como lo recuerdo.

*

Salió a la galería y observó las sombras que arrojaban Abe y Janine sobre las cortinas, sentados a la mesa frente a frente, como adversarios en una partida de ajedrez. La lluvia reflejaba sus propios sentimientos: desgano y pereza, como si las nubes estuvieran exhaustas después de tanta agitación tormentosa y ahora se hubieran adormilado y babearan agua tibia cada tanto. Matt detestaba la llovizna de verano como esta, el modo en que le hacía sentir la piel hinchada y pegajosa. Pero esta noche esa sensación apesadumbrada parecía adecuada. El aire pesado en los pulmones lo oprimía.

Ya bastante mal habían estado las cosas antes, con lo que había sabido hasta ese momento: que justo antes de la explosión Janine había estado en el lugar del crimen, con el arma del crimen, presa de un ataque de furia. Pero ahora había que añadir el Hecho Nº6, patrocinado por Abe: Janine había llamado a la aseguradora de Miracle Submarine para preguntar sobre la cobertura contra incendio intencional, una semana antes de que la cámara quedara destruida por incendio intencional. ¡La puta madre!

Cuando vio que las sombras se ponían de pie y desaparecían y oyó el ruido de la puerta principal al cerrarse, pensó por un segundo en huir, en cuánto más fáciles y agradables serían las horas siguientes si simplemente subía al coche y daba vueltas por la carretera de circunvalación, escuchando hard rock a todo volumen. Pero en lugar de hacerlo, entró en la cocina, sin quitarse los zapatos como le gustaba a Janine.

Tomó la botella de gin Tanqueray del congelador y bebió un trago. A la mierda con los zapatos, a la mierda con el vaso.

El líquido helado descendió súbitamente, quemándole la garganta y se depositó en un charco caliente dentro de su estómago. Casi instantáneamente, el calor se le extendió por las extremidades, célula por célula, en efecto dominó, como esas construcciones complicadas de miles de piezas que van cayendo de a una, pero tan rápido que la última cae a segundos de la primera.

Matt se estaba llevando la botella a la boca de nuevo, cuando Janine entró en la cocina.

—No puedo creer lo que estás haciendo —comentó ella.

Matt bebió otro trago. La lengua le ardió, a punto de perder la sensibilidad.

Ella le quitó la botella y la depositó con violencia sobre la superficie de granito. Matt hizo una mueca al oír el ruido del vidrio contra la piedra.

—Me contó Abe… que dijiste que fui yo la que hizo esa llamada. ¿Por qué mierda le dirías una cosa así a un *fiscal*, por el amor de Dios? ¿Qué te hace pensar que pude haber sido yo?

Matt pensó en defenderse, en decir que no había sido así, que solamente había dicho que *podía* haberse tratado de Janine, pero ¿para qué? ¿Por qué andar de puntillas por la periferia cuando podía ir directo al grano? La miró, respiró hondo y dijo:

—Sé que la noche de la explosión fuiste a encontrarte con Mary.

Fue como hojear el libro de identificación de emociones faciales que Elizabeth utilizaba para enseñarle a Henry, con una ilustración por emoción: Sorpresa. Pánico. Miedo. Curiosidad. Alivio. Todas pasaron por el rostro de Janine en rápida sucesión antes de disolverse en una última expresión: resignación. Ella apartó la mirada.

—¿Por qué nunca me lo contaste? —preguntó Matt—.

Pasó un *año* entero y ni no me dijiste una maldita palabra. ¿Qué tienes en la cabeza?

La expresión de ella cambió súbitamente. La mirada defensiva desapareció y fue reemplazada por otra tan diferente, que fue como ver a otra persona. Como un toro a punto de embestir, con el mentón bajo, dejó que toda la indignación reprimida se le concentrara en las pupilas contraídas, listas para el ataque.

—¿*Tú* vas a sermonearme a *mí*? ¿En serio? ¿Y qué hay de tus cigarrillos, los fósforos, la maldita nota que le escribiste a una *adolescente*? ¡No te vi venir a desnudar tu alma conmigo! ¿Quién de los dos es el que guardó secretos incriminadores?

Las palabras de Janine fueron como estalactitas que pincharon la tibia manta de alcohol que lo envolvía. Tenía razón, por supuesto. ¿Quién era él para hacerse el santurrón? Él había comenzado todo: el ocultamiento, las mentiras, los secretos. Sintió que todos los músculos se le desinflaban y se desmoronaban, desde la frente hasta los tobillos.

—Tienes razón —declaró—. Debí habértelo contado. Hace tiempo.

Su disculpa a medias pareció disolver el enojo de Janine. Los surcos en la frente se le distendieron en los extremos.

—Cuéntamelo, entonces. Cuéntame todo.

Qué curioso, cómo había temido el momento que tendría que contarle lo de Mary, y sin embargo, ahora que había llegado, sentía más alivio que otra cosa. Comenzó con la verdad: había estado angustiado por todo el asunto de la fertilidad y había comprado cigarrillos por capricho, como intento de sabotaje, tal vez. Admitirlo debilitaba su posición en la discusión —en el matrimonio, a decir verdad— pero así se hacía cuando se mentía: cada tanto, había que arrojar trocitos de verdad dolorosa para desviar la atención de las cosas que *realmente* había que ocultar. Qué fácil era, anclar las mentiras a estos fragmentos de sinceridad vulnerable y después torcer los detalles para construir una historia creíble. Le dijo que Mary lo había encontrado fumando junto al arroyo y que la había dejado fumar con él aunque era demasiado joven (verdad), que se había sentido culpable (verdad, aunque no porque ella fumara) y había decidido no volver a hacerlo (mentira), pero que luego Mary le pidió que comprara más cigarrillos para ella y sus amigas (mentira) y comenzó a enviarle notas para encontrarse (verdad) y para que le diera cigarrillos (mentira), y que él ignoró todas las notas (mentira), unas diez aproximadamente (verdad), hasta que finalmente decidió que todo eso tenía que terminar (verdad, pero otra vez, no porque fumaran) y le envió esa última nota diciendo que tenían que ponerle fin a los encuentros y que se vieran a las 20:15 esa noche (verdad).

Cuando Janine preguntó: "¿Entonces los cigarrillos que encontré eran los que compraste aquel primer día?". Matt dijo que sí, por supuesto, que solo había comprado un paquete (mentira) y luego pronunció la verdad más grande y a la vez, la mentira más grande de todo lo que había dicho: "De todos modos, fue solo una vez". (Era verdad que "eso" había ocurrido solo una vez, una única horrenda y humillante vez, el día del cumpleaños de Mary y que comenzó cuando ella tropezó y cayó contra él. En cuanto a haber fumado solo una vez, era mentira.)

Durante un largo minuto después de escuchar su historia, Janine no dijo nada. Se quedó sentada del otro lado de la mesa, mirándolo, sin hablar, como si quisiera descifrar algo en su rostro. Matt le devolvió la mirada, como desafiándola a no creerle. Por fin ella apartó los ojos y dijo:

—La noche antes de la explosión, cuando encontré su nota... ¿por qué no me lo contaste en ese momento?

—La conoces... somos amigos de sus padres y seguro podías sentirte en la obligación de contárselo y no me pareció nada tan importante. Molesto, sí, pero... —se encogió de hombros—. ¿Cómo te enteraste? ¿Qué no había sido una médica, quiero decir?

—Al día siguiente —respondió Janine—, al pasar junto a tu coche en el estacionamiento del hospital, vi una nota en el asiento que hablaba de encontrarse a las 20:15. —Mentira. No había manera de que él hubiera dejado esa nota a la vista. Seguro que había pasado toda la mañana revisándole los bolsillos, el correo electrónico, hasta la basura—. Como la OTHB termina pasadas las ocho —continuó Janine—, me pareció que no había muchas personas con las que podías encontrarte a esa hora. Lo de la compañera de trabajo quedaba descartado. Así que revisé el auto y encontré otra nota que decía algo sobre vocabulario para la prueba SAT. Entonces me quedó claro de quién se trataba.

Matt recordaba esa nota. Mary siempre las dejaba debajo del limpiaparabrisas, pero había estado lloviendo, por lo que ella había usado la llave de repuesto del estuche magnético debajo del coche y había pegado el papel al volante con cinta adhesiva. Había dibujado una carita sonriente y a él le había hecho gracia su juventud e inocencia.

—¿Por qué no viniste a decírmelo? —preguntó Matt con suavidad, esforzándose por que pareciera una pregunta curiosa y no una acusación.

—No lo sé. Creo que no sabía bien de qué se trataba, así que fui hasta allí para averiguarlo. Pero la inmersión se había atrasado y ella estaba sola, así que… —dijo y se miró las manos. Con un dedo siguió las líneas en la otra palma, como si fuera una adivina—. ¿Cómo te enteraste de lo que hice?

—Fui a hablar con ella, anoche. Abe había dicho algo sobre hacerla declarar, y yo no le había hablado en un año, así que pensé que sería bueno averiguar qué iba a decir, ¿entiendes?

Janine asintió despacio, de manera casi imperceptible y a Matt le pareció ver un atisbo de alivio cuando dijo que no había hablado con Mary en todo ese tiempo.

—Pensé que ella no recordaba nada —comentó Janine—. Fue lo que dijo Young.

—De la explosión no, tal vez. Pero recuerda perfectamente tu… —se detuvo para buscar la palabra adecuada— visita de esa noche. La única razón por la que me habló del tema es porque creyó que me lo habías contado.

Matt tragó las palabras que se le agolpaban en la garganta para salir: *por qué mierda no me lo dijiste*. Había aprendido hacía tiempo que las peleas en un matrimonio eran como un subibaja: había que ser muy cuidadoso para equilibrar la culpa. Si se cargaba mucha culpa sobre el otro, haciéndole tocar el suelo, podía impulsarse abruptamente hacia arriba y enviarte de culo al suelo.

Janine se mordió la piel alrededor de las uñas. Después de unos minutos respondió:

—No me pareció que fuera necesario. Contártelo, quiero decir. Había muerto gente, estabas malherido, Mary estaba en coma y las notas y mi discusión con ella me parecían una estupidez egoísta. Nada de todo eso parecía importante, a esa altura.

Salvo que estuviste allí, en el momento del crimen, con el arma en la mano, pensó Matt. *A la policía eso podría parecerle bastante importante.*

Como si le adivinara los pensamientos y se diera cuenta de lo débil que sonaba su excusa, ella prosiguió:

—Cuando la policía comenzó a hablar de cigarrillos, pensé en hablar. Pero ¿qué podía decir? ¿Que conduje durante una hora para ir a pedirle a una adolescente que dejara de enviarle notas a mi esposo? Ah, sí, y a propósito, antes de irme, le di cigarrillos y fósforos, posiblemente los mismos que causaron la explosión.

Le di. En el mismo momento en que se asombró por cómo lograba que arrojarle cosas en la cara a alguien sonara como hacerle un regalo, comprendió la importancia de la elección de palabras de Janine. *Le di* implicaba que el receptor, Mary, había tomado posesión de los artículos en cuestión.

—Espera, entonces después de que le… eh… diste esas cosas, ¿ella las dejó caer al suelo y se fue o tú te fuiste y se las dejaste a ella?

—¿Qué? No lo sé. ¿Qué importa? Las dos nos fuimos. Lo único que sé es que le dije que no te diera cigarrillos ni fósforos, ni te mandara notas ni nada.

Janine dijo algo más, algo de que los cigarrillos quedaron en el bosque y que la ponía mal la idea de que Elizabeth, una mujer con evidentes problemas mentales, los hubiera encontrado justo en el momento indicado y los hubiera utilizado para causarle la muerte al hijo. Pero la mente de Matt quedó atascada en el asunto de quién había sido la última que había estado con los cigarrillos. Si había sido Janine, existía la posibilidad de que *ella* hubiera iniciado el incendio. Pero si Janine había sido la primera en marcharse, y Mary había sido la última en estar en contacto con los cigarrillos, ¿acaso era posible que hubiese sido *ella* la…?

—Mañana —estaba diciendo Janine— Abe quiere que les dé una muestra de mi voz.

—¿Cómo dices?

—Quiere que me grabe para que puedan hacerle escuchar mi voz al empleado de servicios al cliente. Es ridículo. Fue una conversación de dos minutos hace un año. ¿Cómo va a recordar una voz de hace un año? Quiero decir, ni siquiera sabe si fue un hombre o una mujer. Lo único que sabe es que la persona hablaba inglés común, sin acento, vaya uno a saber qué quiere decir con eso. Además, piensa, ¿cuántas personas podrían haber tomado tu teléfono por un minuto? No entiendo por qué Abe hace esto.

Inglés común, sin ningún acento. Podrían haber tomado tu teléfono por un minuto. Le vino a la mente una posibilidad que nunca se le había ocurrido hasta el momento.

Mary sabía dónde escondía la llave de repuesto del coche. Podía haberlo abierto y utilizado su teléfono todo lo que quería. Y ella hablaba inglés perfecto. Sin ningún acento.

EL JUICIO: DÍA CUATRO

Jueves 20 de agosto de 2009

JANINE

Los ARTÍCULOS DE INTERNET SOBRE polígrafos lo hacían sonar tan fácil: relájate, controla la respiración para bajar el ritmo cardíaco y la presión arterial y ¡tú también podrás mentir con desenfreno! Pero no importaba cuánto tiempo se quedaba en una pose de yoga, imaginando olas del océano y haciendo respiraciones purificadoras; cada vez que pensaba en el teléfono de Matt (y ni hablar de la llamada), su torrente sanguíneo pasaba de categoría arroyo sereno a rápidos clase 5, como si su cuerpo sintiera el peligro que el asunto representaba y necesitara huir instantáneamente, lo que hacía que el corazón comenzara a bombear en modo pánico.

Resultaba irónico que después de todas sus fechorías y mentiras, fuera la llamada a la aseguradora —ni siquiera la llamada en sí misma, sino el hecho de haber intercambiado teléfonos con Matt el día de la llamada— lo que amenazara con desovillar la madeja de su mundo. Y más irónico todavía: no tendría que haber llamado. Podría haber investigado online o usado el sentido común —¿qué póliza contra incendios no cubría incendios intencionales?—, pero Pak la había puesto nerviosa, primero con el asunto de los cigarrillos y luego con sus dudas sobre si el arreglo entre ellos habría sido un error, por lo que terminó llamando impulsivamente a la aseguradora para cerciorarse. ¡Y que ese hubiera sido justo día en que se había llevado el teléfono de Matt! Si él se hubiera equivocado de teléfono otro día o si ella hubiera usado el de la oficina (¡había estado sentada ante el escritorio, delante del aparato!) no habría nada en ese maldito registro telefónico y todo estaría bien.

Debió haber contado la verdad dos días atrás, cuando Shannon habló por primera vez de la llamada. (Bueno, no toda la verdad; solo la parte de la llamada). Podría haberle confesado eso a Abe y dado una explicación creíble, como que había querido confirmar que la inversión de sus padres en Miracle Submarine estuviera completamente protegida. Podrían haber reído del dramatismo de Shannon, que quería acusar a Pak de asesinato porque un esposo distraído se había llevado el teléfono equivocado una mañana. Pero el modo en que la abogada se lanzó sobre Pak la hizo preguntarse si se lanzaría sobre ella así también, e investigaría *sus* llamados, cuestionaría *sus* motivos, estudiaría *sus* registros telefónicos, incluyendo también las "señales de las torres de telefonía móvil". ¿Qué haría Shannon si supiera que Janine había estado en el lugar minutos antes de la explosión, que había tenido los cigarrillos Camel en las manos esa noche y que durante un año había mentido al respecto? ¿No se aferraría a la llamada a la aseguradora y la utilizaría como prueba para acusar a Janine de desatar un incendio intencional y tal vez hasta de homicidio?

Qué fácil había sido no hablar ni decir nada. Y una vez que pasó el momento, ya fue demasiado tarde como para querer salir a relatar los hechos. Ese era el problema con las mentiras: requerían de mucho compromiso. Una vez que se miente, hay que mantenerse firmes en esa historia. Anoche, cuando Abe la hizo sentar y le explicó claramente lo que había sucedido con el intercambio de teléfonos, ella pensó: *Lo sabe. Sabe todo.* Y sin embargo, no pudo admitirlo, no pudo entregarse a la intensa humillación de verse atrapada en una mentira. En aquel instante, él podría haberle mostrado un video de su llamada, algo irrefutable y ella lo hubiera negado de todos modos, hubiera dicho algo absurdo como: "Alguien me quiere incriminar, ¡esa grabación es falsa!". Era una forma de ser leal… a su versión, a sí misma. Cuanta más información le arrojó Abe —encontraron al que atendió la llamada, falta poco para que aparezca la grabación— más firme se mostró: no había sido ella.

Anoche, después de la confesión que le hizo Matt, de su súplica de franqueza, pensó en contárselo. Pero para explicar por qué había mentido sobre la llamada, tendría que contarle todo —su trato con Pak, la decisión de ambos de mantenerlo en secreto, cómo ella había interceptado los resúmenes del banco para ocultar los pagos que con tanto cuidado había distribuido por varias cuentas bancarias a lo largo de muchos meses— y no estaba segura de que su matrimonio pudiera sobrevivir a algo así.

Con todo, podría haberle contado a Matt, si su confesión sobre Mary hubiera sido la historia sórdida que ella había imaginado. Pero que fuese tan inocua, tan limpia de malas acciones, la había hecho sentirse una idiota por haber reaccionado tan exageradamente el día de la explosión ("exageradamente" ni siquiera era la palabra adecuada) y no pudo hacerlo.

Así que aquí estaba, a punto de tener que ir a la oficina del fiscal en una investigación criminal, para brindar una muestra de su voz. Eso no le preocupada. No era posible que el vendedor recordara su voz por una llamada de dos minutos de hacía un año. Pero la prueba con el detector de mentiras (Abe lo había mencionado al irse, con tono casual: "Si la muestra de voz no es suficiente, siempre nos queda el polígrafo")… ¿Cómo sería estar detrás de un espejo polarizado, conectada a una máquina, respondiendo una pregunta detrás de la otra sabiendo que su propio cuerpo —pulmones, corazón, sangre— la estaba traicionando?

Tenía que lograrlo. No le quedaba opción. Había un artículo sobre cómo pasar pruebas de polígrafo pisando tachuelas dentro del zapato mientras se respondían las preguntas iniciales de "control". La teoría era que el dolor causaba los mismos síntomas fisiológicos que mentir, por lo que no podrían diferenciar entre respuestas verdaderas y falsas. Tenía sentido. Podía funcionar.

Cerró el buscador de internet. Abrió la configuración, borró el historial de búsquedas, cerró sesión y apagó la computadora. En puntillas, entró en la habitación, con cuidado de no despertar a Matt y fue al guardarropa en busca de tachuelas.

MATT

Mary tenía puesto lo que siempre llevaba en sus sueños: el solero rojo de la última vez que se habían visto el verano pasado, el día de su cumpleaños número diecisiete. Como en todos sus sueños, Matt le decía que estaba hermosa y la besaba. Con suavidad al principio, labios cerrados sobre labios cerrados, luego más fuerte, succionándole el labio inferior, saboreándolo y apretándolo con los suyos. Le bajaba los tirantes del vestido y le tocaba los pechos, sintiendo como la suave redondez terminaba en la rugosidad de los pezones. En ese momento, la versión onírica de sí mismo se daba cuenta de que se trataba de un sueño, pues solo en un sueño podía sentir algo con los dedos.

En la vida real, había fingido no prestar atención al vestido. Era el miércoles antes de la explosión, y cuando él fue al arroyo a la hora habitual (20:15), ella estaba sentada sobre un tronco, con un cigarrillo encendido en una mano y un vaso descartable en la otra; tenía los hombros caídos como una anciana al final de un día largo y difícil. Su soledad era contagiosa y él sintió deseos de tomarla en brazos y disolverle la desolación con algo, cualquier cosa. Pero se limitó a sentarse y decir: "¿Cómo estás?" con una nota de ligereza en la voz que estaba lejos de sentir.

—Bebe conmigo —dijo ella, alcanzándole otro vaso lleno de un líquido transparente.

—¿Qué es? —preguntó él, pero aun antes de terminar la oración, lo olió y rio—. ¿Licor de durazno? Me estás tomando el pelo. Hace diez años que no pruebo esto. —A su novia de la universidad le había encantado esa bebida—. No puedo hacerlo —dijo y le dio el vaso—. Estás a cinco años de la edad legal para beber.

—Cuatro, en realidad. Hoy es mi cumpleaños —y volvió a alcanzarle el vaso.

—Vaya —dijo él, sin saber realmente qué decir—. ¿No deberías estar festejando con tus amigos?

—Invité a algunos de mi clase de preparación para el SAT, pero no podían. —Tal vez vio la pena en los ojos de él, porque se encogió de hombros y dijo con forzada ligereza—. Pero mientras tanto, aquí estás tú y aquí estoy yo. Así que, vamos, bebe. Solo esta vez. No puedes dejarme beber sola en mi cumpleaños. Trae mala suerte o algo así.

Era una idea estúpida. Sin embargo, la expresión de ella, con los labios distendidos en un sonrisa tan ancha que se le veían las dos hileras de dientes, pero los ojos hinchados y brillosos como si hubiera estado llorando, le recordó uno de esos rompecabezas para niños en los que hay que combinar la mitad superior con la inferior y de pronto el niño queda mezclado, porque se unió la frente triste con la boca contenta. Observó su sonrisa forzada, la mezcla de súplica y esperanza en sus cejas arqueadas y chocó el vaso contra el de ella.

—Feliz cumpleaños —dijo, y bebió.

Se quedaron allí una hora, luego dos, bebiendo y hablando, hablando y bebiendo. Mary le contó que aunque ahora siempre hablaba en inglés, seguía soñando en coreano. Matt le dijo que el arroyo le hacía acordar a su perra de la infancia, porque la había enterrado cerca de un arroyo parecido a este cuando había muerto. Debatieron si el cielo estaba más anaranjado (Mary) o violáceo (Matt) y cuál tonalidad era mejor. Mary le contó que había detestado la sobrepoblación de Corea: en las aulas, los ómnibus, las calles, pero que ahora la echaba de menos; que vivir aquí no la hacía sentirse en paz, sino más bien sola y, a veces, perdida. Le habló del miedo que le había dado comenzar la escuela aquí, cómo había saludado a algunos adolescentes de su edad en el pueblo y nadie le había devuelto el saludo, sino que la habían mirado con expresiones de "por qué no vuelves al lugar de donde viniste" y que más tarde, los escuchó burlarse del negocio familiar y llamarlo "vudú chino". Matt le contó que Janine no quería ni siquiera pensar en adoptar, y que había estado planeando sus días libres para que no coincidieran con los de ella, a fin de no estar a solas en casa con su esposa.

A eso de las diez, cuando los vestigios del atardecer se apagaron y cayó la noche, Mary se puso de pie, diciendo que estaba mareada y necesitaba beber agua. Él también se incorporó y cuando le estaba diciendo que ya era hora de irse, ella tropezó con una piedra y cayó contra él. Matt trató de sostenerla, pero él también trastabilló y los dos terminaron en el suelo, riendo, con Mary encima de él.

Trataron de levantarse, pero ebrios como estaban, terminaron enredados; los muslos de ella se movieron contra la entrepierna de él y Matt tuvo una erección. Trató de bloquearla, diciéndose que tenía treinta y tres años y ella diecisiete y que probablemente estaba cometiendo un delito, por el amor de Dios. Pero el problema era que no se sentía de más de treinta años, y no en el sentido cotidiano como le sucedía cuando los voluntarios adolescentes del hospital lo llamaban "señor". Tal vez era el licor. No el alcohol (aunque lo contenía) sino el modo en que le calentó la garganta y el estómago y le dejó un sabor agridulce en la boca y la nariz. Era como un túnel del tiempo con salida directa hacia aquellos días del bachillerato transcurridos, cuando se emborrachaba con alguna chica, se besaban durante horas para masturbarse después. Sentado aquí ahora, después de beber ese brebaje de mierda y de tener una de esas conversaciones sobre todo y sobre nada que no tenía desde la universidad... se sentía *joven*. Además, Mary no se veía en absoluto como una niña inocente con ese vestido, que era una trampa de seducción, por cierto.

Fue así que la besó. O tal vez ella lo besó a él. Su cabeza era una nebulosa, le costaba pensar. Más tarde, analizaría en detalle cada imagen de los recuerdos de aquel instante, en busca de un indicio de que ella no hubiera sido la participante entusiasta que él supuso —¿había forcejeado para soltarse, había murmurado no, no, aunque fuera en voz baja?— pero la verdad era que él no había prestado atención a nada, excepto a las partes del cuerpo de ella en contacto con el suyo. Las reacciones de Mary, sus sonidos y movimientos no habían sido importantes en absoluto. Matt había cerrado los ojos y había concentrado cada una de sus neuronas en la sensación del beso; la novedad de los labios, la lengua y los dientes de ella intensificaban la experiencia surrealista de sentirse transportado de nuevo a la adolescencia. No quería que el momento, la esencia física del instante, se detuvieran así que la rodeó con los brazos y puso una mano detrás de su cabeza para mantener su boca contra la de él y la otra alrededor de sus caderas, para guiarlas contra las suyas y frotarse contra ella como un adolescente. Una profunda tensión le brotó desde el bajo vientre. Necesitaba aliviarla. Ya. Con los ojos cerrados, se bajó el cierre de los pantalones, aferró la mano de ella y la empujó adentro de la ropa interior. Cerró su mano alrededor de la de Mary, envolviéndole los dedos alrededor del pene y guiándolos en el familiar ritmo masturbatorio, que combinado con la suavidad desconocida de los labios y de la mano de ella, lo impulsó a un intenso frenesí.

Enseguida, demasiado pronto, eyaculó, y fueron tan intensas y deliciosamente dolorosas las pulsaciones que sintió, que le enviaron chispazos de electricidad por las piernas, hasta los dedos del pie. El zumbido del alcohol le presionaba los oídos y veía fogonazos blancos detrás de los párpados cerrados. Invadido por una repentina debilidad, aflojó la presión sobre la cabeza y la mano de Mary.

Recostado, con el mundo girando en círculos, sintió que algo presionaba contra su pecho —tímida, tentativamente— y retrocedía. Abrió los ojos. Le latía la cabeza y todo le daba vueltas, pero vio una mano pequeña por encima de su pecho... la mano de ella, de Mary. Temblando. Y directamente encima de la mano, el óvalo de su boca abierta y sus ojos, tan agrandados que parecían salírsele de la cabeza, mirando la mano pegajosa, luego mirándolo a él, y a su pene, todavía erecto. Miedo. Shock. Pero más que nada, confusión, como si no entendiera nada de eso, como si no tuviera idea de qué era lo que le pegoteaba los dedos ni supiera qué era *esa cosa* que asomaba fuera de los pantalones de él, como una criatura. Una niña.

Matt huyó. No supo cómo: no recordaba haberse puesto de pie ni mucho menos conducido hasta su casa con todo ese alcohol en el cuerpo. Cuando despertó a la mañana siguiente, con una resaca feroz destruyéndole el cuerpo, tuvo un instante de desesperación en el que rogó que el incidente hubiera sido una alucinación alcohólica. Pero la mancha de semen en los pantalones y el lodo en los zapatos le confirmaron la realidad de lo que recordaba y la vergüenza se lo tragó, devolviéndole el zumbido en los oídos y los fogonazos blancos en los ojos.

No volvió a hablar con Mary después de aquella noche. Intentó hacerlo, para explicarle y disculparse (y, a decir verdad, para ver si ella se lo había contado a alguien) pero ella hizo todo lo posible por evitarlo. Matt logró dejarle algunas notas —tuvo que ir hasta la clase de preparación de la prueba SAT a buscar el coche de ella— pero ella le respondió: "No sé de qué quieres hablar. ¿No podemos simplemente olvidar que sucedió?" Pero Matt no podía olvidarlo, no podía permitirle perdonarlo con tanta facilidad. Razón por la cual le dejó la famosa nota en papel de H-Mart, que su *esposa* terminó arrojándole en la cara, ¡acusándola a *ella* de acosarlo a *él*!

Había transcurrido un año desde aquella experiencia terrible, pero la vergüenza y la humillación de esa noche nunca desaparecieron. La mayor parte del tiempo dormitaban, inertes, en un nudo apretado en sus entrañas. Pero cada vez que pensaba en Mary, y a veces cuando no lo hacía, cuando estaba comiendo o en el coche o mirando televisión, el volcán de vergüenza hacía erupción.

Aquella noche fue la última vez que tuvo un orgasmo. No solo por lo sucedido con Mary, sino también por la explosión y la subsiguiente amputación: fueron tres golpes sucesivos que destruyeron cualquier vestigio de deseo sexual que quedara en su interior. No fue que nunca intentara tener sexo después de aquella noche. Pero la primera vez, cuando comenzó con el jugueteo previo habitual —acariciar los pezones de Janine con los pulgares— se dio cuenta de que no sentía nada. No tenía idea si lo estaba haciendo con suavidad o con fuerza excesiva, no pudo tampoco evaluar la disposición de ella sintiendo si estaba húmeda. Los terapeutas le habían enseñado a teclear, a comer, hasta a limpiarse el trasero con lo que él sentía como guantes de béisbol en las manos. Pero no había tenido una sesión de "Cómo complacer a tu esposa", no había aprendido técnicas alternativas para acariciar. Sintió deseos de gritar al descubrir otro elemento más de su vida que había sido destruido por la explosión y después de eso, ya no tuvo erecciones.

Janine intentó practicarle sexo oral y funcionó por un instante, pero él cometió el error de abrir los ojos. La luz difusa de la luna tornaba visible el cabello pesado de Janine, flotando como una cortina con el movimiento rítmico de su cabeza. Le recordó a Mary, cómo se le había movido el cabello alrededor de la cara aquella noche. Perdió la erección de inmediato.

Ese fue el comienzo de su impotencia. Janine, bendita sea, seguía intentándolo, recurriendo a cosas que antes había descalificado como denigrantes para las mujeres —lencería sensual, juguetes sexuales, pornografía— pero nada de eso compensaba lo torpe e inadecuado que se sentía él en la cama, y ni hablar de la vergüenza por lo sucedido con Mary; lo que llevaba a que no pudiera hacer nada, ni siquiera a solas. La única vez que lo intentó (en el baño, después de una sesión fallida con Janine, por pánico de haber perdido la capacidad sexual para siempre), su propia mano le resultó extraña; la suavidad y rugosidad simultáneas de las cicatrices le producían una sensación diferente, en nada parecida a la masturbación. Poder ver pero no sentir que su mano sostenía el pene aumentaba la sensación surrealista de que no era él el que se estaba tocando, sino un desconocido, y lo extraño de ese contacto lo hizo vibrar. Pero después pensó: ¿Acaso lo excitaba la idea de que una mano masculina lo masturbara?

En un par de ocasiones estuvo cerca de tener una emisión nocturna, cosa que en el pasado le había parecido peor que nada (el microsegundo evanescente de gratificación no compensaba por la patética regresión a la pubertad) pero que ahora había estado deseando, aunque más no fuera para asegurarse de que la capacidad de experimentar un orgasmo seguía viva, aunque dormida. El problema era que Mary siempre invadía sus sueños y el sensor de culpa que lo hacía sentirse como un pedófilo o un violador lo había despertado todas las veces. Menos esa noche.

Esta vez el sueño siguió. Él le quitó la ropa interior y la dejó que hiciera lo mismo con él. Cuando trepó encima de ella y le separó las piernas, levantó las manos mutiladas y dijo: "Me arruinaste". Ella respondió: "Porque tú me arruinaste primero", y luego levantó las caderas para empujarlo dentro de su cavidad tensa, húmeda, más real de lo que nunca había sentido. Cuando eyaculó, la Mary del sueño gritó y estalló en un millón de partículas de cristal, que penetraron en el cuerpo de él en cámara lenta, a través de la piel, enviándole una corriente de calor y gozo puro a las extremidades.

—¿Amor, estás despierto?

La voz de Janine lo despertó. Aferró la sábana y giró hasta quedar boca abajo, fingiendo estar dormido, mientras ella le decía que partía temprano para hacer la grabación de voz. Permaneció inmóvil hasta que ella se fue. Una vez que escuchó que se alejaba el coche, se dirigió al baño, abrió el grifo y limpió ropa interior.

YOUNG

Lo PRIMERO QUE NOTÓ AL despertar fue la luz del sol. La abertura torcida que hacía las veces de ventana era demasiado pequeña como para que entrara mucha luz. Pero cuando el sol se encontraba *justo* en la posición ideal, como ahora —por la mañana, cuando trepaba por encima de los árboles y quedaba justo en el centro de la abertura, enmarcado por el hueco— los rayos ingresaban con fuerza, tan intensos que parecían casi sólidos en el primer metro, disipándose después en un brillo etéreo que inundaba la choza y la hacía parecer parte de un cuento de hadas. En el velo de luz flotaban motas de polvo. Los pájaros cantaban.

El problema de estar en las afueras era la oscuridad de las noches sin luna, como anoche: no era simplemente falta de luz, sino una presencia en sí misma, con masa y forma. Una oscuridad como de tinta, tan absoluta que daba lo mismo estar con los ojos abiertos o cerrados. Durante la mayor parte de la noche había permanecido despierta, escuchando la lluvia en el techo y respirando el aire húmedo, resistiendo el impulso de despertar a Pak. A ella le gustaba siempre dormir con los problemas antes de actuar al respecto. Era curioso cómo los artículos estadounidenses hablaban sobre las bondades de resolver las peleas al final del día (*¡Nunca hay que irse a dormir enojados!*), que era lo contrario al sentido común. La noche era el peor momento para las peleas y discusiones, pues intensificaba las inseguridades y aumentaba las sospechas; en cambio si uno esperaba, siempre se despertaba sintiéndose mejor, más razonable y caritativo. Las horas transcurridas y la luminosidad del día calmaban las emociones y les quitaban poder.

Bueno, no siempre. Porque aquí estaba, en un nuevo día —la lluvia había cesado, no había nubes, el aire estaba ligero—, pero en lugar de parecerle triviales las preocupaciones de la noche anterior, sentía lo contrario, que el tiempo había consolidado la realidad de este mundo distinto en el que su esposo era un mentiroso y tal vez hasta un homicida. En la nebulosa surrealista de la noche había existido la posibilidad de que la nueva realidad no fuera real, pero la claridad de la mañana se había robado esa esperanza.

Young se levantó. Sobre la almohada de Pak había una nota que decía: *Salí a tomar aire. Estaré de vuelta para las 8:30.* Miró el reloj. Las 8:04. Demasiado temprano para cualquiera de sus planes de investigar la historia de Pak —visitar al señor Spinum, el vecino; llamar al agente inmobiliario que había enviado el listado de apartamentos; utilizar la computadora de la biblioteca para buscar correos electrónicos entre Pak y su hermano— salvo uno: preguntarle a Mary qué había estado haciendo con Pak la noche de la explosión, minuto a minuto.

Young golpeó el suelo con el pie dos veces afuera del rincón de Mary, protegido con la cortina de ducha, y la llamó en coreano:

—Mary, despierta. —Habría que ver qué molestaría más a su hija, que hablara en inglés ("¡Nadie entiende lo que dices!") o en coreano ("¡Con razón hablas tan mal en inglés, tienes que practicar más!"), pero no quería la desventaja de utilizar un idioma extranjero para esta conversación. Cambiar de inglés a coreano le duplicaba el coeficiente intelectual, le brindaba elocuencia y control e iba a necesitarlos para investigar todos los detalles—. ¡Despierta! —repitió más fuerte, golpeando el pie otra vez. Nada.

De pronto, recordó: hoy era el cumpleaños de Mary. En Corea, habían armado un gran alboroto alrededor de los cumpleaños de ella, decoraban la casa durante la noche para sorprenderla con letreros y guirnaldas cuando despertaba. Young no había seguido con la costumbre en Estados Unidos: su horario de trabajo en la tienda no le dejaba tiempo para nada salvo las necesidades básicas... pero de todos modos, Mary tal vez estuviera esperando algo especial para su cumpleaños número dieciocho, un hito en su vida.

—Feliz cumpleaños —dijo Young—. Me emociona ver a mi hija de dieciocho años. ¿Puedo pasar?

Silencio. Nada, ni el ruido de sábanas, ni ronquidos, ni respiraciones profundas. Young abrió la cortina.

Mary no estaba. La colchoneta estaba enrollada en la esquina, y faltaban la almohada y la manta. Mary no había dormido aquí. Pero había regresado la noche anterior. A eso de la medianoche, las luces de un coche habían iluminado la ventana y la puerta se había abierto con estrépito. ¿Habría salido de nuevo, sin que la escuchara?

Corrió afuera. El coche estaba en su sitio, pero Mary no estaba adentro. Corrió al cobertizo. Vacío. No había ningún otro sitio lo suficientemente seco como para pasar la noche, ningún sitio al que se acceder caminando...

Una imagen le vino a la mente. Su hija tendida de espaldas dentro de un tubo de metal oscuro.

Supo inmediatamente dónde Mary había pasado la noche.

*

Young no entró directamente. Permaneció en el extremo del granero y abrió la boca para llamar a Mary, pero olió algo rancio y polvoriento y pensó en carne quemada y en cabello chamuscado. Se convenció de que no podía ser posible —había pasado un año desde la explosión— y entró, con la vista baja para evitar ver el efecto del fuego, pero era imposible. La mitad de las paredes no estaban y el resto de lo que quedaba del suelo estaba cubierto de charcos de lodo por la tormenta. Un haz de luz entraba por un agujero en el techo, iluminando la cámara como si fuera un elemento en exhibición dentro de un museo. El grueso marco de acero había sobrevivido al incendio intacto, pero la pintura color aguamarina estaba ampollada y los ojos de buey de cristal, destrozados.

Mary había dormido allí la mayor parte del verano pasado. Al principio, todos habían dormido en la choza, pero ella no hacía más que quejarse de que apagaban las luces demasiado temprano, de que la alarma sonaba muy temprano a la mañana, de que Pak roncaba. Cuando Young le explicó que era temporario y que, además, en Corea todos habían dormido en la misma habitación, por tradición, Mary dijo (en inglés): "Sí, claro, cuando éramos una familia de verdad. Además, si tanto te gustan las tradiciones coreanas, ¿por qué no volvemos a Corea? No entiendo cómo *esto* —hizo un ademán para indicar la choza— puede ser mejor que lo que teníamos".

Young quiso decirle que comprendía lo difícil que era no tener su espacio individual, quiso confesarle lo difícil que era para Pak y ella no tener privacidad ni siquiera para discutir, y ni qué hablar de otras necesidades maritales. Pero el sarcasmo con el que Mary contestaba, la manera en que revoleaba los ojos —sin disimulo, con aire desafiante, como si Young fuera tan poco merecedora de respeto que ni siquiera tenía que *disimular* su desdén— la enfurecían tanto que se descubrió deseando nunca haberla tenido y gritándole lugares comunes maternales que se había jurado a sí misma que jamás diría: que algunos niños no tenían dónde dormir ni comer y si se daba cuenta de lo desagradecida y egoísta que era. (Esa era la habilidad intrínseca de las hijas mujeres: hacerte pensar y decir cosas de las que te arrepentías en el mismo momento en que las pensabas y decías.)

Al día siguiente, Mary se comportó como siempre hacía cuando peleaban: artificialmente dulce con Pak y ácida con ella. Young la ignoró, pero Pak (sin jamás comprender las manipulaciones filiales) disfrutaba del repentino cariño de su hija. Young no pudo menos que maravillarse ante la forma en que Mary mencionó en tono casual, casi de disculpas, lo mal que había estado durmiendo y el modo en que llevó a Pak a pensar que la solución propuesta por ella, de dormir en la cámara, había sido en realidad idea de *él*. Mary durmió allí todas las noches hasta la explosión.

La noche que Mary regresó del hospital, durmió en su rincón dentro de la choza. Pero cuando Young despertó, ya no estaba. Ella la buscó por todos lados, menos en el granero; en ningún momento se le ocurrió que podría cruzar la cinta amarilla que lo rodeaba y que tendría agallas como para acercarse al tubo de metal, donde dos personas se habían quemado vivas, y mucho menos ingresar en él. Pero al pasar por un hueco quemado en la pared, vio la luz de una linterna junto a la cámara. Abrió la escotilla y descubrió a Mary adentro, tendida de espaldas. Sin almohada, colchoneta ni manta. Su única hija, inmóvil, con los ojos cerrados y los brazos extendidos al costado del cuerpo. Young pensó en cadáveres en ataúdes. Gritó.

Nunca hablaron del tema. Mary nunca explicó nada y Young no preguntó. Mary volvió a dormir todas las noches en su rincón en la choza y ese fue el final del asunto.

Hasta hoy. Y aquí estaba ella, Young, de nuevo, abriendo la escotilla. Las bisagras oxidadas chirriaron y entraron hilos de luz. Mary no estaba. Pero había dormido allí. La almohada y la manta seguían ahí, y había dos cabellos negros largos sobre la almohada, formando una equis. Sobre la manta había una bolsa oscura. Anoche, Pak había colocado la bolsa del cobertizo junto a la puerta, para arrojarla hoy a la basura. ¿La habría encontrado Mary al regresar a casa?

Young entró en la cámara para tomar la bolsa. Justo cuando la estaba inclinando para espiar dentro, oyó un ruido. Pasos sobre la grava, ramitas rotas en el suelo. Pasos rápidos, como si alguien estuviese corriendo hacia el granero. Un grito. La voz de Pak:

—Mei-ya, detente, déjame explicarte.

Más pasos, un golpe sordo —¿se habría caído Mary?— y luego sollozos muy cerca justo afuera del granero.

Young sabía que correspondía que saliera y fuera a ver qué sucedía, pero algo de esa situación, en la que Mary se escapaba de Pak, evidentemente muy alterada, y él la seguía, la paralizó. Observó el contenido de la bolsa. Caja de lata. Papeles. Tenía razón: Mary había encontrado los cigarrillos y el listado de apartamentos en Seúl. ¿Habría enfrentado a Pak con esa información, como había hecho ella?

El chirrido de la silla de ruedas de Pak sonó más cerca. Young cerró la escotilla para quedar oculta, pero poder espiar por la rendija. Movió el cuerpo en la oscuridad y tocó la almohada de Mary. Estaba húmeda.

El ruido de la silla de ruedas se detuvo.

—Mei-ya —dijo Pak en coreano. Su voz sonaba más cerca, justo afuera del granero—. No puedo decirte cuánto me arrepiento.

La voz de Mary, temblorosa, las palabras en inglés, separadas por sollozos ahogados:

—No puedo creer... que tuvieras... algo que ver. No tiene... sentido...

Una pausa, luego la voz de Pak:

—Lo que más deseo es que no fuera verdad, pero lo es. El cigarrillo, los fósforos. Fui yo.

Estaba hablando de la caja de lata, seguro. Solo que no contenía fósforos.

La voz de Mary, en inglés:

—Pero ¿cómo terminaron aquí? Quiero decir, de toda la propiedad, ¿cómo terminaron *precisamente* en el sitio más peligroso? —Young comprendió dónde estaban, desde dónde provenían las voces: detrás del granero, donde habían estado los tanques de oxígeno.

Un suspiro. No largo, pero sí pesado —cargado de miedo, desesperado por mantener el silencio— y Young deseó que el suspiro durara para siempre y que Pak no abriera la boca para seguir hablando.

—Yo los puse aquí —dijo—. Elegí el sitio, justo debajo del tubo de oxígeno. Recogí ramitas y hojas secas. Puse los fósforos y el cigarrillo.

—No —suplicó Mary.

—Sí, fui yo. Yo lo hice.

*

YO LO HICE.

Al oír esas palabras, Young apoyó la cabeza sobre la almohada de Mary, las mejillas contra la humedad de las lágrimas de su hija. Cerró los ojos y sintió que el cuerpo le daba vueltas. O tal vez fuera la cámara, que giraba cada vez más rápido, achicándose y derrumbándose, aplastándola.

Yo lo hice. Fui yo.

Palabras incomprensibles que significaban el fin del mundo… ¿cómo podía decirlas así, tan fácilmente? ¿Cómo podía admitir con tanta frialdad que había provocado el incendio en el que habían muerto dos personas, y seguir respirando, hablando?

El ruido de los sollozos histéricos de Mary interrumpió sus pensamientos y Young comprendió lo que había pasado por alto en la nebulosa en que se encontraba: Mary acababa de descubrir que su padre había cometido un crimen, que había matado a dos personas. Estaba en shock, igual que ella. Abrió los ojos y sintió el deseo de correr afuera, abrazarla y llorar juntas por el dolor de enterarse de algo tan horrendo sobre la persona que amaban. Oyó el *shhhhh* de un padre consolando a una hija que sufría y quiso gritarle a Pak que se alejara de Mary, que las dejara solas y que no las ensuciara con sus pecados.

—Pero ¿por qué ese lugar? —preguntó Mary de pronto—. Si hubieras elegido cualquier otro...

—Por las manifestantes —respondió él—. Elizabeth me mostró el folleto que tenían; se lo pasaba diciendo que ellas podían provocar un incendio para sabotearnos, lo que me dio la idea: si la policía encontraba un cigarrillo en el mismo lugar que mencionaba el folleto, ellas estarían en problemas.

Por supuesto. Qué conveniente: iniciar el incendio, culpar a las manifestantes, cobrar el seguro. Un clásico: incriminar a las que lo querían perjudicar.

—Pero la policía se las llevó por el asunto de los globos —siguió Mary—. ¿Por qué tuviste necesidad de hacer algo más?

—Las manifestantes me llamaron. Dijeron que la policía solo les dio una advertencia y que nada podía impedir que volvieran todos los días, hasta ahuyentar a todos los pacientes. Tenía que hacer algo más drástico para meterlas en problemas y sacármelas de encima para siempre. Nunca imaginé que te acercarías allí, mucho menos... —su voz se quebró, y una imagen inundó la mente de Young: Mary corriendo hacia el granero, Mary girando, Mary bañada en la luz anaranjada del fuego, Mary en el aire, atrapada en la explosión.

Ella también parecía estar recordando ese instante:

—Pienso una y otra vez: no se oía el acondicionador de aire de la cámara. Había silencio —dijo. Young también lo recordaba... el sonido distante de las ranas, sin el ruido habitual de la ventilación del aire acondicionado. La asfixiante pureza del silencio antes de la explosión.

—Todo lo hice yo —admitió Pak—. Provoqué el apagón para incriminar a las manifestantes. Y eso puso en marcha todo: los retrasos, todo lo que salió mal aquella noche. Nunca imaginé que tantas cosas podrían salir mal. Nunca imaginé que alguien saldría lastimado.

Young quiso gritar, preguntarle cómo podía ocurrírsele encender fuego debajo de un tubo por donde pasaba oxígeno. Sin embargo, le creía, sabía que él había ideado un plan para sacar a todos a tiempo. Por eso había utilizado un cigarrillo, para que ardiera lentamente antes de prenderse y por eso quiso quedarse afuera mientras ella cerraba el oxígeno, para cerciorarse de que las llamas cobraran fuerza cuando todavía había oxígeno en los tubos, antes de que *ella* cerrara la llave a las 20:20. Había ideado un plan perfecto para iniciar un incendio lento que asustaría a todos, pero no lastimaría a nadie. El problema era que el plan no salió como esperaba. Los planes siempre fallan.

Después de un largo silencio, en voz tan baja y temblorosa que fue casi inaudible, Mary dijo, en inglés:

—No puedo dejar de pensar en Henry y en Kitt.

—Fue un accidente —repuso Pak—. Concéntrate en eso.

—Pero todo fue mi culpa, por ser egoísta y querer volver a Corea. Me dijiste que las cosas mejorarían, pero yo fui terca y seguí quejándome hasta que… —estalló en sollozos, pero Young comprendió: hasta que por fin, Pak decidió darle a su hija lo que quería e hizo lo único que se le ocurrió para lograrlo.

Young sintió que algo colapsaba dentro de ella, como si le hubieran golpeado en los pulmones. Lo que le hacía ruido en la cabeza, lo que le decía que nada de esto tenía sentido, era el porqué. Sí, Pak detestaba a las manifestantes. Sí, quería sacárselas de encima. Pero ¿por qué un incendio? El negocio estaba andando bien y no había motivos para destruirlo. O sí. Mary había acudido a él, le había suplicado que regresaran a Corea. El incendio intencional no había sido una idea espontánea, nacida de la furia por las manifestantes. Lo había planeado. Ahora todo tenía sentido, las fichas caían en su lugar. La llamada a la aseguradora, el listado de apartamentos en Seúl… todo alimentaba el plan de Pak. Y cuando aparecieron las manifestantes, las utilizó de señuelo.

Sintió dolor en pecho, como si muchos pájaros le estuvieran picoteando el corazón, al imaginar a Mary hablando con Pak el verano pasado, llorando de desesperación por volver a su país. ¿Por qué no se lo había contado a ella, su madre? En Corea, todas las tardes habían jugado a las payanas coreanas, mientras ella le contaba de los chicos que la molestaban y de los libros que leía en secreto en clase. ¿Dónde había quedado esa intimidad? ¿Se había evaporado, había desaparecido para siempre o simplemente estaba enterrada e hibernando durante la adolescencia? Sabía que a Mary no le gustaba Estados Unidos y quería volver, pero solamente por comentarios breves y ácidos que hacía cada tanto, no porque le hubiera abierto su corazón, como evidentemente había hecho con Pak. Él tampoco le había contado nada, sino que había ideado un plan peligroso para darle a su hija lo que quería; había tomado la decisión solo, sin hablar con ella, su esposa desde hacía veinte años. Lo sintió como una traición. La traición de su hija y su esposo. La traición de las dos personas a las que más amaba y en las que más confiaba.

—Deberíamos decírselo a Abe —declaró Mary—. Ya mismo. Basta de torturar a Elizabeth.

—Lo pensé mucho —repuso Pak—. Pero el juicio ya está por terminar. Hay buenas probabilidades de que no la condenen. Una vez que haya terminado todo, nos mudaremos, comenzaremos de nuevo.

—Pero ¿qué pasa si la declaran culpable? Podrían ejecutarla.

—Si sucede, confesaré la verdad. Esperaré a que nos pague el seguro y una vez que tú y tu madre se hayan ido lejos, a un lugar seguro, hablaré con Abe. No permitiré que ella vaya a prisión por un crimen que no cometió. No puedo hacer eso —tragó con fuerza—. Hice muchas cosas mal, pero nadie, *nadie* quiso que alguien saliera lastimado. Recuérdalo.

—¡Pero es que ella ya está sufriendo mucho, la están juzgando por matar a su hijo! Debe de estar tan desgarrada, que no soporto la…

—Escúchame —le ordenó él—. Me siento terriblemente mal por lo que sucedió. Daría cualquier cosa por cambiarlo. Pero no me parece que Elizabeth se sienta como yo. Tal vez no haya provocado el incendio, pero pienso que deseaba que Henry muriera y que se alegra de que haya sucedido.

—¿Cómo puedes decir eso? —exclamó Mary—. Sé que dicen que lo maltrataba, pero de allí a afirmar que quería que muriera…

—La escuché yo mismo, a través del intercomunicador: ella no sabía que estaba encendido.

—¿Qué escuchaste?

—Le dijo a Teresa que quería que Henry muriera, que fantaseaba con su muerte.

—¿Qué? ¿Cuándo? ¿Y por qué no dijiste nada sobre eso? Ni siquiera lo incluiste en tu declaración.

—Abe no quiso. La va a interrogar a Teresa al respecto en el estrado, pero quiere sorprenderla, para conseguir que diga toda la verdad.

¿Sería por eso que Young no sabía nada de esto, porque Teresa era su amiga y Abe temía que le dijera algo? ¿Quedaba alguien que no le hubiera mentido?

—Lo importante —prosiguió Pak— es que Elizabeth quería que Henry muriera. Lo maltrataba. Iban a acusarla por eso de todos modos, y ya está en juicio. ¿Qué tanta diferencia le hará a ella seguir en juicio una semana más? Y recuerda, si el veredicto es culpable, yo saldré a decir la verdad. Te lo prometo.

¿Sería cierto eso? ¿O lo diría solo para convencer a Mary

de que callara, y si el veredicto era culpable, inventaría alguna otra excusa y dejaría que condenaran a muerte a Elizabeth?

—Bien, ahora, antes de entrar —le indicó Pak—, necesito que me prometas que harás lo que yo digo. Ni una palabra a nadie, ni siquiera a tu madre. ¿Entendido?

Al oír que la nombraban, Young sintió que se le aceleraba el corazón y le golpeaba con fuerza en el pecho.

—Mei-ya, respóndeme. ¿Entendido?

—No. Deberíamos contárselo a Um-ma —repuso Mary, en inglés. ¿Hacía cuánto tiempo que no la llamaba así, como lo había hecho antes de encerrarse en una armadura de rencor?—. Dijiste que tiene sospechas. ¿Y si me pregunta sobre aquella noche? ¿Qué le voy a decir?

—Lo que has estado diciendo hasta ahora, que todo es una nebulosa.

—No, tenemos que contarle —dijo con voz temblorosa; sonaba insegura, como una niña.

—No —Pak escupió la palabra con tanta fuerza que retumbó en los oídos de Young, pero hizo una pausa y respiró hondo, como para calmarse—. Hazlo por mí, Mei-ya. —Había una nota de paciencia forzada en sus palabras—. Es mi decisión, mi responsabilidad. Si tu madre se enterara... —suspiró.

Hubo silencio, y Young comprendió que Mary debió de asentir; Pak habría seguido insistiendo si ella no hubiera obedecido. Después de un minuto, oyó pasos y el ruido de la silla de ruedas. Cerca, más cerca, luego alejándose hacia la casa. Pensó en esperar hasta que entraran y luego escapar. O tal vez entrar después que ellos, fingiendo no haber oído nada y ver qué hacían. Ambos eran actos cobardes, lo sabía, pero estaba tan cansada. Qué fácil sería quedarse allí y dejar el mundo afuera, recostarse aquí, como en una tumba, durante todo el tiempo necesario hasta que el mundo dejara de girar, hasta que todo pasara y se desintegrara.

No. No podía no hacer nada, no podía permitir que Pak

la hiciera a un lado y le quitara todavía más relevancia de lo que ya había hecho. Empujó la escotilla con fuerza. Se abrió ruidosamente, y el chirrido disonante le dio deseos de gritar. Trató de ponerse de pie. Se golpeó la cabeza contra el acero y el golpe le resonó en el cerebro como un gong.

Se oyeron pasos dentro del granero, lentos y cautelosos. Pak dijo que no era nada, seguramente algún animalito, pero Mary llamó:

—¿Mamá, eres tú? —había miedo en su voz, pero también algo más. Esperanza, quizá.

Muy despacio, Young se incorporó. Salió de la cámara y se irguió. Extendió los brazos hacia Mary, en una invitación a que se uniera a ella, a que juntas hicieran el duelo por esa pérdida que era de ambas por igual. Mary se quedó mirándola con lágrimas en las mejillas, pero no fue hacia ella. Por el contrario, miró a Pak como pidiendo permiso. Él extendió su mano y Mary vaciló antes de alejarse de ella y acercarse a Pak.

Un recuerdo: Mary de bebé, en medio de ambos. Ella y Pak con los brazos extendidos llamándola, y la bebé de ambos gateando hacia él, siempre hacia él. Young riendo y aplaudiendo, fingiendo que no le dolía, convenciéndose de lo maravilloso que era que Pak tuviera esa relación de cercanía con su hija, a diferencia de otros hombres, diciéndose a sí misma que era solo porque Mei pasaba tanto tiempo con ella —¡todo el día!— que prefería al padre que no había visto tanto. Siempre había sido así: un desequilibrio entre ellos, que se podía ver aun ahora; los tres formaban un triángulo raquítico, con Young alejada de los otros dos, sola. Tal vez todas las familias con hijos únicos eran así, desiguales, y el resultado era una envidia inherente en todos los miembros del trío. Al fin y al cabo, los triángulos equiláteros con lados verdaderamente iguales existían solamente en teoría, no en la vida real. Ella creyó que el desequilibrio se acomodaría cuando estuvieran juntas a un continente de distancia de

Pak, pero irónicamente, él terminó viendo a Mary más que ella, a pesar de la distancia: dos veces por semana por Skype (que Young no podía utilizar, ya que en la tienda no había internet). La balanza siempre caía hacia el lado de Pak-Mary. Siempre había sido así, y lo seguía siendo ahora.

Young se quedó mirándolos. Al hombre en silla de ruedas que había cometido una acción monstruosa, la había mantenido oculta durante un año y le había contado su secreto a su hija, no a ella. Y junto a él, la joven con la cicatriz, que ya había perdonado a su padre por el crimen que le había dejado esa cicatriz. La chica que siempre elegía a su padre, que seguía poniéndose de su lado aun ahora, a minutos de la horrorosa revelación que debería haberla puesto del lado de ella. Su esposo y su hija. Su sol y su luna, sus huesos, su médula, las dos personas sin las cuales su vida no existiría, pero que sin embargo, siempre estaban fuera de su alcance, como desconocidos. Sintió un dolor en el pecho, como si una por una, las células se le estuviesen asfixiando y muriendo.

Pak la miró. Ella pensó que tendría expresión culpable, que bajaría la cabeza como un girasol deshidratado, que no podría mirarla a los ojos cuando confesara su crimen y le pidiera perdón. Pero él dijo:

—Yuh-bo, no sabía que estabas allí. ¿Qué hacías? —No lo preguntó en tono acusatorio ni con nerviosismo, sino con un tono de fingida ligereza, como si la estuviera poniendo a prueba, como si quisiera ver si podía seguir mintiéndole. Al ver esa sonrisa falsa que tan genuina parecía, Young dio un paso atrás y de pronto, fue como si el suelo hubiera desaparecido y cayera por un hoyo. Tenía que salir de ahí, de este sitio de muerte y mentiras. Trastabilló; los tablones quemados del suelo eran irregulares y tuvo que extender los brazos para mantener el equilibrio, como al caminar en el pasillo de un avión con turbulencia. Pasó junto a Pak y a Mary y se detuvo a secarse las lágrimas junto al tronco de un árbol, seco desde hacía muchos años.

—Veo que… escuchaste —dijo Pak—. Yuh-bo, tienes que comprender. No quería cargarte con esto y pensé que teníamos más posibilidades de que se arreglaran las cosas si…

—¿De que se arreglaran las cosas? —repitió, se volvió y se quedó mirándolo—. ¿Qué cosas podrían arreglarse, a ver? Un niño murió quemado. Cinco chicos no tienen madre. Una mujer inocente está siendo juzgada por homicidio. Tú estás en silla de ruedas. Y Mary tiene que vivir el resto de su vida sabiendo que su padre es un homicida. ¡No hay forma de que nada se arregle, nunca! —No se dio cuenta de que estaba gritando hasta que calló y oyó el eco de su voz en el silencio. Sentía la garganta áspera, seca.

—Yuh-bo —insistió él—. Ven, entremos. Hablemos de esto. Ya verás… Todo se arreglará. Solamente tenemos que seguir adelante y no decir nada, por ahora.

Young dio un paso atrás y pisó una raíz, lo que la desequilibró; estuvo a punto de caer. Tanto Mary como Pak se inclinaron hacia adelante y le tendieron las manos. Young miró las manos de su hija y de su esposo, lado a lado, ofreciéndole sujetarla, sostenerla. Miró los rostros de esas dos personas amadas, de pie junto al sendero que bordeaba el arroyo, con los árboles altos a sus espaldas, formando un techo sobre sus cabezas por el cual se colaban rayos brillantes de sol. Qué bella era la mañana en la que toda su vida se desmoronaba, como si Dios se burlara de ella y le confirmara su irrelevancia.

Mary la miró a los ojos:

—Um-ma, por favor.

La ternura con la que dijo "Mami" en coreano hizo que Young quisiera abrazarla y limpiarle las lágrimas con el pulgar, como solía hacer. Pensó en lo fácil que sería decir que sí y tomarse de esas manos para forjar la unión que se mantendría por siempre, consolidada por el secreto compartido. Pero levantó la vista hacia el submarino ennegrecido que asomaba dentro del granero, chamuscado por las llamas que se habían tragado a un niño de ocho años y a la mujer que intentó salvarlo.

Negó con la cabeza. Dio un paso atrás, luego otro y otro, hasta que quedó fuera del alcance de ellos.

—No pueden pedirme nada —dijo. Giró sobre los talones, y dándoles la espalda a su esposo y a su hija, se fue.

MATT

Buscó a Mary en el tribunal. Quería verla. Bueno, no se trataba de querer, exactamente. Más bien necesitaba verla. Como cuando hay que hacerse un tratamiento de conducto: no es que se lo *desee*, pero es necesario eliminar el nervio muerto de adentro y que deje de doler. La sala estaba más llena que de costumbre —tal vez como consecuencia de las últimas noticias ("Juicio a la *Mami asesina*: La acusada daba de beber lejía a su hijo"), pero los Yoo no estaban, lo que le resultó extraño.

Janine ya había llegado.

—Hice la grabación de mi voz. Se la van a hacer escuchar al empleado hoy mismo —susurró, y él sintió que se le revolvía el estómago al pensar que Mary había tenido acceso a su coche y al teléfono que estaba adentro.

Abe se volvió.

—¿Viste a los Yoo?

Matt negó con la cabeza.

—Es el cumpleaños de Mary. ¿Estarán festejando, quizá?

El cumpleaños de Mary. Algo sonaba mal, ominoso. Demasiadas cosas se habían unido de pronto: la toma de conciencia de que ella podía haber abierto su coche y utilizado el teléfono, el sueño, y ahora su cumpleaños. Dieciocho años, legalmente adulta. Completamente imputable. Mierda.

La detective Heights subió al estrado para las repreguntas. Shannon no perdió tiempo con saludos ni introducciones y tampoco esperó a que se acallaran los murmullos. Se dirigió a ella directamente desde su silla:

—Usted considera que Elizabeth Ward es maltratadora infantil, ¿no es así?

El público miró a su alrededor, como para tratar de entender de dónde había salido la pregunta.

Heights pareció sorprendida, como un boxeador que espera un minuto de movimientos en círculos pero en cambio, recibe un puñetazo en la cara en cuanto suena la campana.

—Emm... yo... emm, bueno, supongo que sí. Sí.

Sin ponerse de pie, Shannon prosiguió:

—¿Y les comentó a sus colegas que eso era fundamental para este caso, que sin las acusaciones por maltrato, no tenía ninguna prueba relacionada con el motivo, verdad?

—No lo recuerdo —respondió frunciendo el entrecejo.

—¿No? ¿No recuerda haber escrito "Sin maltrato no hay motivo" en la pizarra durante una reunión sobre este caso el 30 de agosto de 2008?

Heights tragó saliva. Después de unos instantes, carraspeó:

—Sí, lo recuerdo, pero...

—Gracias, detective. Ahora bien... —Shannon se puso de pie—. Explíquenos cómo maneja los casos de maltrato infantil en general —dijo acercándose a ella con paso lento y relajado, como si paseara por un jardín—. Podemos decir que cuando recibe una denuncia seria, a veces le quita la custodia a los padres de inmediato, aun antes de que la investigación se lleve a cabo, ¿verdad?

—Sí, cuando hay amenaza creíble de lesiones serias, tratamos de obtener una orden de emergencia que asigna al niño a un hogar de acogida hasta que se investigue.

—*Amenaza creíble de lesiones serias* —repitió Shannon y se acercó más—. En este caso cuando recibió la denuncia anónima sobre Elizabeth, no sacó a Henry de su hogar, ni siquiera lo intentó. ¿Es correcto?

Heights miró a Shannon, con los labios apretados, sin parpadear. Después de un largo instante, respondió:

—Es correcto.

—Lo que significa que pensó que no existía riesgo creíble de lesiones en el caso de Henry, ¿verdad?

Heights miró a Abe, de nuevo a Shannon y parpadeó:

—Esa fue nuestra evaluación *preliminar*. Anterior a la investigación.

—Ah, sí. Investigó durante cinco días. De haber determinado que Henry estaba sufriendo maltratos, podría haberlo sacado de su hogar para protegerlo y lo hubiera hecho, pues ese es su trabajo, ¿no es así?

—Sí, pero…

—Pero no lo hizo. —Shannon dio un paso adelante, como una topadora que derriba una barrera—. Durante cinco días después de recibir la denuncia dejó a Henry en su casa, ¿verdad?

Heights se mordió el labio:

—Evidentemente nos equivocamos en nuestra evaluación…

—Detective —la interrumpió Shannon en voz alta y firme—, por favor responda solamente a las preguntas. No le pregunté sobre su desempeño en el trabajo, aunque su supervisor y los abogados que quieren hacer juicio por el patrimonio de Henry puedan estar muy interesados de oírla admitir su error. Mi pregunta es: ¿después de cinco días de investigación decretó o no que Elizabeth era una maltratadora que representaba una amenaza creíble de lesiones serias para Henry?

—No. —Heights parecía desanimada.

—Gracias. Ahora vayamos a la investigación en sí —dijo Shannon y colocó sobre el atril una plancha con papel afiche en blanco—. Ayer usted declaró que en este caso investigó cuatro tipos de maltrato: abandono, maltrato emocional, maltrato físico y maltrato médico. ¿Es correcto?

—Sí.

Shannon escribió las categorías en una columna sobre el papel.

—Entrevistó a Kitt Kozlowski, a ocho docentes, cuatro terapeutas y dos médicos además del padre de Henry, ¿no es así?

—Sí.

Shannon escribió a los entrevistados en la hilera superior:

	Padre	8 docentes	4 terapeutas	2 médicos	Kitt
Abandono					
Maltrato emocional					
Maltrato físico					
Maltrato médico					

—¿Alguna de estas personas se manifestó preocupada porque Elizabeth hiciera abandono de Henry?

—No.

Shannon escribió *NO* cinco veces en la hilera de *Abandono* y trazó una línea por encima de toda la hilera.

—Sigamos: ¿además de Kitt, alguien manifestó preocupación por maltrato emocional o físico?

—No —respondió Heights.

—De hecho, la maestra de Henry del año pasado dijo... estoy leyendo sus notas, detective, cito textualmente: *"Elizabeth es la última persona a la que podría imaginar causándole traumas emocionales o físicos a su hijo"*, ¿no es así?

—Sí —respondió Heights con un suspiro casi inaudible.

—Gracias. —Shannon escribió *NO* en las dos hileras horizontales, menos en la columna de Kitt—. Por último, maltrato médico. Usted se concentró en esto, así que imagino que le habrá hecho preguntas detalladas a todas las personas con quienes habló. —Dejó el rotulador a un lado—. Bien, díganoslo, entonces. Díganos cuántas instancias de abuso médico le mencionaron estas quince otras personas.

Heights no respondió; fulminó a Shannon con la mirada.

—¿Detective, cuál es su respuesta?

—El problema es que ninguna de estas personas estaba al tanto de las así llamadas terapias médicas a las que la acusada sometía a Henry, por lo cual…

—Sí, ya llegaremos al asunto de las terapias. Pero, mientras tanto, tengo la impresión de que su respuesta es que ninguna de estas quince personas opinó que Elizabeth hubiera cometido maltrato médico, ¿no es así, detective?

Heights resopló y se le dilataron las fosas nasales.

—Sí.

—Gracias. —Shannon escribió *NO* a lo largo de la última fila y dio un paso atrás para que el jurado tuviera una visión clara del atril.

	Padre	8 docentes	4 terapeutas	2 médicos	Kitt
~~Abandono~~	~~NO~~	~~NO~~	~~NO~~	~~NO~~	~~NO~~
Maltrato emocional	NO	NO	NO	NO	
Maltrato físico	NO	NO	NO	NO	
Maltrato médico	NO	NO	NO	NO	

Shannon señaló el cuadro:

—Las quince personas que mejor conocían a Henry y se preocupaban por su bienestar estuvieron de acuerdo en que Elizabeth no lo maltrataba de ningún modo. Hablemos de la única persona con reparos: ¿Kitt acusó verdaderamente a Elizabeth de maltrato emocional?

Heights frunció el entrecejo.

—Creo que sería justo decir que se preguntaba si la acusada maltrataba a Henry diciéndole que era molesto y que todos lo odiaban.

—Entonces se *preguntaba* si existiría maltrato emocional —retomó Shannon poniendo un signo de pregunta en el cuadrado de *Maltrato emocional/Kitt*—. ¿Y cuál es su opinión al respecto, detective? ¿Eso se considera maltrato infantil? Yo tengo una hija, extremadamente adolescente, no sé si me entiende, y debo admitir que muchas veces le digo que es grosera, desagradable y directamente odiosa y que si no cambia pronto, va a terminar sola, sin amigos, pareja ni trabajo. —Algunos miembros del jurado rieron por lo bajo, y asintieron—. Sé que no voy a ganar el premio a la mejor madre del año, pero ¿sería el tipo de maltrato por el que alejaríamos a un niño de una madre?

—No. Como usted dice, no es ideal, pero no se considera maltrato.

Shannon sonrió y trazó una raya sobre la fila de *Maltrato emocional*.

—Pasemos a maltrato físico. ¿Llegó Kitt a acusar verdaderamente a Elizabeth de maltrato físico?

—No. Solamente se lo preguntó, porque vio que Henry tenía rasguños en el brazo.

Shannon dibujó un signo de interrogación en el cuadrado de *Maltrato físico/Kitt*.

—Cuándo entrevistó a Henry, él dijo que lo rasguñó el gato de un vecino, ¿verdad?

—Sí.

—De hecho, usted escribió en las anotaciones de la entrevista que, cito textualmente, "no hay pruebas que sostengan una denuncia de maltrato físico", ¿no es así?

—Correcto.

Shannon trazó una raya sobre la fila de *Maltrato físico*.

—Eso nos deja con el maltrato médico. La denuncia se centra en las terapias alternativas de Elizabeth, específicamente, la quelación endovenosa y la terapia SMM, ¿verdad?

—Sí.

Shannon escribió: *Quelación EV y SMM ("lejía")* en el cuadro.

—Bien; discúlpeme, no soy experta en el tema, pero entiendo que una condición para que haya maltrato médico es que aquello que la madre haga debe dañar al niño, o sea, provocarle una condición o empeorar la que padece, ¿no es así?

—Sí, por lo general, sí.

—Esto es lo que no entiendo: ¿cómo puede tratarse de maltrato médico si Henry había estado mejorando en todo lo referido a su salud?

Heights parpadeó varias veces.

—No tengo certeza de que haya sido así.

—¿No? —preguntó Shannon y Matt vio su expresión divertida; un chispazo infantil que parecía decir *¡Miren esto!* le iluminó el rostro—. ¿Está al tanto de que un neurólogo de la clínica de autismo de Georgetown diagnosticó a Henry con autismo cuando tenía tres años?

—Sí, está en sus registros médicos.

Matt no lo sabía. Siempre creyó, basándose en los comentarios de Kitt, que el "autismo" de Henry estaba en la cabeza de Elizabeth.

—¿También figura en sus registros médicos, no es así, que según el mismo neurólogo, Henry ya no padecía autismo en febrero del año pasado?

—Sí.

—Pues bien, pasar de un diagnóstico de autismo a uno de no autismo es mejorar, no empeorar, ¿verdad?

—En realidad, el neurólogo indicó que podía haber sido mal diagnosticado...

—Porque la mejoría en la condición de Henry era tan notoria que era imposible explicarla de otra manera, puesto que la mayoría de los niños no mejoran como lo hizo Henry, ¿no es así?

—Bueno, de todos modos, el médico indicó que la mejoría se debía seguramente a la cantidad de horas de terapia fonoaudiológica y social.

—¿La cantidad de horas de terapias que Elizabeth le organizaba y a las que lo llevaba todos los días, quiere decir? —dijo Shannon, pintando otra vez una imagen de Elizabeth como la Madre del Año.

Pero en lugar de sentir fastidio, Matt se puso a pensar. ¿Se habría equivocado? ¿Habría habido un motivo detrás de las obsesiones de Elizabeth, y habrían sido esas obsesiones las que consiguieron que un niño pasara de padecer autismo a no padecerlo?

Heights frunció aún más el entrecejo.

—Supongo que sí.

—Más allá del autismo, Henry mejoró en otros aspectos, ¿verdad? Pasó de estar en el segundo percentil de peso a los tres años, con diarrea frecuente, a ser un niño de ocho años en el percentil cuarenta, sin problemas intestinales. ¿Recuerda eso de los registros médicos de Henry, detective?

El rostro de Heights se enrojeció.

—Pero esa no es la cuestión. La cuestión es que esos supuestos tratamientos son peligrosos e innecesarios, lo que *sí* constituye maltrato médico, independientemente de las consecuencias. Y no nos olvidemos de que *hubo* consecuencias perjudiciales para Henry: la *muerte* por causa del bien conocido riesgo de incendio en uno de esos tratamientos, la OTHB.

—¿En serio? No sabía que la OTHB en instalaciones habilitadas para tal fin constituía maltrato médico —dijo y se volvió hacia el público—. Debe de haber aquí unas veinte o treinta familias que fueron clientes de Miracle Submarine. ¿Supongo entonces que usted investigó a todas esas familias por maltrato infantil debido a que sometieron a sus hijos a un tratamiento tan peligroso? ¿Eso es lo que nos está queriendo decir, detective?

Por el rabillo del ojo, Matt vio que varias mujeres de la sala se miraban entre ellas, nerviosas, y luego a Elizabeth, como si no se les hubiera ocurrido que podían ser consideradas culpables de las mismas cosas que ella. ¿Sería por eso que ahora estaban tan ansiosas por declararla una asesina perversa? Porque si ella no había iniciado el incendio adrede... ¿los hijos de ellos estaban sanos y salvos en casa en vez de dentro de un ataúd, solamente por azar?

—No, claro que no —respondió Heights—. No se puede considerar cada cuestión aisladamente. No se trataba solo de la OTHB. Ella hacía cosas extremas, como quelación endovenosa y darle de beber lejía a Henry.

—Ah, sí. Detengámonos allí. La quelación endovenosa está aprobada por la Administración de Alimentos y Medicamentos, ¿no es así?

—Sí, pero para intoxicación con metales pesados, cosa que Henry no padecía.

—¿Está usted al tanto de que en un estudio realizado por la Universidad Brown a ratones a los que se les había inyectado con diversas formas de metales pesados, y que habían desarrollado conductas socialmente atípicas, similares al autismo, se los trató con quelación y se recuperaron por completo?

Matt no había oído hablar de eso. ¿Sería cierto?

—No, no conocía ese estudio.

—¿No? El estudio fue resumido en un artículo del *Wall Street Journal* que encontré en sus archivos, junto a los resultados de las pruebas que indicaban que Henry había recibido niveles elevados de mercurio, plomo y otros metales pesados.

Heights frunció los labios, como si se estuviera conteniendo para no hablar. Shannon prosiguió:

—¿Y está al tanto de que uno de los investigadores del estudio, un tal doctor Anjeli Hall, que fue médico adjunto del Hospital de Stanford y profesor de la Facultad de Medicina de Stanford, trata a niños con autismo con terapia de quelación, entre otras cosas?

Matt nunca había oído el nombre del médico, pero esos antecedentes... ¿cómo podía disputarse la legitimidad de alguien así?

—No, no conozco a ese médico —repuso Heights—, pero *sí* sé que han muerto niños con autismo a causa de la terapia de quelación endovenosa.

—Causada por la negligencia de un médico que ya no tenía licencia como tal, ¿no es así?

—Entiendo que sí.

—Muchas personas mueren por errores médicos —dijo y otra vez se volvió hacia el jurado—. Justamente el mes pasado, leí que un niño murió porque el pediatra le recetó una dosis equivocada de paracetamol. Dígame, detective... ¿si mañana le doy paracetamol a mi hijo, eso constituye maltrato médico, porque el tylenol es evidentemente un tratamiento peligroso que puede causar la muerte de niños?

—La quelación no es paracetamol. La acusada le dio a Henry DMPS, una sustancia química peligrosa que por lo general se administra en los hospitales. La compró por correo, a través de un médico naturista de otro

—Detective, ¿está usted al tanto de que ese naturista de otro Estado atiende en el consultorio del doctor Hall y que le renovó la receta que originalmente le había dado a Elizabeth el doctor Hall?

Heights arqueó las cejas, sorprendida.

—No, no lo sabía.

—¿Considera que es maltrato médico dar a un niño medicación recetada por un neurólogo que, además, es profesor de Stanford?

La detective frunció los labios y pensó un instante. Matt sintió deseos de decirle: *Vamos, no seas estúpida.*

—No —respondió por fin.

—Perfecto —dijo Shannon y trazó una raya sobre *Quelación EV* en el cuadro—. Entonces, ahora nos queda el así llamado tratamiento con lejía. Detective, ¿cuál es la fórmula de la lejía?

—Lo desconozco.

—Lo tiene en sus archivos, pero es NaCLO, hipoclorito de sodio. ¿Cuál es la fórmula química del SMM, la solución mineral que Elizabeth le daba a Henry, que usted *llama* lejía?

Heights frunció el ceño levemente.

—Dióxido de cloro.

—Sí, ClO_2. En realidad, unas pocas gotas diluidas en agua. ¿Está al tanto, detective, que las empresas utilizan esto para purificar el agua embotellada? —Shannon se volvió hacia el jurado—. El agua que compramos en los supermercados contiene la misma sustancia química que la fórmula del SMM a la que ella ha estado llamando "lejía".

Abe se puso de pie y objetó:

—¿Quién es la que está declarando aquí, señoría?

Pero Shannon siguió hablando, más fuerte y más rápido:

—El dióxido de cloro está presente en los antimicóticos que se compran en la farmacia sin receta. ¿Usted arresta a todos los padres que los compran en Walgreens?

—¡Objeción! —intervino Abe de nuevo—. He tratado de mostrarme paciente, pero la abogada está hostigando a la testigo con todas estas preguntas que no son del campo de su especialidad, y ni qué hablar de que da por sentado hechos que no han sido demostrados. La detective Heights no es médica, ni química, ni experta en medicina.

El rostro de Shannon se enrojeció de indignación y fervor.

—Ese es precisamente mi punto, señoría. La detective Heights *no* es experta, no sabe nada sobre estos tratamientos a los que ha rotulado como peligrosos e innecesarios. Con qué fundamentos, no tengo idea. Y ni siquiera se ha molestado en aprender lo más básico, que puede encontrar en sus propios archivos, si solo se tomara el trabajo de mirarlos.

—La objeción ha lugar —dictaminó el juez—. Abogada Haug, puede llamar a sus propios testigos expertos, pero por ahora, aténgase a lo que está en los registros y dentro del alcance del trabajo de la detective.

—Sí, su señoría —asintió Shannon y se volvió—. ¿Detective, usted tiene permitido iniciar sus propias investigaciones? Si por ejemplo en el curso de un caso, usted se encuentra con pruebas de que otro padre está maltratando a un hijo, ¿puede abrir un caso nuevo?

—Por supuesto. No importa cómo llegan a nosotros las denuncias.

—En este caso —prosiguió—, a través de foros online usted se encontró con pruebas de que muchos otros padres dentro de su jurisdicción estaban haciendo quelación endovenosa y también terapia con SMM, ¿no es así?

Los ojos de la detective se fijaron un instante en el público de la sala antes de dar una respuesta afirmativa.

—¿A cuántos de estos padres investigó usted por maltrato médico?

Heights volvió a mirar hacia el público.

—A ninguno.

—Y eso se debe a que usted no considera que las terapias de SMM y quelación constituyan maltrato médico, ¿verdad? —Shannon no las dijo, pero Matt casi pudo oír las palabras que faltaban: *Porque si esos tratamientos constituyeran maltrato, la mitad de la gente presente en esta sala debería estar en la cárcel desde hace tiempo.*

Heights la miró con rabia y Shannon le sostuvo la mirada en un duelo que duró varios segundos y se tornó primero incómodo, y doloroso después, cuando Heights respondió:

—Así es.

—Gracias —dijo Shannon y despacio, con toda deliberación, se dirigió al cuadro sobre el atril y trazó una línea gruesa sobre la última fila, *Maltrato médico*.

Matt miró a Elizabeth, que seguía impávida, con la máscara imperturbable que había tenido durante todo el día de ayer, en el que la detective Heights la había retratado como una maltratadora sádica que por puro placer sometía a su niño a experimentos dolorosos. Con la diferencia de que ahora, no parecía inhumana, sino paralizada. Aturdida por el dolor. Y Matt comprendió de pronto lo que había tenido en mente desde que se había despertado: tenía que contarle la verdad a Abe y tal vez también a Shannon. No todo, quizá, pero por lo menos el asunto de Mary y la llamada a la aseguradora, como también la nota de H-Mart. Con los cigarrillos podía esperar y ver. Pero era necesario encontrar a Mary y advertírselo. Darle la oportunidad de ir y confesarle a Abe lo que había hecho, antes de que fuera él.

Tocó suavemente el hombro de Janine.

—Me tengo que ir —dijo moviendo solamente los labios, sin emitir sonido. Señaló el bíper del hospital, como si fuera algo relacionado con el trabajo.

—OK, te pondré al tanto después —le susurró ella.

Se puso de pie y salió de la sala. Cuando se iba, vio que Shannon hacía un gesto hacia el cuadro del afiche, que había quedado anulado.

—Detective —la oyó decir—, me gustaría aclarar algo de lo que hablamos antes. —Shannon escribió algo sobre el cuadro y añadió—: Esto *es* realmente lo que usted escribió en su reunión con colegas, ¿verdad?

Matt se detuvo en la puerta y miró. No fue hasta que

Heights dijo "Sí, es correcto" y Shannon dio un paso atrás desbloqueándole la vista del afiche, que él lo vio. Arriba de todo, sobre todas las categorías tachadas, Shannon había escrito en letras grandes NO HAY MALTRATO = NO HAY MOTIVO, y las había rodeado con un círculo.

NO HAY MALTRATO = NO HAY MOTIVO					
	Padre	8 docentes	4 terapeutas	2 médicos	Kitt
Abandono	NO	NO	NO	NO	NO
Maltrato emocional	NO	NO	NO	NO	?
Maltrato físico	NO	NO	NO	NO	?

ELIZABETH

LAS VIO AFUERA DE LA sala del tribunal, durante el receso. Un contingente bastante grande —veinte o quizá treinta mujeres— del grupo de mamás de niños con autismo. La última vez que las había visto había sido en el funeral de Henry, cuando todavía era la madre víctima, el punto focal de la pena y el dolor de ellas (y también quizá de la culpa por sentir en secreto un dejo de superioridad porque sus hijos estaban vivos). Antes de que la arrestaran y salieran historias en los medios que terminaron con las visitas para llevarle comida. Había esperado que algunas vinieran al juicio, pero no había visto a ninguna en toda la semana.

Pero ahora, aquí estaban. ¿Por qué hoy? Tal vez las últimas noticias habían despertado su curiosidad hasta el nivel de hacerles contratar niñeras expertas en cuidados especiales por todo un día. O tal vez hoy era la reunión mensual —sí, era jueves— y habían decidido hacer una excursión. O ¿acaso era posible que se hubieran enterado de que los mismos tratamientos que muchas de ellas les hacían a sus hijos habían pasado a ser "maltrato médico" y hubieran venido a apoyarla?

Las mujeres formaban un círculo desordenado y conversaban, moviéndose de aquí para allá como abejas cerca de una colmena. Cuando en camino hacia la sala, Elizabeth se les acercó, una de ellas, que estaba hablando por teléfono —Elaine, la primera que había probado el tratamiento al que llamaban lejía, mucho antes que ella— levantó la vista y la vio. Arqueó las cejas y sonrió como si se alegrara de verla. Elizabeth le devolvió la sonrisa y se desvió hacia el grupo, esperanzada; el corazón le latía fuerte contra el pecho.

La sonrisa de Elaine se desfiguró; y se volvió hacia el grupo y les susurró algo. Las mujeres la miraron como se mira un cadáver en estado de putrefacción: con curiosidad, pero con repulsión. Los ojos se posaron en ella y después se desviaron, y las caras dieron a entender que habían olido algo podrido. Cuando Elizabeth comenzó a comprender que la sonrisa de Elaine había sido causada por la sorpresa y la incomodidad del momento, las mujeres le dieron la espalda y se movieron hacia dentro del círculo, cerrándolo tanto que pareció que colapsaría por sí mismo.

Shannon movió los labios y dijo:

—Ven, vamos.

Elizabeth asintió y se alejó de ellas, sintiendo las piernas huecas, pero a la vez pesadas, lo que le dificultaba caminar. Durante muchos años, ese grupo había sido el único sitio al que había sentido que pertenecía como madre, un mundo en el que nadie la evitaba ni le tenía lástima por ser (en susurros, siempre en susurros) "la pobre madre de ese chico con —pausa— *autismo*, ese que no para de balancearse". Por el contrario: en ese grupo, por primera vez en su vida había experimentado algo parecido al poder. No era que no hubiera logrado nada en la vida anterior —se había destacado en la escuela y en el trabajo— pero esos eran logros de abeja obrera, de los que solo se enteran los padres. En el mundo de las mamás de niños con autismo, sin embargo, era una estrella de rock, la que lograba milagros, la líder del grupo, porque representaba lo que todas soñaban ser: la madre de un

Niño Recuperado, un niño que había comenzado sin hablar ni socializar, un desastre como todos los demás, pero que con los años, se había catapultado al reino de las clases normales y finalizaciones de terapias. Henry había sido el modelo, la cristalización de la esperanza de que algún día, sus propios hijos podrían lograr sus propias metamorfosis.

Ser objeto de tanta envidia y estima le había resultado embriagador, pero al no estar acostumbrada a eso, también incómodo, por lo que había tratado de restarle importancia a su papel en el progreso de Henry. "Por lo que sé", le había dicho al grupo, "la mejoría de Henry no fue por los tratamientos, tal vez solo fue una coincidencia. No hay grupos de control, así que nunca lo sabremos". (No era que realmente lo creyera, pero le parecía que su lógica de "correlación no es igual a causalidad" la hacía parecer racional, lo que lograba que las no creyentes no la descartaran inmediatamente como "una de esas locas antivacunas").

A pesar de las advertencias de Elizabeth, casi todas las madres del grupo salieron en estampida biomédica a conseguir los mismos tratamientos para sus hijos. "El protocolo de Elizabeth" lo llamaban, a pesar de que ella les aseguraba que se había limitado a seguir recomendaciones de otros, adaptándolas a las pruebas de laboratorio de Henry. Cuando muchos otros niños comenzaron a mejorar (aunque ninguno tanto ni tan espectacularmente como Henry) se convirtió en la verdadera abeja reina, la experta a la que todos consultaban. Cada una de las mujeres que ahora estaban afuera de la sala del tribunal le había enviado correos electrónicos para pedirle consejo o se había sentado a tomar café para solicitarle información o pedirle ayuda para interpretar resultados de pruebas de laboratorio y le había enviado tarjetas y muffins para agradecerle.

Y ahora aquí estaban, todas dándole la espalda, más unidas que nunca en su rechazo hacia ella. Y aquí estaba ella, la que había sido casi una deidad, alejándose, convertida en paria. ¿Y si la reacción de las mujeres servía como premonición de algún tipo, a pocos días de ser condenada a la pena de muerte?

*

Sentada en la sala del tribunal, contempló el afiche sobre el atril, con la horrorosa palabra *MALTRATO*.

Maltrato infantil. ¿Era eso lo que había hecho? Después de aquel primer pellizco en el subsuelo de la casa vecina, se juró que no volvería a hacerlo nunca; creía en la crianza positiva, ni siquiera le gustaban los retos ni las amenazas, pero con el tiempo la frustración iría en aumento. Pasarían semanas y meses de paciencia, de pasar por alto conductas negativas y ponderar las positivas y luego, como una corriente de retorno, la furia la golpearía y se la tragaría, haciéndole desear desesperadamente el alivio que obtenía cuando pellizcaba la piel suave de Henry o le gritaba. Pero jamás lo había abofeteado ni golpeado y, mucho menos, causado lesiones que requirieran de atención médica. ¿Y no era *eso* —la violencia que terminaba con sangre y huesos rotos— el maltrato infantil, y no las cosas invisibles que hacía para causarle un instante de dolor, lo suficiente para sacudir a Henry y hacerlo salir de la conducta que ella necesitaba que cesara? ¿Sería eso diferente de una palmada?

Estudió el cuadro, todos los *NO* que confirmaban que no había habido maltrato y sintió angustia por Henry ante la idea de que tanto ella como todos los que figuraban en el cuadro —las personas que tenían que protegerlo— le habían fallado. Y cuando Shannon le dijo "Abe va a interrogar a Heights, pero no te preocupes. Nadie cree en su denuncia de maltrato", Elizabeth sintió pena por ella misma también, por el modo en que había sido engañada.

Abe fue directo al cuadro. Señaló la frase *NO HAY MALTRATO = NO HAY MOTIVO* y dijo:

—Detective, cuando usted escribió esta frase, ¿quiso decir que si la acusada no maltrataba a Henry, no tendría motivo para matarlo?

—No, por supuesto que no. Existen muchos casos de padres que lastiman y hasta matan a sus hijos sin haberlos maltratado antes.

—Entonces, ¿qué quiso decir exactamente?

Heights miró al jurado.

—Es necesario que entiendan el contexto. Yo acababa de comenzar la investigación por maltrato cuando el niño y uno de los testigos murieron. Solicité más personal para mi investigación y tal vez me… —respiró hondo, como juntando valor para confesar algo que la avergonzaba—. Escribí esto como una forma de recordarme a mí misma lo que tenía que remarcar en *aquel momento*, en la fase inicial de la investigación. Como el único motivo que teníamos era la denuncia de abuso, teníamos que asignarle más recursos a la investigación.

Abe sonrió como una maestra comprensiva.

—Entonces lo escribió para convencer a sus superiores para que le dieran más poder y más recursos. ¿Los demás se mostraron de acuerdo?

—No. De hecho, el detective Pierson lo borró y dijo que yo tenía visión de túnel, que la denuncia era *una* de las pruebas de motivo, pero no la *única*. Y por cierto, desde aquel momento, descubrimos muchas más pruebas de que existió un motivo: las búsquedas de internet de la acusada, sus anotaciones, las peleas con Kitt y otras más. De manera que no es cierto que si no hay maltrato no existe motivo.

Abe tomó un rotulador rojo y tachó las palabras *NO HAY MALTRATO = NO HAY MOTIVO*. Dio un paso atrás:

—Exploremos este cuadro tan organizado que hizo la abogada Haug. Ella sostiene que aquí no existió maltrato porque las otras personas no lo notaron. Detective, como psicóloga licenciada y detective especializada en casos de maltrato infantil, ¿usted piensa que eso es correcto?

—No —respondió ella—, los maltratadores muchas veces ocultan sus acciones y convencen al niño de que las acepte.

—¿Encontró evidencia de ocultamiento en este caso?

—Sí. La acusada nunca le contó al pediatra de Henry ni a su padre que le estaba haciendo quelación endovenosa y SMM y mucho menos que habían muerto niños por esos tratamientos. Un caso de ocultamiento deliberado, la marca registrada del maltrato.

Elizabeth quiso gritar que no había ocultado nada, simplemente se había evitado una discusión agotadora con un médico anticuado. Y a Victor no le interesaban los detalles; decía que confiaba en ella y que no tenía tiempo para acudir a citas médicas ni leer artículos de investigación. Pero algo en la frase "ocultamiento deliberado" la frenó. Sonaba siniestra, culposa, como la sensación que la embargaba cuando le decía a Henry antes de las visitas al pediatra: "No le vamos a contar de los otros doctores, porque no queremos que se ponga celoso, ¿no?".

Abe dio un paso hacia Heights:

—Usted mencionó el ocultamiento deliberado con anterioridad. ¿Por qué es tan importante para usted, como psicóloga e investigadora?

—Porque apunta a la *intención* de la acción. Una madre le dice al niño, si haces tal cosa, te daré una palmada en las nalgas. El niño la hace, la madre le da la palmada. Es algo controlado y predecible. El cónyuge lo sabe y el niño se lo puede contar a sus amigos. Muchos padres lo hacen.

"Sucede lo mismo con los tratamientos médicos. El niño está mal, la madre quiere probar un tratamiento, habla con médicos, con su cónyuge, lo deciden juntos. Perfecto. Pero cuando se ocultan las acciones de manera deliberada, ya sea por tratamientos o por castigos físicos, eso me dice que la madre sabe que lo que está haciendo está mal.

Elizabeth sintió que algo se apagaba en su interior, como una bombilla de luz que brilla con demasiada potencia y de pronto se quema, dejándola enceguecida y sorda. Muchas veces se había preguntado qué tenían de diferente sus pellizcos y sus gritos —*eran* diferentes, lo sabía— comparados con los gritos y las palmadas de las que hablaban las otras madres en público y que en ocasiones les daban a sus hijos a la vista de todos. ¿Era esto? ¿Que ella no quería hacerlo, se había jurado que no lo haría, y sin embargo, no podía contenerse? Era como que una persona normal o un alcohólico se tomaran un Martini antes de la cena: el acto físico era el mismo, pero el contexto, la intención detrás de la acción y lo que venía después, no podían ser más distintos. La pérdida de control, la falta de previsibilidad. Y el ocultamiento posterior.

—En su opinión como experta, ¿estos *NO* que escribió la abogada indican que no existió abuso? —preguntó Abe señalando el cuadro.

—No es así.

Abe tomó el rotulador rojo otra vez y tachó todos los encabezados de las columnas.

—¿Y qué me dice de las filas? —prosiguió—. La abogada Haug separó todas las clases de maltrato y las tachó, una por una. ¿Es válida como modo de analizar los casos de maltrato infantil?

—No. No se puede analizar cada acusación de manera aislada. Un incidente en sí mismo puede resultar perturbador, pero no necesariamente constituye maltrato. Por ejemplo, que un padre diga que el niño es insoportable y que la gente lo detesta. En sí mismo, no constituye maltrato. Rasguñar el brazo del niño puede no constituir maltrato en *sí mismo*. Y así con todo, incluyendo los tratamientos con SMM y quelación endovenosa. Pero cuando se considera todo *junto*, emerge un patrón y lo que puede parecer inocuo en sí mismo, puede no serlo.

—¿Fue por eso que no retiró a Henry inmediatamente de su hogar?

—Sí, fue exactamente por eso. En caso de lesiones obvias, como quebraduras de huesos, es más fácil tomar la decisión. Pero en casos como este, en los que cada incidente es cuestionable y sutil, hay que considerar diversas fuentes y ver toda la fotografía, lo que lleva tiempo. Desafortunadamente, antes de que pudiéramos hacer todo eso, Henry murió.

—En resumen —redondeó Abe—, ¿es posible demostrar que no hubo maltrato separándolo en categorías y concluyendo después que no lo hubo en cada una de ellas?

—Por supuesto que no.

Abe tachó las categorías.

—Bien, hemos destruido el cuadro, pero antes de que lo quite del atril, concentrémonos en el maltrato médico. Detective, ¿en su opinión la abogada Haug hizo bien en mencionar solamente los tratamientos de quelación y SMM?

—No. Es verdad que esos eran los tratamientos más riesgosos a los que sometió a Henry, pero repito, no podemos analizar cada cosa de manera aislada —dijo y miró al jurado—. Les daré un ejemplo. La quimioterapia. Para un niño con cáncer, obviamente no constituye maltrato médico. Pero someter a un niño sin cáncer a una quimioterapia lo sería. No se evalúan solamente los riesgos, sino si el tratamiento es adecuado o no.

—¿Pero qué sucede con un niño con cáncer en remisión? Es una comparación correcta, ¿no es cierto? Puesto que Henry fue diagnosticado con autismo en una ocasión, pero luego ya no.

—Es cierto. Hacerle quimioterapia a un niño en remisión sería un clásico caso de Munchausen por poder, la condición que llamamos "maltrato médico". Un típico caso de Munchausen es cuando alguien con una enfermedad seria se recupera. Su cuidador pierde el contacto constante con hospitales y médicos e intenta recuperarlo fabricando síntomas para que *parezca* que el niño sigue enfermo. Aquí, a Henry lo diagnosticaron fuera del espectro autista. La acusada no lo pudo aceptar y siguió llevándolo a médicos y aplicándole tratamientos peligrosos que ya no necesitaba, solo para poder seguir recibiendo atención.

Elizabeth pensó en el grupo de mamás de niños con autismo. Kitt solía decirle: "¿Por qué sigues con esta mierda? ¿Para qué sigues viniendo a las reuniones?". La respuesta le vino a la mente ahora: no había querido dejar porque le gustaba estar en ese mundo, en el que por primera vez en su vida había sido la mejor, la envidia del grupo. ¿Se habría quemado vivo Henry en la OTHB porque ella necesitaba que le alimentaran la vanidad?

Se sintió descompuesta. Cerró los ojos y presionó las palmas de las manos contra el abdomen para contener las ganas de vomitar. Oyó que alguien decía algo sobre la importancia de escuchar directamente a la víctima.

Abrió los ojos. Shannon estaba de pie, objetando, y el juez respondió:

—Se toma nota de la objeción, pero no ha lugar.

Shannon le apretó la mano y le susurró:

—Siento no haber podido detenerlo. ¿Estás preparada?

Quiso decir que no, que no tenía idea de lo que estaba sucediendo, que se sentía mal y necesitaba salir de allí, pero Abe ya había encendido el televisor que estaba junto al atril.

—Esta es la grabación de Henry el día antes de la explosión, cuando lo entrevistamos en la colonia de verano —dijo, y oprimió un botón del control remoto.

La cabeza de Henry apareció en primer plano, llenando toda la pantalla. La imagen era enorme y Elizabeth ahogó una exclamación ante la claridad del video en tamaño real del rostro de su hijo, cómo se le veían las pecas del sol de verano en la nariz y las mejillas. Tenía la cabeza gacha; cuando la voz fuera de la pantalla de la detective Heights dijo: "Hola, Henry", él mantuvo la barbilla contra el pecho pero levantó la vista, lo que hizo que sus ojos grandes parecieran enormes, como los de un muñeco de plástico.

—Hola —respondió Henry con voz aguda, en un tono curioso, pero cauteloso. Cuando abrió la boca, dejó al descubierto un hueco en los dientes delanteros, la sombra del diente que había perdido ese fin de semana, el que ella había extraído de debajo de la almohada y reemplazado por un dólar del Ratón Pérez, cuidando de no perturbar su sueño pacífico.

—¿Qué edad tienes, Henry? —preguntó la voz sin rostro de Heights.

—Tengo ocho años —respondió en tono mecánico y formal, como un robot que ofrece respuestas programadas. Henry no miraba la cámara ni a la detective Heights, que debía de estar detrás de ella o a un costado. Miraba hacia arriba, con atención, como si estuviera examinando en detalle un fresco del cielo raso. Elizabeth pensó que no podía recordar ni una sola conversación con él en la que ella no hubiera dicho al menos una vez: "Henry, no levantes la vista así, mírame; siempre tienes que mirar a la persona con quien estás hablando", escupiendo las palabras como si fueran veneno. ¿Por qué le había parecido tan importante a dónde apuntaban sus ojos? ¿Por qué simplemente no había *hablado* con él, no le había preguntado en qué pensaba o no le había comentado que tenía el mismo color de ojos que el padre de ella? Ahora, mirándolo a través de un velo de lágrimas, Henry le pareció una pintura renacentista de un ángel con la vista levantada hacia la Madonna. ¿Cómo nunca había notado esa inocencia, esa belleza?

Cuando Heights dijo: "Henry, ese rasguño en tu brazo, ¿cómo te lo hiciste?", el sacudió la cabeza y respondió: "Fue un gato. El gato de mi vecina me rasguñó".

Elizabeth cerró los ojos con fuerza. Algo amargo y salado le bajó por la garganta cuando oyó sus propias mentiras brotando de esos labios pequeños. La verdad era que los rasguños en su brazo no eran de un gato. Eran de las uñas de ella, y se los había hecho un día en que ya habían perdido doce minutos de terapia ocupacional por retrasarse, lo que a ciento veinte dólares la hora, significaba veinticuatro dólares arrojados a la basura. Estaban por llegar tarde a fonoaudiología también, de modo que le dijo a Henry que se diera prisa y subiera al coche, pero él permaneció allí, mirando hacia arriba, con los ojos vacíos y la cabeza bamboleante. Ella lo tomó de los brazos y exclamó:

—¿Me oíste? ¡Métete en el coche ahora mismo, carajo!

Y cuando él retorció el brazo para zafarse, ella no lo soltó. Las uñas le rasguñaron la piel, que en una zona se levantó como la cáscara de una naranja.

En el video, Heights preguntó:

—¿Te lo hizo un gato? ¿Cuál gato? ¿Dónde?

—Fue un gato. El gato de mi vecina me rasguñó —repitió.

—Henry, me parece que alguien te dijo que respondieras eso, pero no es lo que sucedió. Sé que es difícil, pero tienes que decirme la verdad.

Henry miró hacia arriba de nuevo y las venas de sus ojos se tornaron visibles:

—Fue un gato —insistió—. Un gato malo. Un gato negro. El gato tiene orejas blancas y uñas largas. El gato se llama Blackie.

Lo extraño era que ella en ningún momento le dijo a Henry que mintiera. Directamente inventó otra historia. Después de que pasó el momento de furia y volvió la calma, creó una versión alternativa. No le dijo: "Siento haberte lastimado, ¿te duele?" o "¿Por qué no me haces caso, así no tengo que castigarte?". Lo que le dijo fue: "Ay, tesoro, mira ese rasguño. ¿Estuviste jugando con ese gato de nuevo? Tienes que tener más cuidado".

Lo mágico era que si ella presentaba esta versión reinventada de manera firme y práctica, lograba que él desconfiara de su memoria. Vio la duda en sus ojos cuando miró hacia arriba, a un lado y al otro, como alternando entre dos escenarios en el cielo y tratando de decidir cuál obra de teatro era más creíble. Y todavía más mágico era esto: si ella lo repetía mucho, de manera consistente y sin dramatismo, la historia distorsionaba los recuerdos de él, creaba una versión editada con detalles que él mismo añadía. Eso —el gato genérico inventado por ella que se volvió real en su mente manipulada, con nombre, color y marcas particulares— la convenció, incluso más que el dolor físico que le había causado, de que era una mala madre, una manipuladora que quebraba a su hijo.

En el video, Heights siguió hablando:

—¿Tu mamá te indicó que dijeras eso?

—Mi mamá me ama —respondió Henry—, pero soy molesto y hago que todo sea difícil. La vida de mi mamá sería mejor sin mí. Mi mamá y mi papá seguirían casados y se tomarían vacaciones alrededor del mundo. No tendría que haber nacido.

Dios santo. ¿De verdad pensaba eso? *¿Ella* le había hecho pensar eso? Había tenido momentos de pensamientos oscuros (¿no los tenían todas las madres, acaso?), pero siempre se arrepentía de inmediato. Por cierto, nunca había dicho cosas así delante de él. ¿De dónde las había sacado entonces?

Heights insistió:

—¿Tu mamá te dijo esas cosas, Henry? ¿Fue *ella* la que te rasguñó?

Él miró a la cámara, con ojos tan grandes que los iris parecían bolas azules flotando en una piscina de leche… y sacudió la cabeza:

—El rasguño es de un gato. El gato de mi vecina me rasguñó. El gato es malo. El gato me odia.

Ella sintió deseos de tomar el control remoto y detener el video. De desenchufar el televisor o arrojarlo al suelo y romperlo, cualquier cosa con tal de frenar las mentiras que emanaban de la boca de Henry, tanto más horrendas e intolerables que los rasguños en sí.

Elizabeth abrió la boca y gritó:

—¡Basta, basta, basta, basta, basta, basta! —alargó la palabra y la oyó rebotar y reverberar por toda la sala.

Vio que el juez abría la boca, escandalizado ante su arranque, oyó el ruido del martillo contra la madera mientras el juez vociferaba:

—¡Silencio, silencio en la sala!

Pero no se detuvo. Se puso de pie, cerró los ojos con fuerza, se tapó los oídos con las manos y dijo:

—El gato no existe. El gato no existe —repitió una y otra vez, más fuerte, hasta que las palabras le rasparon la garganta y le dolió, hasta que ya no pudo oír la voz de Henry.

MATT

Sentado en el coche, trató de pensar cómo hacer para ver a Mary a solas. Young no estaba en casa, eso lo sabía; al llegar, había visto a Mary ayudando a Pak a entrar en la casa. Pero el coche familiar no se veía por ningún lado. Había estacionado en un sitio oculto y hacía media hora que estaba allí, sentado, esperando que sucediera *algo*: que Mary saliera afuera sola, que Pak se fuera, o que alguna combinación de valor e impaciencia se apoderara de él y lo hiciera bajar del coche.

Fue el calor lo que lo obligó a hacerlo. No solo la incomodidad de marinarse en sudor, sino las manos. Las palmas no le transpiraban. Se le ponían rojas y le ardían, como si la piel lisa como plástico de las cicatrices se estuviera sellando en el calor, quemándole la carne interior. Trató de convencerse de que el dolor no era real, que los nervios estaban muertos, pero la sensación empeoró y ya no la pudo soportar. Descendió del coche. La parte trasera de los muslos se le había pegado al asiento de cuero, pero no le importaba; se bajó rápido, dejando que la piel le tirara y le quemara, aliviado ante el cambio de lugar del dolor.

Entrelazó los dedos y los estiró por encima de su cabeza, imaginando como la sangre hirviendo le abandonaba las manos. Permaneció allí unos diez minutos, caminando de un lado a otro, tratando de pensar qué podía hacer que no fuera esperar. ¿Arrojar piedras para enviar una señal a Mary? De pronto, olió humo. Era solo un truco de su mente, se dijo. Estar tan cerca del lugar del incendio le aceleró el corazón y la circulación y le trajo a la memoria el olor de aquella noche. Miró el granero a la distancia —el esqueleto de las paredes, los restos ennegrecidos del submarino, entre los cuales asomaban zonas azules debajo del hollín y convenció a su mente de que no había ni incendio ni humo.

Se volvió hacia el bosque tupido de pinos a sus espaldas y respiró hondo. Una fragancia fresca, punzante de ramas verdes… eso era lo que esperaba, lo que le ordenó a su mente que registrara, pero el olor a humo seguía allí. Crujidos en la distancia. Miró a su alrededor y lo vio: era humo, elevándose en una columna apenas visible antes de disiparse en el cielo azul.

Sintió un atisbo de alivio… no eran alucinaciones, no estaba loco, antes de que el pánico se apoderara de él. Fuego. ¿En la casa de los Yoo? Había muchos árboles y era difícil ver. *Vuélvete, corre al coche y vete de aquí cuanto antes,* le advirtió una voz interior. Recordó que tenía el teléfono en el automóvil y pensó que lo más inteligente sería llamar al 911.

Pero no lo hizo. Corrió. Hacia el humo entre el bosque de pinos. Cuando se acercó, vio que el humo parecía salir de la parte delantera de la casa, por lo que la rodeó por el costado. El ruido del fuego era más fuerte, pero también escuchó otras cosas. Voces. La de Pak y la de Mary. No estaban gritando de miedo ni pidiendo ayuda, sino hablando tranquilamente de algo.

Demasiado tarde, trató de frenar la carrera. Quedó a la vista cuando dobló la esquina de la casa. Pak ahogó una exclamación. Mary gritó y saltó hacia atrás.

El fuego estaba adentro de un recipiente de metal oxidado, delante de ellos. El contenedor —¿sería de basura?— tenía la misma altura que la silla de ruedas de Pak, por lo que las llamas que brotaban de él estaban al nivel de su rostro, iluminándolo con un brillo anaranjado.

—Matt, ¿qué haces aquí? —preguntó Pak.

Sabía que debía responderle, pero no podía pensar, ni moverse. ¿Qué estaban quemando? ¿Cigarrillos? ¿Estarían destruyendo pruebas? ¿Por qué ahora?

Observó el rostro de Pak, eclipsado por la cortina traslúcida de fuego; las llamas parecían lamerle la barbilla. Pensó en la cara de Henry en llamas y sintió deseos de vomitar. Se preguntó cómo hacía Pak para acercarse tanto al fuego, hasta el punto de que se le reflejara en la piel y el calor le penetrara los nervios, sin derretirse en un charco de miedo. Por entre las llamas, los ángulos filosos de los pómulos de Pak tenían un aspecto siniestro, irreal. Lo imaginó encendiendo un fósforo debajo del tubo de oxígeno. Le pareció real. Creíble.

—Matt, ¿qué haces aquí? —repitió Pak, y apretó las manos contra la silla de ruedas, como para ponerse de pie. Matt recordó que Young le había dicho que los médicos no podían comprender por qué Pak seguía paralizado, ya que tenía los nervios intactos. De inmediato, comprendió: él había fingido la parálisis y ahora estaba a punto de levantarse y atacarlo—.Matt? —insistió Pak, presionando la silla otra vez.

A Matt se le tensaron todos los músculos del cuerpo y dio un paso atrás, listo para huir, pero entonces Pak —sentado— hizo rodar la silla desde detrás del contenedor de basura. Con el cuerpo de Pak completamente visible, Matt vio que estaba presionando para mover las ruedas sobre la grava.

—Volvía del tribunal y pensé en pasar por aquí a ver cómo estaban pues no los vi. ¿Todo bien?

—Sí, estamos bien. —La mirada de Pak se posó en el contenedor—. El fuego es por el cumpleaños de Mary. Dieciocho. En Corea es una tradición quemar los objetos de la infancia. Simboliza la entrada en la adultez.

—Vaya —respondió él. Nunca lo había escuchado, y había estado en una docena de cumpleaños coreanos de dieciocho.

Como si pudiera leerle la mente, Pak dijo:

—Tal vez sea solo en mi pueblo. Young no conocía esta tradición. ¿Oíste hablar de ella?

—No, pero me gusta. La sobrina de Janine cumplirá dieciocho pronto. Se lo diré —repuso, pensando en cómo sus suegros hacían lo mismo: invocar una "antigua costumbre" inventada para cubrir una mentira. Por encima del hombro de Pak, miró a Mary—. Feliz cumpleaños.

—Gracias —dijo ella. Miró el contenedor, luego a él y negó disimuladamente con la cabeza—. Janine... —hizo una pausa—, ¿vino contigo? —sacudió la cabeza de nuevo y frunció el ceño, abriendo grandes los ojos.

¿Era una súplica o una amenaza? Matt no lo sabía. De todos modos, el mensaje era claro: *No le cuentes a Janine que quemamos cosas.* Si era un *por favor* o un *porque sino*, no tenía importancia.

—Sí, está en el coche —respondió y se dio cuenta, en medio de la mentira, de lo nervioso que estaba por salir ileso de esta situación—. Mejor me voy, pues comenzará a preocuparse. Bueno, me alegro de que estén bien. Los veré mañana —se volvió para irse—. Feliz cumpleaños de nuevo, Mary.

Sintió los ojos de ellos fijos en su espalda mientras se alejaba, pero no miró hacia atrás. Siguió caminando, dejando la casa atrás, luego el bosquecito, las ruinas del granero, hasta llegar al coche. Trabó las puertas, encendió el motor, pisó el acelerador y se alejó a toda velocidad.

TERESA

Era la única persona en la sala del tribunal. Después del caos de los últimos diez minutos —en los que Elizabeth había gritado algo de un gato, los asistentes de Shannon la arrastraron fuera de la sala, el juez había golpeado el martillo y dispuesto un receso de mediodía y todos habían salido corriendo tratando de no quedar bajo la estampida de reporteros que hablaban por teléfono— Teresa necesitaba tranquilidad. Silencio. Y más que nada, estar sola. No quería salir y encontrarse con las mujeres que (estaba segura) estarían pasando de café en café, buscando chismes. Por supuesto, bañaban su cháchara con una capa de fingida consternación para que pareciera una búsqueda de justicia por Henry ("¡maltratado durante tanto tiempo!") y por Kitt ("¡cinco hijos… una santa, realmente!") y no lo que verdaderamente era: el júbilo y la emoción de ser espectadores del dolor de otros.

No, no quería abandonar la quietud de la sala vacía. Salvo por la temperatura. Cuando estaban en sesión, hacía calor; los viejos acondicionadores de aire eran demasiado débiles para luchar contra el vapor que emanaba de la multitud, por lo que se había puesto un vestido de mangas cortas, sin pantimedias. Ahora, sin gente, en la sala hacía frío. O tal vez lo que sentía era el escalofrío de recordar el rostro de Henry —con la piel suave y perfecta que tienen los niños, sin granos, arrugas ni ningún defecto que la vida le hubiera traído con el tiempo— cuando había dicho que "el gato" lo detestaba y lo arañaba, y de ser testigo del colapso de Elizabeth cuando confesó que no había ningún gato, lo que significaba... ¿qué? ¿Qué *ella* era el gato? Teresa se estremeció y se frotó las manos contra los brazos. Las tenía húmedas y pegajosas, lo que hizo que temblara aún más.

Por la ventana del frente entraba un rayo ancho de sol. Atravesó el pasillo hasta el punto soleado, justo detrás de la mesa del fiscal donde ella solía sentarse. Se ubicó bajo el rayo de sol y con los ojos cerrados, levantó el rostro hacia el calor. Una cegadora blancura le penetró los párpados cerrados, haciéndole ver puntos movedizos delante de los ojos. El zumbido de los aparatos de aire acondicionados se intensificó. Como el mar que se escucha en una caracola, el sonido de fondo se arremolinó a su alrededor y le rebotó en los oídos formando un suspiro etéreo, el fantasma auditivo de la voz de Elizabeth: *El gato no existe. El gato no existe.*

—¿Teresa? —dijo una voz detrás de ella. Era Young, que espiaba por la puerta entreabierta como una niña que teme entrar sin permiso.

—Ah, hola —la saludó—. Creí que no venías hoy.

Young no dijo nada; se limitó a morderse el labio inferior. Vestía lo que parecía ser una camiseta y pantalones elásticos, a diferencia de la falda y la blusa que usaba habitualmente. Tenía el pelo recogido en un rodete, como siempre, pero estaba desordenado, con mechones sueltos, como si hubiera dormido así.

—¿Estás bien? ¿Quieres pasar? —dijo Teresa, y se sintió ridícula invitándola a entrar. Altanera, como si esa fuera su casa, pero tenía que hacer algo para disipar el nerviosismo de Young.

Ella asintió y caminó por el pasillo, pero tímidamente, como si estuviera rompiendo el reglamento. Bajo las luces fluorescentes, su piel se veía amarillenta. Los pantalones le quedaban flojos y tenía que tironearlos hacia arriba constantemente. Cuando se acercó, miró hacia la izquierda y luego a Teresa, con aire confundido. Teresa se dio cuenta de que Young no comprendía por qué había cambiado de asiento. Por supuesto. Cualquiera que la viera ahora supondría que había regresado al lado del fiscal para aclarar algún punto. Ay, mierda. Así comenzaban los rumores. Seguramente algún sitio web ya estaba divulgando el tema: "Amiguita de la Mami Asesina cambia de bando otra vez".

—Me vine a sentar aquí porque tenía frío. Aquí hay sol —dijo Teresa y señaló la ventana. Le molestaba sonar, y sentirse, tan a la defensiva.

Young asintió y se sentó, con aire desilusionado. Llevaba mocasines viejos con la parte trasera doblada debajo de los talones, como pantuflas. Parecía que hubiera estado demasiado apurada como para ponerse los zapatos correctamente. Tenía los labios resecos y lagañas en las comisuras de los ojos.

—¿Young, estás bien? ¿Dónde está Pak? ¿Y Mary?

Young parpadeó y se mordió el labio.

—Están enfermos. Del estómago.

—Uh, siento escuchar eso. Espero que se mejoren pronto.

Young asintió.

—Llegué tarde. Vi a Elizabeth gritando. La gente allí afuera —hizo un ademán hacia la puerta— dice que eso significa que va a confesar. Que rasguñó a Henry.

Teresa tragó saliva y asintió.

Young pareció aliviada.

—Entonces crees que es culpable.

—¿Qué? No. Hay una diferencia enorme entre rasguñar a alguien y matarlo. Quiero decir, los rasguños podrían haber sido accidentales —dijo, pero mientras hablaba, comprendió que un rasguño accidental no hubiera causado que Elizabeth se desmoronara de esa forma. Revivió la escena, con Abe señalando a Elizabeth y diciéndole al jurado: "Esta mujer, una mujer *violenta* que lastimaba a su hijo, una mujer *inestable* al borde del colapso, todos lo vimos, en un día *traumático*, después de que la policía fue a la casa y la acusó de maltrato, luego de una fuerte pelea con una amiga… ¿es exagerado pensar que *esta* mujer, *aquel* día, directamente perdió el control?".

Young dijo:

—Si maltrató al niño, pero no inició el incendio, ¿crees que merece castigo? No la pena de muerte, pero ¿ir a la cárcel?

—No lo sé —suspiró Teresa—. Perdió a su único hijo de manera horrorosa. Todo el mundo la culpa. Perdió todos los amigos que tenía. No le queda nada en la vida. ¿Así que si ella no inició el incendio…? Diría que ya con lo que tiene es castigo suficiente por cualquier cosa que pueda haber hecho.

El rostro de Young se enrojeció; parpadeó rápidamente para contener las lágrimas que a pesar de sus esfuerzos, se le estaban acumulando en los ojos.

—Pero ella quería que Henry muriera. Vi el video. ¿Qué clase de madre le dice a su hijo que desearía que muera?

Teresa cerró los ojos. Ese momento del video de Henry la había perturbado más que cualquier otra cosa y había estado tratando de no pensar en ello.

—No sé por qué Henry contó eso, pero no puedo creer que ella le haya dicho algo así.

—Pero según Pak, Elizabeth te dijo lo mismo, que quería que Henry muriera, que fantaseaba con eso.

—¿Pak? ¿Pero cómo…? —Mientras hablaba, el recuerdo que había estado tratando de alejar le volvió a la memoria. *A veces desearía que Henry muriera. Fantaseo con eso.* Dicho en susurros en la cámara a oscuras, sin nadie cerca, excepto…

—¿Ay Dios mío, no me digas que Henry nos escuchó y se lo

contó a Pak? Pero ¿cómo? Él estaba en el otro extremo de la cámara, mirando un video.

—Entonces es cierto. Elizabeth dijo que deseaba que Henry muriera. —Era más una declaración que una pregunta.

—No. No fue así. Ella no quiso decir eso. —Era difícil explicarlo sin contar toda la historia de lo que había sucedido ese día con Mary. ¿Pero cómo podía contarle a Young, justamente a Young?—. Ay, Dios... ¿Abe está al tanto de esto?

Young apretó los labios con tanta fuerza que se le pusieron blancos, como si tratara de mantener la boca cerrada, luego dijo:

—Sí. Y te va a interrogar al respecto. En el juicio.

La idea de tener que explicar, de hacer que comprendieran el contexto... ¿acaso era posible?

—No fue... no es lo que parece, no es como suena. No quiso decir eso —la defendió Teresa—. Solo trataba de ayudarme.

—¿Cómo puede ayudarte que ella diga que desea la muerte de su hijo?

Teresa sacudió la cabeza, sin poder responder.

Young se le acercó.

—Teresa —suplicó—. Dímelo. Quiero entender el significado. Necesito entenderlo.

Miró a Young, la mujer a la que menos quería contarle esa historia. Pero si ella estaba en lo cierto, Abe iba a obligarla a contársela a todos en el tribunal y en una hora la habrían transmitido a todo el mundo con una computadora.

Asintió. Young se iba a enterar de todos modos y se merecía oírlo directamente de boca de ella. Solo deseaba que no la odiara una vez que escuchara la historia.

*

Aquel día había estado de mal humor. Había salido de su casa a la hora habitual para la inmersión vespertina, pero como sucedía a veces en agosto, casi no había tránsito y llegó a la OTHB con cuarenta y cinco minutos de anticipación. Necesitaba hacer pis, pero no quería pedirles el baño a los Yoo. No porque fueran a negárselo —por el contrario, siempre se lo ofrecían— sino porque le incomodaba cómo Young se disculpaba por las cajas por todos lados y repetía sin cesar "temporariamente" y "nos mudaremos pronto".

Condujo por el camino hasta un lugar separado. Usaría el recipiente para recolección de orina durante veinticuatro horas que guardaba en el coche para momentos como este. Era una asquerosidad, por cierto, pero mejor que detenerse en una gasolinera, bajar la silla de ruedas de Rosa de la camioneta, buscar a una señora con cara de abuela para que la vigilara (esos baños eran demasiado pequeños para una silla de ruedas), lo que inevitablemente llevaba a preguntas sobre qué le pasaba a Rosa, si tenía esperanzas, lo valiente que era, etcétera, etcétera y luego volver a subir a Rosa a la camioneta. Era agotador, y le tomaba quince minutos. ¡Quince minutos para una parada de urgencia que debía tomar dos minutos! Sabía que no debería quejarse; había cosas mucho más serias de las que ocuparse. Pero lo que más le molestaba eran estas indignidades cotidianas, la sumatoria de minutos perdidos; le hacía pensar que los padres "normales" no tenían idea de la suerte que tenían. Sí, claro —las mamás de bebés pasaban por una situación parecida, pero todo es soportable cuando es temporario. Que probaran de hacerlo todos los días, sabiendo que lo harían hasta el día en que murieran, que a los ochenta años estarían agazapados en una camioneta haciendo pis en un recipiente, llevando a la hija inválida de cincuenta a vaya uno a saber qué terapia existiría en ese momento, preocupados por quién los reemplazaría cuando murieran.

Terminó bajando del coche a hacer pis. Rosa estaba dormida y Teresa no podía tomar el recipiente sin moverla, por lo que salió y fue a esconderse detrás de un cobertizo rodeado de arbustos. Justo cuando estaba bajándose los pantalones, oyó que sonaba un teléfono dentro del cobertizo.

—Hola, aguarda un segundo —dijo la voz de una chica, detrás de la pared. Sonaba como la de la hija de los Yoo, Mary. Teresa se inmovilizó. No iba a poder hacer pis. Se escuchaban ruidos (¿movimiento de cajas?) dentro del cobertizo. Luego la misma voz—: Ya estoy de vuelta, discúlpame.

Una pausa.

—Guardando unas cajas. Ya sabes, mi reserva secreta. —Una risa. Pausa—. Por Dios, si lo supieran, les daría un ataque. Pero no la encontrarán nunca. Está en una bolsa, dentro de una caja, debajo de otras cajas. —Otra risa. Pausa—. Sí, vodka me gusta. Pero dime, ¿puedo pagarte la semana que viene? —Pausa—. Sí, lo *compré*, pero mi papá se enteró y se volvió loco. Aparentemente la volví a guardar en el lugar equivocado. ¿Cómo iba a saber que es totalmente obsesivo respecto del orden de sus tarjetas? —Chistido impaciente. Pausa—. No, buscaré en el bolso de mi mamá y conseguiré efectivo para devolverte el dinero. La semana que viene, te prometo. —Pausa—. De acuerdo, hasta luego. Ah, espera. ¿Puedo pedirte un favor. —Risa—. Sí, *otro* favor. —Pausa—. Me van a mandar unas cosas por correo y no quiero que mis padres las vean. ¿Puedo darles tu dirección y me las traes a clase? —Pausa—. No, no. Es un listado de apartamentos, nada más. Quiero darles una sorpresa a mis padres. —Pausa—. Ay, gracias, eres lo máximo. ¿Oye, ya averiguaste lo del miércoles? Por mi cumpleaños, sabes… —Pausa—. Ah, de acuerdo. Sí, claro, te entiendo. Por supuesto. Dale saludos a David.

Oyó el ruido de un teléfono con tapa al cerrarse, luego a Mary imitando la voz de su amiga en un tono cadencioso exagerado:

—Ay, por *Dios*, es *David*, ¿te conté lo mucho que amo a *David*? Y no, no puedo ir a tu cena de cumpleaños porque tal vez me *llame David*. —Cambio al tono normal de voz—. Qué perra. —Suspiro. Silencio.

Teresa retrocedió lentamente hacia la camioneta. Cerró la puerta sin hacer ruido y condujo unos minutos antes de detenerse. Miró a Rosa, que seguía durmiendo, con la cabeza caída hacia adelante como la de una muñeca de trapo. La respiración era serena y profunda, con un leve sonido en cada exhalación, más liviano que un ronquido, más suave que un silbido. Inocente. Dulcemente bella, como un bebé.

Rosa y Mary tenían la misma edad. Si Rosa no hubiera contraído aquel virus que le destruyó el cerebro, ¿estaría haciendo lo mismo, bebiendo, conspirando con amigas que a veces eran enemigas, robándole dinero, todas las cosas que las madres rogaban que sus hijos no hicieran nunca? Pues bien, Rosa no las haría nunca; plegaria cumplida con garantía de por vida. ¿Entonces por qué no podía parar de sollozar?

Lo que más la afectaban eran las cosas inesperadas y nada envidiables de las vidas de los demás; ese era el problema. Podía descartar como falsos los relatos y las fotografías perfectas de las vidas ajenas en esas tarjetas navideñas con ostentosos collages (el hijo en uniforme de fútbol con el trofeo en la mano, la hija con el violín y la medalla, los padres con sonrisas anchas, publicitando su felicidad) y también las cartas orgullosas ("¡Apenas una muestra de los logros increíbles de mis hijos asombrosos!").

Pero las cosas cotidianas, aun lo malo que no se festejaba, pero definía la vida y el crecimiento de los hijos —las miradas impacientes, los portazos, los "¡Me arruinas la vida!"— esa pérdida *sí* le causaba dolor. No creyó que se sentiría así; cuando Carlos empezó con los altibajos emocionales típicos de la adolescencia, pensó *A Dios Gracias, Rosa no es así*. Pero la cotidianidad adolescente era como levantarse de noche para amamantar a un bebé: sí, era una tortura, y sí, uno rezaba para que terminara pronto, pero en realidad, no lo pensaba realmente. Porque era señal de normalidad y por más horrible que fuera, la normalidad era algo maravilloso para aquellos que la perdían. Por eso ahora, el hecho de que nunca pescaría a Rosa robándole veinte dólares de su bolso o bebiendo a escondidas o diciendo: "Qué perra" a espaldas de alguien, le mordía las entrañas y le acalambraba la cavidad abdominal. Deseaba todo eso y detestaba que los Yoo lo tuvieran. Sintió deseos de alejarse en el coche y no volver a verlos.

Pero no lo hizo, por supuesto. Volvió a la OTHB y sonrió a Young y a Pak y entró en la cámara. Kitt no fue (TJ estaba enfermo), Matt tampoco (estaba atascado en el tránsito, aparentemente, lo que era extraño porque a ella no le había sucedido), por lo que estaban Elizabeth y ella. En cuanto la escotilla se cerró, Elizabeth le preguntó:

—¿Estás bien? ¿Pasó algo?

—Sí, claro. Es decir, no, no pasó nada. Estoy cansada, nada más —dijo y estiró los labios. Rogó que pareciera una sonrisa. Era difícil tratar de recordar el movimiento muscular necesario cuando estaba tratando de no llorar, cuando estaba tragando con fuerza, parpadeando y pensando, *Ay, por favor, piensa en otra cosa que no sea la mierda que es la vida y que seguramente te sentirás así por el resto de tus días.*

—Claro. Claro —respondió Elizabeth.

La forma en que lo dijo dos veces, sin querer parecer dolida, como una adolescente a la que le dicen que todos los lugares de la mesa están tomados, hizo que Teresa sintiera deseos de abrirse con ella. O tal vez fue la cámara. La penumbra vacía, con la luz parpadeante del DVD y la voz calma del narrador hacían que pareciera un confesionario. Teresa dejó de tragar y parpadear, se alejó de los niños y comenzó a hablar.

Le contó a Elizabeth de su día, de las sesiones seguidas de terapia, de cómo Rosa se había quedado dormida y de su necesidad de orinar en el recipiente. Le contó cómo hacía doce años le había deseado buenas noches a una niña sana de cinco años, se había ido a un viaje de dos días y había regresado para encontrarla en coma. Le contó cómo había culpado a su esposo (su exesposo, ahora) por llevar a su hija al centro comercial, por no lavarle las manos, por darle pollo mal cocido y todas esas cosas. Le contó cómo los médicos le dijeron que Rosa probablemente moriría y que si eso no sucedía, el daño cerebral sería severo e irreversible.

Muerte contra parálisis cerebral y retraso mental. *Muerte no, por favor, muerte no, lo demás no importa*, había rezado. Pero por un instante, por el más minúsculo de los momentos, había pensado en el daño cerebral de por vida. Su niñita se habría ido, pero la carcasa física seguiría allí como recordatorio de su ausencia. Su vida normal, partida en dos como una ramita. Sin trabajo, sin amigos, sin jubilación.

—No es que deseara que muriera. Claro que no. De solo pensarlo, no puedo ni siquiera… —dijo y cerró los ojos para alejar ese pensamiento aterrador—. Recé para que viviera y vivió. Me sentí tan agradecida… lo sigo estando. Pero…

—Pero… te preguntas si debiste rezar por eso o no —interrumpió Elizabeth.

Teresa asintió. La muerte de Rosa la hubiera destruido, le hubiera demolido la vida. Pero le hubiera permitido el lujo de lo definitivo, de enterrar el ataúd y despedirse. Y con el tiempo, se hubiera levantado y habría reconstruido su vida. En cambio ahora estaba de pie, pero en un purgatorio de descenso, sintiendo que la vida la erosionaba, poquito a poquito, día por día. ¿Era mejor eso, acaso?

—¿Qué madre piensa así? —exclamó, horrorizada.

—Ay, Teresa, eres una buena madre. Estás teniendo un mal día, nada más.

—No, soy mala persona. Tal vez los niños estarían mejor con Thomas.

—Basta, no seas ridícula —dijo Elizabeth—. Mira, es difícil. Es bien difícil ser madre de niños como los nuestros. Quiero decir, sé que Kitt piensa que la tengo fácil, pero no se siente *fácil*, ¿sabes? Vivo preocupada y voy de un lado a otro intentando una cosa, luego otra, ahora esta inmersión doble… —sacudió la cabeza y dejó escapar una risita amarga—. Te juro que las odio. Estoy agotada. Así que si *yo* me siento así, no quiero imaginar cómo haces *tú*, teniendo que ocuparte de tantas otras cosas. Te lo digo en serio: no sé cómo haces. Me asombras. A Kitt le pasa lo mismo. Eres una madre ejemplar, tan paciente y delicada con Rosa. Cómo le has entregado tu vida. Por eso todos te llaman la Madre Teresa.

—Bueno, ahora lo sabes. Es todo mentira. —Teresa parpadeó y sintió que le corrían las habituales lágrimas calientes de vergüenza por las mejillas. La Madre Teresa, qué ironía—. Por Dios, no sé qué me pasa. No puedo creer que te conté todas estas cosas. Discúlpame, no…

—¿Qué? No, me alegro que me las hayas contado —dijo Elizabeth y le tocó el brazo—. Ojalá más madres hablaran con esta franqueza. Necesitamos contarnos las cosas feas, todo lo que nos avergüenza.

Teresa sacudió la cabeza.

—No me imagino lo que diría mi grupo de apoyo de Parálisis Cerebral si me oyeran hablar así. Me echarían, seguramente. El resto de las madres no piensan este tipo de cosas.

—¿De verdad lo crees? —preguntó Elizabeth mirándola a los ojos—. Ven. —Se deslizó hasta el extremo de la cámara, donde estaban la escotilla y el intercomunicador, lo más lejos posible de los niños. Bajó la voz—: ¿Recuerdas lo que dijo Kitt sobre TJ y la fiebre?

Teresa asintió. Kitt había estado hablando de que los síntomas de autismo de algunos niños disminuían con fiebre alta y de cómo TJ dejaba de golpearse la cabeza y hasta decía palabras de una sílaba cuando estaba enfermo, y lo desgarrador que era verlo volver a lo habitual cuando la fiebre cedía. ("Es hermoso y terrible a la vez ver cómo *podría* llegar a ser, aunque más no sea por un día".)

Elizabeth prosiguió:

—Henry es todo lo contrario. Cuando está enfermo, se desconecta completamente. La última vez no podía hablar y empezó a hamacarse de nuevo, cosa que no había hecho en un año. ¡Me asusté tanto pensando que podría ser permanente! Perdí el control y le grité, creyendo que tal vez eso lo haría entrar en razón. Hasta lo... —bajó la vista y sacudió la cabeza, como diciéndose a sí misma que no—. En fin, pasé por un momento en que pensé, ¿para qué lo tuve? Si no hubiera nacido, mi vida sería tanto mejor. Ya hubiera llegado a ser socia en mi trabajo y Victor y yo seguiríamos casados y yéndonos de vacaciones por el mundo. Dejé de googlear regresiones y comencé a investigar sobre las islas Fiji.

—Eso no es nada —la tranquilizó Teresa—. Es como fantasear con un actor.

Elizabeth sacudió la cabeza.

—Desde ese día, cuando me siento verdaderamente frustrada, a veces deseo que no existiera. Una vez hasta fantaseé con que muriera. De alguna forma indolora, tal vez en sueños. ¿Cómo sería mi vida sin él? ¿Sería realmente tan terrible?

—Mami —dijo Henry desde su extremo de la cámara—. Se terminó el DVD. ¿Puedes poner otro?

—Claro que sí, mi vida. —Llamó a Pak por el intercomunicador, pidió el DVD y aguardó a que comenzara antes de susurrarle a Teresa—: A lo que voy es que todos tenemos nuestros momentos malos. Pero son solo momentos, y pasan. Lo importante es que amas a Rosa, amo a Henry y ambas hemos sacrificado todo y haríamos cualquier cosa por ellos. ¿Qué tan malo es, entonces, que una partecita de nosotras piense algo así cada tanto? Son pensamientos que alejamos ni bien asoman. ¿No es humano, acaso?

Miró a Elizabeth, que le sonreía con tanta bondad que le hizo pensar si no habría inventado toda la historia para hacerla sentirse mejor, menos sola. Pensó en cómo podría haber sido la vida: el cuerpo de Rosa, carcomido hacía años por los gusanos, nada más que una pila de huesos dos metros bajo tierra. Miró a Henry y Rosa, sentados juntos con sus cascos de oxígeno que parecían peceras, bañados por el brillo de la pantalla. Pensó en que Rosa no sería nunca como Mary, que a esta altura seguramente estaría bebiendo, furiosa porque su amiga estaba con *David* y vaya uno a saber qué más. Quizás no estaba tan mal que Rosa estuviera sentada aquí en cambio, riendo con los sonidos de los dinosaurios.

*

Aquel día, y muchas veces después (sobre todo cuando Mary despertó del coma sin daño cerebral), Teresa imaginó contarle a Young lo que Mary había hecho, la satisfacción que sentiría al verla darse cuenta de que la hija de la que estaba tan orgullosa no era el ejemplar perfecto de satisfacción paterna que ella pregonaba. Y ahora, por fin, tenía la oportunidad de hacerlo, pero no por maldad, sino para darle contexto a la conversación sobre desear la muerte del hijo. Pero no pudo. Vio el rostro cansado y confundido de Young y reemplazó el nombre de Mary con el de "una adolescente en McDonald's".

Después de escuchar la historia de Teresa, Young comentó:

—Pak tenía razón. Elizabeth dijo que deseaba la muerte de Henry. ¿Cómo puede una madre decir algo así?

Teresa había relatado la historia sin emoción alguna, pero ahora sentía un nudo en la garganta. Tragó con fuerza.

—Yo también lo dije, sobre Rosa. Lo dije yo primero.

Young sacudió la cabeza.

—No, tú... tu situación es muy distinta.

¿En qué sentido, distinta? Quiso preguntárselo, pero no fue necesario. Sabía lo que pensaba Young, lo que pensaban todos: la muerte era lo mejor para Rosa. Distinto era Henry, cuya vida tenía *valor*, y cuya madre no debía desear su muerte. Era lo que la detective Heights había dicho en la cafetería.

—Es difícil cuando tienes un hijo con una discapacidad de cualquier tipo. No creo que puedas entenderlo si nunca lo has vivido.

—Mary estuvo en coma dos meses. En ningún momento deseé que muriera. Aun si quedaba dañada, yo no quería que muriera.

Sintió deseos de gritarle que Mary estaba en el hospital, cuidada por enfermeras. Young no comprendía que cuando los meses se convertían en años, la cosa era diferente, que no era lo mismo cuando tenías que hacerlo todo sola. Sintió deseos de lastimar a Young, no pudo resistir la tentación de bajarla de un plumazo del pedestal desde el cual era tan insoportablemente santurrona.

—Mira, Young, ¿esa chica a la que escuché hablar, la que estaba desobedeciendo las reglas? Era Mary.

Se arrepintió aun antes de terminar de hablar, antes de que el rostro de Young se frunciera en una expresión de dolor y perplejidad.

—¿Mary? ¿La viste en McDonald's?

—No. Fue en el cobertizo.

—¿En el depósito? ¿Qué estaba haciendo?

Se sentía como una tonta, ahora. ¿Qué estaba haciendo, causándole problemas a una chica por hacer las tonterías que hacen todas las adolescentes?

—Nada. Moviendo cajas. Viste cómo son los chicos, les encanta tener escondites donde guardar cosas. Carlos hace lo mismo.

—¿Escondite? ¿Cuál caja?

—No lo sé. Yo estaba afuera y la oí decir algo por teléfono que tenía una reserva secreta en una caja.

—¿Una reserva? ¿De drogas? —Young abrió grandes los ojos.

—No, nada de eso. Seguramente era dinero. Dijo algo sobre que Pak la había pescado usándole sus tarjetas, así que…

—¿Pak la pescó usando sus tarjetas…? —Young empalideció, como cuando una fotografía se transforma en color sepia con solo apretar un botón.

Era evidente que Pak no le había contado que Mary le había robado dinero. Sabiendo que estaba mal, Teresa sintió una punzada de satisfacción ante esta prueba adicional de imperfección en la vida de Young. Pero también la inundó la vergüenza y se apresuró a decir:

—Young, no te preocupes, los adolescentes hacen estas cosas. Carlos me roba dinero del bolso todo el tiempo.

Young parecía atontada, demasiado golpeada como para responder.

—Lo siento. No debería haberte contado todo esto. No tiene importancia, por favor, olvídalo. Mary es una buena chica. No sé si te lo contó, pero el verano pasado estuvo en contacto con un agente inmobiliario para buscarles un apartamento a ustedes, como sorpresa, lo que me parece muy considerado y...

Young la tomó del brazo con fuerza, hundiéndole las uñas contra la piel.

—¿Un apartamento? ¿En Seúl?

—¿Qué? Bueno, no lo sé, pero ¿por qué en Seúl? Supuse que sería por aquí.

—¿No lo sabes? ¿No lo viste?

—No, ella solo habló de un listado de apartamentos, no dijo dónde.

Young cerró los ojos. Se aferró al brazo de Teresa con más fuerza, y pareció tambalearse.

—¿Young, estás bien?

—Creo que... —abrió los ojos y parpadeó. Trató de sonreír—. Creo que yo también me estoy enfermando. Tengo que ir a casa. Por favor, dile a Abe que lamentamos no estar presentes hoy.

—No, no. ¿Quieres que te lleve? Tengo tiempo.

—No, Teresa. Me has ayudado muchísimo. Eres una buena amiga —dijo y le apretó la mano.

Teresa sintió que la vergüenza se le expandía por el cuerpo;

haría cualquier cosa para aliviar el dolor de Young. Cuando vio que estaba a mitad del pasillo, le dijo:

—Ah, me olvidaba… —Young giró—. Abe reveló esta mañana que la persona que usó el teléfono de Matt para hacer la llamada a la aseguradora hablaba inglés sin acento. Así que Pak está libre de sospecha.

Young abrió la boca y frunció el entrecejo. Movió los ojos de lado a lado y repitió "¿Sin acento?", como si no conociera las palabras y les estuviera preguntando el significado a las mesas que tenía adelante. La expresión ceñuda se le disolvió y los ojos se le inmovilizaron. Los cerró y la boca le tembló. Teresa no pudo decidir si estaba por sonreír o llorar.

—¿Estás bienstás bien? —le preguntó y se puso de pie para ir hacia ella, pero Young abrió los ojos y sacudió la cabeza, como suplicándole que no lo hiciera. Sin pronunciar palabra, dio media vuelta y salió por la puerta.

ELIZABETH

Estaba en una habitación desconocida, sentada en una silla dura. ¿Dónde era? No creía haber estado dormida ni inconsciente, pero no recordaba haber llegado allí; era la misma sensación que se tiene al conducir de regreso a casa y de pronto encontrarse en el garaje, sin recordar haber hecho el trayecto.

Miró a su alrededor. Era una habitación pequeña; las cuatro sillas plegables y la mesita para televisor ocupaban la mitad del espacio. Paredes grises. Puerta cerrada. No había ventanas, ventilación ni ventiladores de techo. ¿Estaría encerrada en una celda? ¿En un psiquiátrico? ¿Por qué hacía tanto calor y no había aire? Se sentía mareada, no podía respirar. De pronto, un recuerdo; Henry diciendo: "Henry tiene calor. Henry no puede respirar". ¿Cuándo había sido eso? Tendría unos cinco años, cuando todavía confundía los pronombres y no utilizaba el "yo". Así estaba desde que él había muerto: todo lo que veía u oía, aun lo que nada tenía que ver con su hijo, le despertaba un recuerdo de él y la paralizaba.

Trató de alejar el recuerdo, pero la imagen persistía: Henry en su pantaloncito de baño de Elmo dentro de un sauna infrarroja portátil. Esta habitación —el calor, la asfixiante

370

austeridad, la sensación de encierro— le recordaba el sauna en el subsuelo de su casa. La primera vez que él había entrado había dicho: "Henry tiene calor. Henry no puede respirar". Ella había tratado de ser paciente, de explicarle que con el sudor se eliminan toxinas, pero cuando él abrió la puerta de un puntapié —la puerta nueva del sauna de diez mil dólares que había comprado después de convencer a Victor que la necesitaban— perdió el control y gritó: "Mierda! ¡La rompiste!", aunque sabía que no era así. Henry se echó a llorar y al ver las lágrimas mezclarse con los mocos y convertirse en una máscara pegajosa, ella sintió un odio irracional. Fue solo un instante, del que más tarde se arrepentiría con llanto, pero en ese momento, odió a su hijo de cinco años. Por padecer autismo. Por hacer que todo fuera tan difícil. Por obligarla a odiarlo. "¡Pero no seas llorón, carajo!" Henry no sabía qué significaba "carajo" y ella nunca usaba esa palabra, pero le resultó tan satisfactorio decirla, de escupir la r y la j con agresividad; combinada con el portazo, fue suficiente para descargarse y calmarse. Quiso volver corriendo a decirle que Mami se arrepentía y abrazarlo pero ¿cómo enfrentarlo? Mejor fingir que no había sucedido nada, esperar a que el temporizador sonara a la media hora y luego ponderarlo por ser valiente sin mencionar el llanto ni los gritos. Vaporizar todo lo feo y hacerlo desaparecer.

Después de esa vez, siempre entró con Henry; le contaba bromas y le cantaba canciones para distraerlo, pero él siguió detestándolo. Todos los días, al entrar en el sauna decía: "Henry es valiente. Henry no es un llorón" y parpadeaba rápidamente, como hacía siempre que se esforzaba por no llorar. Y durante las sesiones, cuando él se secaba las lágrimas, ella tragaba con fuerza y exclamaba: "¡Mira, estás sudando tanto que se te va a los ojos!".

Al pensar en eso ahora, se preguntó si Henry le habría creído. En ocasiones le respondía: "¡Henry suda mucho!" y sonreía. ¿Sería genuina la sonrisa, de alivio porque ella no lo estaba regañando por llorar o falsa, para fingir que las lágrimas eran sudor? ¿Qué era ella, solamente una madre mala que asustaba a su niño o una psicótica que lo convertía en mentiroso? ¿O ambas cosas? La puerta se abrió. Cuando Shannon entró con Anna, una abogada de su equipo, Elizabeth vio el vestíbulo afuera de la sala del tribunal. Por supuesto. Estaban en una de las salas de reunión para abogados.

—Anna te consiguió un ventilador y yo traje agua. Todavía estás pálida. Toma, bebe —dijo Shannon. Le presionó un vaso contra los labios y lo inclinó, como lo haría con una inválida.

Elizabeth lo apartó con la mano.

—No, tengo calor nada más. Es difícil respirar aquí adentro.

—Lo sé y te pido disculpas —repuso Shannon—. Es mucho más pequeña que nuestra sala habitual, pero es la única que no tiene ventanas.

Elizabeth estaba a punto de preguntar por qué sin ventanas, pero recordó. Las cámaras, los flashes, Shannon tratando de protegerla, los periodistas arrojándole preguntas como si fueran piedras: *¿Qué quiso decir con que el gato no existe? ¿Sus vecinos tenían gatos? ¿Usted tuvo gatos alguna vez? ¿Le gustan los gatos? ¿Henry era alérgico a los gatos? ¿Piensa que a los gatos hay que quitarles las uñas?*

Gato. Rasguño. El brazo de Henry. Su voz. Sus palabras…

Sintió que estaba a punto de desmayarse, que perdía el sentido y el mundo se tornaba negro. Necesitaba aire. Bajó la cara hasta colocarla directamente delante del pequeño ventilador sobre la mesa. Las abogadas no parecieron notar nada; estaban revisando los mensajes y correos electrónicos. Se concentró en el aire, en el zumbido de las aspas y después de un minuto, la sangre le volvió a la cabeza y sintió un hormigueo en la nuca.

—¿Esa fotografía es de las *uñas* de Elizabeth? —dijo Anna.

—Ay, mierda, seguro que el jurado…

Elizabeth se cubrió los oídos con las manos y cerró los ojos;

se concentró en el zumbido del ventilador de modo tal que filtró todas las demás voces y solamente quedó la de Henry. *Estarían yendo de vacaciones por el mundo. No debería haber nacido. El gato me odia.*

—El gato me odia —masculló. ¿Henry habría estado hablando del gato imaginario o de ella, que lo había arañado y se había convertido en "el gato" en su historia? ¿Realmente pensaba que lo odiaba? Y la referencia a las vacaciones... ella se lo había comentado a Teresa, en una oportunidad. Se había alejado de Henry, que estaba mirando un DVD y lo dijoen voz baja, para que no la oyera. Pero la había oído. La confesión en susurros de que en ocasiones deseaba que muriera... las palabras habían rebotado contra las paredes de acero y de algún modo habían llegado a sus oídos.

En una ocasión, leyó que los sonidos dejaban improntas permanentes; las vibraciones tonales penetraban los objetos cercanos y continuaban hasta el infinito en el nivel cuántico, como cuando se arrojan piedras al mar y las pequeñas olas se expanden sin fin. ¿Habrían penetrado las palabras de ella, con su fealdad, en los átomos de las paredes —igual que el dolor de Henry al oírlas había permeado su cerebro— y en aquella última inmersión, en la que Henry estaba sentado en el mismo lugar, la crudeza de las palabras y el dolor habrían colisionado en un estallido, destrozándole las neuronas y quemándolo desde adentro?

Se abrió la puerta y entró Andrew, otro abogado del equipo de Shannon.

—¡Ruth Weiss dijo que sí!

—¿En serio? ¡Qué bien! —exclamó Shannon.

Elizabeth levantó la vista.

—¿La manifestante?

Shannon asintió.

—Le pedí que subiera al estrado a contar que Pak la amenazó. Nos sirve para...

—Pero... si fue ella. Ella desató el incendio y mató a Henry, lo sabes —objetó Elizabeth.

—No, no lo sé —repuso Shannon—. Sé que tú *piensas* que fue así, pero ya hablamos de eso. Ellas se fueron directamente desde la estación policial a la ciudad de Washington. Las torres de telefonía móvil captaron sus señales en la ciudad a las 21:00, así que no hay manera de que...

—Pudieron haberlo planeado —insistió—. Una de ella pudo haberse quedado a encender el fuego, mientras las otras se llevaban todos los teléfonos para tener una coartada. O tal vez condujeron a toda velocidad para llegar en cincuenta minutos, o...

—No hay pruebas de nada de eso, mientras que sí las hay contra Pak. Muchas. Estamos en un juicio. Necesitamos pruebas, no especulaciones.

Elizabeth sacudió la cabeza.

—Es lo mismo que me hizo la policía. No les importaba si fui yo o no, solo que soy la más fácil de acusar. Estás haciendo lo mismo. Desde el principio te dije que tenías que perseguir a las manifestantes, pero te das por vencida porque es difícil obtener pruebas.

—Por supuesto —repuso Shannon—. No es mi trabajo perseguir a los criminales. Mi trabajo es defenderte a ti. Y no me importa cuánto las aborreces. Si pueden ayudar a que el jurado vea a Pak como alternativa viable y nos dé un veredicto favorable, ahora son tus mejores amigas. Y te aviso que las necesitas, porque después de tu arrebato de hoy, has perdido el poco apoyo que tenías. Se rumorea que Teresa se pasó de nuevo al bando de Abe.

—Es cierto —acotó Andrew—. La vi cuando pasé por la sala hace un rato. Estaba adentro, sola, y se levantó y fue a sentarse del lado de la fiscalía.

Teresa, la última y única amiga. El asunto del rasguño del gato la había hecho huir, seguro.

—Mierda —se quejó Shannon—. No entiendo por qué tanto dramatismo, esto de cambiarse de un lado del pasillo al otro. Con razón a Abe se lo veía tan satisfecho hace unos minutos.

—Lo acabamos de ver —intervino Anna— y dijo que ahora hará subir al estrado a Teresa. Trataba de ponernos nerviosos. *Teresa oyó unas cosas* muy *interesantes que le resultarán* fascinantes *al jurado* —dijo imitando el acento sureño de Abe—. Es un cretino.

—Estuve pensando en eso —dijo Shannon—. Abe comentó que Teresa iba a atestiguar sobre lo que *oyó*, lo que significa que debe ser una excepción de oídas, lo que a su vez significa...

—¿Una admisión? —terminó Anna.

—Es lo que creo —dijo Shannon y se volvió hacia Elizabeth—. ¿Le dijiste algo a Teresa que pudiera hacerte quedar mal? Por el modo en que se comportaba Abe, debe de ser algo bastante incriminador.

Podía ser solo una cosa: la conversación entre ambas dentro de la cámara hiperbárica. Las palabras secretas y vergonzantes que se habían susurrado y que no eran para nadie más ni podían repetirse nunca. Las palabras en las que no toleraba siquiera pensar. Teresa planeaba repetirlas en el tribunal y pronto estarían disponibles para el mundo entero a través de sitios web y periódicos.

Sintió como si la hubieran apuñalado por la espalda, a traición. Quiso ir a buscar a Teresa y preguntarle cómo podía darse vuelta de ese modo, si ella también había dicho las mismas palabras y había tenido los mismos pensamientos. Quiso decirle a Shannon que Teresa también había deseado que Rosa estuviera muerta. Qué lindo que sería, ver cómo Shannon la despedazaba en el tribunal. Ver cómo la Madre Teresa de pronto pasaba a ser la Mala Madre, por una vez.

Pero Teresa no era mala madre. Ella no arañaba a su hijo.

No obligaba a su hija a realizar tratamientos dolorosos que la hacían sollozar y vomitar. Y a pesar de lo que hubiera podido pensar o decir, Teresa nunca le hacía creer a su hija que la odiaba. Tenía motivos para abandonarla: se había dado cuenta finalmente de lo despreciable que era ella, Elizabeth, y quería justicia para Henry contra la madre que le había fallado.

—Elizabeth, ¿se te ocurre algo? —repitió Shannon.

Sacudió la cabeza.

—No, nada.

—Bueno, pues sigue pensando. Me gustaría saber con qué nos vamos a enfrentar. De otro modo, voy a tener que interrogarla a ciegas cuando sea mi turno —dijo Shannon y se volvió hacia los otros abogados de su equipo.

Interrogarla cuando fuera su turno. Elizabeth ya podía oírla: "¿Qué sucedió justo antes de que Elizabeth dijera esto? Quiero decir, no es que usted dijo: *Ay, me corté el pelo* y ella respondió: *Ojalá Henry muriera*, ¿verdad? Me pregunto… *¿usted* alguna vez dijo algo similar? ¿Lo pensó?". Le daba náuseas pensar en personas desconocidas opinando sobre los pensamientos más íntimos de Teresa, las palabras privadas que había dejado salir solamente porque ella se las había sonsacado. Tenía que salvarla de tener que contar esa historia, del dolor que le traería a ella, a Rosa y a Carlos que todos se enteraran de lo que había dicho. Pero ¿cómo hacerlo?

Shannon se volvió hacia ella.

—¿Puedes hacerme una lista de todas las personas que estuvieron a solas con Henry durante el verano pasado? Terapeutas, niñeras… ¿y no vino Victor de visita un fin de semana, también?

—¿Para qué?

—Sucede que lo que dijiste hace un rato se puede interpretar de distintas formas y estamos aportando ideas sobre lo que podría significar "El gato no existe", por qué una persona podría decir eso.

—¿*Una* persona? —objetó Elizabeth—. *Yo* soy la persona. Yo soy la que lo dije y estoy aquí. ¿Por qué no me lo preguntan a mí?

Ninguno dijo nada. No era necesario. No se lo preguntaban porque era obvio, ya conocían la respuesta, pero no querían estar limitados por la verdad en su tormenta de ideas sobre cómo darle la vuelta al asunto.

—Bien —repuso Elizabeth—. Entonces se los diré de todos modos. Lo que quise decir con…

Shannon levantó una mano.

—Espera. No tienes que… —suspiró—. Mira, no importa lo que quisiste decir. No constituye evidencia. El juez les dijo a los miembros del jurado que lo pasaran por alto y en un mundo perfecto, allí terminaría todo. Pero este es el mundo real. Son humanos y no hay modo de que no los vaya a afectar. Así que necesito neutralizarlo para darles la oportunidad de pensar otra cosa, no que eres una maltratadora de niños.

Elizabeth tragó saliva.

—Pero cómo… ¿cuál es la alternativa?

—Que lo haya lastimado otra persona —respondió—. Alguien a quien Henry quería proteger, alguien del que tal vez tú sospechabas; te puso tan mal escuchar a Henry cubriendo a esa persona en el video, que tuviste un arrebato allí en la sala.

—¿Qué? ¿Quieres tomar a una persona inocente y acusarla de maltrato infantil? ¿A un docente o terapeuta o a Victor? ¿O a la esposa de Victor? ¡Por el amor de Dios, Shannon!

—Acusar, no —explicó—. Lanzar hipótesis, nada más. Distraer al jurado de lo que piensa sobre ti que no nos conviene que piense. Lo que hacemos es señalar motivos teóricos por los cuales *podrías* haber dicho eso.

—No. Es una locura. Sabes que no es cierto. Piensas que lo arañé *yo*. Lo sé.

—No importa lo que yo piense. Lo que importa es qué pruebas y qué argumentos puedo presentar. Y no voy a dejar pasar información útil solo porque no es agradable. ¿Comprendes?

—No. —Se puso de puso de pie. La sangre le bajó de la cabeza y le pareció que la sala se encogía—. No puedes hacer eso. Tienes que atenerte al hecho de que el asunto del gato no tiene nada que ver con la persona que inició el incendio. Puedes convencer al jurado.

—No, no puedo —repuso; sus palabras habían perdido esa pátina de calma forzada—. Puedo argumentar hasta el cansancio, pero si el jurado piensa que lastimaste a Henry, no querrán ponerse de tu lado, sin importar quién inició el incendio. Querrán castigarte.

—Que lo hagan, entonces. Da igual, me lo merezco. No voy a permitirte involucrar a gente inocente.

—Pero ellos...

—Basta. Quiero terminar con todo esto. Me quiero declarar culpable.

—¿Qué? ¿Qué estás diciendo?

—Lo siento, de verdad, pero ya no puedo seguir con esto. No puedo volver a estar en esa sala ni un minuto más.

—Bueno, bueno —dijo Shannon—. Calmémonos todos. Si te molesta tanto, no lo haremos. Me concentraré en que el rasguño no es relevante en...

—No importa —insistió Elizabeth—. No se trata solamente de eso. Es todo. El rasguño. Pak, las manifestantes, Teresa, el video. Necesito ponerle fin a todo eso. Quiero declararme culpable. Hoy mismo.

Shannon no respondió; respiró hondo por la nariz, con la boca apretada, como tratando de no perder los estribos. Cuando por fin habló, lo hizo lentamente, como una madre que razona con un niño que hace berrinches:

—Sucedieron muchas cosas hoy. Creo que necesitas descansar, lo necesitamos todos. Le pediré al juez que dicte un receso hasta mañana así podemos consultarlo con la almohada.

—Eso no va a cambiar nada.

—De acuerdo. Si mañana sigues pensando lo mismo, iremos a ver al juez. Pero tienes que pensarlo muy, muy bien. Me debes al menos eso.

Elizabeth asintió.

—De acuerdo. Mañana —concordó, aunque sabía que no iba a cambiar de idea. Podían arrojarla dentro de la cárcel y derretir la llave hasta que se convirtiera en un charco metálico y no le importaría. Al pensar en ello, y comprender que todo terminaría pronto, sintió que el pánico de los últimos minutos se calmaba y le volvía la sensatez. Era la sensación de cuando se duerme un pie y se siente hormigueo, luego picazón, luego dolor cuando se despierta, salvo que le estaba sucediendo en todo el cuerpo. De pronto, se dio cuenta de que estaba sudada; tenía la frente pegajosa en el nacimiento del cabello y las axilas húmedas—. Tengo que ir al baño. Necesito mojarme la cara —dijo y se fue sin esperar respuesta.

Vio a Young casi de inmediato, en una cabina telefónica a pocos pasos de allí. Desde donde estaba, pudo ver su perfil, pálido y pastoso; le caían los hombros hacia adelante como a una marioneta con los hilos cortados. Pensó en cómo Young empujaba la silla de ruedas de Pak, el hombre que había quedado paralizado por tratar de ayudar a Henry y a Kitt. Y ahora su propia abogada lo estaba vilipendiando, todo para que la culpa no cayera sobre ella.

Se detuvo y la esperó. Al cabo de unos minutos, ella colgó y salió de la cabina. Cuando sus miradas se cruzaron, Young ahogó una exclamación y sus ojos se agrandaron por la sorpresa. No. Era más que sorpresa. Era miedo. Y algo más que Elizabeth no pudo discernir del todo; labios temblorosos, entrecejo fruncido, los extremos externos de los ojos caídos. Parecía sufrimiento y arrepentimiento, pero no tenía sentido. Debía de estar imaginando cosas, como cuando uno mira una palabra escrita durante demasiado tiempo y de pronto empieza a parecer un dibujo extraño, otra cosa, y ya no se sabe cómo pronunciarla. La expresión de su rostro tenía que ser hostilidad pura por causarle tanto dolor a su familia.

—Young, quiero que sepas cuánto lo siento. No sabía que mi abogada iba a querer culpar a Pak. Por favor dile que lo lamento muchísimo. Desearía que esta semana no hubiera existido. Te prometo que todo acabará pronto.

—Elizabeth, lo... —Young se mordió el labio y apartó la mirada, como si no supiera qué decir—. Espero que todo termine pronto —dijo, y se alejó.

Mañana, quiso gritar Elizabeth. *Mañana me declararé culpable*. Las palabras pugnaban por salir.

—Me declararé culpable mañana —dijo en voz baja.

Qué ridículo. La iban a condenar a muerte, no era que se estaba por casar. De todos modos, ahora que había tomado la decisión, el alivio que sentía se estaba inflando hasta convertirse en entusiasmo, haciéndola desear poder compartirlo con una amiga. Además, disculparse con Young había aflojado algo de la presión de la culpa. Eso lo confirmaba: tenía razón de querer terminar con todo lo antes posible.

Entró en el baño, tomó papel higiénico y se secó el sudor del rostro. Al salir, se topó con Shannon y Andrew, que iban a reunirse con el juez. Anna seguía en la salita, hablando por teléfono. Cuando ella ingresó, Anna cerró la computadora portátil y movió los labios para decirle:

—Ya vengo... salgo un minuto. —Y se marchó.

Elizabeth se sentó a la mesa y colocó las manos delante del ventilador para refrescarse. La computadora de Anna estaba sobre unos papeles y sintió la tentación de leerlos. No. Ya nada importaba. Ni las estrategias, ni los argumentos ni los testigos... todo era irrelevante. Miró alrededor y vio su bolso junto al de Shannon y al maletín en un rincón. Había estado pensando qué habría hecho con el bolso. Cuando fue a buscarlo, vio un anotador legal en el bolsillo del maletín de Shannon. Estaba torcido, y asomaba una frase RECUSAR ADMISIÓN DE…

¿Recusar qué? ¿La admisión de quién? ¿La suya?

Elizabeth movió el anotador con un dedo, lo suficiente como para poder leer la frase entera. En la letra minuciosa de Shannon, sobre el extremo superior izquierdo estaba escrito: *RECUSAR ADMISIÓN DE CULPABILIDAD*. Tomó el anotador. Había una lista con viñetas escrita por Shannon:

* Admis. de culpab. en Virginia —"a sabiendas, voluntaria y razonada" ¿se cumple si hay incompetencia mental? (Anna)
* Antecedentes de recusación de la admisión de culpab. de clientes por razones de competencia (Andrew) (Buscar casos de admisión como "fraude en la corte")
* Conflicto de intereses, reglamento ético (Anna)
* Evaluación de competencia mental — reunión Dr. C. ¡hoy! (Shannon)

Admisión de culpabilidad. Competencia mental. Recusar la admisión de culpabilidad de un cliente. Sintió que se le cerraba la garganta y el cuello de la blusa se la oprimía, haciéndole venir deseos de hacer arcadas. Se desabotonó la camisa en el cuello y respiró hondo para introducir oxígeno en los pulmones.

Consultémoslo con la almohada, para cerciorarnos, había dicho Shannon. Si sigues decidida, iremos a ver al juez mañana. Pero no tenía planeado permitirle declararse culpable. Ni mañana ni nunca. Shannon estaba por lanzar una ofensiva contra su propia clienta. Pensaba decir que ella estaba loca, que iba a defraudar al tribunal, cualquier cosa que le permitiera seguir con el juicio. Iba a arrastrarla de regreso a la silla y obligarla a ver el resto del video de Henry. Y obligar a Teresa a declarar sobre los pensamientos vergonzosos que habían compartido en secreto. Y mentir sobre Victor u otra persona y acusarlos de maltrato. Iba a culpar a Pak y arrastrarlo por el lodo, y peor aún, iba a usar a las manifestantes para lograrlo.

Las manifestantes. Ruth Weiss. MamaDeAutismoOrgullosa. Al pensar en esa mujer, sintió el conocido fogonazo de odio, tan fuerte que se mareó y tuvo que sostenerse con la mano en la pared. Esa mujer había quemado a su hijito, solo porque quería demostrar que tenía razón, quería hacer proselitismo sobre su "teoría del autismo" (una mera justificación de su forma de crianza, en realidad). Y la culpa era de ella, Elizabeth, por no haberla detenido. Esa mujer la había hostigado en foros online, la había amenazado y vilipendiado, había acudido a los Servicios de Protección del Niño y ella había permitido que todo se saliera de cauce y la mujer pudiera tomar acciones extremas sin temor a las consecuencias. Y ahora, por su propia cobardía y falta de acción, Ruth Weiss había cometido un crimen sin pagar por él y se disponía a causarle más dolor a otra de sus víctimas, Pak.

No. No podía permitir que sucediera.

Se puso de pie y caminó de un lado al otro. Necesitaba salir, pero no había ventana por la cual huir y Anna estaba afuera de la puerta. Aun si lograra escapar del edificio, ¿qué podría hacer? No tenía coche y tampoco había taxis en las calles del pueblo. Podía pedir uno por teléfono, pero tal vez no llegara antes de que se dieran cuenta de que había escapado. Pero tenía que intentarlo.

Fue a buscar su bolso. Cuando extendió la mano para tomarlo, el bolso de Shannon, que estaba al lado del suyo, se movió y el contenido hizo ruido. Fue como si a Elizabeth se le soltara una imagen que había estado sepultada en su mente. La imagen de sí misma haciendo algo que debió haber hecho hacia tiempo.

Tomó el bolso de Shannon y se puso de pie. Sabía exactamente adónde ir y qué hacer. Solamente tenía que hacerlo. Rápido. Antes de que alguien la viera. Antes de que se arrepintiera.

MATT

Janine y él esperaban a Abe afuera de las oficinas del juez, de pie, juntos. Había otra pareja cerca, más jóvenes y por el besuqueo frecuente y la contemplación del anillo, supuso que estarían esperando para casarse. Seguramente pensaban que él y Janine querían divorciarse: Janine tenía el ceño fruncido y hablaba en susurros que eran gritos:

—¡Dime *ya mismo* qué mierda estamos haciendo aquí!

Él se mantenía en silencio, negando con la cabeza. No era que no quisiera decírselo. El problema estaba en que conocía a Janine. Sabía que se pondría a pelear porque no le habían dicho *toda* la verdad a Abe: que ella había estado en la escena aquella noche, por ejemplo, o que él fumaba con Mary. Sabía que le ordenaría que planeara y ensayara todo lo que iba a decir. Y lo cierto era que él estaba harto de todo: de ocultar, de tramar, de enumerar hechos y todas esas cosas. Necesitaba ver a Abe y contarle todo, y a la mierda con las consecuencias.

Abe y Shannon salieron por la puerta, cada uno con un asistente.

—Abe, necesito hablar contigo ahora mismo —dijo Matt.

—Sí, claro; hay receso hasta mañana. Podemos utilizar esta sala —dijo y abrió una puerta del otro lado del corredor.

Shannon arqueó una ceja y Matt comprendió que ella también tenía que saberlo, además de Abe. ¿Cuánto de su confesión sobreviviría al filtro de tecnicismos legales de Abe y llegaría hasta Shannon? ¿No era ese el motivo por el cual no se lo había dicho primero a Janine, para evitar cualquier maniobra conspirativa?

—Señora Haug, con usted también. Tengo que hablar con los dos.

Abe sacudió la cabeza.

—No es una buena idea. Primero…

—No —lo interrumpió Matt, más convencido que nunca de que Shannon tenía que oír lo que tenía para decir—. No voy a hablar a menos que estemos todos en la misma sala. Y créanme que van a querer oír esto —dijo y entró en la sala, arrastrando a Janine.

Shannon los siguió. Abe se quedó en la puerta, furioso.

—¿Comenzamos? —lo alentó Shannon, preparando el anotador legal. Miró a Abe y le dijo—: Si no se va a quedar, cierre la puerta al irse, por favor.

Abe parecía querer matarla, pero entró en la sala y se sentó frente a Matt. No tenía anotador ni lapicera; se echó hacia atrás en la silla, cruzó los brazos y dijo:

—Bien, veamos de qué se trata.

Matt buscó la mano de Janine debajo de la mesa. Ella la apartó y frunció los labios como si hubiera probado algo agrio y estuviera tratando de no escupirlo. Él respiró hondo:

—La llamada a la aseguradora. Ya saben a cuál me refiero, la relacionada con los incendios intencionales —dijo. Abe descruzó los brazos y se inclinó hacia adelante—. Recordé algo. Mary tenía acceso a mi auto. Ella sabía dónde yo guardaba una llave de repuesto. Y habla inglés sin ningún acento.

—Espere —dijo Shannon—. ¿Está diciendo que…?

—Y también —prosiguió Matt, temiendo no poder continuar si se detenía—, Mary fumaba el verano pasado. Camel.

—Y usted sabe todo esto porque… —sugirió Abe.

—Porque fumábamos juntos —dijo y sintió un estallido de calor en las mejillas. Se concentró en que los capilares se contrajeran y no permitieran que la sangre le inundara la superficie de la piel—. No soy fumador, pero un día, por capricho, compré cigarrillos y me puse a fumar antes de una inmersión. Mary justo pasaba por allí y me pidió uno.

—Fue una sola vez, entonces —sus palabras fueron más una declaración que una pregunta.

Matt miró a Janine, cuyo rostro reflejaba miedo y esperanza, y pensó en la noche anterior, cuando le había dicho que había sido una única vez.

—No. Caí en la costumbre de fumar junto al arroyo, y ella andaba por allí en ocasiones así que la veía. Habrán sido unas doce veces en todo el verano.

La boca de Janine se abrió como una O cuando cayó en la cuenta de que le había mentido la noche anterior. Otra vez.

—¿Y los dos fumaban, siempre? —quiso saber Shannon.

Asintió.

—¿Cigarrillos Camel? —insistió Shannon.

Asintió otra vez.

—Sí, y los compré en un 7-Eleven.

—Ay, por Dios —farfulló Abe, sacudiendo la cabeza y mirando hacia abajo como si quisiera pegarle un puñetazo a la mesa.

—De modo que los Camel y los fósforos que Elizabeth encontró… —especuló Shannon.

—Que *alega* haber encontrado —la corrigió Abe.

Shannon movió la mano en el aire como si Abe fuera un mosquito y mantuvo la mirada sobre Matt:

—¿Qué sabe de ellos, doctor Thompson?

Matt sintió una oleada de gratitud hacia ella por no hacer las preguntas que él temía, qué otras cosas hacían durante estos "encuentros" (sin duda lo diría con tono de comillas) y qué edad exactamente tenía Mary. La miró a los ojos y respondió:

—Los cigarrillos y los fósforos los compré yo.

—¿Y la nota en papel de H-Mart sobre encontrarse a las 20:15? —preguntó Shannon.

—Mía. Se la dejé a Mary. No quería seguir. Fumando, quiero decir. No quería seguir fumando.

Y me pareció que tenía que decírselo y disculparme por... bueno, por pasarle una mala costumbre, así que le envié la nota y ella respondió "Sí" y me la dejó la mañana de la explosión.

—¡Pero me cago en...! —exclamó Abe, fijando la vista en un punto de la pared y negando con la cabeza—. Todas las veces que hablé de la nota y usted... —cerró la boca.

—¿Y cómo fueron a parar al bosque donde Elizabeth los encontró? —preguntó Shannon.

Aquí tenía que tener cuidado. Una cosa era purgarse de su propia historia, sin importar las consecuencias, pero lo que seguía era la historia de Janine, no suya. La miró. Ella tenía los ojos fijos en la mesa y estaba pálida como un cadáver refrigerado.

—No sé qué importancia puede tener eso —dijo Matt—. Los encontró donde los encontró. ¿Qué importa cómo llegaron allí?

—Importa porque la fiscalía, aquí... —respondió Shannon y fulminó a Abe con la mirada—, afirmó repetidamente que los cigarrillos y fósforos que tenía Elizabeth fueron utilizados para iniciar el incendio. Así que necesitamos saber quién más los tuvo y pudo utilizarlos antes de deshacerse de ellos y que Elizabeth los encontrara.

—Pues yo estaba adentro de la cámara, por lo que no pude... —comenzó a decir Matt.

—Fui yo. Yo se los di a Mary —interrumpió Janine. Matt no la miró; no quiso ver cómo se le llenaban los ojos de furia por la situación en la que la había puesto.

—¿Qué? ¿Cómo? —preguntó Shannon.

—A eso de las ocho, antes de la explosión —continuó Janine. Su voz temblaba un poco, como si tuviera frío y estuviera tiritando. Matt sintió deseos de tomarla en brazos y transferirle su calor—. Tenía sospechas de que algo… de que Matt estuviera… En fin, aquel día revisé el coche de Matt: la guantera, la basura en el suelo, el maletero, todo, y los encontré.

Matt le tomó la mano y se la apretó. Ella podría haber dicho solamente que había encontrado la nota, pero no lo hizo. Sintió que al admitir que le había revisado todo y contar los detalles, lo estaba perdonando. Que estaba diciendo que no era todo culpa de él, que ambos habían hecho estupideces.

—¿Me está diciendo que esa noche fue a Miracle Creek? —preguntó Shannon.

Janine asintió.

—No se lo conté a Matt. Solo quería saber de qué se trataba ese encuentro. Además, la inmersión estaba retrasada, él me llamó para avisarme, y vi a Mary, así que la detuve, le entregué todo, le dije que era una mala influencia y que dejara en paz a mi marido me fui.

—A ver si entiendo —dijo Shannon—: menos de treinta minutos antes de la explosión, Mary Yoo estuvo sola, cerca del granero, en posesión de cigarrillos Camel y fósforos de 7-Eleven. ¿Eso es lo que me está diciendo?

Janine bajó la vista y asintió.

Shannon se volvió hacia Abe.

—¿Va a retirar los cargos? Porque si no lo hace, voy a pedir que se declare nulo el juicio.

—¿Qué? —exclamó Abe. Se puso de pie y le volvió el color a la cara—. No sea melodramática. El hecho de que aquí haya habido un poco de enredos no quiere decir que su clienta sea inocente. En absoluto.

—Hubo obstrucción deliberada de la justicia y ni qué hablar de perjurio. Su testigo estrella mintió. En el estrado.

—No, no, no. De quién era el cigarrillo, de quién la nota… son historietas laterales misteriosas. Su clienta quería deshacerse de su hijo y estuvo a solas con las armas en la mano en el momento en que se inició el fuego y nada de lo que se ha dicho lo cambia.

—Salvo que Mary Yoo es ahora… —comenzó a decir Shannon.

—Mary Yoo es una chica que estuvo a punto de morir en la explosión —la interrumpió Abe, golpeando la mesa con el puño, lo que hizo que la lapicera de Shannon rodara hacia un lado—. No tenía motivo alguno…

—¿Que no tenía motivo? ¿Lo dice en serio? ¿Escuchó algo de lo que acaban de decir? Una adolescente metida en una aventura con un hombre casado. Él la deja y la esposa la enfrenta. Humillada, furiosa, solo quiere *matar* al tipo que *ay, qué casualidad* está adentro de la cámara que hace explotar. ¿Me está tomando el pelo? Es un asesinato clásico, de libro, y ni hablar de la sumita de 1.3 millones de dólares del seguro que ella misma se aseguró que cobrarían cuando llamó a la compañía.

—No estábamos teniendo una aventura —logró decir Matt, aunque no en voz demasiado fuerte. Shannon giró la cabeza hacia él, con la velocidad de un látigo.

—¿Qué dice?

Él comenzó a repetirlo, pero Janine lo interrumpió, dijo algo en voz baja, con la mirada en el suelo, apenas lo murmuró. Algo acerca de la llamada.

Abe pareció oírla. Se quedó mirándola.

—¿Cómo dice? —preguntó, en estado de shock.

Janine cerró los ojos, soltó el aire y volvió a abrir los ojos para mirar a Abe.

—Yo fui la que hizo la llamada. No fue Mary. Usted tenía razón: Matt y yo nos confundimos los teléfonos aquel día.

Abe abrió la boca en cámara lenta, pero quedó paralizado. Las palabras no le salían.

Janine se volvió hacia Matt.

—Invertí cien mil dólares en el negocio de Pak.

¿Invirtió cien mil dólares? ¿Llamó para averiguar sobre incendios intencionales? Todo eso estaba tan lejos de lo que él había podido llegar a imaginar que su mente no pudo procesarlo, no comprendió qué tenía que ver con lo que estaban tratando. Se quedó mirando los labios de su esposa, por donde habían salido las palabras, las pupilas dilatadas de Janine que le ocupaban casi todo el iris, los lóbulos de las orejas al costado de las mejillas... las partes de su rostro se deformaban en diferentes direcciones, como un retrato cubista.

Janine prosiguió:

—Me pareció que era una buena inversión. Tenía muchos pacientes, todos habían firmado contratos y pagado depósitos y...

Matt parpadeó.

—¿Usaste nuestro dinero? ¿Es eso lo que estás diciendo? ¿Tomaste nuestro dinero sin decirme nada?

—Habíamos estado discutiendo mucho y no quería tener otra pelea. Estabas tan en contra de la OTHB que te comportabas de modo irracional. Pensé que dirías que no, pero para mí era el negocio ideal. Pak nos iba a pagar primero a nosotros, así que recuperaríamos todo el dinero en cuatro meses, antes de que te dieras cuenta de que lo había utilizado y a partir de allí tendríamos una parte de las ganancias. Teníamos ese dinero en el banco y no lo necesitábamos.

Shannon carraspeó.

—Miren, puedo recomendarles un buen terapeuta matrimonial para que solucionen esos temas, pero volvamos a la llamada a la compañía. ¿Qué tiene que ver todo esto con esa llamada? —preguntó, y Matt volvió a sentirse agradecido con ella. Por obligarlo a no pensar en que su esposa le había mentido una vez más, solamente porque no quería la molestia de pasar por otra potencial discusión. ¿Era un motivo mejor o peor para haber mentido que el *de él*... que no quería dejar de encontrarse con una chica?

—Algunas semanas después de que comenzaron las inmersiones —narró Janine—, Pak dijo que encontró una pila de colillas y fósforos en el bosque. Pensó que serían adolescentes, pero le preocupaba que fumaran cerca del granero y me pidió consejo acerca de si debía poner letreros de prohibición de fumar, con advertencias sobre el oxígeno. Lo conversamos y decidimos no hacerlo, pero me inquieté por nuestro dinero. Al principio, Pak no había querido contratar un seguro, y tuve que decirle que no invertiría a menos que lo hiciera. Y entonces pensé... ¿y si contrató una póliza básica, solo para dejarme tranquila y no cubre un incendio intencional causado por chiquilines con ganas de divertirse? Entonces llamé y el empleado me dijo que todas sus pólizas cubren incendios intencionales y allí terminó todo.

Nadie habló durante un minuto y Matt sintió que la bruma alrededor de su cerebro comenzaba a disiparse y el mundo se enderezaba apenas. Sí, ella había mentido. Pero él, también. Y de algún modo, enterarse de las mentiras de Janine le provocaba alivio, le apaciguaba la culpa por sus propios pecados. Los engaños de ambos se anulaban mutuamente.

—Entonces eso significa... —dijo Abe.

Alguien golpeó a la puerta y abrió. Era uno de los asistentes de Abe.

—Disculpe que lo interrumpa, pero el detective Pierson lo ha estado buscando. Dijo que alguien llamó para avisar que Elizabeth Ward estaba afuera, sola.

—¿Qué está diciendo? —exclamó Shannon—. ¿Elizabeth? Está aquí, con mi equipo —le aseguró.

—No —dijo el muchacho—. Pierson acaba de hablar con ellos y dijeron que ella se fue. Mencionó algo sobre que usted le había dado dinero...

—¿Qué? ¿Por qué iba a darle dinero? —exclamó Shannon,

mientras Abe y ella salían corriendo. La puerta crujió detrás de ellos y se cerró.

*

Janine colocó los codos sobre la mesa como si fueran el soporte de un trípode y se cubrió la cara con las manos.

—Ay, Dios mío.

Matt abrió la boca para hablar, pero no supo qué decir. Se miró las manos y cayó en la cuenta de que se las había estado aferrando con fuerza, las cicatrices de una palma contra las de la otra. Pensó en el incendio, en la cabeza de Henry, en Elizabeth condenada a muerte.

—Tienes que saber que Pak ya me devolvió veinte mil dólares antes de la explosión y prometió que pagaría los otros ochenta mil en cuanto el seguro le pagara. Y si eso no sucede, te devolveré el dinero con mi fondo de jubilación.

Ochenta mil dólares. Miró a su esposa, la franqueza de sus ojos, el ceño fruncido de preocupación, y tuvo deseos de reír. Todo este drama de mierda por ochenta mil dólares de mierda que él (Janine tenía razón) ni siquiera se había dado cuenta de que faltaban, después de la explosión. Pero solo asintió y dijo:

—Esto me está haciendo repensar todo. No pude decírselo a Abe, pero vi a Pak y a Mary quemando algo, hoy. Me parece que podían ser cigarrillos. En ese contenedor de basura de metal que tienen, ¿sabes cuál te digo?

Janine lo miró.

—¿Fuiste allá, hoy? ¿Cuándo? ¿Cuándo me dijiste que ibas al hospital?

Matt asintió.

—Esta mañana. Comprendí que necesitaba contarle todo a Abe y pensé que Mary se merecía que se lo advirtiera. Pero llegué y estaban quemando cosas y me pregunté si tal vez... —sacudió la cabeza—. En fin, me vine directo aquí, te busqué y...

—Me tendiste una puta emboscada. Sin previo aviso.

—Lo siento. De verdad, lo siento. Es que necesitaba decir la verdad y temía perder el valor si no lo hacía de inmediato.

Janine no respondió. Lo miró, ceñuda, como si fuera un desconocido y estuviera tratando de descifrar por qué su rostro le resultaba conocido.

—Di algo —suplicó Matt, por fin.

—Me parece —dijo Janine , despacio, palabra por palabra, separando cada sílaba— que no es señal de un buen matrimonio que ambos hayamos estado ocultándonos cosas desde hace un año.

—Pero anoche hablamos de esto…

—Y también me parece que no es una buena señal que aun después de decir anoche que nos contaríamos todo, no lo hicimos.

Matt respiró hondo. Tenía razón, y él lo sabía.

—Lo siento.

—Yo también.

Janine tragó saliva, se volvió a cubrir la cara y se la frotó con fuerza, como si se estuviera tratando de limpiar costras de suciedad seca. Algo vibró en su bolso, e introdujo la mano para tomar el teléfono. Miró la pantalla y sonrió apenas, con expresión triste y agotada.

—¿Quién es?

—La clínica de fertilidad. Seguramente para confirmar nuestra cita.

Matt lo había olvidado: tenían que ir hoy después de terminar en el tribunal, para comenzar la fertilización in vitro.

Ella se puso de pie, fue hasta el rincón y se quedó allí de espaldas, como una niña en penitencia.

—Pienso que no deberíamos ir.

Matt asintió.

—¿Quieres reprogramar para mañana?

Ella apoyó la cabeza contra la pared, como si no tuviera fuerzas para seguir de pie.

—No. No lo sé. Me parece que... que ya no voy a seguir con esto.

Matt fue hacia ella y la rodeó con los brazos. Estaba preparado para que lo rechazara, pero no lo hizo, se apoyó contra él, de espaldas y permanecieron así unos minutos. Su corazón latía contra la espalda de ella y sintió que un cosquilleo de tristeza, pero también de paz y de alivio, se le desparramaba por el pecho y pasaba a través de la piel de ella. Tenían muchísimo que hablar todavía: entre ellos, con la policía, con Abe, tal vez con el juez. Habría muchas preguntas que responderse a sí mismos y el uno al otro. Y nada de clínica de fertilidad. Ni mañana, ni la semana que viene. Se dio cuenta de todo eso por la forma en que sintió el abrazo como una despedida. Pero mientras tanto, lo saboreó: estaban juntos, a solas, sin decir nada, sin pensar, sin planear. Siendo, nada más.

La puerta se abrió a sus espaldas y entraron pasos apresurados. Janine dio un sacudón, como cuando alguien se está quedando dormido y se despierta sobresaltado. Matt giró. Abe estaba tomando su maletín y se disponía a salir corriendo otra vez.

—¿Abe, qué sucede? ¿Pasó algo? —preguntó Matt.

—Elizabeth —respondió Abe—. No la encontramos por ninguna parte. Se ha ido.

ELIZABETH

LA ESTABA SIGUIENDO UN COCHE. Un sedán gris plateado, del tipo poco llamativo que imaginaba que utilizaban los policías de civil. Lo había visto detrás de ella en Pineburg y se había concentrado en no perder la calma: seguramente, era alguien que salía del pueblo después de almorzar, pero cuando tomó un camino al azar, el otro automóvil hizo lo mismo. Se mantenía a distancia, como para que ella no pudiera ver quién conducía.

Elizabeth disminuyó la velocidad, luego la aumentó y luego volvió a aminorar, pero el coche mantuvo la misma distancia, cosa que a su juicio harían policías de civil. Adelante vio un claro al costado del camino. Salió del pavimento y detuvo el coche. Si la atrapaban, lo aceptaría, pero no iba a poder continuar con el plan. Tenía los nervios de punta.

El coche aminoró la marcha, pero continuó acercándose. Elizabeth estaba segura de que se detendría, se abriría la ventanilla y habría dos tipos con lentes oscuros y chapas de identificación, al estilo de *Hombres de negro*. Pero pasó de largo. Era una pareja joven; el varón conducía y la mujer estaba mirando un mapa. Tomaron por un camino de entrada ancho con un letrero que indicaba que era un viñedo.

Turistas. Pero claro, en un coche de alquiler, siguiendo el

camino de los viñedos de Virginia. Se apoyó contra el respaldo y respiró hondo, para calmar los latidos del corazón, que se le había desbocado en cuanto decidió llevarse el automóvil de Shannon. Era un milagro que hubiera llegado hasta aquí, superando los obstáculos en el camino. En la sala de reuniones, cuando entró Anna, tuvo que inventar una rápida mentira y decir que como necesitaba tampones, Shannon le había dicho que tomara dinero de su bolso. Por suerte, Anna no insistió en acompañarla al baño, pero había dos guardias en la puerta del tribunal, por lo que tuvo que esperar a que ingresara un grupo grande y escapar mientras les revisaban los bolsos. Encontrar el coche de Shannon le resultó fácil, pero había un empleado en la cabina del estacionamiento. Había olvidado que tendría que pagar... ¿tendría efectivo? ¿Y si la reconocían y sabían que no tenía permitido conducir? Se puso los lentes oscuros de Shannon y una gorra de la guantera, se bajó la visera y miró hacia otro lado mientras pagaba, pero lo oyó decir: "Disculpe, señora, pero ¿usted...?", cuando se alejó del lugar.

Atravesar el pueblo había sido la peor parte. Pensó en tomar por las calles traseras, pero vio a un grupo de mamás de niños con autismo, de modo que condujo en dirección contraria, lo que la llevó a la atestada calle principal. Se bajó la visera de la gorra y condujo a suficiente velocidad como para que no pudieran verla con detenimiento, pero no tanta como para llamar la atención. Tuvo que detenerse dos veces para dejar cruzar a unos peatones y la segunda vez vio que un hombre con un bolso grande —¿sería un fotógrafo?— la miraba con atención como tratando de distinguir quién era. Quiso acelerar para huir, pero justo cruzaba una mamá con un niño de la mano y un cochecito de bebés, deteniéndose cada metro y medio para enderezarlo. En el momento en el que el hombre comenzaba a acercársele, el cruce se liberó y ella aceleró, rogando para que no alertara a nadie.

Y ahora aquí estaba. Afuera de Pineburg, sin autos cerca. No tenía idea de dónde estaba, pero tampoco lo sabrían los demás. Miró el reloj. Las 12:46. Habían pasado veinte minutos desde que se había ido. Suficiente como para que alguien notara su ausencia.

Fijó el sistema de navegación en Creek Trail, el camino entre la autopista I-66 y Miracle Creek, por el que había conducido ida y vuelta todo el verano pasado. Quedaba algo alejado, pero era importante tomar un camino conocido. Además, nadie la buscaría allí; aun si la policía adivinaba que iría a Miracle Creek, darían por sentado que tomaría la carretera directa.

Creek Trail era un camino de campo sinuoso, con subidas y bajadas: dos carriles de pavimento con baches, bordeados por árboles frondosos que formaban un techo protector de casi veinte metros de altura. Una montaña rusa en un túnel de árboles, la había llamado Henry. Era extraño estar en ese camino. La última vez que había conducido por allí, había sido, por supuesto, el día de la explosión, un día como hoy: soleado, después de una lluvia torrencial, con rayos de luz entre el toldo espeso de los árboles y charcos de lodo que dejaban manchas en forma de lágrimas sobre las ventanillas del coche. Lo que significaba que la última vez que había tomado ese camino, Henry estaba vivo. Pensar en eso —en Henry sentado atrás, hablándole, en cómo los dos respiraban el mismo aire dentro del coche— la hizo aferrar el volante con más fuerza, hasta que los nudillos se le pusieron blancos.

En la distancia apareció una señal amarilla con una flecha en forma de U, advirtiendo a los conductores de una curva muy cerrada y peligrosa, la preferida de Henry. La mañana de la explosión a ella le había dolido muchísimo la cabeza (no había podido dormir después de la visita del Servicio de Protección del Niño la noche anterior) y había comentado en este mismo lugar cómo detestaba este camino, las curvas que le provocaban náuseas. Henry había reído y exclamado:

"¡Es divertido! ¡Es una montaña rusa en un túnel de árboles!". El tono agudo de su risa le había partido las sienes y sintió deseos de abofetearlo. En tono gélido le dijo que se estaba mostrando insensible y que debería practicar decir en voz alta: "Lamento que te sientas mal: ¿te puedo ayudar de alguna manera?". Él respondió: "Lo lamento, mami. ¿Te puedo ayudar?" Y ella lo había corregido. "No. Es: *Lamento que te sientas mal, ¿te puedo ayudar de alguna manera?* Inténtalo de nuevo". Lo había hecho repetir sus palabras exactas veinte veces seguidas, comenzando desde el principio cada vez que se equivocaba en una palabra. La vocecita de Henry se había vuelto más temblorosa con cada nuevo intento.

El problema estaba en que no había nada de mágico en las palabras de ella, ninguna diferencia funcional con las de Henry. Solo había querido torturarlo, de a poco, para desquitarse de la frustración que sentía. Pero ¿por qué? Aquel día había estado convencida de que todavía —¡después de cuatro años de terapia de habilidades sociales!— él seguía sin poder leer las señales sociales de los demás. Sin embargo, aquí, lejos de aquel momento y de *él*, pensó que perfectamente habría podido interpretar su risa como que estaba tratando de levantarle el ánimo o de divertirse, como haría cualquier niño de ocho años con una madre malhumorada. Es más, el hecho de que dijera que el camino era "una montaña rusa en un túnel de árboles" era muy creativo… ¿cómo no había prestado atención a eso? ¿Sería posible que todo lo que ella había considerado restos de autismo no hubieran sido más que actos de inmadurez típica de los niños, que a las madres puede resultarle frustrante o adorable según el humor en que estén? ¿Excepto que a ella, por la historia de Henry, y porque vivía cansada, todo lo que él hacía le resultaba irritante?

Una ardilla se cruzó en el camino; Elizabeth giró el volante, esquivándola con facilidad. Estaba acostumbrada a ver animalitos por allí; había visto al menos uno por día durante todo el verano pasado. De hecho, un ciervo en esa zona la había llevado a tomar la decisión de abandonar la OTHB unas horas antes de la explosión. Había estado conduciendo hacia su casa, después de la inmersión matutina, distraída por imágenes mentales de las amenazas de las manifestantes y de la pelea con Kitt. Tardó en ver al ciervo y frenó de golpe hacia un costado, deteniéndose contra una roca, lo que afectó la alineación del coche. Sintió la dirección temblorosa, de modo que después de dejar a Henry en la colonia de verano, trató de calcular cuándo tendría tiempo para llevar el coche al taller, teniendo en cuenta que se había pasado dos horas investigando los incendios en cámaras de OTHB que mencionaba el folleto de las manifestantes antes de concluir que las reglas de Pak (ropa de algodón, nada de papel ni de metal) eran adecuadas y suficientes para prevenir accidentes similares. Había estudiado el horario que tenía colgado en la pared para ese día:

7.30	Salida hacia la OTHB (H desayuna en el coche)
9-10:15	OTHB
11-15	Colonia (comprar comestibles, preparar cena para H)
15:15-16:15	Fonoaudiología
16:30-17:	Ejercicios para fijar la vista
17-17:30:	Tarea para Identif. Emociones
17:30:	Salir para OTHB (H cena en el coche)
18:45-20:15	OTHB
21-21:45	Sauna y ducha en casa

Mientras buscaba un hueco en el horario, pensó por primera vez en lo cansador que debía de ser todo eso para Henry, todavía más que para ella. No recordaba la última vez que él había comido en una mesa en lugar de en el coche en camino a una terapia o de regreso a casa. Eran muchas, desde fonoaudiología y terapia ocupacional a terapia de metrónomo interactivo y retroalimentación neurológica: cada hora del día ocupada en practicar fluidez verbal, caligrafía, contacto visual, todas las áreas que le resultaban difíciles. Henry nunca se quejaba. Obedecía y mejoraba día a día. Y ella nunca había visto lo asombroso que era eso para un niño, porque estaba demasiado ocupada lamiéndose la autoestima herida e indignándose con él por no ser el hijo que había deseado: un niño fácil, al que le gustara que lo abracen, con buenas calificaciones y muchos amigos e invitaciones. Había culpado a Henry por padecer autismo, por las horas que ella había llorado, investigado y conducido el coche. Y por el dolor.

Al levantar la vista de nuevo había imaginado el horario del día siguiente sin nada excepto *9:30-15:30 Colonia de verano*. Un día sin correr, sin llegar tarde, sin gritarle a Henry que por el amor de Dios dejara de mirar al espacio y se diera prisa. Un día en el que ella podría pasar una hora sin hacer nada, tal vez durmiendo o mirando televisión y más importante, en el que Henry podría jugar o andar en bicicleta. ¿No era eso lo que las manifestantes y Kitt decían que necesitaba? En el anotador, escribió: *¡BASTA DE OTHB!* Lo subrayó con tanta fuerza que el bolígrafo perforó el papel. Al trazar círculos por afuera de las palabras, sintió que todo el cuerpo se le llenaba de alivio, quedaba suspendido en un glorioso estado de liviandad y comprendió que tenía que dejar. Dejar las terapias, los tratamientos, el constante correteo de un lado a otro. Dejar de odiar, de culpar, de sufrir.

Pasó el resto de la tarde en un frenesí de energías. Llamó a la fonoaudióloga de Henry y canceló la sesión de ese día; y lo mejor fue que llamó con la suficiente antelación como para que no le cobrara penalidad. Pasó a buscar a Henry por la colonia por tercera vez en la vida. Volvieron a casa y en lugar de hacerle hacer ejercicios de terapia de la visión y tarea de habilidades sociales, lo dejó que se sentara en el sofá con un bol de helado orgánico de leche de coco y disfrutara de cualquier programa televisivo que quisiera (dentro de lo lógico:

solo los canales Discovery y National Geographic), mientras ella investigaba en internet sobre las políticas de cancelación de todas las terapias a las que asistía —¡eran tantas!— y enviaba un correo electrónico detrás de otro para avisar con la suficiente antelación.

El único problema lo presentaba Miracle Submarine. Le habían hecho un descuento por pago anticipado en efectivo de cuarenta sesiones y los documentos de "Reglamento y Políticas" de Pak no mencionaban reembolsos. Es más, había penalidad por cancelar el mismo día. Cien dólares arrojados a la basura. Detestaba malgastar dinero, era su obsesión. No fue suficiente para hacerla cambiar de idea, pero le pinchó la burbuja de entusiasmo por la decisión de dejar todo, que fue lo que llevó al Error N°1, el primero en la serie de decisiones y acciones que llevaron a la muerte de Henry: llamar a Pak (en lugar de enviarle un correo electrónico) para intentar llegar a un arreglo, como por ejemplo conseguir alguien que utilizara el resto del contrato y obtener un reembolso parcial. Lo extraño fue que cuando llamó al teléfono, nadie atendió y tampoco se activó el contestador automático. Cortó y cuando estaba por llamar al celular de Pak, sonó su teléfono.

Si hubiera mirado el identificador de llamados, no hubiera respondido. Pero no lo hizo (Error N°2). Pensó que Pak le estaría devolviendo la llamada y respondió:

—Hola, Pak, qué bueno que te encuentro. Voy a…

En ese punto, Kitt la interrumpió y dijo:

—Elizabeth, soy yo. Oye…

Entonces fue ella la que la interrumpió:

—Kitt, no puedo hablar ahora.

Se dispuso a cortar, pero Kitt insistió.

—Espera, por favor. Sé que estás enojada, pero no fui yo. Yo no llamé a los Servicios de Protección del Niño. Sé que no me crees, así que me pasé el día online y llamando a todo el mundo y lo averigüé. Sé quién fue.

Elizabeth pensó en fingir que no había escuchado y cortar, pero la venció la curiosidad, por lo que —Error N°3— permaneció en línea y escuchó cómo Kitt le contaba que había revisado todos los foros online de autismo y había logrado dar con una manifestante que no estaba de acuerdo con la creciente militancia del grupo. Kitt le pidió la contraseña del grupo online de las manifestantes y abracadabra, allí aparecieron todos los hilos abiertos por MamadeAutismoOrgullosa en los que se quejaba de los "tratamientos" peligrosos de Elizabeth, planeaba protestas contra Miracle Submarine y finalmente —el arma humeante— se jactaba de haber contactado a los Servicios de Protección del Niño la semana anterior.

Escuchó todo sin decir palabra y cuando Kitt terminó, le agradeció con frialdad, cortó y siguió con la cena especial que le estaba preparando a Henry: su preferida. Una "pizza" con "queso" falso (coliflor rallado) sobre masa de harina de coco hecha a mano. Pero mientras le servía una rebanada en el plato de porcelana buena que había decidido usar para la cena en que se sentarían a la mesa, le temblaron las manos de furia, de odio. Sabía que esa mujer la detestaba. Pero que todo un grupo la criticara a sus espaldas y quisiera entrometerse con ella la hacía arder por dentro. La humillaba. Imaginó a la mujer de cabello canoso escupiendo veneno, informando el "maltrato" a los SPN, sin importarle cómo eso podía arruinar su vida o la de Henry, jactándose de que la detendría a cualquier costo. ¿Qué pensaría esa mujer cuando ella no apareciera por la OTHB esa noche? ¿Descorcharía champán? ¿Brindaría por el éxito del grupo en haber derribado a la malvada maltratadora de niños?

No. No podía permitirse no ir a la inmersión vespertina. No podía dejar que esa mujer odiosa, MamaDeAutismoOrgullosa creyera que había ganado. No le iba a dar a esa matona la satisfacción de creer que la habían avergonzado hasta el punto de hacerla ocultarse. Y otra cosa. Ahora que la llamada con Kitt le había pinchado la burbuja de impulsividad para siempre y ya no se sentía embriagada por su decisión, se dio cuenta de que cancelar todo así de pronto, sin consultar a ninguna de las docentes de Henry era imprudente, irresponsable, realmente alocado. Y abandonar la OTHB esa misma noche, sin recuperar nada del dinero ¿qué sentido tenía? No era que fuera algo dañino. Visto que ya había pagado los cien dólares, por qué no hacer una última inmersión. Terminar el día, soportar el viaje una vez más, sabiendo que era el último, la haría sentir que le daba un cierre a las cosas. Hasta podría quedarse afuera de la inmersión, pedirle a los otros que supervisaran —Kitt lo había hecho una vez cuando ella se había sentido mal— e irse al arroyo a pensar las cosas en paz y cerciorarse de que estaba tomando la decisión correcta. Y lo mejor de todo era que pasaría junto a esa loca del cabello plateado. Le diría que estaba al tanto de todos sus planes, del llamado a los SPN y que si no cesaba, la denunciaría *a ella* por hostigamiento.

Elizabeth miró la mesa tendida para dos, la copa de cristal junto al vino refrigerado y deslizó la espátula debajo de la rebanada de pizza en el plato de Henry. Durante todo el año siguiente, todas las noches, cuando se acostara a dormir o cuando se despertara a la mañana, cerraría los ojos y visualizaría un mundo paralelo en el que ella estaría haciendo lo que debió de haber hecho en ese momento: sacudir la cabeza, regañarse por permitir que esa loca estúpida a la que nunca volvería a ver la afectara de esa manera, dejar la pizza en el plato y llamar a Henry a cenar. En ese universo alternativo, después de cenar y beber una copa de vino en casa, estaría sentada en el sofá abrazando a su hijo y mirando una maratón de *Planeta Tierra* cuando Teresa llamara para contarle del incendio. Lloraría por sus amigos y besaría la cabeza de Henry y agradecería a Dios que había decidido suspender todo —¡ese mismo día!— y meses más tarde, al regresar en el coche del juicio por homicidio a Ruth Weiss, se estremecería al pensar en cómo casi había ido a aquella última inmersión solamente para fastidiar a esa mujer.

Pero en esta realidad, en la que estaba inserta, no dejó la pizza en el plato. La mantuvo sobre la espátula y —Error Nº4, el Mayor Error, la acción irrevocable que selló el destino de Henry, la que lamentaría y reviviría todos los días de su vida, cada hora de cada día, cada minuto de cada hora, una y otra vez hasta el fin de sus días— quitó la porción del plato de porcelana y la pasó a uno de papel para el coche mientras le decía:

—Henry, ponte los zapatos. Nos vamos a un último viaje en submarino.

Mientras metía todo en el coche, sintió una punzada de pena al pensar en la mesa tan bien puesta, las luces reflejándose en la cristalería y casi cedió a la tentación de volver adentro, pero pensó en la sonrisita arrogante de esa mujer, en su estúpida melena canosa y no lo hizo. Tragó con fuerza, le indicó a Henry que se diera prisa y trató de pensar en mañana. Mañana todo sería distinto.

Mientras tanto, intentó compensar comprando vino y chocolate para consumir junto al arroyo; cuando volviera a casa a las nueve y media de la noche estaría demasiado cansada y sería tarde para celebrar, por lo que no pensaba dejar que esas imbéciles de las manifestantes le arruinaran todo. Por lo general no le permitía ver *Barney* —comida chatarra para tu cerebro, le decía— y lo hacía sentar lejos del ojo de buey por el que se veía la pantalla, pero como excepción, organizó lo necesario como para que Henry se sentara junto a TJ y lo viera. Le pidió a Matt que ayudara a Henry, pero Matt parecía estar de mal humor y ella no quería molestarlo, de manera que entró en la cámara y dispuso todo: conectó el tubo de oxígeno a la válvula y le puso el casco. Le dijo a Henry que se portara bien y quiso acariciarle el pelo y besarlo en la mejilla, pero ya tenía puesto el casco, por lo que salió de la cámara y se alejó. Esa fue la última vez que vio a Henry con vida.

Diez minutos más tarde, sentada junto al arroyo bebiendo vino, por fin, pensó en la reacción de Henry cuando le había dicho que se ella se quedaría afuera de la cámara esta vez. Tenía puesto el casco que odiaba —hacía arcadas cada vez y decía que el anillo alrededor del cuello lo asfixiaba— y sin embargo, el rostro entero se le relajó. Se lo veía contento. Aliviado. Libre por una hora de ella, la madre que nunca estaba satisfecha, la madre que lo regañaba constantemente. Bebió más vino y sintió cómo la fresca acidez le calmaba la garganta áspera. Pensó en cómo le arrancaría el casco en cuanto terminara, cómo lo abrazaría y le diría que lo amaba y que lo había echado de menos y que sí, era una tontería echarlo de menos si solo habían estado separados una hora, pero que era la verdad.

El alcohol le entibió las arterias, los poros. Sintió que se le descongelaban los dedos desde adentro y contempló el cielo, que se estaba tornando violáceo en el atardecer. Sus ojos se posaron en una nube regordeta de algodón, de un blanco perfecto que parecía crema batida y pensó en que mañana haría cupcakes para el desayuno. Cuando Henry le preguntara por qué, le diría que estaban festejando. Le diría que era consciente de que no lo demostraba a menudo, tal vez nunca, pero que lo valoraba, lo adoraba y que el amor y la preocupación a veces la volvían tan loca, y que ahora tendrían una nueva vida con mucha menos locura. No una vida perfecta, porque nada ni nadie podían ser perfectos, pero que estaba todo bien porque se tenían mutuamente. Y tal vez le pondría crema batida con el dedo en la nariz para jugar y él sonreiría… esa sonrisa inmensa de niño con el hueco del diente superior, donde ya asomaba el nuevo. Y le besaría la mejilla con ganas, no un picoteo, sino aplastando los labios contra su mejilla regordeta, lo abrazaría con fuerza y disfrutaría de esa sensación deliciosa hasta tanto él se lo permitiera.

*

Nada de eso sucedió, por supuesto. Ni cupcake, ni beso, ni diente nuevo. En cambio, fue a reconocer el cadáver de su hijo, a elegir un ataúd y una lápida, la arrestaron por haberlo matado, leyó artículos periodísticos sobre si correspondía que estuviera en un manicomio o la condenaran a muerte y ahora estaba al mando de un coche robado, conduciendo hacia el pueblo donde él se había quemado vivo por su culpa.

Eso era lo más loco: que había sido *ella* —con su orgullo y odio, indecisión y tacañería— la que le había causado la muerte a Henry. ¿De verdad creyó que podría cantar victoria por sobre las manifestantes al volver para una última inmersión? ¿De verdad su hijo había muerto por los cien dólares que no le iban a reembolsar? ¿Por qué no se marchó cuando llegó al lugar y descubrió que las manifestantes ya no estaban y que además, la inmersión estaba retrasada y no funcionaba el aire acondicionado? Y más tarde todavía, cuando encontró los cigarrillos y fósforos —¡alguien fumaba cerca de oxígeno puro!— de inmediato debió de haber pensado en un incendio. ¿Sería el vino que había tomado o la sensación embriagadora de triunfo al descubrir que habían encerrado a las manifestantes? Le había advertido a Pak más temprano de lo peligrosas que eran, así que ¿por qué supuso que lo peor que harían sería prender fuego cuando se hubieran ido todos? ¿Por qué subestimó el alcance de lo que estaban dispuestas a hacer por su causa?

Elizabeth salió del pavimento y detuvo el coche. Ya nada importaba. No había universo paralelo al que teletransportarse, ni máquina del tiempo que la llevara al pasado. Durante toda esta semana, cuando las cosas se habían puesto demasiado sombrías y deseó que todo terminara, había tratado de mantenerse a flote pensando en obtener venganza por Henry, en ver a Shannon destruir a esa malvada, Ruth Weiss. Ahora que Shannon se negaba a ir detrás de las manifestantes, ¿qué esperanza le quedaba?

Oprimió el botón que bajaba el techo del convertible de Shannon. Qué curioso... en el tribunal había deseado tener su propio auto, pero ahora se daba cuenta de que era mucho mejor un convertible. Menos riesgo de que algo saliera mal. Pensó que estaría más fresco aquí, en las colinas que separaban Miracle Creek de Pineburg, pero al bajar el techo, la humedad la golpeó enseguida. Soltó el cinturón de seguridad y trató de decidir si mover el asiento hacia adelante o hacia atrás; por un lado, estar demasiado cerca del airbag era peligroso, pero por otro, , estar demasiado lejos aumentaba las posibilidades de salir volando en un accidente. Decidió mantener el asiento donde estaba y volvió a colocarse el cinturón: detestaba el ruido que hacían los coches cuando el conductor no usaba el cinturón.

Ya estaba todo listo, era hora de irse, pero vaciló. Quedaban muchas cosas en las que no había pensado. ¿Y si esto fallaba? ¿O si le salía bien y Shannon seguía intentando limpiar su nombre y traía a colación esa horrenda insinuación sobre Victor y los rasguños? ¿Y si Abe decidía ir contra Pak en su ausencia? ¿Debería ella...?

Cerró los ojos y sacudió la cabeza. Tenía que dejar de pensar y *actuar*, carajo. El problema estaba en que era cobarde. Una bola inhibida de indecisión, que no confiaba en sus instintos y ocultaba la cobardía debajo de una fachada de deliberación. Ese era el verdadero motivo por el que Henry había muerto: sabía que tenía que dejar la OTHB, pero no se atrevió y como siempre esperó para cerciorarse de que no se olvidaba de nada, hizo su estúpida lista de ventajas y desventajas, pensó en cada contingencia. Había lastimado a su hijo, lo había maltratado y le había hecho creer que lo odiaba; lo había obligado a ir a quemarse vivo en una cámara, mientras ella bebía vino y comía bombones de chocolate. Era hora de llevar a cabo su plan y hacer lo que sabía que tenía que hacer, desde hacía un *año* que lo sabía, sin ventajas ni desventajas, sin análisis, sin vacilación.

Aferró el volante y puso el coche en el camino de nuevo. Giró para evitar salirse de la carretera e ir contra la valla de contención y los árboles del costado. Vio el letrero amarillo brillante que indicaba cautela y comprendió que estaba muy cerca del lugar. La primera vez que había tomado esa curva en U, había sentido una extraña atracción, como cuando se está al borde de un abismo y se siente el deseo de saltar. Había visto la curva, el claro en el camino, la valla de contención caída, arrugada y doblada, casi como una rampa al vacío y había pensado qué fácil sería dejarse ir, simplemente seguir derecho y volar hacia el cielo.

Aminoró para tomar la curva y lo vio justo delante de ella. Temía que ya lo hubieran reparado, pero seguía allí: el hueco en la valla de contención, donde estaba doblada. El metal gris aplanado como una rampa. Un rayo de sol lo iluminaba como un reflector, como llamándola, seduciéndola. Oprimió el botón para soltar el cinturón de seguridad y sintió el corazón latiéndole en las muñecas, detrás de las rodillas, contra el cráneo. Pisó el acelerador a fondo. Y la vio. Más allá de la curva, una nube regordeta, redonda, con un punto oscuro en el centro, como la que le había mostrado a Henry el verano pasado. Él había reído y exclamado: "¡Parece mi boca, le falta un diente!". Ella había reído también, azorada: tenía razón, parecía su boca. Lo había levantado en brazos, lo había abrazado y le había besado el hoyuelo en la mejilla.

Delante de la nube, el calor y el sol creaban ondas en el aire. Era como una cortina invisible que ondeaba en el cielo, llamándola, invitándola a volar hacia el fuego. Se inclinó hacia adelante y cuando las ruedas pisaron la valla de contención aplanada, vio el valle brillante, hermoso, debajo de ella, resplandeciente bajo el sol, como un espejismo.

PAK

Detestaba esperar. Ya fuera a que hirviera el agua o para empezar una reunión, esperar significaba depender de algo fuera de su control y nunca había sido tan cierto como hoy, que estaba atascado en casa sin coche, sin teléfono y sin tener idea de dónde estaba Young.

Una vez que Mary y él terminaron de quemar todo, no quedó nada más por hacer, por lo que se sentaron a esperar y tomar té de cebada. O al menos, él lo había hecho. Mary se había servido té, pero no lo había bebido. Contemplaba su taza como si fuera la pantalla de un televisor, soplando de tanto en tanto, haciendo olitas en el líquido color ámbar; pensó en decirle que no estaba caliente, que se había enfriado hacía una hora, pero calló. Comprendía la necesidad de Mary de romper con la opresión de la espera y deseó poder caminar de un lado a otro. Ese era el problema —uno de los tantos— de estar paralizado: no se podía impulsar ida y vuelta con la silla para satisfacer la necesidad de movimiento que se tenían en momentos de quietud como este.

Cuando Young llegó por fin a las 14:30, sucumbió a una oleada de alivio. Alivio de que hubiera vuelto, y sola, sin la policía. (Le había dicho a Mary que no temiera, que Young no los delataría, pero al verla, se dio cuenta de que no había estado tan seguro de sus palabras.)

—Yuh-bo, ¿dónde has estado? —preguntó.

Ella no respondió, ni siquiera lo miró; se sentó con una fría deliberación que le despertó una sensación de pánico en el pecho.

—Yuh-bo —insistió—. Estábamos preocupados. ¿Viste a alguien? ¿Hablaste con alguien?

Ella lo miró, entonces. Si hubiera tenido expresión de dolor o de temor, hubiera podido manejarlo. Si le hubiera gritado, furiosa e histérica, también; estaba preparado. Pero esta mujer que tenía la expresión en blanco de un maniquí —facciones austeras, la boca inmóvil— no era su esposa desde hacía veinte años. Le dio miedo ese rostro tan familiar, pero que sin embargo no reconoció.

—Cuéntame todo —le ordenó ella, con voz como su rostro: inexpresiva, sin los sube y baja de emoción que, ahora que no estaban presentes, el sintió que constituían su esencia.

Tragó saliva y se esforzó por hablar con compostura.

—Ya estás al tanto de todo. Me oíste hablando con Mary antes de salir corriendo. ¿A dónde fuiste?

Young no respondió; ni siquiera parecía haber oído la pregunta. Lo miró a los ojos, y él sintió calor, como si un láser le penetrara las córneas, el cerebro.

—Mírame a los ojos y cuéntame todo. La verdad, esta vez.

Esperaba que ella hablara primero, que se desahogara y expresara su enojo diciendo qué había oído exactamente, para poder armar su versión a medida. Pero quedó claro que Young no iba hablar. Pak asintió y apoyó las manos en la mesa, en el mismo lugar donde anoche, ella había arrojado la bolsa del cobertizo y él se había visto obligado a inventar en el momento historias que sonaran creíbles. Seguramente, ella ahora pensaba que eran todas mentiras. Tenía que comenzar por allí.

—Te mentí anoche —dijo—. Los listados de apartamentos en Seúl no eran para mi hermano. Eran para nosotros, para mudarnos después del incendio. Lamento haber mentido. Quería protegerte.

Esperaba que ella se ablandara al ver el despliegue de vulnerabilidad y arrepentimiento. Pero su expresión se endureció aún más; las pupilas se contrajeron a dos puntos negros y él se sintió como un criminal. Se recordó que este era su objetivo, que ella creyera que era el villano y continuó con la mezcla de verdad y mentiras que había decidido contarle. Explicó que había llamado a un agente y luego se había dado cuenta de que no tenían dinero suficiente para regresar. Que decidió provocar un incendio intencional para conseguir el dinero y llamó —con el teléfono de otra persona, por si lo investigaban— para asegurarse de que la póliza lo cubriera.

El asunto de las manifestantes era más fácil —la verdad siempre lo es— por lo que le contó de aquel día: su indignación con la policía por no hacer nada, lo que había llevado al plan de provocar un apagón con los globos; el alivio temporario después de lograrlo, y las amenazas de la mujer que llamó diciendo que volverían y causarían más problemas; la decisión de poner un cigarrillo en el punto exacto que mostraba el folleto, para incriminarlas y meterlas en un verdadero problema así no regresaban nunca más.

En varios momentos, intentó captar la mirada de Mary para advertirle que no lo contradijera, pero ella seguía mirando la taza de té llena. Cuando terminó de hablar, hubo un largo silencio y luego Young dijo:

—¿No me escondiste nada más? ¿Es toda la verdad? —Tenía el rostro sereno, pero había una nota de súplica en su voz, un centro de tristeza envuelto en esperanza y desesperación. Deseó poder decirle claro que no, que ella lo conocía, sabía que no era un hombre que pondría en riesgo la vida de las personas por dinero.

Pero no lo hizo. Había cosas más importantes que la honestidad, aun con la propia esposa.

—Sí, es toda la verdad —respondió, tratando de convencerse de que era por el bien de ella. Si supiera la verdad, toda la verdad, quedaría destrozada. Tenía que protegerla. Era su trabajo, su primer deber como jefe del hogar: proteger a su familia, a cualquier costo. Aun si significaba que la mujer a la que amaba lo considerara un criminal despreciable. Además, él era realmente responsable de lo sucedido. Había trazado el plan para incriminar a las manifestantes en un caso de incendio intencional. Aquel día, cuando encendió el cigarrillo y vio cómo el humo se elevaba lentamente desde el extremo ardiente, el corazón le había latido alocadamente pues sabía que fluía oxígeno puro a pocos centímetros de allí, pero lo había hecho igual, seguro de que había pensado en todo y nada saldría mal. Hubris. El peor pecado.

Young parpadeó varias veces, como si tratara de no llorar.

—¿Entonces todo lo hiciste tú? ¿Sin ayuda de nadie más?

Pak se esforzó por mantener la vista fija en su esposa.

—Sí. Nadie más lo sabía. Yo era consciente de que lo que hacía era peligroso y no quería que nadie más se involucrara. Todo lo hice solo.

—¿Tomaste el teléfono de Matt y llamaste a la aseguradora?

—Sí.

—¿Llamaste al agente inmobiliario por lo de Seúl?

—Sí.

—¿Ocultaste el listado de apartamentos en el cobertizo?

Asintió.

—¿Compraste cigarrillos Camel y los ocultaste en la caja de lata?

Pak asintió de nuevo ante cada pregunta, sin pausa, sintiéndose como una de esas muñecas a las que se les bambolea la cabeza. Lo ponía nervioso que ella solo le preguntara sobre las mentiras que había dicho. Y esas preguntas guiadas, como las que hacía Shannon en el tribunal... ¿lo estaría llevando a una trampa?

—¿Y querías que el cigarrillo desatara un incendio? ¿De verdad querías cobrar el seguro, no solamente meter en problemas a las manifestantes?

Pak estaba mareado, como si hubiera caído debajo del agua y no supiera hacia dónde estaba la superficie.

—Sí —logró decir en voz muy baja, que casi no oyó ni él mismo.

Young cerró los ojos, con el rostro pálido e impávido y a Pak le recordó un cadáver. Sin abrirlos, habló:

—Volví creyendo que tal vez —tal vez— serías sincero conmigo. Por eso no te conté lo que había averiguado. Quería darte la oportunidad de decírmelo tú mismo. No sé si debería sentirme impresionada o desesperada por el hecho de que hayas puesto tanto esfuerzo en inventar una historia tan complicada para engañarme.

La sala pareció vaciarse de aire. Pak inspiró y trató de pensar. ¿Qué había averiguado? ¿Qué podía saber? Estaba fingiendo, no había dudas. Tenía sospechas, pero nada más y él tenía que mantenerse en sus trece. Callar y negar.

—No sé de qué hablas. Confesé todo. ¿Qué más quieres de mí?

Ella abrió los ojos. Despacio, como si fueran pesadas cortinas que se elevaban de a un milímetro por vez para lograr un efecto teatral. Lo miró.

—La verdad —declaró—. Quiero la verdad.

—Te la he dado. —Trató de mostrarse indignado, pero sus palabras sonaron débiles y distantes, como si alguien las hubiera dicho desde lejos y lo que salió de sus labios fuera el eco.

Young entornó los ojos, como intentando tomar una decisión.

—Abe encontró a la persona que atendió la llamada —reveló por fin.

Pak sintió que le ardían los ojos y luchó contra la necesidad de parpadear, de desviar la mirada.

—La persona hablaba inglés perfecto, sin acento. No pudiste ser tú.

El pánico le arremolinó los pensamientos, pero se concentró en mantener la calma. Negar. Tenía que mantenerse firme:

—Evidentemente, esa persona está equivocada. No puedes pretender alguien que responde a cientos de llamados por día recuerde todas las voces un año más tarde.

Young colocó algo sobre la mesa.

—Fui a ver al agente inmobiliario que confeccionó el listado de apartamentos. Los recordaba muy bien. Dijo que es poco habitual que la gente regrese a Corea y que es menos habitual aún que llame una chica joven para hacer averiguaciones al respecto.

Pak se obligó a mantener la mirada fija en la de Young y a intensificar la indignación de su voz.

—¿Por eso piensas que estoy mintiendo? ¿Por unos pocos desconocidos que creen recordar voces de hace un año?

Young no respondió, ni siquiera levantó la voz para nivelarla con la de Pak. Con la misma serenidad irritante, respondió:

—Anoche, cuando te mostré el listado de apartamentos, te mostraste muy sorprendido. Me pareció que sería porque yo había encontrado el escondite, pero no era eso. Nunca habías visto ese listado —dijo y Pak negó con la cabeza, pero ella siguió hablando—. Lo mismo con la caja de lata.

—Sabes muy bien que era mía. Me la diste tú misma en Baltimore y yo…

—Y la pusiste con el resto de las cosas para los Kang y se la diste a Mary para que las llevara.

Pak sintió que el pánico le mordía las entrañas. En ningún momento le había contado eso. ¿Cómo lo sabía? Como respondiendo a su pregunta, Young continuó:

—Los llamé hoy. El señor Kang recordó que Mary le había llevado todo y comentó qué afortunados éramos de tener una hija tan servicial —Young miró a Mary—. Por cierto, no sabían que ella se guardó la caja con cigarrillos. Nadie lo sabía. Hasta anoche, tú mismo creías que la caja estaba en Baltimore.

Pak sintió que le subía saliva amarga por la garganta, y tragó.

—Sí, le di a Mary la pila de objetos para los Kang, es cierto. Pero antes, tomé la caja. Yo la escondí en el cobertizo.

—No es verdad —declaró Young, con una certeza tan absoluta que a Pak se le revolvió el estómago. Si estaba fingiendo, estaba haciendo la actuación de su vida. ¿Pero cómo podía saberlo a ciencia cierta?

—No lo sabes —declaró—. Estás suponiendo, y te equivocas.

Young se volvió hacia Mary.

—Teresa te oyó hablando por teléfono en el cobertizo. —Mary seguía contemplando el té, sujetando la taza con tanta fuerza que Pak pensó que se partiría—. Sé que enviaste los listados a la casa de una amiga. Sé que usaste la tarjeta de débito de tu padre. Sé que escondiste todo en la caja de abajo del cobertizo. —Young miró a Pak—. Lo sé —reafirmó.

Quiso seguirlo negando, pero se estaban apilando demasiados detalles. Iba a ser necesario admitir algunas cosas, mantener la credibilidad.

—Sí, los listados eran de ella. Quería volver a Seúl y los consiguió para mostrármelos. Así que ahora se siente culpable, como si eso hubiera sido la causa de todo, cuando fui yo el que ideó el plan del incendio intencional. Por eso quería cargar con toda la culpa, para quitarla a ella de todo este asunto. ¿Puedes entenderlo?

—Entiendo que hayas querido cargar con toda la culpa, pero no puedes. Te conozco. Jamás iniciarías un incendio intencional allí donde están tus pacientes, por más que fuera solo una pequeña llama y estuviera contenido. Eres demasiado cuidadoso.

Tenía que seguir hablando para evitar que ella pronunciara las palabras que le inspiraban terror.

—Ojalá tuvieras razón, pero lo hice. Fui yo. Tienes que aceptarlo. No sé qué es lo que crees que sucedió, pero pareces creer que Mary estuvo involucrada de algún modo. Esta mañana me oíste confesar todo delante de ella y fuiste testigo de cómo se horrorizó. No sabíamos que estabas allí. No estábamos fingiendo nada.

—No, no creo que hayan estado fingiendo. Creo que le estabas diciendo la verdad.

—Entonces sabes que fui yo el que hizo todo. El cigarrillo, los fósforos... ¿qué más?

—Estuve pensando en ello. Mucho. En todo lo que dijiste que habías hecho, una y otra vez. Elegiste el lugar, juntaste ramitas, construiste un montículo, pusiste los fósforos y el cigarrillo en la cima. Tantos detalles sobre cada uno de los aspectos relativos a encender el fuego. Pero faltó una cosa.

Pak calló. No podía hablar ni respirar.

—No mencionaste lo más importante. Y yo no podía dejar de pensar por qué no lo dirías.

—No sé de qué hablas —dijo él y sacudió la cabeza.

—Hablo de la acción de prender el fuego en sí.

—Claro que lo encendí. Yo encendí el cigarrillo —le aseguró, pero el recuerdo le volvió a la mente. El pánico de aquella noche cuando llamaron las manifestantes para decirle que volverían y seguirían tratando de impedir que funcionara su negocio. El folleto que le dio la idea de hacer que pareciera que habían intentado incendiar la cámara. El recuerdo de un hueco en un árbol del bosque donde había visto cigarrillos usados y fósforos. Correr hasta allí a recuperar la cajita de fósforos más llena y el cigarrillo más largo de los que habían sido descartados. Construir el montículo. Encender el cigarrillo, dejarlo quemar por un minuto. Después cubrir el extremo con el dedo enguantado y apagarlo.

Como si le leyera la mente, Young dijo:

—Lo encendiste pero lo apagaste. Querías que la policía lo encontrara así, para que pareciera que las manifestantes habían tratado de encender un fuego, pero el cigarrillo se había apagado demasiado pronto y el plan no había resultado. No provocaste el incendio. En ningún momento ibas a hacerlo.

Sintió que el miedo —tan caliente que le dio frío— se le expandía por el cuerpo, lo tomaba por asalto.

—No tiene sentido. ¿Por qué confesaría algo que no hice?

—Para distraerme —respondió ella—. Para impedir que ponga el foco donde temes que lo ponga si sigo investigando.

Pak respiró. Tragó saliva.

—Lo sé todo —prosiguió Young, en voz tan baja que él tuvo que esforzarse para escucharla—. Ten la decencia suficiente como para ser franco conmigo. No me hagas decirlo.

—¿Qué es lo que sabes? ¿Qué crees que sabes?

Young parpadeó y se volvió hacia Mary. Fue entonces que perdió la compostura y su rostro se convirtió en una mueca de dolor. Pak no había estado seguro hasta ese momento. Pero la forma en que ella miró a su hija —con toda la ternura y la tristeza del mundo— se lo confirmó. Young había comprendido todo.

Antes de que él pudiera hacer algo, antes de que pudiera decirle que se detuviera, que no hablara, que no dijera esas palabras atroces y las convirtiera en reales, ella extendió la mano para acariciar el rostro de Mary y secarle las lágrimas. Con suavidad, con delicadeza, como si planchara seda.

—Sé que fuiste tú —le dijo su esposa a la hija de ambos—. Sé que fuiste tú la que encendió el fuego.

MARY

A las 20:07 del 26 de agosto de 2008, dieciocho minutos antes de la explosión, Mary estaba apoyada contra un sauce después de haber corrido durante un minuto a través del bosque. Cuando Janine le arrojó los cigarrillos, fósforos y la nota abollada en el rostro, Mary dijo con toda la calma que pudo: "No sé de qué estás hablando", dio media vuelta y se alejó en la dirección contraria. Un pie delante del otro, luego el otro. Se concentró en mantener un ritmo regular, para no gritar y salir corriendo. Hundió las uñas contra las palmas de las manos y apretó la lengua entre los dientes, cada vez con más fuerza hasta el punto de *casi* rasgar la piel. Después de cincuenta pasos (los contó) ya no pudo soportarlo y echó a correr lo más rápido que pudo; los músculos de las pantorrillas le quemaban, las lágrimas le nublaban la vista. Corrió hasta que se sintió mareada y se le aflojaron las piernas. Se recostó contra el tronco del árbol y se echó a llorar.

Zorra, la había llamado Janine. Putita acosadora. "Parpadeas y te enroscas el cabello en el dedo y te haces la chiquilla inocente, pero seamos sinceras, las dos sabemos lo que estabas haciendo", le había espetado. Sentada aquí, lejos de Janine — el modelo al que debía aspirar, según su padre, el motivo por el cual él había querido que se educara en Estados Unidos—era tan fácil pensar en todo lo que podía, *debería*, haber dicho. Fue Matt el que trajo cigarrillos y comenzó a fumar con ella. Fue él quien comenzó a escribir notas para encontrarse. Y sí, ella se había sentido sola y agradecida por su compañía, pero... ¿seducirlo? ¿*Robárselo* a Janine? ¿Ese hombre que había fingido ser un amigo sensible antes de exponer sus verdaderos motivos, el que la había inmovilizado y le había metido la lengua en la boca mientras ella intentaba gritar, el que se le había subido encima y le había introducido por la fuerza la mano dentro de los pantalones, apretándosela alrededor del pene con tanta fuerza que le había dolido, utilizándola como un objeto para bombear para arriba y para abajo, arriba y abajo?

Pero no dijo nada. Se quedó allí, escuchando las palabras horribles de Janine, dejando que le penetraran la piel y se le enterraran en el cerebro, extendiendo raíces y asentándose allí. Y ahora, aun mientras se decía a sí misma que Janine estaba equivocada, que Matt era el que había actuado mal y que ella era la víctima, una voz en su interior le susurraba... ¿no le había gustado la atención de él, acaso? ¿No había notado que la miraba de tanto en tanto, no había disfrutado de la satisfacción de sentirse atractiva, tal vez aún más que Janine? ¿Y el día de su cumpleaños, no se había vestido con un atuendo sensual, no le había pedido que bebiera con ella, y cuando la había comenzado a besar —con suavidad, románticamente, justo como ella había imaginado que sería su primer beso—, no le había devuelto el beso y por un instante, antes de que todo se volviera negro, no había imaginado un final de cuento de hadas con intercambios de *Te amo*, miradas enamoradas y otros espantosos clichés en los que ahora no soportaba ni siquiera pensar?

Creyó que la humillación de la noche de su cumpleaños mataría esa esperanza tan estúpidamente ingenua, pero la semana que Matt pasó escribiéndole nota tras nota y siguiéndola hasta la clase de preparación del examen, la había revivido de algún modo. Accedió a encontrarse con él, y después de beber unos tragos del vino de arroz de su padre para hacerse de valor y caminar hasta el arroyo, hubo un microsegundo en el que una parte de ella —un puntito dentro de una parte nauseabundamente *Disneyificada* de su mente— había imaginado a Matt junto al arroyo, esperando para declararle su amor, para confesarle su desesperada incapacidad de vivir sin ella, para explicarle el comportamiento de la tarde de su cumpleaños como un momento de locura que jamás se repetiría, producto de una mezcla de ebriedad y pasión. Allí mismo, con el soju entibiándole el estómago y el corazón latiéndole de emoción, se había topado con Janine. ¡El shock de ese momento, la humillación de comprender que todo había sido una trampa para que su *esposa* viniera a regañarla en su lugar! Al pensar en eso, con la frente apoyada contra la corteza del sauce para impedir que el dolor detrás de los ojos se expandiera, sintió una violenta oleada de vergüenza que amenazó con hacerle estallar los órganos, y deseó poder desaparecer, huir y nunca más tener que volver a ver a Matt ni a Janine.

De pronto, oyó un ruido. Unos golpes distantes, desde la dirección de su casa. Janine. Tenía que ser Janine golpeando a la puerta de sus padres para quejarse de que la zorra de su hija estaba seduciendo y acosando al santo de su esposo. Los imaginó en la puerta, mirando horrorizados las notas y los cigarrillos que les mostraba Janine, mientras la describía como una chiquilla patética obsesionada sexualmente con su esposo. El miedo y la vergüenza la invadieron de nuevo, pero también sintió otra cosa. Furia. Furia contra Matt, el hombre que había tomado su soledad y la había deformado y convertido en algo perverso, sobre lo que luego le había mentido a su esposa. Furia contra Janine, la mujer que había sido tan rápida para suponer la inocencia de su esposo sin siquiera detenerse a escuchar su versión. Furia contra sus padres, que la habían arrancado de su hogar, separado de sus amigos y la habían puesto en esta situación. Y más que nada, furia consigo misma, por haber permitido que sucediera todo esto sin defenderse. Basta. Se terminó. Se incorporó y se dirigió con paso firme a su casa. No iba a permitirles juzgarla sin que supieran todo lo que Matt había hecho.

Fue entonces que lo vio, mientras caminaba hacia la casa, presa de furia ante su impotencia, de vergüenza y con un dolor de cabeza intolerable: algo pequeño y blanco junto a la parte posterior del granero. Un cigarrillo. Posicionado de manera perfecta para iniciar un fuego que quemaría las instalaciones y destruiría Miracle Submarine. Un incendio como el que había visto en sueños la semana anterior.

*

La idea se le ocurrió el día que cumplió diecisiete. Justo cuando Matt se marchó después de que la noche de beber y embriagarse terminara en "eso" (ni siquiera podía ponerle nombre), ella se refugió en su escondite entre los sauces, y se recostó contra una piedra a fumar un cigarrillo detrás de otro, tratando de no llorar ni vomitar.

Cuando terminó de fumar el tercer o el cuarto cigarrillo, lo dejó caer y buscó otro. Estaba concentrada en encender el siguiente lo más rápido posible —necesitaba que el humo neutralizara el olor que le había quedado en las fosas nasales, una combinación del dulzor empalagoso del licor y el olor a pescado del semen— manteniendo la cabeza y el torso perfectamente inmóviles para que el mundo no girara y el alcohol que tenía en el estómago no se le moviera. Pero le temblaban los dedos y era difícil ver sin mover la cabeza, por lo que se le cayó el fósforo mientras lo encendía.

El fuego no prendió —el fósforo cayó cerca del agua y se apagó de inmediato— pero al pasear la mirada por el suelo,

Mary vio llamas pequeñas a unos metros de distancia; aparentemente un cigarrillo que había dejado caer antes había aterrizado sobre una pila de hojas secas. Sabía que tenía que pisarlo y extinguirlo de inmediato, pero algo la detuvo. Se agazapó a contemplar el fuego —ondas crecientes y arremolinadas de anaranjado, azul y negro— y recordó los dientes de Matt presionándole contra los labios y la lengua, forzándola a abrirlos y empujándole el *¡No!* por la garganta. Recordó cómo él le había apretado los dedos contra el pene y había utilizado su mano como un objeto para bombear y apretar, arriba y abajo, cada bombeo acompañado por un gruñido que olía a durazno fermentado y la hacía toser contra la lengua de él. Y el chorro tibio y viscoso de semen que se le pegaba en la mano aun después de lavarla en el arroyo y refregarla hasta que se le enrojeció. El rasguño del cierre del pantalón de Matt le había quedado marcado como una línea blanca en la mano enrojecida. Recordó lo estúpida que había sido con sus compañeros de clase unas horas antes del episodio con Matt. Cuando dijeron que no podían ir a su cena de cumpleaños, ella respondió que no era un problema, y que en realidad, iba a salir con un hombre, de todos modos, un *médico*; cuando ellos bromearon y le dijeron que sonaba como un viejo pervertido que solo quería sexo, replicó que era un caballero, un amigo que se interesaba por ella, la escuchaba y también estaba pasando por un mal momento. Ellos habían reído, la habían tildado de ingenua. Cuánta razón habían tenido.

Arrojó los restos del licor al fuego. Cuando el líquido tocó las llamas, se agrandaron súbitamente y Mary sintió un intenso y feliz deseo de que se la tragaran y la consumieran, destruyendo todo: su vida, Matt, sus amigos, sus padres. Que no quedara nada.

El fuego se apagó casi de inmediato, con una última llamarada que duró un segundo, y ella se aseguró de que estuviera completamente extinguido antes de irse. Pero más tarde esa noche, cuando dormía en la cámara del submarino, soñó con el fuego: las llamas de abajo de los sauces se expandían y se tragaban el granero, destruyendo el negocio que los mantenía atados a este pueblo que odiaba y al hombre al que no quería ver nunca más. No volvió a pensar en el sueño cuando despertó; trató de limpiar la mente de todos los rastros de aquella noche, de mantenerse ocupada estudiando para los exámenes de ingreso e investigando sobre universidades y opciones de vivienda en Seúl. Pero ahora, casi una semana más tarde, aquí estaba eso mismo junto al granero: un cigarrillo sobre una pila de ramitas y hojas secas, colocado precisamente en el centro de una cajita abierta de fósforos. Le pareció que era un regalo, una ofrenda. Como si el destino la llamara y la invitara a encender el cigarrillo, como si le dijera que lo hiciera, que era exactamente lo que necesitaba, justo después de verse humillada por la esposa de Matt que la había llamado puta y acosadora, justo cuando la vergüenza y la furia le carcomían las entrañas. Vamos, quémalo de una vez y destrúyelo todo.

Caminó hacia el cigarrillo. Despacio, con cautela, como si se tratara de un espejismo que podía desaparecer. Se agazapó delante del montículo y extendió una mano temblorosa para tomar el cigarrillo. Una parte de su mente notó que estaba chamuscado, como si alguien ya lo hubiese encendido pero se hubiera apagado enseguida, pero la pregunta de quién habría sido y por qué no se le ocurriría hasta más adelante. Después de despertar del coma en el hospital y durante el siguiente año de su vida, esa pregunta la consumiría. Pero ahora, no le importaba.Lo único importante era que ese cigarrillo estaba *allí* para ser encendido y esa pira estaba *allí* para arder. Pensó en el silbido de las llamas junto al arroyo cuando el licor cayó sobre ellas, en el cálido consuelo del fuego y deseó experimentar de nuevo esa sensación. La necesitaba.

Tomó la cajita de fósforos, extrajo uno y lo encendió. Ardió de inmediato y Mary volvió a colocar la cajita en el centro del montículo. La solapa de cartón ardió de inmediato y el extremo del cigarrillo se prendió también, rojo brillante. Sintió calor en el pecho, el mismo consuelo de la vez anterior y sopló las llamas, con suavidad, alimentándolas, alentándolas a expandirse por entre las ramitas mientras las cenizas de las hojas secas flotaban perezosamente en el humo. Sintió la cara caliente y se quedó hasta que todo el montículo se hubo prendido, luego se puso de pie y retrocedió, de a un paso por vez, con la vista fija en las llamas, impulsándolas con la mente a que se agrandaran, crecieran, ardieran más hasta destruir ese granero decrépito y todo lo que había dentro.

Cuando se volvió para dirigirse a su casa, la magia y la sensación surrealista del momento se esfumaron. Eran pasadas las 20:15, por lo que los pacientes ya se habían ido —sí, el estacionamiento estaba vacío, lo había visto, y además, Janine le había dicho que la inmersión había terminado más temprano. Pero ¿y si su padre estaba todavía adentro, limpiando y ordenando? No, era obvio que el granero estaba vacío; él siempre apagaba el aire acondicionado *después* de limpiar, y ahora estaba apagado. El ventilador ruidoso del aparato estaba mudo y las luces, apagadas. De todos modos, sintió el corazón en la boca al pensar en lo que había hecho —incendio intencional, delito, policía, cárcel, sus padres— y se detuvo; pensó en regresar y apagar el fuego con los pies antes de que se saliera de control.

—¡Mei-ya, Mei-ya! —el grito de su madre provino de adentro de la casa. Era evidente que estaba molesta porque no la había encontrado allí. Las sintió como piedras contra el pecho, esas cuatro sílabas cáusticas envueltas alrededor de una brasa de desaprobación, y así, en un segundo, sintió que volvía a enfurecerse: la calma que había experimentado al encender el fuego y alejarse de él habían desaparecido.

Casi había llegado al cobertizo —necesitaba desesperadamente fumar un cigarrillo— cuando vio a su padre afuera, marcando en el teléfono. Levantó la vista y dijo:

—Ah, qué bien, justo te estaba por llamar. Necesito que me ayudes —se llevó el teléfono al oído y le hizo un ademán para que se acercara. Unos segundos después, dijo por el teléfono—: Siempre te imaginas lo peor de ella. Está aquí, ayudándome. Y las baterías están debajo del fregadero de la cocina, pero no dejes solos a los pacientes. Enviaré a Mary a buscarlas —se volvió y le indicó—: Mary, ve ahora mismo. Lleva cuatro baterías al granero —volvió a hablar por teléfono—. Yo iré en un minuto a dejar salir a los pacientes. Recuerda no decir nada… ¿Yuh-bo? ¿Hola? ¿Me escuchas? ¡Yuh-bo!

Pacientes. Dejarlos salir. Granero.

Las palabras la golpearon como un ciclón y casi perdió el equilibrio. Se volvió y salió corriendo a toda la velocidad que logró darle a las piernas. Por favor, Dios, por favor, que el fuego se hubiera apagado. Por favor, que hubiera sido un sueño, una pesadilla. Por favor, que hubiera entendido mal las palabras de su padre. ¿Cómo que había pacientes en el granero? Si la última inmersión había terminado hacía rato, Janine se lo había confirmado. El aire acondicionado estaba apagado, las luces también. No había coches en el estacionamiento. ¿Qué estaba sucediendo?

No podía respirar, no podía seguir corriendo, el vino de arroz le subía a la garganta y la tierra se movía debajo de ella como olas y se iba a caer; en alguna parte, a lo lejos, su madre la llamaba, pero siguió corriendo.

Al acercarse al granero pudo ver que las luces estaban apagadas. El estacionamiento, vacío. El acondicionador de aire, apagado. Había tanto silencio, no se oía nada, salvo… Dios, se oía un ruido desde adentro, unos golpes apagados, como si alguien estuviera martillando y desde atrás del granero, el crujido de llamas al devorar la madera. Había humo detrás de la pared posterior y cuando dobló la esquina para quedar delante de esa pared, sintió el fuego caliente en la cara, tan caliente que no pudo acercarse más, aunque el cerebro le gritaba que fuera hasta él, que se arrojara sobre la pared y utilizara el cuerpo para apagar el fuego.

Oyó la voz de su madre, llamándola en voz baja, con suavidad:

—Mei-ya.

Se volvió y vio que la miraba sin parpadear, absorbiéndola con los ojos como si no la hubiera visto en años. Justo antes del estallido, antes de sentir que se elevaba por el aire, vio que su madre se le acercaba con los brazos extendidos. Quiso correr hacia ella. Rodearla con los brazos, pedirle que la abrazara y que hiciera que todo volviera a estar bien. Como solía hacer cuando era niña, cuando su madre era su Um-ma.

YOUNG

En cuanto pronunció las palabras que acusaban a su hija de homicidio, Mary levantó la vista y las arrugas tensas de su rostro se relajaron en una expresión de alivio. La verdad, por fin.

Pak quebró el silencio.

—Eso es una locura.

Young no lo miró, no pudo apartar la vista de los ojos de su hija ni dejar de absorber lo que veía allí: que la necesitaba, ansiaba conectarse y confiar en ella. ¿Hacía cuánto tiempo qué no habían tenido contacto cercano, íntimo, más allá de las miradas rápidas que intercambiaban mientras hablaban de la logística de la vida cotidiana? Fue extraño, casi mágico, como esta conexión cambiaba todo. Aun la diferencia de idiomas —Young y Pak hablaban en coreano y Mary respondía en inglés, como siempre— que le había resultado incómoda en el pasado, ahora agregaba una sensación de cercanía, como si hubieran creado su propio idioma.

—¿Qué estás diciendo, exactamente? —quiso saber Pak—. ¿Crees que fue una conspiración entre Mary y yo? ¿Qué yo preparé todo y le pedí a Mary que hiciera lo más peligroso?

—No —respondió—. Lo pensé, pero cuantas más vueltas le daba, más me daba cuenta de que tú nunca provocarías un incendio habiendo gente dentro de la cámara. Te conozco. No podrías ser tan desconsiderado con la vida de otras personas.

—¿Pero Mary, sí?

—No. *Sé* que ella nunca pondría la vida de otros en peligro. —Acarició el rostro de Mary, con toda suavidad, para hacerle entender que comprendía—. Pero si creyó que no había nadie en el granero, si creyó que la inmersión había terminado y no quedaba nadie…

Las arrugas que quedaban en el rostro de Mary se desvanecieron y los ojos se le llenaron de lágrimas de agradecimiento. Su madre lo sabía, y más que eso, lo entendía. Y la perdonaba.

Young extendió la mano para secarle las lágrimas:

—Por eso decías todo el tiempo qué silencioso estaba todo. Cuando te despertaste, lo repetías sin cesar, y los médicos pensaron que estabas reviviendo la explosión, pero no se trataba de eso. Te estabas preguntando cómo podía ser que hubiera gente dentro y estuviera abierto el oxígeno si todo lo demás estaba apagado. No sabías del apagón eléctrico.

—Había estado fuera todo el día —relató Mary, con voz áspera, como si no hubiera hablado durante días—. Cuando volví, el estacionamiento estaba vacío. Pensé que las inmersiones del día habían terminado. Creí que el oxígeno estaba cerrado y el granero, vacío.

—Claro que sí —la consoló Young—. La inmersión de la tarde se retrasó, por lo que el estacionamiento estaba lleno y el grupo de la inmersión vespertina tuvo que estacionar calle abajo. Cuando los pacientes anteriores se retiraron, el estacionamiento quedó vacío. ¿Cómo ibas a saberlo?

—Debí verificar el otro estacionamiento. Sabía que esa mañana habían estacionado allí, pero… —negó con la cabeza—.Nada de eso importa, ya. Yo inicié el fuego. No fue un accidente. Lo prendí yo. Con toda intención. Es todo culpa mía.

—Mei-ya —objetó Pak—. No digas eso. No es tu culpa…

—Claro que es su culpa —lo contradijo Young. Pak la miró, boquiabierto, como para decirle "¿Cómo te atreves a decir eso?". Ella se dirigió a Mary—. No estoy diciendo que hayas querido que muriera alguien, ni que hayas podido imaginarlo. Pero tus acciones tienen consecuencias y eres responsable de ellas. Sé que lo sabes. He visto cómo te has estado torturando, te he visto llorar. Esto de ir al tribunal y ver cómo tus decisiones destruyeron tantas vidas te ha estado matando por dentro.

Mary asintió, presa de una oleada de alivio ante el reconocimiento de su culpa. Young lo entendía: a veces, cuando se es culpable de algo, que todos finjan que no se es responsable es lo peor. Infantiliza. Degrada.

—Apenas me desperté en el hospital —dijo Mary—, creí que tal vez lo había imaginado. No era que no lo recordara. Recordaba perfectamente esa noche... Algo me había sucedido antes y yo estaba realmente alterada, como nunca lo estuve. Pasé caminando junto al granero y vi el cigarrillo y los fósforos, allí, listos. No tenía planeado hacer nada, pero cuando los vi, fue como... como el destino. Era lo que más deseaba hacer en ese momento, quemar todo y destruirlo y me sentí tan bien cuando encendí el fuego. Me quedé allí contemplándolo, alimentando las llamas para asegurarme de que se incendiara el granero —miró a Young—. Pero estaba tan confundida, porque no pensé que el tanque de oxígeno podía explotar si estaba cerrado así que pensé, tuvo que ser un sueño o el coma me alteró los recuerdos. Y eso me resultó lógico porque... ¿cómo podía ser que hubiera un cigarrillo justamente allí? ¿Por qué?

—¿Por eso nunca contaste nada? ¿Por qué de verdad no lo sabías? —preguntó Young, cuidando de que no hubiera ninguna nota de duda en su voz. Comprendía lo importante era para Mary creer eso, cuánto quería creer que realmente había descartado sus recuerdos como falsos hasta que Pak le confirmó hoy que el cigarrillo era real y le explicó cómo había llegado allí.

Mary desvió la mirada hacia un cuadrado de azul brillante afuera de la ventana falsa. Respiró hondo y miró a Pak, luego a Young, y esbozó una sonrisita triste.

—No, sabía que eso… —sacudió la cabeza— era solo una estupidez mía. Sabía muy bien que había sucedido de verdad.

—¿Entonces por qué no hablaste? —preguntó Young—. ¿Por qué no nos lo contaste a mí o a tu padre de inmediato?

Mary se mordió el labio.

—Iba a hacerlo, el día después de que desperté, cuando Abe vino a verme. Pero antes de que pudiera hablar, me contaste lo de Elizabeth, cómo habían descubierto todas esas pruebas de que planeaba matar a Henry y pensé… debe de haber sido ella. Ella armó el montículo de hojas y ramitas. Ella colocó el cigarrillo y el pequeño estuche de fósforos allí. Supuse que habría huido después de iniciar el fuego, para no estar allí cuando explotara el tanque, pero el cigarrillo se apagó solo antes de que yo lo encontrara, tal vez a causa de una ráfaga de viento. Y me hizo sentir mucho mejor, como que yo no había sido la que *realmente* encendió el fuego. Había sido Elizabeth, *ella* era la culpable y el hecho de que yo lo hubiera vuelto a encender era un mero tecnicismo; solo estaba dejando que continúe lo que ella había querido hacer.

—¿Y así fue que te reconciliaste con la idea de que la estuvieran sometiendo a juicio?

—Me convencí de que ella era la culpable —asintió—. Se lo merecía porque había sido su intención y *hubiera* sido ella si no se hubiera apagado por casualidad el cigarrillo. Supuse que ella ni se había dado cuenta de que había intervenido otra persona. A ojos de Elizabeth, su plan había funcionado y todo lo que había sucedido era lo que había planeado. Me hizo sentirme menos culpable, pero después… —cerró los ojos y suspiró.

—Pero después la viste esta semana.

Mary asintió y abrió los ojos.

—No fue como Abe dijo, en absoluto. Surgieron tantas cuestiones en el tribunal, que me puse a pensar por primera vez: ¿y si no fue ella? ¿Y si fue otra persona la que preparó todo y ella no tuvo nada que ver con el incendio?

—¿Entonces no se te ocurrió que podía ser inocente hasta esta semana? —Eso era lo que Young creía, esperaba, pero era importante verificarlo, cerciorarse de que su hija no había perjudicado adrede a una mujer inocente.

—No. Justo ayer me puse a pensar que podía ser... —se mordió el labio y negó con la cabeza—. Que podía haber sido otra persona, pero de todos modos me pareció que Elizabeth era la que más probabilidades tenía de ser la culpable. Pero esta mañana Ap-bah me dijo que fue él. Allí fue cuando supe por primera vez que no había sido ella.

—¿Y tú? —Young se volvió hacia Pak—. ¿Cuándo supiste que había sido Mary? ¿Hace cuánto tiempo que la estás cubriendo?

—Yuh-bo, pensé que había sido Elizabeth. Durante todo este tiempo, estuve convencido de que ella encontró lo que yo preparé y provocó el incendio. Pero anoche, cuando me mostraste las cosas que estaban en el cobertizo, quedé completamente confundido. Comencé a sospechar, pero no podía entender cómo encajaba Mary en todo esto. Me asusté de solo pensarlo, así que la cubrí. Ella vio la bolsa del cobertizo cuando entró y me contó todo esta mañana. Fue entonces que le expliqué que yo había dejado el cigarrillo, no Elizabeth. Eso fue lo que escuchaste.

Ahora todo tenía sentido. Todas las piezas encajaban con suma elegancia. ¿Pero cuál era la imagen que formaban? ¿Cuál era la solución?

Como respondiendo a su pregunta, Mary dijo:

—Sé que tengo que contarle todo a Abe. Casi lo hice a

comienzos de esta semana, en su oficina, pero me puse a pensar en la pena de muerte, me asusté mucho y…

El rostro de Mary se deformó en una mueca de vergüenza, arrepentimiento y miedo.

—No te sucederá nada —le aseguró Pak—. Contaré todo si a ella la declaran culpable.

—No —objetó Young—. Mary tiene que confesar. Ahora. Elizabeth es inocente. Perdió a su hijo y la están enjuiciando por haberlo matado. Nadie se merece sufrir así.

Pak negó con la cabeza.

—No estamos hablando de una madre inocente que no hizo nada malo. No sabes lo que yo sé de ella. Puede que no haya iniciado el incendio, pero…

—Sé lo que vas a decir. Me enteré de que la escuchaste decir que deseaba que Henry muriera, pero hablé con Teresa y ella me lo explicó. No lo dijo en serio. Solamente estaban hablando sobre los sentimientos que tienen todas las madres, que hasta yo he *tenido*…

—¿De desear que tu hija muera?

Young suspiró.

—Todos tenemos pensamientos que nos avergüenzan —dijo y tomó la mano de Mary, entrelazó los dedos con los de ella—. Te amo y en el hospital sufría de verte en ese estado. Hubiera tomado tu lugar, de haber podido. Pero de algún modo… disfruté de ese período. Por primera vez en tanto tiempo, me necesitabas y me dejabas cuidarte y abrazarte sin rechazarme y… —se mordió el labio—. En secreto, deseaba que no mejoraras y que siguiéramos así por más tiempo.

Mary cerró los ojos con fuerza y las lágrimas le rodaron por las mejillas. Young le apretó la mano con fuerza y prosiguió:

—Y no sé cuántas veces nos peleamos y por un instante deseé que desaparecieras de mi vida y estoy segura de que tú habrás pensado lo mismo de mí. Pero si eso sucediera de verdad, sería intolerable. Y si alguien descubriera esos momentos secretos y me culpara de la muerte de mi hija… no sé cómo podría vivir conmigo misma —miró a Pak—. Eso es lo que le estamos haciendo pasar a Elizabeth. Esto tiene que terminar. Ya.

Pak avanzó con la silla de ruedas hasta la ventana. El hueco quedaba por encima de su cabeza, por lo que no podía ver afuera, pero permaneció allí, mirando la pared. Después de un minuto, dijo:

—Si vamos a hacer esto, tenemos que decir que yo inicié el fuego, solo. Mary no habría hecho nada si yo no hubiera colocado el cigarrillo allí. Me corresponde cargar con la culpa.

—No —lo contradijo Young—. Abe conectará a Mary con los cigarrillos, con los apartamentos de Seúl… todo se sabrá. Es mejor contar toda la verdad ahora. Fue un accidente. Abe lo entenderá.

—Todo el tiempo dices que fue un accidente —intervino Mary—. Pero no es así. No lo fue. Yo provoqué el incendio deliberadamente.

Young sacudió la cabeza.

—No tuviste intención de lastimar ni matar a nadie. No planeaste nada. Encendiste el fuego de manera impulsiva, en el fragor del momento. No sé si eso es importante para la ley de aquí, pero para mí, sí lo es. Es humano. Y comprensi…

—Shhh —siseó Pak—. Vino alguien. Oí la puerta de un coche.

Young corrió a espiar por encima de la cabeza de Pak.

—Es Abe.

—Recuerden, no digan nada por ahora. Nadie diga nada —ordenó Pak, pero Young no le prestó atención y abrió la puerta.

—¡Abe! —llamó.

Él no respondió; caminó en silencio hasta entrar en la choza. Tenía el rostro enrojecido y el cabello crespo mojado de sudor. Los miró a los ojos, a uno por uno.

—¿Qué sucede? —preguntó Young.

—Se trata de Elizabeth —anunció—. Ha muerto.

*

Elizabeth. Muerta. Pero si acababa de verla, de hablar con ella. ¿Cómo podía haber muerto? ¿Cuándo? ¿Dónde? ¿Por qué? Pero Young no podía hablar, no podía moverse.

—¿Qué sucedió? —preguntó Pak con voz temblorosa, distante.

—Un accidente automovilístico. A pocos kilómetros de aquí. Hay una curva muy cerrada, con una parte de la valla de contención rota y el coche salió despedido. Estaba sola. Creemos… —hizo una pausa—. Es demasiado pronto, pero hay motivos para sospechar que se suicidó.

A Young le resultó extraño oír su propia exclamación ahogada y saber que se le doblaban las rodillas por el impacto, pero al mismo tiempo, no sentirse sorprendida. Claro que había sido un suicidio, por supuesto. La mirada en el rostro de Elizabeth, la forma en que le había hablado, con voz apenada, pero firme, decidida. Mirando hacia atrás ahora —y para ser sincera, aun en ese momento— sus intenciones habían sido obvias.

—Estuve con ella —reveló—. Me dijo que lo sentía tanto. Me dijo… —miró a Pak de soslayo—: *Pídele perdón a Pak de mi parte.*

Pak empalideció de vergüenza.

—¿Cómo dices? ¿Cuándo fue eso? ¿Dónde? —quiso saber Abe.

—En el tribunal. A eso de las 12:30.

—Aproximadamente a la hora en que se fue. Y si pidió perdón… bueno, todo tiene sentido —Abe sacudió la cabeza—. Esta mañana tuvo una especie de ataque de nervios en el tribunal y… en fin, aparentemente quería declararse culpable.

Pienso que tal vez se sentía demasiado culpable como para continuar con el juicio. Y viendo que su abogada estaba culpando a Pak, es lógico que se haya sentido mal por él.

Elizabeth sintiendo culpa por Pak. Suicidándose por esa culpa.

—¿Entonces esto significa que se terminó el caso? —dijo Pak.

—Obviamente, el juicio terminó —respondió—. Estamos buscando una nota o algo más que sirva de confesión definitiva. Sus disculpas contigo, Young, tendrían mucho peso en ese sentido. Pero… —miró a Mary.

—¿Pero qué? —dijo Pak.

Abe parpadeó varias veces luego respondió:

—Tenemos que investigar varias cosas antes de que se cierre oficialmente el caso.

—¿Qué cosas? —insistió Pak.

—Cabos sueltos, información nueva que Matt y Janine acaban de darnos —dijo en tono causal, como si no fuera algo serio.

Pero Young se puso nerviosa al ver cómo miraba a Mary, como para medir su reacción. Y la forma en que acentuó *Matt y Janine…* daba a entender que había subtexto allí. Un mensaje secreto que a juzgar por cómo se ruborizó, Mary comprendía.

—En fin —dijo Abe—, los haré venir a todos a mi oficina para responder unas preguntas. Mientras tanto, sé que esto es un golpe y que hay mucho para absorber. Pero con suerte, ustedes y el resto de las víctimas encontrarán algo de paz y podrán seguir con sus vidas.

Víctimas. La palabra le dolió y tuvo que esforzarse por no hacer una mueca. Sentía debilidad en las piernas. Le dolían, como si hubiera estado de pie durante horas.

Cuando Abe se fue, Young apoyó la frente contra la madera rústica de la puerta. Cerró los ojos y recordó su encuentro con

Elizabeth en el tribunal, hacía unas horas. A esa altura ella ya había comprendido que había sido Mary y que Elizabeth era inocente. Vio que Elizabeth se sentía avergonzada y sola y le permitió *disculparse* con ella, sin decirle nada. Tanto hablar de que debían confesar de inmediato y ahorrarle momentos de tortura a Elizabeth, y cuando había tenido la oportunidad de actuar, de contarle la verdad, no lo había hecho. Se había escapado. Y ahora Elizabeth estaba muerta.

A sus espaldas, Pak emitió suspiros largos y pesados, una y otra vez, como si tuviera problemas en oxigenar los pulmones. Después de unos minutos, habló en coreano.

—Ninguno de nosotros podía saber... —se le quebró la voz. Un instante después, carraspeó—. Deberíamos hablar con Matt y Janine y averiguar de qué estaba hablando Abe. Si superamos esta última prueba, tal vez...

Young sintió un cosquilleo en la garganta. Suave al principio, luego más intenso, a medida que Pak siguió hablando de lo que tenían que decirle a Abe, y no pudo aguantar más: tenía que reír, llorar a gritos o hacer ambas cosas. Apretó los puños, cerró los ojos con fuerza y gritó como lo había hecho Elizabeth en el tribunal —¿esa misma mañana, nada más?— hasta que le ardió la garganta y se quedó sin aire. Abrió los ojos y se volvió. Miró a Pak, este hombre que no se había tomado ni cinco minutos de duelo por Elizabeth antes de ponerse a planear la logística del encubrimiento que llevarían a cabo, y dijo en coreano:

—Fuimos nosotros. Nosotros matamos a Elizabeth, la empujamos a matarse. ¿Ni siquiera te importa?

Pak apartó la mirada, con expresión tan avergonzada que le dolía mirarlo. Junto a él, Mary lloraba.

—No culpes a Ap-bah —suplicó su hija—. Fue mi culpa. Yo inicié el fuego y maté gente. Debería haber confesado enseguida, pero callé. Y ahora Elizabeth también está muerta. Es mi culpa.

—No —le aseguró Pak—, callaste porque pensaste que Elizabeth había iniciado el fuego para matar a Henry. Esta mañana, en cuanto supiste que no fue ella, quisiste ir a hablar con Abe. Si yo no te hubiera detenido... —su voz se apagó. Cerró los ojos con fuerza y apretó los dientes, como si tuviera que poner todo su empeño en que no se le desmoronara el rostro.

—Todos podemos poner excusas —dijo Young—. Hasta esta mañana, ustedes dos creían que Elizabeth era culpable, a su modo, y merecía el castigo. Y tal vez, viendo cómo se desarrolló todo, hasta pueda ser entendible. Pero eso no cambia el hecho de que todos nos mentimos entre nosotros y le mentimos a Abe. Hace un año que estamos mintiendo, decidiendo por nuestra propia cuenta qué es justo y qué no. Los tres tenemos la culpa.

—Lo que sucedió es una tragedia —dijo Pak— y daría cualquier cosa por cambiar el pasado. Pero no podemos hacerlo. Lo único que podemos hacer es avanzar. De algún modo extraño, esto es un regalo para nuestra familia.

—¿Un regalo? —exclamó Young—. ¿La tortura y la muerte de una mujer inocente son un *regalo*?

—Tienes razón. No es la palabra correcta. Solo quería decir que ya no hay motivo para confesar. Elizabeth ya no está. No podemos hacer nada para cambiarlo. Así que...

—¿Así que ya que estamos, podemos sacar provecho de ello, sentirnos *afortunados* porque se mató?

—No, pero ¿qué sentido tendría confesar ahora? Si ella tuviera familia, quizá, alguien que se viera afectado, pero no hay nadie.

Young sintió que la sangre se le retraía de las extremidades y que los músculos perdían fuerza. Tenía la garganta cerrada, como si una mano invisible la estuviera estrangulando.

—¿Entonces no decimos nada y fingimos que la que provocó el incendio fue Elizabeth? ¿La culpa muere con ella, cobramos el dinero del seguro, nos mudamos a Los Ángeles y Mary va a la universidad? ¿Ese es tu nuevo plan?

—Nadie va a salir lastimado de esto. Todo terminará.

—Sé que lo crees de verdad, pero también lo creíste con tu primer plan. Pensaste que poner un cigarrillo junto al tubo de oxígeno no lastimaría a nadie, pero murieron dos personas. Tu segundo plan, dejar que Elizabeth fuera sometida a juicio, causó otra muerte. ¿Y ahora tienes un tercer plan, y *sabes*, estás *seguro* de que todo va a salir bien? ¿Cuántos cadáveres más se necesitan para que aprendas? No se pueden garantizar los resultados. Esto comenzó como un accidente, pero ocultar todo nos ha convertido a los tres en asesinos.

Le dolía la garganta; se dio cuenta de que estaba gritando. Mary sollozaba. Por primera vez desde que podía recordar, ver las lágrimas de Mary no le hizo sentir deseos de calmarle el dolor. Quería que sufriera, que pensara en lo que había hecho y sintiera una vergüenza insoportable, porque la alternativa significaría lo impensable, que su hija era un monstruo.

Mary apoyó los codos sobre la mesa y se cubrió el rostro con las manos. Young se las separó de la cara.

—Mírame —le ordenó—. Has estado tratando de lograr que esto desaparezca solo porque lo deseas, como una niñita hace con un monstruo en una pesadilla. Pero no se puede escapar de esto. —Miró a Pak—. ¿Piensas que si callamos nadie saldrá perjudicado? Mira a nuestra hija. Esto la está matando. Tiene que enfrentar lo que ha hecho, no huir. ¿Crees que si sale, si ella logra la impunidad, tendrá un momento de paz? ¿Qué tú o yo los tendremos? Esto la seguirá durante toda su vida y la destruirá.

—Yuh-bo, por favor —exclamó Pak. Se acercó con la silla de ruedas y le tomó las dos manos—. Es nuestra hija. Su vida recién empieza. No podemos permitir que vaya a la cárcel y arruine su vida. Si callar nos va a torturar, entonces viviremos torturados. Es nuestro deber como padres, es el deber que asumimos cuando trajimos una vida a este mundo, proteger a nuestra hija, sacrificar todo lo que sea necesario. No podemos entregar a nuestra propia hija. Prefiero decir que yo fui el culpable de todo. Estoy dispuesto a hacer ese sacrificio.

—¿No crees que yo daría mi vida cien veces para salvar la de ella? —le espetó Young—. ¿Crees que no sé lo doloroso que va a ser verla en la cárcel, cuánto preferiría ser yo la que sufre? Pero tenemos que hacer lo más difícil. Tenemos que enseñarle a *ella* a hacer lo más difícil.

—¡Este no es uno de tus debates filosóficos! —exclamó Pak, golpeando la mano sobre la mesa, lleno de impotencia. Cerró los ojos un instante, respiró hondo y se obligó a hablar despacio, con calma forzada.

—Ella es nuestra hija. No podemos mandarla a la cárcel. Soy el jefe de esta familia, ustedes son mi responsabilidad. La decisión es mía y yo decido que no digamos nada.

—No —lo contradijo Young. Se volvió hacia Mary y la tomó de las manos—: Ya eres adulta. No porque hayas cumplido dieciocho, sino por lo que te ha tocado vivir. Esta es tu decisión, no la mía ni la de tu padre. No te la haré fácil; no amenazaré con ir a contarle todo a Abe si no vas tú. Tienes que tomar el camino más arduo. Confesar o no… es tu decisión. Tu responsabilidad. Es tu verdad, tú decides si contarla o no.

—¿Entonces si ella no confiesa, tu no lo harás? ¿Permitirás que Abe cierre el caso?

—Sí —repuso Young—. Pero si tú no confiesas, me iré. No quiero tener nada que ver con el dinero. Y no voy a mentir. Si Abe me pregunta, no contaré lo que hiciste, pero *sí* diré que sé con absoluta certeza que Elizabeth no provocó el incendio y limpiaré su nombre. Es lo mínimo que se merece.

—Pero te preguntará quién fue. Querrá saber cómo lo sabes —objetó Pak.

—Diré que no se lo puedo contar. Me negaré a responder.

—¡Te obligará a hacerlo! Te enviará a la cárcel.

—Que me envíe, entonces.

Pak suspiró pesadamente, con exasperación.

—Nada de eso es necesario. Si solo…

—Basta —le pidió Young—. Estoy cansada del tironeo —se volvió hacia Mary—. Mei-ya, no se trata de tu padre contra mí. No estás eligiendo de qué lado estar. Esta batalla es tuya y tienes que pensar qué es lo correcto y tomar tu propia decisión. Tú me lo enseñaste, ¿recuerdas? En Corea, cuando tenías doce años, eras apenas una niña, y dijiste que sabías que yo no quería mudarme a Estados Unidos y me preguntaste cómo podía aceptar ciegamente la decisión de otro sobre mi vida. Yo te regañé y te dije que obedecieras a tu padre, pero sentí vergüenza. Y un gran orgullo por tu forma de pensar. Últimamente he estado pensando mucho en eso. Si solo hubiera hablado en aquel entonces… —bajó la vista y sacudió la cabeza.

Rastrilló el cabello de Mary con los dedos, dejando que le cayera alrededor del rostro.

—Confío en ti. Sabes lo que es vivir envuelta en silencio. Experimentaste el alivio de finalmente contarnos la verdad. Hace unos días, cuando pensaba en el dinero del seguro y en mudarnos para que vayas a la universidad, me preguntaste cómo podía pensar en eso con Henry y Kitt muertos. Piensa en eso. Piensa en Elizabeth y toma fuerzas de allí.

—Nada de lo que hagamos los traerá de vuelta —intervino Pak—. Le estás pidiendo que destruya su vida por nada.

—Por nada, no. Hacer lo correcto no es nada —dijo y se puso de pie. Fue hacia la puerta. Un pie, luego el otro, esperando que Mary la detuviera, que le gritara: *¡Espera, voy contigo!* Pero nadie habló ni se movió.

Afuera, el sol la encandiló con tanta fuerza que tuvo que entrecerrar los ojos. El aire estaba denso y húmedo, como siempre se ponía en las tardes de agosto. En el cielo despejado, todavía no había señales de la tormenta que llegaría en unas horas. La presión y el calor del sol aumentarían hasta que el cielo se partiera en una tormenta de diez minutos que aliviaría la presión y comenzaría el proceso de enfriado de la noche. Luego, mañana, el ciclo comenzaría de nuevo.

Adentro oyó voces ahogadas. Se alejó, pues no quería escuchar lo que Pak debía de estar diciendo, cómo debía de estar ordenándole a Mary que tuviera paciencia y esperara que Young recuperara el sentido. Fue hasta un árbol cercano, un roble gigantesco con nudos en el tronco como cicatrices sobre viejas heridas.

Detrás de ella, la puerta se abrió con un crujido y se oyeron pasos, pero Young siguió mirando hacia el árbol, temiendo lo que vería en el rostro de su hija. Los pasos se detuvieron. Una mano le apretó el hombro, con suavidad.

—Tengo miedo —dijo Mary.

A Young se le llenaron los ojos de lágrimas y se volvió.

—Yo también —respondió.

Mary asintió y se mordió el labio.

—Ap-bah dijo que si confieso, dirá que él hizo todo deliberadamente para conseguir el dinero y que yo estoy mintiendo para que parezca un accidente. Dijo que si le cuenta eso a Abe, es probable que lo condenen a muerte.

Young cerró los ojos. Él era astuto. Amenazaba a su hija con otra muerte, la propia. Abrió los ojos y tomó las manos de Mary.

—No dejaremos que eso suceda. Le contaremos todo a Abe, incluyendo la amenaza de tu padre. Te creerá, no puede no creerte.

Mary parpadeó y Young creyó que se echaría a llorar, pero en cambio, distendió los labios en una sonrisa dolida. De pronto, un recuerdo: Mary de niña con un berrinche, tal vez a los cinco o seis años. Cuando Young le dijo con suavidad que se sentía decepcionada por su comportamiento, Mary buscó un pañuelo, se secó las lágrimas, distendió los labios en una sonrisa y dijo: "Mira, Um-ma, ya no lloro más", con aire digno, igual que ahora. Abrazó a su hija con fuerza.

Después de un instante, con la cabeza todavía sobre el hombro de ella, Mary habló en coreano por primera vez en todo el día.

—¿Vendrás conmigo? No tienes que hablar ni nada, pero ¿te quedarás a mi lado?

Las lágrimas le quebraron la voz y no pudo hacer nada, salvo abrazar con fuerza a su hija, acariciarle el cabello y asentir una y otra vez. Pronto la soltaría, la ayudaría a erguirse, le diría que la amaba y que sería un orgullo acompañarla y estar de pie junto a ella mientras contaba la verdad, por dolorosa que fuera. Le diría que se disculpaba por haberle fallado, por dejarla sola todos esos años en Baltimore y por no defenderla y que si podía, no la volvería a dejar nunca. Le haría las preguntas que no habían sido hechas todavía y hablarían de lo que todavía faltaba contar. Haría todo eso, dentro de un minuto, o una hora, o un día. Pero por ahora, lo único que quería esta estar de pie allí, con el peso del cuerpo de su hija contra el suyo, con el aliento tibio de Mary contra su cuello. No necesitaba nada más.

DESPUÉS

Noviembre de 2009

YOUNG

SE SENTÓ SOBRE EL TOCÓN de un árbol afuera del granero. En realidad, afuera de donde el granero había estado hasta ayer, cuando los nuevos dueños habían demolido los restos y se los habían llevado, pieza por pieza. Lo único que quedaba sobre el terreno era el submarino, esperando a que se lo llevaran a un depósito de chatarra en alguna parte. El contraste entre el acero y los cables contra el césped y los árboles creaba una imagen digna de una película de ciencia ficción.

Era su momento preferido del día. Temprano por la mañana, tan temprano que la noche se mezclaba con el día. Una luna delgada brillaba apenas sobre el submarino. Young no podía distinguirlo, no veía ni el metal chamuscado ni la pintura ampollada ni los dientes afilados de los ojos de buey rotos. Solo distinguía la silueta, y bajo esta luz (o en realidad debido a la falta de luz) le parecía que seguía igual que el año pasado, cuando había estado reluciente y recién pintado.

A las 6:35, la cámara seguía siendo un óvalo negro en sombras, pero en la distancia el cielo comenzaba a iluminarse. Contempló las nubes, el atisbo de color durazno en el gris y recordó lo desorientada que se había sentido al mirar las nubes durante el vuelo de Seúl a Nueva York, la primera vez que había estado en un avión. Había mirado por la ventanilla cómo su patria iba desapareciendo a medida que el avión trepaba hasta ingresar en una gruesa capa de nubes. Cuando emergió por encima, se maravilló ante la belleza de la constancia de las nubes, la uniformidad de esas variaciones, los patrones aleatorios que llegaban hasta el horizonte. Contempló el ala metálica del avión, que se movió apenas al tocar los bordes difusos de las nubes antes de cortar la algodonada suavidad con precisión perfecta, y tuvo una sensación extraña, de que no le correspondía estar en el cielo. Lo sintió como hubris. Rechazar tu lugar natural en el mundo y utilizar una máquina extraña para desafiar la gravedad y dislocarse a otro continente.

A las 6:44 el cielo se tornó violáceo y la oscuridad de la noche comenzó a perder la batalla contra el sol. Los sectores chamuscados de la cámara se iban tornando visibles, pero todavía estaba lo suficientemente oscuro como para que parecieran sombras, o tal vez musgo sobre el metal que convertía la máquina en parte del paisaje.

A las 06:52, el cielo estaba celeste pálido como el tono que se usa en las habitaciones de los recién nacidos. La pintura turquesa del submarino, que en el pasado de tan brillosa había parecido mojada, ahora se veía abollada.

A las 6:59, los rayos del sol traspasaron el denso follaje y embistieron contra el submarino en forma abrupta, como si todos los reflectores escénicos se hubieran encendido para iluminar a la estrella del espectáculo. Por un segundo, la luz fue tan intensa que creó una aureola alrededor del submarino, ocultando las imperfecciones. Pero Young siguió mirándolo fijo, forzando a sus pupilas a adaptarse y contraerse y vio las pruebas del delito: el metal quemado por todas partes, el ojo de buey derretido como si el submarino estuviera llorando, la carcasa inclinada como un anciano con un bastón.

Cerró los ojos y respiró hondo. Inhalar, exhalar. Aunque

había transcurrido más de un año, el olor a ceniza y a carne quemada seguía adherido a la carcasa de la cámara y se mezclaba con el rocío para convertirse en un hedor a carbón. O quizá fuera su imaginación. Su conciencia, diciéndole que pequeñas partículas estaban ingresando en sus pulmones y que tal vez, en este momento, estaba inspirando las células de las personas que habían muerto incineradas dentro de esa cámara.

Miró hacia el arroyo. No podía ver el agua, oculta detrás del follaje denso que se había vuelto amarillo y rojo, sin lógica en los colores, como si unos niños hubieran corrido por todas partes con aerosoles de pintura, coloreando los árboles al azar. Imaginó a Mary sentada detrás de esos árboles, con los pies a centímetros del agua, fumando y riendo con Matt Thompson y una noche, inmovilizada y atacada por él. Y otro día, soportando que su esposa le gritara y le dijera que era una zorra acosadora. Y una puta.

Qué curioso, como antes de que Mary confesara todo —varias veces, ante Abe, el defensor público y el juez de sentencia en el curso de su admisión de culpabilidad de homicidio involuntario e incendio intencional— ella había pensado que su hija tenía que aceptar el castigo que recibiera. Pero ahora que ella y Pak estaban en la cárcel, se preguntaba si era verdaderamente justo que Mary tuviera que pasar muchos años en prisión — diez, como mínimo— cuando muchos otros que habían contribuido a la cadena causal de aquella noche no merecieron ni uno. Sí, Mary había provocado el incendio. Pero no lo habría hecho si Janine no hubiera mentido al decir que la inmersión había terminado y que Matt se había ido. No habría podido provocarlo si Pak no hubiese dejado el cigarrillo y los fósforos en aquel lugar. Y Matt… Matt era la raíz causal de todo: sin él, sin sus acciones y mentiras a Mary y a Janine, ninguna de las dos habría hecho lo que habían hecho la noche de la explosión. Hasta el cigarrillo que Pak colocó debajo del tubo de oxígeno era de Matt, de la basura que escondía dentro del hueco del tronco. Y, sin embargo, la ley había considerado a Janine como una mera espectadora y no le había asignado ninguna culpa. Y ni Pak ni Matt habían sido castigados por el papel desempeñado en provocar el incendio en sí; Pak había sido condenado a catorce meses en prisión y a Matt le habían dado una sentencia con libertad condicional, pero por mentir en sus declaraciones y obstruir la justicia. Había oído que Matt y Janine se estaban por divorciar, lo que le brindaba algo de consuelo; por más que lo intentara, lo único que no lograba perdonar era lo que Matt le había hecho a su hija con toda impunidad.

Y ella también había contribuido a lo sucedido, más que nadie. Eran tantas las cosas que pudo —y debió— hacer de modo diferente, en tantos momentos distintos. Si se hubiera quedado en el granero y hubiera cerrado el paso de oxígeno a tiempo. Si no le hubiera mentido a Abe durante un año. Pero más que nada, si le hubiera confesado todo a Elizabeth aquel último día. Se lo había contado todo a Abe y le había suplicado que la mandara a prisión a ella también, pero él dijo que todas sus intervenciones habían sido "tangenciales" y se negó a acusarla de nada.

A las 7:00, sonó la alarma de su reloj. Era hora de entrar y empacar el resto de las cosas. Aquella mañana, a esta misma hora aproximadamente, habían llegado las manifestantes que habían disparado todos los acontecimientos. No las culpaba del todo. Pero si no hubieran venido, Henry, Kitt y Elizabeth seguirían vivos. Pak no habría causado el apagón, las inmersiones no se habrían retrasado, el oxígeno habría sido apagado a tiempo y todos se habrían ido para cuando Mary encendió el fuego, cosa que no hubiera hecho de todos modos, porque Pak no hubiera colocado cigarrillos en ninguna parte.

Eso era lo mejor y lo peor, que todo lo sucedido era la consecuencia no buscada de los errores de una persona buena.

Teresa una vez le había dicho que lo que más le molestaba, lo que le quitaba el sueño y no le permitía cejar en la búsqueda de una cura, era que a Rosa no le correspondía estar así. Si hubiera nacido con un defecto genético, Teresa lo habría aceptado. Pero había estado completamente sana, y había terminado de ese modo por algo que no debió suceder... por una enfermedad que no había sido tratada a tiempo. Era antinatural, algo evitable. Del mismo modo, Young casi deseaba que Mary lo hubiera hecho premeditadamente. No de verdad, por supuesto, porque no quería que Mary fuera una malvada, pero de algún modo, era peor saber que su hija era una buena persona que había cometido un error. Era casi como si el destino hubiera conspirado para manipular los acontecimientos de aquel día para llevar a Mary a encender aquel fósforo. Tantos factores se habían alineado: el corte de energía eléctrica, los retrasos, la nota de Matt, la confrontación con Janine, el cigarrillo de Pak. Si solamente una de esas cosas no hubiera sucedido, en este mismo instante Elizabeth y Kitt estarían llevando a Henry y a TJ a la escuela. Mary estaría en la universidad. Miracle Submarine estaría funcionando y ella y Pak se estarían preparando para un día completo de inmersiones.

Pero la vida funcionaba así. Todos los seres humanos son el resultado de un millón de factores distintos combinados: el espermatozoide aleatorio que llega al óvulo en un instante preciso; si falla por un milisegundo, el resultado es una persona completamente diferente. Las cosas buenas y malas —cada amistad y romance que se forman, cada accidente, cada enfermedad— resultan de la conspiración de cientos de cosas menores que de por sí no tienen ningún peso.

Young fue hasta un árbol con las hojas rojas y eligió las tres más brillantes que encontró en el suelo. El rojo traía suerte. Se preguntó cómo se vería este bosque dentro de diez años, cuando Mary saliera de prisión. Tendría menos de treinta años. Todavía podría ir a la universidad, enamorarse, tener hijos. Era esperanzador. Mientras tanto, Young seguiría visitándola todas las semanas. Si algo bueno había surgido de los últimos meses, era cómo se había reavivado y profundizado la relación entre ambas. Le llevaba los libros de filosofía que había utilizado en la universidad y hablaban de ellos durante las visitas, como si fuera un club de lectura de dos personas. Young hablaba en coreano y Mary en inglés, lo que provocaba miradas curiosas de las otras presas.

Con Pak había sido más difícil, sobre todo al principio, cuando ella había estado tan enojada por su terquedad, pero Young tomó la decisión de visitarlo con regularidad y con cada encuentro, lo sentía ablandarse, arrepentirse y aceptar responsabilidad no solo por el incendio y la muerte de Elizabeth, sino también por haber querido forzarlas a callar. Tal vez con el tiempo, se le volvería más fácil verlo, hablarle. Perdonarlo.

Llegó Teresa y estacionó junto a los equipos de construcción; una grúa, habían dicho los operarios. Estaba sola.

—¿Rosa está con tus amigas de la iglesia? —preguntó Young, mientras se saludaban con un abrazo.

—Sí. Hoy tenemos *mucho* que hacer —anunció. Era cierto. Ya habían mudado la mayoría de las cosas de Young a la habitación de huéspedes de Teresa ("¡Deja de llamarla habitación de huéspedes, ahora es *tu* dormitorio!", le decía todo el tiempo), pero todavía tenían que hacer una docena de cosas de la lista que les había dado Shannon para la ceremonia de dedicatoria de esa tarde. Desde que había salido el artículo en el *Washington Post* la semana anterior, se había triplicado la cantidad de personas que iban a asistir y entre ellas estaban el grupo de mamás de niños con autismo de la zona de Washington, muchas familias que habían sido clientes de Miracle Submarine, Abe y su equipo, los detectives y *sus* equipos y Victor, la sorpresa de último momento. Por cierto, Víctor había sido el que había hecho posible todo eso, cuando (en un giro extraño del destino) heredó el dinero de Elizabeth y le dijo a Shannon que no lo quería, que pensaba que a Elizabeth le gustaría que se utilizara para algo bueno, algo relacionado con el autismo, quizá y le pidió que se encargara de eso. Shannon había consultado a Teresa y juntas, con la ayuda de Young, estaban creando *La casa de Henry*, un hogar no residencial para niños con necesidades especiales que brindaba terapia, cuidados durante el día y campamentos de fin de semana.

—Traje algo —anunció Teresa y le entregó una bolsa.

Adentro había tres fotografías con marcos de madera idénticos, sencillos, pero teñidos de un reluciente color castaño. Elizabeth, Henry y Kitt, con los nombres y las fechas de nacimiento y de muerte de cada uno inscriptos en la parte inferior.

—Pensé que podíamos ponerlas en el vestíbulo, debajo de la placa con la dedicatoria —dijo Teresa.

Young sintió un nudo en la garganta.

—Son hermosas. Me parece muy bien.

Delante de ellas, los operarios se disponían a llevarse la cámara. Al ver cómo la sujetaban con un cable, Young recordó el año anterior, cuando otros hombres la habían llevado hasta allí y la habían desatado y colocado en su lugar. Pak había pensado llamar el negocio Centro de Bienestar Miracle Creek, pero al ver lo parecida que era la cámara a un submarino diminuto, ella había dicho: "Miracle Submarine, el submarino milagroso… así deberíamos llamarlo". Él había sonreído y había respondido que le parecía un buen nombre, un nombre mejor, y a ella la había embargado la emoción al imaginar a los niños que se introducirían en él, respirarían oxígeno puro y sanarían sus cuerpos.

La grúa emitió un pitido y levantó la cámara para luego girarla y colocarla sobre un camión. El brazo descendió y el metal del submarino chocó contra el del camión con estruendo. Young dio un paso atrás. Al ver el terreno vacío sintió en el centro del pecho un dolor que irradiaba hacia afuera. Ya no quedaba nada de todos sus sueños y sus planes.

Mientras los hombres fijaban la cámara al camión, Young miró las fotografías dentro de la bolsa y pensó en *La casa de Henry*. Las vidas perdidas, el dolor de fundarla… su familia jamás podría reparar eso. Pero vería a TJ todos los días, lo llevaría en coche ida y vuelta desde su casa, lo cuidaría entre las sesiones de terapia y le brindaría alivio a su padre y a sus hermanas, les facilitaría solo un poquito las vidas. Trabajaría con Teresa y la ayudaría a cuidar a Rosa y a otros niños como ella, como TJ y Henry.

Teresa extendió el brazo y le tomó la mano. Young cerró los ojos y sintió la tibieza de la piel de su amiga en la mano izquierda y la manija sedosa de la bolsa en la derecha. El camión ronroneó y ella abrió los ojos. A la distancia, más allá de la porción de tierra yerma, quemada, crecían flores silvestres amarillas y azules y al contemplarlas, sintió que la tristeza que la embargaba comenzaba a ser desplazada por algo que era a la vez más pesado y más liviano. *Han*. No había una palabra equivalente en inglés, ni se podía traducir. Era una pena abrumadora, un pesar y un dolor tan grandes que invaden el alma, pero con unas gotas de resiliencia, de esperanza.

Se aferró a la mano de Teresa con fuerza y sintió que ella le devolvía el apretón. Juntas, de la mano, contemplaron como Miracle Submarine se desvanecía en la distancia.

AGRADECIMIENTOS

Un primer libro tiene muchas deudas y la mayor es con mi esposo, Jim Draughn, que desempeñó un sinnúmero de papeles durante cada etapa del proceso de escritura: fue lector, confidente, editor, consejero, asesor de escenas de tribunal, cocinero y chofer familiar; preparó y trajo a mi rincón de escritura café, omelettes, martinis y todo lo que necesitara para terminar el siguiente capítulo. ¿Qué hubiera hecho sin ti? No hubiera escrito este libro, de eso no hay dudas. No hubiera escrito nada; fuiste tú el que me dijo por primera vez, hace años, que yo era escritora. Gracias por hacerme creer y por darme las herramientas y el espacio para intentarlo.

A Susan Golomb, mi extraordinaria agente, gracias, por elegir a una desconocida de entre la hojarasca, por creer en este libro y por defenderlo con pasión. Junto con Maja Nikolec, Mariah Stovall, Daniel Berkowitz y Sadie Resnic, de Writers House, ustedes me apoyaron y me guiaron a cada paso.

A Sarah Crichton, eres la editora más inteligente que cualquiera podría desear. Tú hiciste posible este libro —¡la emoción que sentí la primera vez que hablamos al respecto!— y supiste exactamente qué teníamos que hacer para pasar al siguiente nivel, y al siguiente, y al siguiente. Gracias por presionarme. Y al increíble equipo de FSG, especialmente a Na Kim, Debra Helfand, Richard Oriolo, Rebecca Caine, Kate Sanford, Benjamin Rosenstock, Peter Richardson, John McGhee, Chandra Wohleber y Elizabeth Schraft: gracias por convertir mis palabras en un libro maravilloso del que siempre estaré orgullosa.

Al director de ventas de FSG, Spenser Lee: te agradezco por abrazar y promover este libro.

Gracias a mis publicistas, Kimberly Burns y Lottchen Shivers; nuestro trabajo recién comienza, pero soy muy afortunada de estar en sus manos expertas, que me guían en todo el proceso. Agradezco a Veronica Ingal, a Daniel Del Valle y todo el equipo de ventas, marketing y publicidad por trabajar tanto para que este libro se conozca en el mundo.

A mi grupo de escritura: Beth Thompson Stafford, Fernando Manibog, Carolyn Sherman, Dennis Desmond, John Benner y el miembro honorario ausente Amin Ahmad: gracias por brindarme apoyo durante los innumerables borradores y las revisiones, desde el absurdo primer borrador hasta las pruebas de galera. Y gracias por el vino prosecco. No podemos olvidar el prosecco.

Agradezco a Marie Myung-Ok Lee, cuya generosidad no conoce límites, que me presentó a todos los escritores, editores y agentes de su considerable círculo de amigos. Y a mis queridas amigas Marla Grossman, Susan Rothwell, Susan Kurtz y Mary Beth Pfister, que fueron mis primeras lectoras y mis más entusiastas seguidoras, que atendieron mis llamadas de pánico y me ayudaron con todo, desde pensar en títulos hasta elegir las fotos de autora. Son las hermanas que elegí tener y las mejores amigas que existen.

Muchas otras personas ayudaron a que este libro fuera lo que es hoy: Nicole Lee Idar, Maria Acebal,

Catherine Grossman, Barbara Esstman, Sally Rainey, Rick Abraham, Mary Ann McLaurin, Carl Nichols, Faith Dornbrand y Jonathan Kurtz fueron los primeros en brindarme opiniones sinceras. John Gilstrap y Mark Bergin respondieron con paciencia a mis preguntas sobre explosiones y huellas digitales. (Si quedaron errores, son míos decididamente). Annie Philbrick, Susan Cain, Julie Lythcott-Haims, Aaron Martin, Lynda Loigman y Courtney Sender me ayudaron a navegar en el mundo misterioso de agentes literarios y editores. Y Missy Perkins, Kara Kim y Julie Reiss me proveyeron de vino, muchas veces, muy seguido. Junto con mi grupo de lectura Ni presión Ni Culpa y mi grupo de Mamás Caminadoras, todos ustedes me brindaron el apoyo necesario y me mantuvieron cuerda.

Y por fin, los que más cerca están de mi corazón: mis padres, Anna y John Kim, mi um-ma y mi ap-bah, gracias por sacrificar sus vidas en Corea para traer a su familia a esta tierra desconocida, a fin de que yo tuviera un futuro. Su generosidad y su amor me asombran y me inspiran. Agradezco a mis ee-mo y ee-mo-boo, Helen y Philip Cho, que nos dieron un hogar en Estados Unidos: no estaría aquí sin ustedes, literalmente. Y a mis tres niños: gracias por aguantar el caos y la locura de mi vida de escritora, todos los días, por darme besos y abrazos (¡a veces hasta voluntariamente!) y por instarme a escribir y hacerme conocer todo el espectro de emociones humanas: desde la preocupación más honda y la impotencia más furiosa, al amor más increíble y la necesidad de protegerlos más abrumadora, muchas veces en un mismo día, o hasta en unas horas. Me siento orgullosa de ustedes, todos los días. Los amo. Son mis milagros.

Y ahora, completamos el círculo y vuelvo a Jim, mi

primer y último lector, mi amor, mi compañero de vida. Sé que ya lo dije, pero vale la pena repetirlo. Sin ti, no hay nada. Gracias, mi amor. Siempre.

SI TE HA GUSTADO ESTA NOVELA...

Has terminado esta novela. Si te ha gustado, no dudes en leer *Indocumentadas*, de Johnny Shaw. Así como *El juicio de Miracle Creek* te abre una ventana a la problemática de los inmigrantes coreanos en Estados Unidos, en *Indocumentadas* te adentras en el drama más vívido de los inmigrantes mexicanos que llegan a California año tras año, mes a mes.

Tres mujeres con historias completamente distintas se ven envueltas en una trama de tráfico humano, persecución política, abuso policial y hasta religioso. Una inocente joven que paga duramente el sueño americano, una periodista a la que ya no le queda nada y aun se arriesga, y una madre que lleva años esperando volver a ver a su hijo, ellas son las protagonistas de este thriller de acción intensa y escalofriante, conmovedor y humano, que te abrirá los ojos a las vivencias extremas de quienes solo esperan vivir dentro de la ley, en un sistema que las abandona a merced de los que, en cambio, viven de violarla.

El equipo editorial